U0097340

古典詩歌研究彙刊

第二七輯

龔鵬程 主編

第 2 冊

唐詩盛衰主題研究

陳 思 著

國家圖書館出版品預行編目資料

唐詩盛衰主題研究／陳思 著 — 初版 -- 新北市：花木蘭文化
事業有限公司，2020〔民 109〕

目 4+256 面：17×24 公分

（古典詩歌研究彙刊 第二七輯；第 2 冊）

ISBN 978-986-485-972-6（精裝）

1. 唐詩 2. 詩評

820.91   109000184

ISBN-978-986-485-972-6

9 789864 859726

古典詩歌研究彙刊
第二七輯　第 二 冊 　　　　　ISBN：978-986-485-972-6

唐詩盛衰主題研究

作　　　者	陳 思
主　　　編	龔鵬程
總 編 輯	杜潔祥
副總編輯	楊嘉樂
編　　　輯	許郁翎、張雅淋　美術編輯　陳逸婷
出　　　版	花木蘭文化事業有限公司
發 行 人	高小娟
聯絡地址	235 新北市中和區中安街七二號十三樓
	電話：02-2923-1455 ／傳眞：02-2923-1452
網　　　址	http://www.huamulan.tw 信箱 hml810518@gmail.com
印　　　刷	普羅文化出版廣告事業
初　　　版	2020 年 3 月
全書字數	197374 字
定　　　價	第二七輯共 19 冊（精裝）新台幣 32,000 元　　版權所有 · 請勿翻印

唐詩盛衰主題研究

陳思　著

作者簡介

　　陳思，女，1987 年 4 月 22 日出生，陝西咸陽人。畢業於陝西師範大學文學院，古代文學專業博士，師從劉鋒燾教授，研究方向爲唐宋文學，現就職於陝西中醫藥大學人文管理學院，主要從事中國古代文學和醫古文方面的教學工作。作者在校期間在許多重要期刊上發表論文數篇，如《孟郊賈島詩歌中的貧窮意象研究》、《白居易詩歌中的疾病敘事》、《唐詩中的「身疾」與「心疾」》等，並著有《中國古代文言小說中女性形象的演變》一書。

提　　要

　　本書以唐詩盛衰主題爲研究對象，所謂盛衰主題，就是傳達事物由盛而衰這一轉變過程的詩歌主題。現如今關於唐詩主題的分類，主要以詩歌的內容和情感爲基點，而筆者則試圖以唐詩所傳達出的哲學意識爲分類依據，將唐詩中傳達出事物由盛而衰變化這一哲學思索的詩歌歸爲一類，將其統稱爲唐詩盛衰主題。事物的盛衰變化，不僅僅是唐人對事物的抽象認知，還包含著唐人對生死、時間、愛情、理想以及生命悲劇等諸多現實問題的思考。本文對唐詩盛衰主題的研究不僅僅是針對詩歌本身，還力圖對唐人生命意識、宗教心態、倫理制度以及悲劇意識進行深入發掘。本文分爲包含緒論在內的五大章節，緒論部分先是論述了先秦時期哲人們對事物盛衰變化的認知，主題學在中國近代的發展以及唐詩盛衰主題的定義，然後回顧了唐前文學中的盛衰主題，最後從唐詩盛衰主題的內容、表現技巧，所傳達出的宗教心態、時代風格等方面對唐詩盛衰主題做了簡要的梳理。本文力圖通過對唐詩盛衰主題做到內容和表現技巧上的深入研究，通過唐詩盛衰主題的演變對盛衰主題在唐代不同時期的特徵進行細緻梳理，並且希望透過盛衰主題發掘出唐人面對生命悲劇時不同的宗教心態，唐人的悲劇意識及其背後深刻的社會根源和文化傳統的作用。

目

次

緒　論

第一節　唐前哲學中的盛衰思想

　　盛衰思想，簡而言之便是事物由興盛轉向衰敗的過程，它是中國古人對時間和生命的認識，包含著複雜的哲學內涵。從先秦開始，人們就已經對事物的盛衰變化有了自己的理解，儒家的孔子、道家的老莊以及陰陽學家鄒衍等都闡述過各自的盛衰觀，藉此傳達出各家對線性時間、自然生命以及宇宙世界的深刻理解。概括而言，唐前的哲學家們對事物的盛衰變化有以下幾點認知：

　　第一，盛衰變化是宇宙間所有事物發展的必然規律。戰國時期的鄒衍有云：「五德從所不勝，虞土，夏木，殷金，周火。」〔註1〕《呂氏春秋》也有相似的觀點：

> 　　凡帝王之將興也，天必先見祥乎下民。黃帝之時，天先見大螾大螻。黃帝曰：「土氣勝」，土氣勝，故其色尚黃，其事則土。及禹之時，天先見草木秋冬不殺。禹曰：「木氣勝」，木氣勝，故其色尚青，其事則木。及湯之時，天先見金刃生於水。湯曰「金氣勝」，金氣勝，故其色尚白，其事則金。及文王之時，天先見火，赤鳥銜丹書集於周社。文王曰「火氣勝」，火氣勝，故其色尚赤，其事則火。代火者

〔註1〕馮友蘭，中國哲學史（上）〔M〕，重慶：重慶出版社，2009：135。

必將水，天且先見水氣勝。水氣勝，故其色尚黑，其事則水。〔註2〕

在這二家眼中，金木水火土五種勢力都有從盛而衰的過程，水勝土，金勝木，火勝金，水勝火，土勝水。宇宙世界就是這五種勢力的盛衰運行下，循環往復。這是宇宙運行的客觀規律，不可逆轉、永不停息，蘊含著萬物常在、造化不息的深意。

第二，盛衰變化是古人對時間的客觀把握。中國古人習慣將生命意識注入時間的流程，正如成中英先生說的那樣：「無論是中國哲學或是中國傳統史學，都將時間視爲落實、具體的實有，不能脫離事物變易、成長等發展的過程而另成一物。」〔註3〕因此在中國古代哲學中，時間也被賦予生命的內涵，比如劉熙的《釋名》有這樣一段話：「甲，孚也，萬物解字甲而生也。乙，軋也，自抽軋二出也……辛，新也，物初新者皆收成也。壬，妊也，陰陽交物懷妊也，至子而萌也。癸，揆也，揆度而生，乃出之也。」〔註4〕在這段話中，時間的順序被描述成一段生命的歷程。再如《史記・律書》也將十二個月份賦予生命的興衰：「子者，滋也；滋者，言萬物滋於下也」，「丑者，紐也；言陽氣在上未降，萬物厄紐未敢出也」〔註5〕，就是說十一月和十二月分別象徵著萬物生命的旺盛和衰敗。可見，在事物的盛衰流變中蘊含著線性時間的律動，這是中國傳統的哲思。

第三，在古人眼中，盛衰之變傳達了一種生命終將逝去的悲劇意識。孔子云：「逝者如斯夫！不捨晝夜。」〔註6〕「逝」在古語中有離去、過往的意思，也有消失、消逝之解。因此孔子在面對滔滔流水的這句感歎，即包含了對線性時間一去不復返的感慨，也暗示了生命最

〔註2〕《有始覽・應同》，「四部叢刊」本，卷十三，頁四，見馮友蘭，中國哲學史（上）〔M〕，重慶：重慶出版社，2009：134。

〔註3〕成中英，中國文化的現代化和世界化〔M〕，北京：中國和平出版社，1988：189。

〔註4〕朱良志，中國藝術的生命精神〔M〕，合肥：安徽教育出版社，2006：65。

〔註5〕司馬遷，史記〔M〕，長沙：嶽麓書社，2001：132。

〔註6〕楊伯峻譯注，論語譯注〔M〕，北京：中華書局，1980：92。

終消逝這一不可逆轉的事實，而那句「往者不可諫，來者猶可追」〔註7〕則是用反向思維傳達了對時間永恆性和線性特質的認識。中國古人習慣拋卻自然的時間，用生命的時間來看待天地之間的四時更替、事物的盛衰變化，就如上文提到過的，生命往往被看做是一個由盛到衰，又從衰中萌發出新生命的這樣一個循環往復的過程。然而人類雖然有著高級的智慧，但畢竟也是有感情，且只能經歷由盛而衰這樣一節生命過程的普通生物。因此事物的盛衰之變必然會引起古人的生命焦慮，從自然界盛衰所引發的傷春悲秋之情，到生命盛衰所引起的對青春逝去的無奈及死亡到來的恐懼，再由生命緊迫而引發出的理想未達成、功業未實現的焦慮，中國古人無時無刻不生存在盛衰變化這一生命悲劇的重壓之下。於是儒家提出「朝聞道，夕死可矣」〔註8〕，「志士仁人，無求生以害仁，有殺身以成仁」〔註9〕，這樣面對生死的態度暗示出儒家對生命中個人價值的看重，尤其是個人生命中的倫理道德。從這一觀念出發，爲了擺脫盛衰之感所帶來的焦慮，儒家將生命的價值放入現實生活的倫理關係中，將抽象的自然規律倫理化、人爲化，這也成就了儒家用個人價值的實現擺脫生命焦慮的理論依據，它彰顯了儒家的道德理念和絕對律令，卻強制扼殺了個人在面臨死亡時種種人性化的情感意緒。

　　第四，在以莊子爲代表的道家哲學中，事物由盛而衰的變化只是生命的表層，而非一種宇宙的通則，個人的消亡只是宇宙自然的一個片段、一部插曲。《莊子・秋水》有「時無止」，「年不可舉，時不可止；消息盈虛。終則又始發……物之生也，若驟若馳，無動而不變，無時而不移」〔註10〕之句。莊子的認知「第一次強烈地突出了時間與個體生命存在的關係。也就是說，他（莊子）充分揭示了生命的時間性，使『時間』成爲生命哲學而不單純是物理學上的概

〔註 7〕 楊伯峻譯注，論語譯注〔M〕，北京：中華書局，1980：193。
〔註 8〕 楊伯峻譯注，論語譯注〔M〕，北京：中華書局，1980：37。
〔註 9〕 楊伯峻譯注，論語譯注〔M〕，北京：中華書局，1980：163。
〔註10〕 雷仲康譯注，莊子〔M〕，太原：山西古籍出版社，1999：166。

念。」〔註 11〕就這樣，莊子從時間的變化中，體認到了事物的盛衰之變，從對時間的客觀認知中昇華出了生命意識。個體存在的時間是有限的，是有生死變化，盈虛消長的，個體時間的有限性和客觀絕對時間的無限性這一對矛盾的對立，引起了道家對盛衰之變這一哲學問題的新思索，他們企圖將個人短暫的生死融入宇宙這一大無窮之中，以此來化解生命終將滅亡的悲劇。《莊子‧至樂》記錄了莊子妻死，莊子鼓盆而歌的故事：

> 莊子妻死，惠子弔之，莊子則方箕踞鼓盆而歌。惠子曰：「與人居，長子老身，死不哭亦足矣，又鼓盆而歌，不亦甚乎！」

> 莊子曰：「不然。是其始死也，我獨何能無概然！察其始而本無生，非徒無生也而本無形，非徒無形也而本無氣。雜乎芒芴之間，變而有氣，氣變而有形，形變而有生，今又變而之死，是相與為春秋冬夏四時行也。人且偃然寢於巨室，而我噭噭然隨而哭之，自以為不通乎命，故止也。」〔註12〕

在惠施認為莊子無情之時，莊子辯解道，人的生命就像是自然界的春夏秋冬一樣，無時無刻不經歷著由盛而衰的變化，人的身體生命從無到有，從盛到衰是一個自然迴圈的過程，是大自然的一部分，死亡從某種程度上看，其實是一種回歸。《莊子》有云：「人之生也，與憂俱生」〔註 13〕，以莊子為代表的道家學派認識到對死亡的恐懼是人與生俱來的，正如學者陶東風所說：「一個不關心死的人、一個沒有死亡焦慮的人，不可能對人生的時間性有那麼強烈的感受，更不可能大談生死問題……只有怕死的人才會去苦心設計不怕死的策略。」〔註14〕儘管道家對死亡有著本能上的憂懼，但他們仍執於淡化死亡所帶來的焦慮感，企

〔註11〕陶東風、徐莉萍，死亡‧愛情‧隱逸‧思鄉——中國文學四大主題〔M〕，杭州：杭州大學出版社，1993：12。

〔註12〕雷仲康譯注，莊子，太原：山西古籍出版社，1999：183。

〔註13〕雷仲康譯注，莊子，太原：山西古籍出版社，1999：182。

〔註14〕陶東風、徐莉萍，死亡‧愛情‧隱逸‧思鄉——中國文學四大主題〔M〕，杭州：杭州大學出版社，1993：12。

圖用齊物的方式消解死亡。《秋水篇》有「道無始終，物有生死」，「其生若浮，其死若休」之句〔註15〕，《至樂篇》又云：「雖南面王樂，不能過也」。〔註16〕《大宗師篇》曰：「特犯人之形而猶喜之。若人之形者，萬化而未始有極也。其爲樂可勝計耶？」〔註17〕道家認爲所謂的死亡，不過是從一個形式變化到另一種形式。因此，在對待盛衰變化這一問題上，道家期待超越事物本身，讓目光達到一種形而上的至高層面。《韓非子・解老篇》有云：「夫物之一存一亡，乍生乍死，初盛而後衰者，不可謂常。唯夫與天地之剖判也俱生，至天地之消散也不死不衰者，謂常。」〔註18〕道家以爲事物的盛衰之變，從本質上看只是生命的形式發生了變化，他們雖然認識到了個體生命的盛衰和時間永恆行進的對立，似乎將人們引向了一種生命的悲劇之思，但很快又以大化萬物的目光，將這一個體的變化放入了整個宇宙世界的洪流中，從而消解了生死的界限。孔子面對滔滔江水，產生了一種對生命、時間終將衰逝的悲歎，鄒衍等五行學家在盛衰之變昇華出了一種宇宙運行的客觀規律，而以老莊爲代表的道家則是在二者的層面上消解了這種盛衰變化帶來的悲劇感，並試圖跳出那種生命由盛而衰不可違背的迴圈軌道，沒有生命的悲劇意識，也不是對世界客觀規律的恪守，而是以一種超凡的姿態齊萬物，看生死，以期化解發生在事物身上不可逆轉的盛衰變化。

　　第五，在漢代，董仲舒將天地自然的盛衰變化和人的身體、情感、政治、社會等進行了類比對應，將人的主觀情感和自然界客觀事物的運行做了樸素的推測：

　　　　人生有喜怒哀樂之答，春秋冬夏之類也。喜，春之答也；
　　　怒，秋之答也；樂，夏之答也；哀，冬之答也。天之副在乎
　　　人，人之性情由天者矣。」（《春秋繁露・爲人者天》）〔註19〕

〔註15〕雷仲康譯注，莊子〔M〕，太原：山西古籍出版社，1999：166。
〔註16〕雷仲康譯注，莊子〔M〕，太原：山西古籍出版社，1999：183。
〔註17〕雷仲康譯注，莊子〔M〕，太原：山西古籍出版社，1999：65。
〔註18〕陳明等譯注，韓非子全譯（卷下）〔M〕，成都：巴蜀書社，2008：251。
〔註19〕爲人者天・春秋繁露，卷十一，頁一，見馮友蘭，中國哲學史（下）
　　　　〔M〕，重慶出版社，2009：18。

> 天亦有喜怒之氣，哀樂之心，與人相副，以類合之，
> 天人一也。」（《春秋繁露·陰陽義》）〔註20〕

　　將人的情感和自然界的物候變化相聯繫，這一點極大地影響了後世的文學理論以及詩歌創作。比如劉勰在《文心雕龍·物色》中說道：

> 春秋代序，陰陽慘舒，物色之動，心亦搖焉。蓋陽氣萌而玄駒步，陰律凝而丹鳥羞，微蟲猶或入感，四時之動物深矣。若夫珪璋挺其惠心，英華秀其清氣，物色相召，人誰獲安？是以獻歲發春，悅豫之情暢；滔滔孟夏，鬱陶之心凝；天高氣清，陰沉之志遠；霰雪無垠，矜肅之慮深。歲有其物，物有其容；情以物遷，辭以情發。一葉且或迎意，蟲聲有足引心。況清風與明月同夜，白日與春林共朝哉！〔註21〕

　　春與秋都是充滿美感的季節，它們沒有夏季燥熱的繁盛、冬季充滿死寂感的幻滅，而是一種恰到好處的美，它們代表著生命的兩種狀態——欣欣向榮的美好與行將死亡的蕭瑟。因此春與秋既有著視覺上的美感，又暗含著生命的深意，敏感而多情的文人便由此興發出了一種遷逝之感，表現在文學上就形成了一種借自然代謝表現生命盛衰變化的文學主題。

　　總之，在唐前，哲人們對事物盛衰變化這一問題有著很深的思考，它所涉及的是中國古代先哲對時間的理解、充滿悲劇感的生命意識、對宇宙發展規律的認知以及嘗試超越盛衰變化的種種努力。

第二節　唐詩盛衰主題的定義

一、主題學的發展

　　「主題學」最初來源於19世紀德國學者格林兄弟、德利希·施萊格等人對民俗學的研究，被當代國際理論學界規定為比較文學的一

〔註20〕陰陽義·春秋繁露，卷十二，頁二，見，馮友蘭，中國哲學史（下）〔M〕，重慶出版社，2009：16。
〔註21〕〔南朝梁〕劉勰，文心雕龍〔M〕上海：上海古籍出版社，2008：94。

個分支。那麼到底何謂主題學？陳鵬翔先生是主題學研究的最早宣導者之一，他曾這樣給主題學定義：「主題學研究是比較文學的一個部門，它集中在對個別主題、母題，尤其是深化（廣義）人物主題作追溯探源的工作，並對不同時代作家（包括無名氏作者）如何利用同一個主題或母題來抒發積愫。」〔註22〕陳向春也在《中國古典詩歌主題研究》中說：「一般『主題研究』探求的是某一部作品或某一個人物典型所表現的思想，重點在於研究對象的內涵，而『主題學研究』關注的對象不是個別作品的主題，而是不同主題的相互取捨、相互聯繫和相互影響。具體的說，就是研究同一主題在文學史上的不斷重複和演變，不同作家對同一主題的接受和處理。」〔註23〕

　　在西方，19 世紀末 20 世紀 50 年代是主題史研究階段；20 世紀 60 年代初至 80 年代中期爲主題學研究時期，1978 年，馬幼垣先生在研究包公古詩時，提出了「主題研究（The thematic studies）」的概念，並提出了以特定人物主題爲主的主題學研究；20 世紀 80 年代中期以來主題學題目被納入流行的各種課題之中。國內「主題學研究」的發展也經歷了一個較長的階段：20 世紀 20 年代，顧頡剛對孟姜女故事的研究開啓了中國主題學研究的序幕，70 年代末，主題學研究從一度停滯、沈寂的低谷中爬升，逐漸顯示出復歸的生氣。一些中青年學者，從不同的學術方向探索、應用、建構主題學的理論和方法，出現了一批研究成果，如：劉若禹的《中國遊俠》、田毓英的《西班牙騎士與中國俠》、龔鵬程的《大俠》、顧彬的《中國文學中的自然觀》、李福清《中國歷史演義與民間文學傳統的關係》等；20 世紀 80 年代初，臺灣的陳鵬翔與謝天振先生則將主題學理論復歸，從國外引進，並進行了進一步的拓展。陳鵬翔先生在他的博士論文《中英古典詩歌裏的秋天：主題學研究》開始了意象母題的研究，他的《主題學研究

〔註22〕陳鵬翔，中國文學主題學〔M〕，臺北：臺灣東大圖書公司，1983：5。
〔註23〕陳向春，中國古典詩歌主題研究〔M〕，北京：高等教育出版社，2008：23。

與中國文學》進一步將國外主題學理論引進中國文學研究，並且陳先生主編了同名的文論集，更是為中國主題學的發展開掘了新的出路。1987 年，謝天振教授發表了《主題學》一文，系統地介紹了主題學的原理。這篇文章詳細介紹了主題學的產生以及其在比較文學中的定義、地位，並且將主題學的理論和具體事例相結合進行分析，是一篇大陸主題學的奠基之作；80 年代中後期，文論界對主題學研究的關注越來越多，主題學研究的基本理論、研究意義、研究方法和內涵意義基本成形，在實際運用方面更是屢見碩果，在諸多主題學研究的學者中，王立和譚桂林是頗具代表性的。王立先生認為，主題學研究對傳統文學史的結構模式是一個重要的突破，「個案集錦式」、「編年史式」的文學史受到了挑戰；打破了各種文體之間的嚴格疆界，將歷時性與共時性結合，各文體可以互補共存；有利於將文學史、接受闡釋史、心態和文化研究結合互補，構成一個真正以文學為本體的跨學科、跨國別的綜合研究的新趨勢。「在古今、中西融會貫通基礎上，王立開創和建構了主題學研究的「網路式」思維方式和操作方法——既做「類」的爬梳，又做共時性的比較。他的中國古典文學「十大主題」（惜時、相思、出處、懷古、悲秋、春恨、遊仙、思鄉、黍離、生死）、「九大意象」（柳、竹、雁、馬、海、石、黃昏、流水、夢）就是這方面的代表性成果。」〔註24〕譚桂林在研究魯迅、張承志、陳忠實等一系列現當代小說家時，緊緊圍繞著「主題」的構成和影響，從文化審美和主題學視角賦予新時期文學研究以新視野，從一個獨特的側面將新時期文學與整個 20 世紀文學乃至中國文學大系統聯繫在一起，同樣找到了文學史研究以微觀與宏觀相結合、傳統與現代相結合、中西文化相交融的新的敘事模式。綜觀主題學在中國發展的這些年，從鮮有人問津到逐漸發展成顯學之勢，這和幾代學人跨越中西、縱觀古今的學術目光是密不可分的，也和他們立足於本土的踏實精神

〔註24〕王春榮，20 世紀文學主題學研究的三個歷史階段〔J〕，社會科學輯刊，2006，（5）：204。

緊密相連，希望筆者可以站在前代巨人的肩膀上，對中國主題學研究做一次更高的瞭望。

二、主題的概念以及唐詩的主題分類

「主題」一詞來源於西方文論，美國比較學者烏爾利希·韋斯坦說：「主題是個人對世界獨特的態度。一個詩人心目中主題的範圍就是一份目錄表。這份目錄表說明了他對自己生活的特定環境的典型反映。主題是主觀的範圍，是一個心理學的常量，是詩人天生就有的。」陳鵬翔先生在《主題學研究與中國文學》中指出：「主題學是比較文學中的一個部門（a field of study），而普通一般的主題研究則是任何文學作品多層面中一個層面的研究。」

在中國古人的概念中，主題往往和文體相混淆。在中國古代第一部詩文總集《昭明文選》中，文體被分為：賦、騷、詩、頌、箴等三十多類，詩又被分為：補亡、述德、勸勵、獻詩、樂府、詠史、遊仙、雜歌、雜詩、雜擬等內容。《文選》對詩歌的分類主要是以詩歌的題材為依據，但也混入了雜歌、雜詩等詩歌體裁的概念。

在唐代，唐人所編選的《搜玉小集》（具體選編者不詳）可能是最早的唐詩分類選本，今本錄詩 61 首，34 人，其中時代最早者為魏微，大多為武則天時期的文人。這本詩集中的詩作編排，大致是以應制、戎旅、詠史、閨思、述懷、節令等內容為順序。還有兩部唐代省試詩選本，分別是唐人張為編選的《前輩題詠》和柳玄編選的《同題集》。此外還有晚唐顧陶於大中十年（856）編輯的《唐詩類選》，該書今已亡佚，但尚可見到顧陶自撰的《唐詩類選序》和《唐詩類選後序》，分別見於《文苑英華》卷七一四和《全唐文》卷七六五。在「序」裏，他說此書所選之詩「始於有唐，迄於近段，凡一千二百三十二首，分為二十卷。命曰唐詩類選，篇題屬興，類之為伍而條貫，不以名位卑崇、年代遠近為意。」由於該書已亡，所以詩歌分類的具體依據我們已經不得而知，但從「篇題屬興」四字看，大約是綜合詩題和詩意

所揭示的內容類別斟酌而定。

　　唐代之後，首先有一部《分門集注杜工部詩》。這是一部分類箋注杜詩的著作，編撰者不詳。此書以詩題劃分門類，一共 72 門，如「星河門」、「雨雪門」、「酬答門」、「送別門」等。其次有南宋趙孟傾編選的《分門纂類唐歌詩》，分天地山川、朝會宮網等 8 類，每類下又分小類，共收詩人 1353 家，詩 40791 首。第三，有明代張之象編撰《唐詩類苑》，全書 200 卷，共有 39 個部（大類），1094 個類（小類）。實際收詩數為 28067 首，詩人數 1472 人（除去無名氏）。該書是現存最早的按主題分類的唐詩選集。由於該書分類十分仔細，後出的唐詩分類選本頗受其影響。第四，有明代敖英編輯的《類編唐詩七言絕句》，此書專收七絕，分弔古、送別、寄贈、懷思、遊覽等 15 類，詩後有一些簡明扼要的評語，為其他選本所少見。第五，有明末清初聶先等人編撰的《唐人詠物詩》，所選皆律詩和絕句，一共 12 卷，分天、地、水、木各類，有部分詩作以音韻排列。

　　總之，《昭明文選》之後，古人對詩歌體裁的分類更加細緻，一些分類常常以文人詩歌創作的感發情境與詩歌的表現功能為依據。這樣的分類方法以詩歌承擔的功能為基礎，詩歌一旦承擔一種新的功能，就馬上被分為一類，這樣的分類使得詩歌種類越來越多。如宋代宋敏求編輯的《分類補注李太白集》將詩歌分為：古風、樂府、歌詠、贈、寄、酬答、遊宴、登覽、寫懷、詠物、閨情、哀傷、感遇等等，十分的細瑣。隨著古人生活層面的日益擴展，感情內涵的更加細膩，詩歌的分類會越來越精細。北宋姚鉉的《唐文萃》「古調」就有 64 類，宋阮閱《詩話總龜》將詩歌分為 43 類，清代張元濟編輯的《分門集注杜工部詩》將杜甫一人的詩作分為 72 類。由此可見古人對詩歌的分類雖然精細，但流於繁瑣，往往和詩歌的體裁相混看，而且分類依據大都是對詩歌內容浮光掠影的把握，沒有觸及到詩歌深層的思想實質和情感共鳴，並且這樣的分類方法將會隨著古人感情和生活閱歷的豐富而無限增加。

　　近些年來，有許多學者在從事唐詩的分類研究上取得了很好的成績。如《新編唐詩三百首》（江蘇古籍出版社 1991 年版）將三百多首唐詩分別歸統到「旅遊」、「抒懷」、「哀怨」、「諷諭」、「離情」、「邊塞軍旅」、「田園隱逸」、「詠史懷古」、「詠物」、「節令」等 10 個類別。還有《全唐詩精華》（吉林文史出版社 1994 年版）是近年來所出的收詩最多、分類最細的唐詩選本。全書共收詩約 6 千首，釐為 30 大類，即：天象物候、山水勝蹟、時序節令、花草樹木、鳥獸蟲魚、帝後宮闈、憂國論政，戰爭動亂、邊塞域外、民生疾苦、市井田園、人物風采、感時抒懷、詠史懷古、立志修身、科第仕宦、羈旅情懷、親情倫理、婚姻愛戀、友誼交際、隱逸燕居、庭苑器物、旅行觀賞、宴集遊樂、詩文書畫、樂舞伎藝、生老病死、感舊傷悼、宗教神話、哲理篇言。在每一大類中又劃分為若干小類，如「天象物候」類裏共分為雨、雪、風、雲雷、月 5 個小類。全書共列出小類 129 種。至於分類編選唐詩也取得了很大成績，像《唐人送別詩選》（中國地質大學出版社 1988 年版）錄詩 504 首，《唐代邊塞詩選注》（黃山書社 1992 年版）錄詩 291 首，《唐代詠物詩發展之輪廓與軌跡》，《唐代邊塞詩研究論文選粹》都是一些優秀之作。值得注意的是，近幾年的學者針對唐詩分類研究雖然取得了可喜的成績，但是從整體上看，還是有著諸多問題，比如研究主題的不平衡性。正如陳向春所說的：「到目前為止，學術界對於中國古代詩歌各個基本主題所作的闡釋研究呈現出非常不平衡的狀況，其中以『歷史』（詠史懷古）與『政治』主題的關注度最高，成果數量最多。這一勢態的成因大概有以下三個方面：一是學者對自己所熟悉的主題往往用力甚勤；二是對於中國古典詩歌基本主題的劃分，學術界尚未取得共識，故而重點自然發生分歧；三是研究成果的不均衡本身反映了某些主題在文化層面上的價值要更大。」〔註25〕

〔註25〕陳向春，中國古典詩歌「主題研究」述評與省思——以歷史、政治主題及理論建構為中心〔J〕，文史哲，2010，（5）：164～168。

三、唐詩盛衰主題的定義與所遇難題

基於古代詩歌分類的諸多問題，以及現當代一些學者對古代詩歌分類所作出的貢獻，在此基礎上，本篇論文試圖另闢蹊徑，通過唐詩所流露出的哲學意識對詩歌進行分類。筆者以盛衰之變這一哲思為基礎，將唐詩中傳達出盛衰之思的詩歌歸為一個詩歌主題，從而基於文本，聯繫文人心理、社會制度、審美思潮等方面對唐詩盛衰主題進行一個跨學科、跨時代的研究。當然，以詩歌中傳達出的哲學內涵來劃分詩歌主題是一次大膽的嘗試。筆者將唐詩中的盛衰主題分為四大類：生命的盛衰、歷史的盛衰、理想的盛衰、愛情的盛衰，前兩類是唐人對生命宇宙形而上的抽象思考，後兩類是與唐人生活密切相關的形而下的生活體認。以這四個內容為基點，可以對唐詩盛衰主題有一個十分系統的把握。

首先，盛衰意識是一個複雜的哲學思想，它包含著唐人對生命、宇宙、時間、情感等一系列事物的深層認知，暗含著唐人的生死觀、歷史觀、價值觀以及愛情觀等一系列問題。因此，通過對唐詩盛衰主題的把握，我們可以探尋到不同時期唐代文人心態的變化，以及他們對這個世界的思考。其次，盛衰意識是唐人對這個世界的悲劇性認知，對這一主題的研究可以發掘出唐人在生命的重壓下，試圖與命運和解所做出的一系列努力，進而可以對唐人宗教心態有一個深入認識。第三、唐代是一個階段性非常明顯的王朝，通過對不同時期唐詩盛衰主題不同表現方式的探索，可以梳理出唐代審美風格、思想意識、詩歌表現技巧的變遷。當然唐詩盛衰主題這一分類除了創新，也會遇到一些難題：

首先，在一些詩歌作品中，盛衰意識沒有那麼明晰地表現出來，而是以主觀化的情思蘊含在詩作之中，特別是一些感情較為內斂，主觀性較強的詩歌，讀者一定要用心去體悟那種情感由盛而衰的失落。試看李商隱的《無題·其一》：「相見時難別亦難，東風無力百花殘。春蠶到死絲方盡，蠟炬成灰淚始乾。曉鏡但愁雲鬢改，夜吟應覺月光

寒。蓬山此去無多路，青鳥殷勤爲探看。」〔註26〕這首詩表現了主人公對愛情的執著和堅持，但「百花殘」、「絲方盡」、「淚始乾」等意象分明傳達出了一種痛楚，一種近乎絕望的愛情悲劇，那麼爲何愛得這樣痛苦，詩人還是要堅持去尋找情人呢？那是因爲愛情在痛苦的失落之前，必然有它甜蜜的時刻，而那種甜蜜溫情詩歌卻沒有直接表現出來，因此詩人感情由甜蜜到痛苦，由盛而衰的脈絡需要我們結合自身經驗去揣摩體會。再如王維的《秋夜獨坐》：「獨坐悲雙鬢，空堂欲二更。雨中山果落，燈下草蟲鳴。白髮終難變，黃金不可成。欲知除老病，唯有學無生。」〔註27〕這首詩充滿了一派沈寂幻滅的氛圍，詩人老去、功業未就，只有在孤燈之下潛心念佛，詩歌只爲我們呈現了一幅衰敗空寂的畫面，但無盛何來衰，在這孤獨背後是詩人曾經青春的面龐、遠大的理想，然而這一切都失落在如今的衰敗之中。總之，在唐詩盛衰主題詩作中，有些詩以盛衰對比的方式很明顯地呈現出一派今非昔比的畫面，如盧照鄰的《行路難》、《長安古意》，但很多詩歌則是將盛衰之變暗藏在作品之中，文學畢竟是以情感爲主，一些詩歌中的盛衰變化不是那樣嚴格按照線性的順序，而是伴隨著詩人的主觀情感而遊走不定，這一切都需要我們仔細閱讀詩歌、認眞體味。

　　其次，被筆者歸爲盛衰主題的一些詩作會和傳統意義上的一些詩歌主題相重合，比如歷史盛衰主題詩作和懷古詩、詠史詩，愛情盛衰主題詩作和愛情詩，理想盛衰主題詩作與士不遇主題詩、邊塞詩等。但只要本著盛衰主題類詩作一定會傳達或暗含出事物由盛而衰變化的這一哲思，那麼這些分類之間模糊的界限便會被劃分清晰。比如有些詠史、懷古詩以歷史人物自比，表達一種懷才不遇的心境，一些則重在以歷史爲訓，但只有那些暗含著一種盛衰變換之感的詩作才可稱之爲歷史盛衰主題詩。如羅隱的《書淮陰侯傳》：「寒燈挑盡見遺塵，

〔註26〕　〔唐〕李商隱，無題，見〔清〕彭定求等編，全唐詩（卷五三九）〔M〕，北京：中華書局，1999：6219。

〔註27〕　〔唐〕王維，秋夜獨坐，見〔清〕彭定求等編，全唐詩（卷一二六）〔M〕，北京：中華書局，1999：1279。

試瀝椒漿合有神。莫恨高皇不終始，滅秦謀項是何人。」〔註28〕這首詩雖然以古人古事爲題材，也傳達了一種歷史的滄桑感，但畢竟沒有抒發出一種歷史興亡變化的盛衰意識，而像陳子昂的《登幽州臺歌》：「前不見古人，後不見來者。念天地之悠悠，獨愴然而涕下」〔註29〕，李白的《蘇台覽古》：「舊苑荒臺楊柳新，菱歌清唱不勝春。只今惟有西江月，曾照吳王宮裏人。」〔註30〕這類具有盛衰對比，並暗含興亡之思的詩作才可稱得上是表現歷史盛衰主題的詩作。還有在初盛唐時期，邊塞詩主要表現出忠君愛國的高揚情調，一種樂觀的鬥志。然而隨著時代變遷以及詩人對邊塞現實生活的深刻體認，高昂浪漫的邊塞理想變得消沉失落，比如王昌齡《塞下曲》組詩生動地描繪出一位邊塞遊俠兒在邊塞生活的磨礪下，生命從青春到衰老，理想由高昂到失落的鮮明變化，這類詩歌才可以看做是表現邊塞理想盛衰變化的詩作。還有唐人在表現愛情時傾向於描寫相愛的艱辛，和愛情失落後的悲愴，但也不乏一些描繪愛情甜蜜愜意的作品，但單純表現愛情歡愉的詩作當然不能稱之爲愛情盛衰主題詩作。

四、唐詩盛衰主題定義的意義

王立先生對主題學於中國古代文學發展的意義曾有過精闢的論述：

在文學史研究中，主題學打破了長期以來各抱一段、各守一種的文體的慣常狀態，改變了一些研究對象在總體格局中的價值品位，它尤其衝擊了作家作品集錦式的文學史模式。我們知道，後者至今仍稱得上古典文學研究「主流派」固守的主要陣地。而主題學卻將這些神聖領域裏大家熟悉的既定操作規程打亂了。它跨文體時代還常常跨學

〔註28〕〔唐〕羅隱，書淮陰侯傳，見〔清〕彭定求等編，全唐詩（卷六六四）〔M〕，北京：中華書局，1999：7666。
〔註29〕〔唐〕陳子昂，登幽州臺歌，見〔清〕彭定求等編，全唐詩（卷八三）〔M〕，北京：中華書局，1999：899。
〔註30〕〔唐〕李白，蘇台覽古，見〔清〕彭定求等編，全唐詩（卷一八一）〔M〕，北京：中華書局，1999：1852。

科跨民族。爲此戰線太長火力不密集，又因不願搬用一些
現成的常識性材料，以及非文學的材料如史學，也讓人易
於產生論題不集中闡發不深刻的印象。受孟子以降『知人
論世』主張的影響，古典文學研究的基本傾向一直是『重
史輕文』的。對客觀實在的強調，往往掩蓋了對這一實在
存多重流變接受複雜過程的關注分析。詩人作家的生平與
創作道路，一向爲人所重，許多『年譜』即是按著傳記結
合作品的內證考釋出來的。但突然有一天，如果有人說這
句子是照著前人模子套下來的，抑或別的一些作家筆下也
出現了類似的句子，原來的結論變得可疑了。〔註31〕

　　在王立先生看來，主題學打破了傳統文學史的以作家作品集錦爲
基礎的研究方式，並且其跨民族、跨學科的特性爲中國古典文學研究
提供了更多新的思路，對「重史輕文」的傳統也進行了有力的反駁。
而對於唐詩研究來說，唐詩盛衰主題的提出也有著極大的創新意義：

　　首先，將唐詩以盛衰意識進行分類，可以開啓研究唐詩的新角
度，不再拘泥於詩歌的內容和形式，而是以通透的目光直接把握詩歌
所傳達出的哲思。不同時代的詩人對這一主題表現方式的不同，不僅
反映出了不同時代詩人的審美心態，也爲研究唐詩演進提供了一個新
的角度。盛衰主題被唐代不同時期的眾多詩人反覆書寫，如果把唐詩
中的盛衰主題貫穿起來作研究，便可以以此來把握唐詩的基本特徵和
演化規律。把盛衰主題置於整個古代詩歌的發展當中，就更容易看出
它在哪些方面有所繼承，哪些方面有所發展、創新，從而窺探到整個
中國古典詩歌演進的脈絡。

　　第二，盛衰之變是唐人對生命、生活的悲劇性認知，因此盛衰主
題這一分類不僅是對詩歌還是對唐人悲劇精神的解讀。

　　第三，本文將唐詩中的盛衰主題分爲四類：生命的盛衰、歷史的
盛衰、理想的盛衰以及愛情的盛衰。前二者中的盛衰規律是一種抽象

〔註31〕王立，關於文學主題學研究的一些思考〔J〕，中國比較文學，1999
　　　（4）：101。

的、宇宙自然發展中鐵的定律；後二者中的盛衰變化並不是必然的自然規律，而是一種源於現實生活的無可奈何，是傳統倫理制度下文人理想與愛情的悲劇。由此可以透過這四個方面對唐代文人思想上抽象的悲劇意識和被現實制度摧殘下真實發生的悲劇進行全方位的解讀。

第三節　唐前文學中的盛衰主題

　　事物的盛衰變化最直觀、最令人驚心的莫過於自然界因物候變化而引起的草木盛衰，正如陸機在《文賦》中所說的：「遵四時以歎逝，瞻萬物而思紛。悲落葉於勁秋，喜柔條於芳春。心懍懍以懷霜，志眇眇而臨雲。」﹝註32﹞在短暫的人類生命中，青春與美好的逐漸枯槁和自然界植物的盛衰有著很大相似之處，因此在唐前文學中，盛衰主題主要表現在傷春悲秋和對紅顏易老、青春流逝的悲歎。

一、《詩經》中的盛衰主題

　　在先秦的一些哲學作品中，人們已經開始用自然物候和人類生命相對照。《管子‧形勢解》有云：「春者，陽氣始上，故萬物生」，「秋者，陰氣始下，故萬物收」﹝註33﹞；《毛詩正義》中的《七月》傳有云：「春則女悲，秋則士悲，感其萬物之化，故所以悲也……言男女之志同而傷悲之節異也。」﹝註34﹞古人用季節的特徵對應人類世界的性別，春天的明媚與生機勃勃，代表著敏感而纖弱的女子；而秋季蕭颯悲涼的情調，則較為符合男性沉靜滄桑的性格特徵。在文學創作中，《詩經》中的許多詩篇已經開始用花草來象徵人類生命，用花草的興衰枯榮象徵人類生命由青春到遲暮的生命過程，形成了最早的生

﹝註32﹞〔西晉〕陸機，文賦，曹道衡選編，漢魏六朝辭賦與駢文精品〔M〕，2002：64。

﹝註33﹞見王立，中國古代文學主題思想研究〔M〕，天津：天津教育出版社，2008：4。

﹝註34﹞見王立，中國古代文學主題思想研究〔M〕，天津：天津教育出版社，2008：4。

命盛衰主題詩作：如《詩經・召南・摽有梅》：

> 摽有梅，其實七分。求我庶士，迨其吉分。摽有梅，
> 其實三分。求我庶士，迨其今分。摽有梅，傾筐塈之。求
> 我庶士，迨其謂分！〔註35〕

　　這首詩用樹上的梅子由多到少，由繁茂到零落，比喻女子從青春
到遲暮的生命行跡。詩中的女子有感於梅子隨著時間的推移一天天減
少，而聯想到自己的生命隨著歲月一天天衰老，於是她對愛情與婚姻
發出了強烈的渴求。還有如「桃之夭夭，灼灼其華」〔註36〕，「桑之
落矣，其黃而隕」〔註37〕，「苕之華，芸其黃矣。心之憂矣，惟其傷
矣！苕之華，其葉青青。知我如此，不如無生！」〔註38〕等詩句都是
用花草的盛衰和人類生命相對照，從而產生著強烈的生命情緒。

　　除了草木的盛衰迴圈和人類生命相感應，《詩經》的一些篇章還
在動物和日月等自然天體間，把握著事物的盛衰起伏，試看《詩經・
曹風・蜉蝣》：

> 蜉蝣之羽，衣裳楚楚。心之憂矣，於我歸處。蜉蝣之
> 翼，采采衣服。心之憂矣，於我歸息。蜉蝣掘閱，麻衣如
> 雪。心之憂矣，於我歸說。〔註39〕

　　蜉蝣是一種朝生暮死的小蟲，詩人描寫了蜉蝣美麗的外貌，它
「衣裳楚楚」、「采采衣服」、「麻衣如雪」，然而卻生命短暫，華美
的外表背後是死亡的迫近。因此詩人「心之憂」，是對蜉蝣生命由
盛而衰轉變迅速的憂慮，抒發了一種生命的憂患和悲劇感。歷代文
人都認為這是一首諷刺統治者驕奢淫逸的詩歌，清代的方玉潤卻反
駁道：「蓋蜉蝣為物，其細已甚，何奢之有？取以為比，大不相類。
天下刺奢之物甚多，詩人豈獨有取於掘土而出，朝生暮死之微蟲

〔註35〕陳戊國譯注，詩經〔M〕，長沙：嶽麓書社，2006：15。
〔註36〕陳戊國譯注，詩經〔M〕，長沙：嶽麓書社，2006：5。
〔註37〕陳戊國譯注，詩經〔M〕，長沙：嶽麓書社，2006：46。
〔註38〕陳戊國譯注，詩經〔M〕，長沙：嶽麓書社，2006：193。
〔註39〕陳戊國譯注，詩經〔M〕，長沙：嶽麓書社，2006：112。

耶？」〔註40〕方玉潤察覺到了用蜉蝣比喻統治者的不妥之處，認為生命在朝夕之間的小蟲和浮誇的統治者之間實在沒有太多相似之處，筆者也十分贊同這一觀點。與其說蜉蝣漂亮的外表象徵著統治者的驕奢浮華，不如說它代表一種靈動的生命之美，而它自身生命的短促又暗示了由生到死的迅速與無奈。因此這是一首比較隱晦的傳達生命盛衰變化的詩作，體現了詩人的時間意識和生命之悲。再看一首《詩經·唐風·蟋蟀》：

> 蟋蟀在堂，歲聿其莫。今我不樂，日月其除。無已大康，職思其居。好樂無荒，良士瞿瞿。蟋蟀在堂，歲聿其逝。今我不樂，日月其邁。無已大康，職思其外。好樂無荒，良士蹶蹶。蟋蟀在堂，役車其休。今我不樂，日月其慆。無已大康，職思其憂。好樂無荒，良士休休。〔註41〕

蟋蟀進入房屋代表著秋日的到來，從而引發了詩人「今我不樂，日月其除」，「今我不樂，日月其邁」，「今我不樂，日月其慆」的生命焦慮。時間變換、日月迴圈，「蟋蟀在堂」雖沒有直接表現生命的盛衰，卻誘發了詩人對時光物候的敏銳把握，從而產生了悲劇的生命之思。

除了在時間的流逝中把握生命的盛衰，《詩經》中的一些作品還以直抒胸臆的方式表達了詩人對死亡迫近的憂慮與恐懼，如「今者不樂，逝者其亡」〔註42〕，「人之云亡，心之憂矣……人之云亡，心之悲矣」〔註43〕，「心之憂矣，曷維其亡」〔註44〕。

二、《楚辭》中的盛衰主題

　　和《詩經》相比，《楚辭》裏的景物描寫和詩人的情感更加融為一體，自然物候的變換和文人的生命情緒緊緊相連。屈原《離騷》中

〔註40〕見陳向春，中國古典詩歌主題研究〔M〕，北京：高等教育出版社，2008：25。
〔註41〕陳戌國譯注，詩經〔M〕，長沙：嶽麓書社，2006：84。
〔註42〕陳戌國譯注，詩經〔M〕，長沙：嶽麓書社，2006：94。
〔註43〕陳戌國譯注，詩經〔M〕，長沙：嶽麓書社，2006：227。
〔註44〕陳戌國譯注，詩經〔M〕，長沙：嶽麓書社，2006：22。

有「日月忽其不淹兮，春與秋其代序。惟草木之零落兮，恐美人之遲暮」及「冀枝葉之峻茂兮，願俟時乎吾將刈。雖萎絕其亦何傷兮，哀眾芳之蕪穢」〔註45〕之句。這裡的日月升沉、草木零落、眾芳蕪穢都是自然界的盛衰變化，而美人遲暮卻是人類生命的悲劇，在自然的感發下，屈原將盛衰變化這一現象描繪出了悲涼的情緒。如果說《詩經》有關生命盛衰主題的詩作是用自然的遷移、改變暗示人類生命的盛衰之變，那麼屈原的這組詩句則是將個人生命的體驗和蒼涼、衰敗的自然意象相融合，用悲劇的目光去審視自然，將感傷的生命情緒和自然的遷逝合二為一。

宋玉是悲秋的鼻祖，他延續著屈原的情感基調，在詩歌中將物候之變引發的悲劇意識進行了經典化的定型，從而使悲秋髮展成引發中國古代文人感情共鳴的詩歌主題。在《詩經》中，詩人用秋天衰敗的景象來興發情感，如「秋日淒淒，百卉具腓。亂離瘼矣，爰其適歸」〔註46〕，「蒹葭蒼蒼，白露為霜。所謂伊人，在水一方」〔註47〕。在這兩句詩中，秋日衰敗的景物只是引發出詩人對社會現實的反思、對愛情的求索，詩人並沒有將自然的盛衰與自身的生命狀態相結合。宋玉的詩作則不同，正如王立先生所說的：「主體的情志開始突出，乃是主題的最初萌芽。」〔註48〕試看宋玉的《九辯》：

> 悲哉秋之為氣也！蕭瑟兮草木搖落而變衰。憭慄兮若在遠行；登山臨水兮送將歸。泬寥兮，天高而氣清。寂寥兮，收潦而水清。憯悽增欷兮，薄寒之中人。愴怳懭悢兮，去故而就新。坎廩兮，貧士失職而志不平。廓落兮，羈旅而無友生。惆悵兮，而私自憐……皇天平分四時兮，竊獨悲此凜秋。白露既下百草兮，奄離披此梧楸。去白日之昭昭兮，襲長夜

〔註45〕魏耕原等編，先秦兩漢魏晉南北朝詩歌鑒賞辭典〔M〕，北京：商務印書館，2012：312。

〔註46〕陳戍國譯注，詩經〔M〕，長沙：嶽麓書社，2006：167。

〔註47〕陳戍國譯注，詩經〔M〕，長沙：嶽麓書社，2006：96。

〔註48〕王立，中國古代文學主題思想研究〔M〕，天津：天津教育出版社，2008：15。

之悠悠。離芳藹之方壯兮，余萎約而悲愁。秋既先戒以白露兮，冬又申之以嚴霜。收恢臺之孟夏兮，然欲際而沈藏。葉菸邑而無色兮，枝煩挐而交橫；顏淫溢而將罷兮，柯彷彿而萎黃；萷櫹椮之可哀兮，形銷鑠而瘀傷。惟其紛糅而將落兮，恨其失時而無當。攬騑轡而下節兮，聊逍遙以相羊。歲忽忽而遒盡兮，恐余壽之弗將。〔註49〕

秋天的氣息無孔不入，朗朗白日行將消逝，取而代之的是漫漫的黑夜與寒冬。茂盛的芳草也從茁壯變得萎靡蕭索，詩人擔心秋天永遠不會結束，百草永遠不會回歸芬芳。在這首詩中，詩人突出了個體對秋天的敏感把握，自然界花草樹木的榮枯同個人生命的盛衰律動對應了起來。在這裡我們可以看到自然界的盛衰代謝已經引起了詩人個人生命的盛衰之感，並且這種生命由盛而衰的走向讓詩人產生了濃濃的悲劇感，這是一種青春不再、年華老去、理想未成的沉重焦慮。

三、魏晉南北朝詩歌中的盛衰主題

魏晉南北朝時期，詩人對盛衰之變的感知從自然擴展到了個人的容顏，雖然屈原有「惟草木之零落兮，恐美人之遲暮」之句，但畢竟只是少數。在魏晉南北朝時期，不僅僅自然界的草木變化會引起人們的遷逝之感，人類自身容顏的改變更是盛衰之變最直觀且最為觸目驚心的證明。魏晉時期的人們十分在意個體的外貌體態，《世說新語》中常常有對魏晉士子翩翩風度的描繪，如「嵇延祖卓卓如野鶴之在雞群」〔註50〕，「鬢如反蝟皮，眉如紫石棱」〔註51〕。可以說魏晉文人對個人外貌是十分敏感與重視的。試看謝靈運的《豫章行》試看謝靈運的《豫章行》：

短生旅長世，恒覺白日。覽鏡睨頹容，華顏豈久期。

〔註49〕〔戰國〕宋玉，九辯，魏耕原等編，先秦兩漢魏晉南北朝詩歌鑒賞辭典〔M〕，北京：商務印書館，2012：417。

〔註50〕〔南朝宋〕劉義慶，世說新語〔M〕，太原：山西古籍出版社，2006：173。

〔註51〕〔南朝宋〕劉義慶，世說新語〔M〕，太原：山西古籍出版社，2006：177。

苟無回戈術，坐觀落崦嵫。〔註52〕

　　日暮時分，蒼白的落日漸漸西沉，這是一天之內時光的盡頭，而鏡中衰老的容顏，預示著詩人生命的盡頭。詩人在時間的衰景中凝望著衰老的容顏，一種生命的悲劇之感油然而生。

　　這一時期的詩人也為排遣此種生命焦慮做了一些嘗試，比如用自然的永恆化解個人苦悶的愁思，試看阮籍《詠懷其十八》：

　　　　懸車在西南，羲和將欲傾。流光耀四海，忽忽至夕冥。朝為咸池暉，濛汜受其榮。豈知窮達士，一死不再生。視彼桃李花，誰能久熒熒。君子在何許，歎息未合併。瞻仰景山松，可以慰吾情。〔註53〕

　　正如謝靈運《豫章行》的結尾吟誦道「苟無回戈術，坐觀落崦嵫」，阮籍也選擇仰望山松，以此來化解生命盛衰引發的焦慮感，他們不約而同地將目光投向山川自然。在詩人眼中，靜默的山巒與蒼翠的松柏不再是引發盛衰之感的媒介，而是以永恆的生命力寬慰詩人、化解著他們內心的不安。

　　除了在自然界尋求安慰，詩人們還發展了先秦楊朱「且趣當生，奚遑死後」，及時行樂的享樂主義精神，企圖在美酒華服、音樂美女中放蕩情志，用以擺脫事物盛衰變化所產生的焦慮。魏文帝曹丕在《與朝歌令吳質書》中集中表達了這一思想：

　　　　每念昔日南皮之遊，誠不可忘。既妙思六經，逍遙百氏，彈棋閒設，終以六博，高談娛心，哀箏順耳。馳騁北場，旅食南館，浮甘瓜於清泉，沈朱李於寒冰。白日既匿，繼以朗月，同乘並載，以遊後園。輿輪徐動，賓從無聲，清風夜起，悲笳微吟，樂往哀來，愴然傷懷，余顧而言，斯樂難常，足下之徒，咸以為然。今果分別，各在一方。

〔註52〕　〔東晉〕謝靈運，順東門西行，見黃節注，黃節注漢魏六朝詩六種〔M〕，北京：人民文學出版社，2008：597。
〔註53〕　〔三國〕阮籍，詠懷其十八，見黃節注，黃節注漢魏六朝詩六種〔M〕，北京：人民文學出版社，2008：488。

元瑜長逝，化爲異物，每一念至，何時可言？方今蕤賓紀
時，景風扇物，天氣和暖，眾果具繁。時駕而遊，北遵河
曲，從者鳴笳以啓路，文學託乘於後車，節同時異，物是
人非，我勞如何！〔註54〕

在這段文字中，曹丕表達了對往日歡遊的懷念。曾經和朋友讀書
高談，彈琴下棋，馳騁北場的美好歲月，而如今大家卻是七零八落，
天各一方淒然光景，有些人甚至已經溘然長逝，生死兩隔。雖然現如
今仍然「時駕而遊」，享受著美食美景，可是「節同時異，物是人非。」
詩人雖擁有著美好的生活，可是在他看來這種享樂已經沒有了往日的
歡愉，那是因爲親朋好友都失散零落了，一方面詩人十分珍惜眼前的
錦衣玉食，另一方面卻感到無比的空虛悲戚。由此可見及時行樂帶來
的只是暫時的安慰，世事無常、生命盛衰之變的焦慮感仍時時刻刻折
磨著詩人的內心，正所謂「我勞如何！」

此外，謝靈運的《順東西門行》：「競運落，務頹年，招命儕好相
追牽。酌芳酤，奏繁絃，惜寸陰，情固然。」〔註55〕也表現出了一種
及時行樂的思想。魏晉南北朝詩人身上這種及時行樂的思想和漢樂府
有著深刻的關聯，試看東漢末年《古詩十九首》中的兩首詩作：

萬歲更相迭，聖賢莫能度。服食求神仙，多爲藥所誤。
不如飲美酒，被服紈與素。〔註56〕《驅車上東門》）

青青陵上柏，磊磊澗中石。人生天地間，忽如遠行客。
斗酒相娛樂，聊厚不爲薄……極宴娛心意，戚戚何所迫。〔註
57〕《青青陵上柏》）

〔註54〕〔三國〕曹丕，與吳質書，見〔清〕李兆洛選輯，駢體文鈔〔M〕，
　　　鄭州：中州古籍出版社，1990：661。
〔註55〕〔東晉〕謝靈運，順東西門行，見黃節注，黃節注漢魏六朝詩六種
　　　〔M〕，北京：人民文學出版社，2008：601。
〔註56〕古詩十九首之驅車上東門，見余冠英選注，漢魏六朝詩選〔M〕，北
　　　京：人民文學出版社，2009：63。
〔註57〕古詩十九首之青青陵上柏，見余冠英選注，漢魏六朝詩選〔M〕，北
　　　京：人民文學出版社，2009：58。

　　詩人們認識到了個體生命的脆弱短暫，以及終將歸於虛無的悲劇事實，進而寫下了字字珠璣的詩句，凝練而沉痛。「不如飲美酒，被服紈與素」，「斗酒相娛樂，聊厚不爲薄」，漢代詩人帶著生命的悲劇感，在花天酒地、華食美服間尋找生命的樂趣，這不是縱情享樂，是對生的眷戀和熱愛，是帶有行爲藝術性質的人生態度。魏晉詩人繼承了漢人消解生命焦慮的方式，在由盛而衰這條不可逆轉的生命軌跡上，翩躚起舞，企望以最華美的姿態彰顯生的歡樂，迎接死亡的到來。

　　雖然魏晉南北朝時期儒學崩塌，傳統的文人價值觀得到前所未有的挑戰，但很多文人仍在時間的流逝中保持著一顆強大的且充滿道德感召的靈魂。但在白日西斜、生命轉衰的現實面前，建功立業，實現個人價值的儒家道德感沒有給他們寬慰，反而像一個沉重的行囊伴隨著他們人生的旅途，試看江淹的《劉太尉琨傷亂》和陶淵明的《雜詩》：

　　　　空令日月逝，愧無古人度。飲馬出城濠，北望沙漠路。千里何蕭條，白日隱寒樹。投袂既憤懣，撫枕懷百慮。功名惜未立，玄髮已改素。〔註58〕

　　　　憶我少壯時，無樂自欣豫。猛志逸四海，騫翮思遠翥。荏苒歲月頹，此心稍已去。值歡無復娛，每每多憂慮。氣力漸衰損，轉覺日不如。壑舟無須臾，引我不得住。前途當幾許，未知止泊處。古人惜寸陰，念此使人懼。〔註59〕

　　在這兩首詩中，詩人功名未立，人已衰老。強烈的功名意識讓生命的悲劇感更添幾分蒼涼，憤懣的心緒交織著時間重壓下的緊迫感。詩人對生命的衰老，功名未就充滿了恐懼和焦慮、憤懣與惋惜。但從這兩首詩中我們可以看出，詩人們已經不再迴避事物盛衰所給人帶來

〔註58〕〔南朝〕江淹，劉太尉琨傷亂，魏耕原等編，先秦兩漢魏晉南北朝詩歌鑒賞辭典〔M〕，北京：商務印書館，2012：1182。

〔註59〕〔東晉〕陶淵明，雜詩，見魏耕原等編，先秦兩漢魏晉南北朝詩歌鑒賞辭典〔M〕，北京：商務印書館，2012：970。

的深深焦慮，而是選擇直視與面對。

　　魏晉南北朝盛衰主題詩歌最大的特點就是感情充沛，詩人們滿懷著對生命盛衰、時間流逝的感傷，對盛衰變化所帶來的遷逝之感進行肆意書寫。並且在這些詩作中，詩人們不再迴避盛衰變化所帶來的沉重焦慮，對道家齊生死、與物化等淡化死亡的態度頗有微詞，反而對莊子「山林歟！皋壤歟！是我欣欣然而樂歟！樂未畢也，哀又繼之；哀樂知來，吾不能御，其去，弗能止。悲夫！世人直爲逆旅耳」的言論頗爲讚賞並且感同身受。魏晉文士蔣濟曾說過：「莊周婦死而歌。夫通性命者，以卑及尊，死生不悼，不可論也。夫象見子皮，無遠近必泣，周何忍哉。」〔註60〕蔣濟的「不可論」體現了對莊子「鼓盆而歌」的否定。《世說新語‧傷逝》篇也對莊子齊生死的態度進行了反駁：

　　　　王戎喪兒萬子，山簡往省之，王悲不自勝。簡曰：「孩抱中物，何至於此？」王曰：「聖人忘情，最下不及情；情之所鍾，正在我輩。」〔註61〕

　　「情之所鍾，正在我輩」，這已不是莊子鼓盆而歌的故作曠達，而是一任那沉痛的遷逝之感隨意流淌。由此再反觀此時文人的詩作，面對生命盛衰這一悲劇問題時，他們不是毫無感情地淡然處之，而是充滿著哀傷與無奈，這一點在書寫親人逝去的悼念詩作中表現得尤爲明顯。潘岳的《悼亡詩》三首、江淹的《悼室人》十首都是表現生命遷逝之感的代表作。試看潘岳的《悼亡詩》其一：

　　　　荏苒冬春謝，寒暑忽流易。之子歸窮泉，重壤永幽隔。私懷誰克從？淹留亦何益。黽勉恭朝命，迴心反初役。望廬思其人，入室想所歷。幃屏無彷彿，翰墨有餘跡。流芳未及歇，遺掛猶在壁。悵恍如或存，回遑忡驚惕。如彼翰林鳥，雙棲一朝只。如彼游川魚，比目中路析。春風緣隙

〔註60〕蔣子萬機論‧太平御覽（卷八九），見陳向春，中國古典詩歌主題研究〔M〕，北京：高等教育出版社，2008：41。

〔註61〕〔南朝宋〕劉義慶，世說新語〔M〕，太原：山西古籍出版社2006：186。

來，晨溜承簷滴。寢息何時忘，沉憂日盈積。庶幾有時衰，

莊缶猶可擊。〔註62〕

　　詩人因景生情，在春秋代謝、寒暑交替的輪轉間感慨妻子生命

的消逝，在與妻子相處的房間、逝者的遺物中，作者產生了不可遏

制的感傷，生命的遷逝之感是那樣真摯可感，甚至有些觸目驚心。

在沉痛的哀傷和至深的思念之中，詩人恍惚中覺得妻子仍沒有離

去，因為一起生活過的物質空間都沒有絲毫改變，曾經的歡愛都是

那樣真實。這篇悼亡之作在自然景物和日常生活場景的雙重交織

裏，表現了詩人對亡妻無限的追念，以及對生命盛衰變化的無奈哀

歎，感傷悲痛的情緒充滿在字裏行間。自晉代潘岳《悼亡詩》以來，

「悼亡」成為了專門追念亡妻的詩作，沈約以及唐代的薛德音、元

稹等人都在悼亡的題目下緬懷過自己的妻子，在中國古代詩歌史

上，悼亡詩用以專門表現對妻子的追憶已經成為了一種約定俗成。

因此很多悼亡詩也表現了詩人和妻子間愛情的盛衰，詩歌暗含了他

們之間的愛情由往日的溫馨甜蜜到如今的淒惻悲愴，因此這類詩作

的主題往往比較複雜、含義深刻。

　　總之，魏晉南北朝時的盛衰主題詩主要表現在對生命盛衰的關

注，雖然也出現了表現理想、愛情盛衰的詩作，但數量並不多。和先

秦時期的盛衰主題詩歌相比，這一時期的詩人們對這一主題的表達更

為細膩多面。先秦儒家倫理化、現實化的面對事物盛衰的態度，以及

道家「齊萬物」「一生死」的超凡姿態都無形中壓抑了人們在面對死

亡和衰敗時的各種個性化的思考、情緒、意念，即那份最真實的人性

情感，和前代相比，魏晉南北朝的詩人面對死亡那種焦慮惶恐的心緒

更為敏感真實，並且他們嘗試著在永恆的自然界、物質享樂和個人價

值的實現方面化解盛衰變化帶來的惶恐，可以說這一時期的盛衰主題

詩作為唐詩盛衰主題的繁榮做了良好的鋪墊。

〔註62〕　〔西晉〕潘岳，悼亡詩其一，見魏耕原等編，先秦兩漢魏晉南北朝

　　　　詩歌鑒賞辭典〔M〕，北京：商務印書館，2012：844。

第四節　唐詩盛衰主題概觀

在《詩經》中，詩人對盛衰意識的體驗主要來源於對自然的感知，在一些作品中詩人會自覺地運用自然界的盛衰變化對應人類的生命進程，但在這些詩歌中，自然的盛衰大都用來興發和引導情感，詩人的生命情緒和自然景物並沒有真正融為一體。直到屈原的《離騷》，特別是在宋玉的《九辯》中，自然界的盛衰遷逝和人類由青春到衰老，由生到死的生命軌跡逐漸融為一體，並從中生發出了感傷而蒼涼的悲劇意識。魏晉南北朝時期，在儒學信仰崩塌和時代離亂的背景下，詩人對生命的盛衰變化極為敏感，不僅自然物候會觸動他們多情的神經，詩人們還逐漸將目光投向了自身容顏的改變，周遭親人的衰逝，並試圖從山川自然、宗教世界裏擺脫盛衰之變所帶來的生命焦慮。在前代文人的創作基礎上，唐代詩人以他們強大的情感動力和生命熱情，對盛衰之變這一問題注入了新的思考，並用詩歌的形式將其傾瀉而出。

首先，唐人對事物盛衰問題的思索，已不僅僅侷限於自然界的物候變換，而是在生命的各個層面都發掘出這樣一個事實，將盛衰主題擴展到了日常生活、情感理想、歷史宇宙等各個層面。唐人在詩歌中善於表現事物盛和衰的強烈對比，但在這之下，詩人有著更深入的思考，傳達出了深邃的生命和宇宙意識。如劉希夷的《代悲白頭翁》：「年年歲歲花相似，歲歲年年人不同。」〔註63〕自然界的繁榮是永恆的，花敗了可以再開，然而人類生命的盛衰迴圈卻無法到達這樣的境界，這是一種永恆繁盛和必然衰敗的生命對比。還有張若虛的《春江花月夜》：「江畔何人初見月，江月何年初照人。人生代代無窮已，江月年年只相似。」〔註64〕詩人在月華、江水的映照裏傳達出了一種深邃的

〔註63〕〔唐〕劉希夷，代悲白頭翁，見〔清〕彭定求等編，全唐詩（卷八二）〔M〕，北京：中華書局，1999：884。

〔註64〕〔唐〕張若虛，春江花月夜，見〔清〕彭定求等編，全唐詩（卷一一七）〔M〕，北京：中華書局，1999：1185。

宇宙之思。除了生命意識，唐人也通過盛衰主題傳達出他們對歷史興亡的洞察，如陳子昂的《登幽州臺歌》：「前不見古人，後不見來者。念天地之悠悠，獨愴然而涕下。」〔註65〕詩歌沒有直言盛衰，只是讓詩人在孤獨的現實裏，回憶起當年幽州臺人才濟濟的繁盛局面、預見未來前路迷茫的寂寞。此外劉禹錫的詩歌，如《烏衣巷》：「舊時王謝堂前燕，飛入尋常百姓家。」〔註66〕如《石頭城》：「淮水東邊舊時月，夜深還過女牆來。」〔註67〕如《西塞山懷古》：「西晉樓船下益州，金陵王氣黯然收。千尋鐵鎖沉江底，一片降幡出石頭。人生幾回傷往事，山形依舊枕江流。今逢四海爲家日，故壘蕭蕭蘆荻秋。」〔註68〕這幾首詩則企圖從家國歷史的盛衰之中尋求一種更加超然的態度，並生發出了一種空靈的宇宙之思。此外唐人也將對盛衰問題的思索延伸到了個人的理想和命運，正所謂「長安有男兒，二十心已朽」〔註69〕。唐代有著特殊的時代氛圍，人們推崇年少的天才，然而那種年少氣盛的英氣，往往伴隨著暮年的到來而散發出一種無可奈何的悲涼，正所謂「我年三十二，鬢有八九絲。非無官次第，其如身早衰」〔註70〕。同樣，在唐人眼裏，愛情也有盛衰，「此情可待成追憶，只是當時已惘然」〔註71〕，「春心莫共花爭發，一寸相思一寸灰」〔註72〕，「守分辭

〔註65〕〔唐〕陳子昂，登幽州臺歌，見〔清〕彭定求等編，全唐詩（卷八三）〔M〕，北京：中華書局，1999：899。

〔註66〕〔唐〕劉禹錫，烏衣巷，見〔清〕彭定求等編，全唐詩（卷三六五）〔M〕，北京：中華書局，1999：4127。

〔註67〕〔唐〕劉禹錫，石頭城，見〔清〕彭定求等編，全唐詩（卷三六五）〔M〕，北京：中華書局，1999：4127。

〔註68〕〔唐〕劉禹錫，西塞山懷古，見〔清〕彭定求等編，全唐詩（卷三五九）〔M〕，北京：中華書局，1999：4065。

〔註69〕〔唐〕李賀，贈陳商，見〔清〕彭定求等編，全唐詩（卷三九二）〔M〕，北京：中華書局，1999：4429。

〔註70〕〔唐〕元稹，寄隱客，見〔清〕彭定求等編，全唐詩（卷八二）〔M〕，北京：中華書局，1999：885。

〔註71〕〔唐〕李商隱，錦瑟，見〔清〕彭定求等編，全唐詩（卷五三九）〔M〕，北京：中華書局，1999：6194。

芳輦，含情泣團扇。一朝歌舞榮，夙昔詩書賤。頹恩誠已矣，覆水難重薦」〔註73〕。

其次，唐詩中的盛衰主題，不僅僅是詩人對這一問題的簡單感知，而是進一步敘寫了盛衰變化所引發的生命焦慮以及詩人們企圖擺脫這種焦慮而產生的宗教心態。上文我們已經提到，唐人將盛衰之變延伸到了生命、歷史、宇宙、愛情等各個層面，而在不同的層面上，這種由繁盛走向衰亡的過程都不約而同地引起了人們的恐慌。於是在唐代「三教合一」的意識形態下，唐人紛紛轉向不同的宗教文化，希冀以此化解盛衰之感所引發的焦慮。有人通過對神仙世界的美好想像來消解現世的焦慮，如李白、李賀；有人以儒家信仰爲宗，企圖通過凝聚人生的價值來化解生命與理想終將衰亡的焦慮，杜甫是其中的代表人物；有的則通過禪宗，在靜觀的心態和山水世界中化解事物由盛而衰這一線性的生命過程，如王維等人。

第三，在盛衰主題的表達方式上，唐詩也有著新的技巧，那便是對私人視角的運用。以表現歷史盛衰的詩作爲例，在前代，歷史的敘寫總是宏大而莊重的，從《詩經》的「大雅」、「頌」到初唐有關歷史大事件的詩，敘述視角都偏向於宏大、莊嚴。而在唐詩中，杜甫、韋應物等人以私人視角描繪歷史興衰，從個人生活情感出發，描寫小人物在歷史興衰中的生活沉浮，並且以個人體驗爲基礎資料表現其對歷史興衰的思考，風格蒼涼唯美、充滿人性的真實。

第四，從時代背景來看，唐代的階段性特徵十分明顯，從開國時的勵精圖治到「開元盛世」，再從安史之亂元氣大傷後到中唐的修補，由此一直走向晚唐無可奈何的蕭索輓歌。沒有哪一個朝代像唐朝這般經歷了如此劇烈的，由盛而衰的震盪。因此生活在這個時代的唐人更

〔註72〕〔唐〕李商隱，無題四首其二，見〔清〕彭定求等編，全唐詩（卷五三九）〔M〕，北京：中華書局，1999：6214。
〔註73〕〔唐〕徐賢妃，長門怨，見〔清〕彭定求等編，全唐詩（卷五）〔M〕，北京：中華書局，1999：61。

能從時代中體會到盛衰變換所帶來的強烈陣痛，唐詩中的盛衰主題也不可避免地沾染上了初盛唐、中唐以及晚唐等不同的時代風氣，從而在創作上呈現出不同的特點，無論是表現方式、感情特徵還是內容側重上都呈現出了不同風貌。概括起來，在初盛唐，盛衰主題還是延續了前朝的風格和內容，傾向於描寫一些傷春悲秋的內容，意象的選取和感情基調雖然都有著傷感的韻味，但卻充盈著一種不可遏制的青春氣息；中唐以後，盛衰主題將目光從自然風物轉向了個人生命歷程和歷史變遷；晚唐盛衰主題則迎合了詩歌審美內心化、主觀化的趨向，專注於個人生命經歷中情感的盛衰，在這一時期的盛衰主題詩作中，詩人已不再執著於如何消解盛衰之變所帶來的焦慮，而是在悲劇性的情感中昇華出一種審美體驗。

　　以上幾點既是唐詩盛衰主題的創新之處，也是本文前四章的基本框架，所以不再贅述。總之，和前代相比，唐詩盛衰主題將對盛衰之變這一問題的把握擴展到了人類生命的許多層面，並進一步試圖用不同的宗教心態來消解這一問題引發的焦慮。此外，在詩歌的表現技巧、所蘊含的時代特徵及悲劇精神上，唐詩盛衰主題都有著極大突破。下面本書將分五章來具體探尋唐詩盛衰主題的深度魅力和文化內涵。

第一章　唐詩盛衰主題中的情感焦慮

第一節　花相似、人不同——生命的盛衰

一、自然與生命的盛衰

在唐詩中，生命的盛衰是詩人最切身的體驗，因爲涉及生死，它所帶來的焦慮是也是最沉痛的。與前代一樣，唐詩中有關生命盛衰的詩作也離不開對自然物候的感觸。在這裡，筆者將這類詩作分爲兩類：一種是用自然物候的遷逝對應人類生命的變化，另一種是用自然的永恆來襯托人類生命的轉瞬即逝。

白居易曾說過「春花與秋氣，不感無情人」〔註1〕，春與秋在唐人眼中代表著生命的兩個極端，一方是繁華的盛景，一方是生命的衰敗。春日不似夏季那樣的全盛時節，處處充滿著成熟之後的躁動，而是流露出青春的青澀和美好；秋天也不像冬日那樣完全是一派寂滅，而是生命徹底沈寂前的最後一曲輓歌。在季節的流轉間，有一些生命盛衰的詩作並沒有明顯的盛衰之變，但那種生命遷逝的暗流卻自始至

〔註1〕　〔唐〕白居易，題贈定光上人，見〔清〕彭定求等編，全唐詩（卷四三二）〔M〕，北京：中華書局，1999：4787。

終貫穿在詩歌裏。

「枝上花，花下人，可憐顏色俱青春。昨日看花花灼灼，今朝看花花欲落」〔註2〕，「春去花枝俄易改，可歎年光不相待」〔註3〕，「落花落，落花紛漠漠。綠葉青跗映丹萼，與君裴回上金閣⋯⋯落花春已繁，春人春不顧。綺閣青臺靜且閒，羅袂紅巾復往還。盛年不再得，高枝難重攀」〔註4〕。落花是表現生命衰亡的傳統意象，唐人也十分偏愛用它來表達生命的流逝之感。在這些用落花慨歎青春美好不常在的詩作中，最具代表性的要屬劉昔夷的《代悲白頭翁》：

> 洛陽城東桃李花，飛來飛去落誰家。洛陽女兒惜顏色，坐見落花長歎息。今年花落顏色改，明年花開復誰在。已見松柏摧爲薪，更聞桑田變成海。古人無復洛城東，今人還對落花風。年年歲歲花相似，歲歲年年人不同。寄言全盛紅顏子，應憐半死白頭翁。此翁白頭眞可憐，伊昔紅顏美少年。公子王孫芳樹下，清歌妙舞落花前。光祿池臺文錦繡，將軍樓閣畫神仙。一朝臥病無相識，三春行樂在誰邊。宛轉蛾眉能幾時。須臾鶴髮亂如絲。但看古來歌舞地，唯有黃昏鳥雀悲。〔註5〕

詩歌開篇描寫了在落英繽紛的光景中，一位美貌少女產生了淡淡的輕愁，零落的花朵來年又會燦爛，而年輕的生命卻是無法挽回地衰老下去。緊接著詩人呈現了一個經受著滄海桑田，從而產生了巨變的世界，在這個世界裏無論是公子王孫還是宛轉蛾眉，他們都會像這落花一樣從紅顏美少年變爲白頭老翁。美麗但卻凋零的落花是所有青春和美貌的讖語，一切生命悲劇的縮影。

〔註2〕 〔唐〕鮑氏君徽，惜花吟，見〔清〕彭定求等編，全唐詩（卷七）〔M〕，北京：中華書局，1999：72。

〔註3〕 〔唐〕張柬之，河陽歌，見〔清〕彭定求等編，全唐詩（卷九）〔M〕，北京：中華書局，1999：1062。

〔註4〕 〔唐〕王勃，落花落，見〔清〕彭定求等編，全唐詩（卷五六）〔M〕，北京：中華書局，1999：685。

〔註5〕 〔唐〕劉希夷，代悲白頭翁，見〔清〕彭定求等編，全唐詩（卷八二）〔M〕，北京：中華書局，1999：884。

　　此外，除了對青春和美麗消逝地抽象描述，唐人也在自然的盛衰之中融入了個人生命的變化：

　　　　圓鶯啼已倦，樹樹隕香紅。不是春相背，當由己自翁。

　　〔註6〕（顧況《春懷》）

　　　　萋萋結綠枝，曄曄垂朱英。常恐零露降，不得全其生。

　　歎息聊自思，此生豈我情。昔日我未生時，誰者令我萌。〔註7〕（《石竹詠》王績）

　　第一首詩表達了在暮春時分，詩人獨自佇立在落紅之下的孤單愁思，有感於生命的衰老，詩人無奈地自嘲道：「不怪春天離我而去，而是我自己已經成了白髮老翁啊！」在第二首詩中，詩人於石竹繁華的綠枝與紅花之中，產生了對自身生命慢慢衰亡的擔憂，他望著此刻生命力旺盛的石竹，擔心霜露對它的摧折，又聯想到對自身生命的保全。詩人在巨大的焦慮下，追問生命的源頭：既然人類要承受如此沉痛的生命之重，那麼當時生命是如何降臨在每個人身上，為何個人無法自主自己的出生？再看一首李白的《前有一樽酒行二首其一》：

　　　　春風東來忽相過，金樽綠酒生微波。落花紛紛稍覺多，

　　美人慾醉朱顏酡。青軒桃李能幾何，流光欺人忽蹉跎。君

　　起舞，日西夕。當年意氣不肯平，白髮如絲歎何益。〔註8〕

　　這首詩有著強烈的個人意緒，春風是忽然而來，落花紛紛也沒有讓人產生哀愁，反而讓人微微生厭。但這種倔強的情調沒有一貫到底，詩人還是在春天的遲暮中、落花的紛飛裏感到了流光的飛逝和生命的蹉跎，「君起舞，日西夕」，詩人意識到生命必將衰逝的結局，即使有著千萬種不平之氣，最終還是無奈地慨歎「白髮如絲歎何益？」詩中個人情感的流動貫穿始終，從假意的堅強再到無法偽裝的無奈，

〔註6〕　〔唐〕顧況，春懷，見〔清〕彭定求等編，全唐詩（卷二六七）〔M〕，北京：中華書局，1999：2954。

〔註7〕　〔唐〕王績，石竹詠，見〔清〕彭定求等編，全唐詩（卷三七）〔M〕，北京：中華書局，1999：481。

〔註8〕　〔唐〕李白，前有一樽酒行二首其一，見〔清〕彭定求等編，全唐詩（卷一六二）〔M〕，北京：中華書局，1999：1687。

情感脈絡複雜多變再也不是單純而抽象的感傷。此外孟郊的《傷舊遊》:「去春會處今春歸,花數不減人數稀。朝笑片時暮成泣,東風一向還西暉」〔註9〕將傷春的情懷放在個人賞春的經歷之中,原本歡愉的賞春漸漸變成感歎生命零落的傷春,青春的歡笑變爲暮年的歎息,花與時光消散成一片斜暉。元稹的《和樂天劉家花》與前詩在構思上也十分相似:「閑坊靜曲同消日,淚草傷花不爲春。便問舊交零落盡,十人才剩兩三人。」〔註10〕

　　除了在自然界的變換中感悟著與之相對應的個人生命,唐人還在自然界的永恆之中反思著個體生命的短暫。這類詩歌沒有過多地關注於生命盛衰的線性過程,而是在同一時空內將自然永恆的繁盛和人類生命必定的衰亡進行了對比。雖說自然也有生命的循環,有著無法抗拒的盛衰起伏,但是和人類肉體的生命相比,自然似乎脫離了這一既定的生命規律,它們隨著季候在枯榮中變換自如,在盛衰的迴圈之外俯瞰人類生命。花草樹木迴圈的時間比人類短,人類便看見了它們重生的希望,山川大地的迴圈時間過於漫長,人類便只看到它們在時間和世間屹立不倒的樣子,所以從任何角度來看人類生命的盛衰和自然相比都是那樣脆弱無奈:

　　　　朱顏易銷歇,白日無窮已。人壽不如山,年光忽於水。青蕪與紅蓼,歲歲秋相似。去歲悲此秋,今秋復來此。〔註11〕（白居易《早秋曲江感懷》）

　　　　去年桐花半桐葉,別來桐樹老桐孫。城中過盡無窮事,白頭滿發歸故園。〔註12〕（元稹《桐孫詩》）

〔註9〕　〔唐〕孟郊,傷舊遊,見〔清〕彭定求等編,全唐詩（卷三八一）〔M〕,北京:中華書局,1999:4285。

〔註10〕　〔唐〕元稹,和樂天劉家花,見〔清〕彭定求等編,全唐詩（卷四零三）〔M〕,北京:中華書局,1999:4517。

〔註11〕　〔唐〕白居易,早秋曲江感懷,見〔清〕彭定求等編,全唐詩（卷四三二）〔M〕,北京:中華書局,1999:4781。

〔註12〕　〔唐〕元稹,桐孫詩,見〔清〕彭定求等編,全唐詩（卷四一四）〔M〕,北京:中華書局,1999:4593。

寒幾坐空堂,疏鬢似積霜…晚果紅低樹,秋苔綠遍牆。
〔註13〕（耿湋《秋晚臥疾寄司空拾遺曙盧少府綸》）

卻到同遊地,三年一電光。池塘春草在,風燭故人亡。
〔註14〕（韋莊《哭同舍崔員外》）

　　這些詩大都從盛衰迴圈的角度看待自然,而將人類生命當做天地的一瞬:太陽日出日落循環往復,桐樹在花、葉、果實之間實現生命的永恆,秋日的苔蘚也是蒼翠碧綠、生氣勃勃,而人類的生命卻在青蕪紅蓼之間日漸消歇,在自然界結出果實之時走向寂滅,正所謂「疏鬢似積霜」。總體來看,唐人偏愛在春日的暮景中體驗自然的遷逝軌跡,並將之與人類的生命盛衰相對應,而在秋意縱橫的時節發掘自然的永恆、感慨自身生命的短暫脆弱。

二、生命盛衰的內外之因

　　在唐人看來生命的盛衰是由多種原因造成的,不僅僅是一種客觀規律,也是和個人心態、身體變化有著密切關聯。在詩歌中,唐人探尋了身體髮膚、心理狀態和社會關係對個人生命進程所造成的不同影響,並認爲其中一些悲劇性因素會加速生命的衰敗。

　　雍陶《秋居病中》:「幽居悄悄何人到,落日清涼滿樹梢。新句有時愁裏得,古方無效病來拋」。〔註15〕在唐代,隨著科舉制度的日益完善,文人對自己的仕途之夢有了更大的期許,許多詩人都懷抱著極高的政治理想。杜甫有「會當凌絕頂,一覽眾山小」〔註16〕的豪言,李商隱有「永憶江湖歸白髮,欲回天地入扁舟」〔註17〕的高遠理想,

---

〔註13〕〔唐〕耿湋,秋晚臥疾寄司空拾遺曙盧少府綸,見〔清〕彭定求等編,全唐詩（卷二六八）〔M〕,北京:中華書局,1999:2971。

〔註14〕〔唐〕韋莊,哭同舍崔員外,見〔清〕彭定求等編,全唐詩（卷六九七）〔M〕,北京:中華書局,1999:8092。

〔註15〕〔唐〕雍陶,秋居病中,見〔清〕彭定求等編,全唐詩（卷五一八）〔M〕,北京:中華書局,1999:5956。

〔註16〕〔唐〕杜甫,望嶽,見〔清〕彭定求等編,全唐詩（卷二一六）〔M〕,北京:中華書局,1999:2253。

〔註17〕〔唐〕李商隱,安定城樓,見〔清〕彭定求等編,全唐詩（卷五四

就連以恬淡深遠著稱的王維也在早期也有過「願得燕弓射天將，恥令越甲鳴吳軍。莫嫌舊日雲中守，猶堪一戰取功勳」的萬丈豪情。但要在科舉上取得成功並不是一件簡單的事情，於是很多文人轉向將作詩變成人生的事業。正如聞一多先生所說：「他們當時那樣做，也是社會背景造成的，因為詩的教育被政府大力提倡，知識分子要想由進士及第登上仕途，必要的起碼條件是作詩，作詩幾乎成了唯一的生活出路。」〔註 18〕然而單純依靠作詩無法在社會上取得他們所期望的地位，官場失意以及隨之而來的貧窮、疾病，不僅折磨著他們的肉體，還消磨著唐人積極的生命態度，讓他們走向衰敗。在一些有關生命盛衰主題的詩篇中，詩人常常流露出貧病對自己生命態度的消磨。試看白居易的《和劉郎中曲江春望見示》：

> 芳景多遊客，衰翁獨在家。肺傷妨飲酒，眼痛忌看花。
> 寺路隨江曲，宮牆夾道斜。羨君猶壯健，不枉度年華。〔註19〕

在生機勃勃的春日之中，面對身體猶健的朋友，被疾病折磨的詩人已經無法欣賞美景、享受美酒，只能在衰落中勸慰朋友好好生活不要虛度年華。

除了身體上的貧病，還有一種加速生命衰變的因素，那便是生活上的失意。在唐代，士人自我意識高昂，出現了許多繼承魏晉風度而放蕩不羈的人物，杜甫的《飲中八仙歌》就是對唐人瀟灑不羈風度的最好詮釋：

> 知章騎馬似乘船，眼花落井水底眠。汝陽三斗始朝天，
> 道逢麴車口流涎，恨不移封向酒泉。左相日興費萬錢，飲如
> 長鯨吸百川，銜杯樂聖稱世賢。宗之瀟灑美少年，舉觴白眼
> 望青天，皎如玉樹臨風前。蘇晉長齋繡佛前，醉中往往愛逃
> 禪。李白一斗詩百篇，長安市上酒家眠。天子呼來不上船，

　　　零）〔M〕，北京：中華書局，1999：6243。
〔註18〕鄭臨川，聞一多先生說唐詩（上）──紀念一多師誕生八十週年〔J〕，
　　　社會科學輯刊，1979（4）：154。
〔註19〕〔唐〕白居易，和劉郎中曲江春望見示，見〔清〕彭定求等編，全
　　　唐詩（卷四四九）〔M〕，北京：中華書局，1999：5084。

自稱臣是酒中仙。張旭三杯草聖傳，脫帽露頂王公前，揮毫
落紙如雲煙。焦遂五斗方卓然，高談雄辯驚四筵。〔註20〕

　　在唐代特殊的時代氣象下，雖然文人們大都有一種不羈的狂態，
然而傳統的訓誡還是讓他們以政治上的成功爲最高理想，他們有「不
才明主棄，多病故人疏」〔註21〕的牢騷，有「丈夫皆有志，會見立功
勳」〔註22〕的渴望，也有「寧爲百夫長，勝作一書生」〔註23〕的豪情。
但政治上能夠取得成功的畢竟是少數，文人和政治在根本上是相疏離
的，唐代同僚之間的貧富懸殊也是異常嚴峻的，即使科考成功，一旦
沉淪下僚，其尷尬的處境更是令每個士子唏噓不已。在有關生命盛衰
主題的詩作中，現實的不得意往往通過自然的繁茂和自身生命的衰落
表現出來：

終歲不得意，春風今復來。自憐蓬鬢改，羞見梨花開。
〔註24〕（岑參《春興思南山舊廬招柳建正字》）

碧草已滿地，柳與梅爭春。謝公自有東山妓，金屏坐
笑如花人。今日非昨日，明日還復來。白髮對綠酒，強歌
心已摧。〔註25〕（李白《攜妓登梁王棲霞山孟氏桃園中》）

　　在岑參的詩中，詩人因生活上的失意而不敢面對生氣勃勃的春
天，怕那撩人的大好光景襯托出自己的衰老困窘。在李白的詩裏，詩
人在看似曠達的情調中抒發著自己的抑鬱之情，在對酒強歌，美人如
花的情境之下，依然無法掩蓋他對生活的失望。在時間的流轉中自己

〔註20〕〔唐〕杜甫，飲中八仙歌，見〔清〕彭定求等編，全唐詩（卷二一
　　　　六）〔M〕，北京：中華書局，1999：2260。
〔註21〕〔唐〕孟浩然，歲暮歸南山，見〔清〕彭定求等編，全唐詩（卷一
　　　　六零）〔M〕，北京：中華書局，1999：1654。
〔註22〕〔唐〕楊炯，出塞，見〔清〕彭定求等編，全唐詩（卷一六零）〔M〕，
　　　　北京：中華書局，1999：615。
〔註23〕〔唐〕楊炯，從軍行，見〔清〕彭定求等編，全唐詩（卷五零）〔M〕，
　　　　北京：中華書局，1999：615。
〔註24〕〔唐〕岑參，春興思南山舊廬招柳建正字，見〔清〕彭定求等編，
　　　　全唐詩（卷二零零）〔M〕，北京：中華書局，1999：2091。
〔註25〕〔唐〕李白，攜妓登梁王棲霞山孟氏桃園中，見〔清〕彭定求等編，
　　　　全唐詩（卷一七九）〔M〕，北京：中華書局，1999：1829。

日漸衰老，可是無法釋懷的抑鬱之情仍舊不能改變，失意的情緒讓人愈發衰老，且有著摧心之痛。再看李白的兩首《古風》：

> 殷后亂天紀，楚懷亦已昏。夷羊滿中野，菉葹充高門。
> 比干諫而死，屈平竄湘源。虎口何婉孌，女媭空嬋媛。彭
> 咸久淪沒，此意與誰論。〔註26〕

> 青春流驚湍，朱明驟回薄。不忍看秋蓬，飄揚竟何託。
> 光風滅蘭蕙，白露灑葵藿。美人不我期，草木日零落。〔註27〕

第一首詩列舉了亂世中含冤而死的忠臣，暗示了自己政治上的失意，第二首詩則是在青春流逝、時間飛轉、草木零落的驚懼中暗示著自己生命的衰去。政治上的失望讓生命衰敗的創痛更加質實，更加刺激著詩人在盛衰變化中的脆弱心靈。對現實政治的不滿，對歷史不公的憤慨折磨著詩人，讓他憂心忡忡、鬱鬱寡歡，最終只能在草木零落、朱明驟回的時間流逝中變成一種深沉的哀傷。

總之，在唐詩生命盛衰主題中，詩人生命的衰落不僅僅是一種自然規律，也和貧窮困窘的境地、政治上的失意、小人的排擠等諸多原因相關，這些因素會改變詩人青春的心態、打擊他們曾經高昂的理想，最終加速其生命的衰敗。

三、生命盛衰中詩人的情感狀態

面對生命由盛而衰的走向，唐人表現出了複雜的情感狀態。

首先、詩人面對衰敗會產生不可遏制的傷感。傷感的情感狀態是生命盛衰主題中最常見的，無論是秋風中自己兩鬢斑白，還是落花中的美人垂垂老矣，詩人總是在沉痛的哀傷中克制著自己的情感，從而形成了淡淡的傷感。與生命的生機勃勃相比，衰敗是殘忍的，是讓人不忍直視的，但唐人卻傾向於用美麗而優雅的筆觸來描

〔註26〕〔唐〕李白，古風——殷后亂天紀，見〔清〕彭定求等編，全唐詩
（卷一六一）〔M〕，北京：中華書局，1999：1680。

〔註27〕〔唐〕李白，古風——青春流驚湍，見〔清〕彭定求等編，全唐詩
（卷一六一）〔M〕，北京：中華書局，1999：1680。

寫生命殘忍的盛衰變化，用一種充滿悲劇的傷感情調來書寫生命由盛而衰這鐵的定律。

> 冬逐更籌盡，春隨斗柄回。寒暄一夜隔，客鬢兩年催。
> 〔註28〕（李德裕《嶺外守歲》）

一夜寒暄，詩人在新舊年的交替裏，被時間催促著生命的進程。詩人的哀愁被文字巧妙地傳達而出，除夕的一夜，於時間上便是兩年光景，看似調皮的筆觸卻道出了時光飛逝催人衰老的眞相。

> 纖纖折楊柳，持此寄情人。一枝何足貴，憐是故園春。
> 遲景那能久，芳菲不及新。更愁征戍客，容鬢老邊塵。〔註
> 29〕（張九齡《折楊柳》）

春日暖人的景色不會持久，有盛必有衰，美麗的花朵和芳草也會枯萎，遠方戍守邊境的人兒早已在風塵中老去了。世上所有的一切都是衰敗的結局，詩歌充滿悲劇性的指向，可是仍是優雅而含蓄的格調。在這裡我們可以看到，生命的盛衰帶給詩人深刻的感傷，但這種感傷是精緻細膩的，它過濾了衰敗的醜陋和殘酷，而是選擇在充滿美感的意象裏將生命的盛衰變化昇華爲一種悲劇性的審美、一種欲說還休的含蓄情調。

其次，除了悲劇式的傷感，唐人在詩歌中還傳達出了面對生命盛衰變化時的驚懼，正所謂「念別朝昏苦，懷歸歲月遲。壯圖空不息，常恐髮如絲」〔註30〕。之所以驚懼是因爲詩人們還未意識到老之將至，對生命衰敗的徵兆毫無防備，當然這種驚懼感也不僅僅是針對死亡和衰老，還包含著個人理想價值來不及在有生之年實現的遺憾。早在先秦時，《周易》便有「天行健，君子當自強不息」的主張，天地自然運行不懈，君子也應當在這大宇宙間努力實現自己的價值。然而

〔註28〕　〔唐〕李德裕，嶺外守歲，見〔清〕彭定求等編，全唐詩（卷四八）〔M〕，北京：中華書局，1999：5448。

〔註29〕　〔唐〕張九齡，折楊柳，見〔清〕彭定求等編，全唐詩（卷四八）〔M〕，北京：中華書局，1999：584。

〔註30〕　〔唐〕張九齡，初發道中寄遠，見〔清〕彭定求等編，全唐詩（卷四八）〔M〕，北京：中華書局，1999：59。

在理想宏大的儒者面前，人生一世如白駒過隙，還未來得及實現個人的價值，生命便悄悄由盛向衰過渡了。據研究表明，唐人死亡年齡平均為 57 歲左右〔註31〕，因此和現代人相比，他們要更早地面對生命的衰亡，再加上唐人強烈的進取心，他們對時間的變換顯得特別敏感，對衰老有著強烈的抗拒。

　　　　白髮生一莖，朝來明鏡裏。勿言一莖少，滿頭從此始。
　　青山方遠別，黃綬初從仕。未料容鬢間，蹉跎忽如此。〔註32〕（《初見白髮》白居易）

　　鏡中悄然而生的白髮，雖然只有一根，卻預示著詩人由青春到暮年的開始。詩人覺得自己方才於青山處離別親人，開始了自己青春昂揚的仕途，但朝夕之間便已開始了暮年光景，一個「未料」顯示出了詩人面對衰老驚懼的心理狀態，這其中蹉跎的是時間與自己還未完成的理想。再看元稹的《雪天》：

　　　　故鄉千里夢，往事萬重悲。小雪沉陰夜，閒窗老病時。
　　獨聞歸去雁，偏詠別來詩。慚愧紅妝女，頻驚兩鬢絲。〔註33〕

　　雪天，詩人被思鄉、回憶、老病等各種情緒圍繞著，在大雁南歸的時刻吟詠著分別時的詩歌。在這哀傷的氛圍中，詩人面對青春美豔的女子，斑白的頭髮更是讓自己感到驚懼，在青春面前，衰老是那樣令人不安。

　　最後，唐人在面對生命盛衰的事實裏，表現出厭倦和淡淡的無奈感。試看白居易的《曲江感秋》：

　　　　沙草新雨地，岸柳驚風枝。三年感秋意，並在曲江池。
　　早蟬已嘹唳，晚荷復離披。前秋去秋思，一一生此時。昔人三十二，秋興已云悲，我今欲四十，秋懷亦可知。歲月

〔註31〕蔣愛花，唐人壽命水準及及死亡原因試探——以墓誌資料為中心〔J〕，中國史研究，2006（4）：64。

〔註32〕〔唐〕白居易，初見白髮，見〔清〕彭定求等編，全唐詩（卷四六一）〔M〕，北京：中華書局，1999：4780。

〔註33〕〔唐〕元稹，雪天，見〔清〕彭定求等編，全唐詩（卷四一零）〔M〕，北京：中華書局，1999：4560。

不虛設，此身隨日衰。暗老不自覺，直到鬢成絲。〔註34〕

　　在這首詩中，詩人以平靜的口吻述說著眼前的風景：早蟬鳴叫著秋天，夏末衰敗的荷花一片狼藉。詩人在曲江年復一年地觀望著生命的盛衰變化，自身在時間不動聲色地流逝中漸漸老去。這首詩沒有悲劇式的生命反思，也沒有面對生命盛衰變化的驚懼，只是在年復一年的秋日裏，面對著不斷迴圈變化的光景，有感於自己日漸衰敗的體魄，流露出一種淡淡的無奈，一種微微的厭倦。再看一首杜牧的《旅懷作》：

　　　促促因吟盡短詩，朝驚穠色暮空枝。無情春色不長久，
　有限年光多盛衰。往事只應隨夢裏，勞生何處是閒時。眼
　前擾擾日一日，暗送白頭人不知。〔註35〕

　　詩人面對歲月的流逝有了一種習以爲常的倦怠感，沒有春歸何處的疑問，也沒有面對生命變化脆弱的感傷，只是陳述著自己用生命體驗出的一個事實「無情春色不長久，有限年光多盛衰」。這是一種經歷過繁華和衰敗之後的疲憊情緒，似乎已經了解了生命的眞相，沒有掙扎與惱恨，只是靜靜等待著生命的結局。

　　總之，唐詩生命盛衰主題有著不同的感情狀態：從初識生命盛衰規律的傷感、到親自經歷過生命體驗之後的驚懼，再到對生命迴圈過程已略顯麻木的無奈。這樣的感情變化宛如一個從青年成長到暮年的老人面對生命進程時的態度：從青年時略帶青澀的清愁，到中年深沉的驚懼，再到晚年淡淡的厭倦與無奈。

第二節　煙雨樓臺──歷史的盛衰

　　19 世紀的德國哲學家費爾巴哈曾經說過：「（過去的）時間是詩的源泉。懷古的幽情，猶如利劍刺心，使詩人的文思爲之泉湧。過去

〔註34〕〔唐〕白居易，曲江感秋，見彭　定求等編，全唐詩（卷四三二）
　　　　〔M〕，北京：中華書局，1999：4783。
〔註35〕〔唐〕杜牧，旅懷作，見〔清〕彭定求等編，全唐詩（卷五二六）
　　　　〔M〕，北京：中華書局，1999：6080。

往往顯得美麗。往昔閃動在回憶的幽光之中。正因爲過去只是想像的對象，所以它已經被理想化了。古代的歷史到處彷彿是詩意的東西，最初的民謠只是和那一去不返的時代，以及人民聯繫在一起。」〔註36〕中國古人更是有著濃烈的「歷史情結」，楊義先生在《李杜詩學》中說：「世界上很難找到另外一個民族如同中國人那樣懷抱著沉鬱的歷史意識，歷史上一些富有內涵的故事往往儲存在民族的記憶中，長久地對政治、社會和人生發揮著垂範和警戒的功能。有所謂『六經皆史』，這不僅意味著要以歷史思維去解讀經籍，而且意味著經籍本身蘊含豐富的歷史因素和歷史思維方式。」〔註37〕可以說中國古人十分看重用歷史的思維去思考這個世界，正所謂「歷代興亡億萬心，聖人觀古貴知今。」〔註38〕事物發展的盛衰變化，歷史的治亂之變是古人歷史觀十分重要的一部分，早在先秦時期，孟子在《滕文公下》云：「天下之生久矣，一治一亂。」〔註39〕並且在《離婁上》又云：「三代之得天下也以仁，其失天下也以不仁。國之所以廢興存亡者亦然。天子不仁，不保四海；諸侯不仁，不保社稷。」〔註40〕孟子在總結歷史盛衰中，肯定了人的因素和人所起到的作用，沒有侷限在當時流行的天命意識之中。漢代的司馬遷也希望自己可以「網羅天下放失舊聞，王跡所興，原始察終，見盛觀衰」〔註41〕。從秦到唐代，盛衰意識和古人的歷史觀就緊密結合在一起，古人已習慣從盛衰治亂的角度看待歷史發展。

　　唐人很喜歡詠史懷古，每一處古蹟與每一則歷史常常觸動著他們的情思。在整個唐代，每一個階段都有著大量的詠史詩懷古詩作，初

〔註36〕容振華譯，費爾巴哈哲學著作選集上卷〔M〕，北京：生活・讀書・
　　　　新知三聯書店，1959：79。
〔註37〕楊義，李杜詩學〔M〕，北京：北京出版社，2001：136。
〔註38〕〔唐〕周曇，吟敘，見〔清〕彭定求等編，全唐詩（卷七二八）〔M〕，
　　　　北京：中華書局，1999：8416。
〔註39〕劉兆偉著，孟子譯評〔M〕，北京：中華書局，2011：21。
〔註40〕劉兆偉著，孟子譯評〔M〕，北京：中華書局，2011：78。
〔註41〕〔漢〕司馬遷，史記〔M〕，長沙：嶽麓書社，2004：745。

盛唐時期的這類詩作還未呈現出明顯的盛衰之感，而是多借古人古事抒發一種強烈的入世精神。在安史之亂以後，唐人親身經歷了歷史的治亂之變，盛衰意識不再只是從故紙堆中得出的常識，而是結合著他們自身的生命體驗，那樣鮮活且沉痛地映照著一個盛世王朝的崩塌。詩人常常在古蹟和歷史中，抒發對國家治亂興衰的思考，並在盛衰變化面前而生發出複雜的情緒。正如楊義先生所說：「社會崩裂所造成的巨大痛苦，是最容易強化敏感的詩人的社會歷史意識和生存意識的。生活在盛唐後期和安史之亂的詩人，很難再有那麼一份心情把詩當做單純的個性張揚，因為個性的發展已經受到生存的嚴峻挑戰。」〔註42〕中晚唐時期對往昔盛景的追念似乎是唐人共同的心理特徵，而這其中摻雜著對盛衰的哲學思考，感性的審美和理性的哲思互相交融，也是這一時期描繪歷史盛衰主題詩作最大的特點。

一、唐詩歷史盛衰主題中的審美情緒

（一）個人不遇的迷惘感傷

　　唐人在面對歷史的盛衰變化時往往會流露出一股迷惘和傷感，在初盛唐時期，這種迷惘感傷伴隨著個人懷才不遇的憂鬱之情。詩人心懷遠大抱負，在登臨古蹟時，往往將個人的不遇和歷史的迷思相結合，以一己之渺小反觀歷史宏觀的變遷，迷惘和感傷是這類詩作共同的情緒體驗。試看陳子昂的《登幽州臺歌》：

　　　　前不見古人，後不見來者。念天地之悠悠，獨愴然而
涕下。〔註43〕

　　「幽州臺」就是薊北樓，故址在北京市。先秦時的燕昭王為了燕國強盛，弔死問孤，廣招人才。郭隗對燕昭王講了千金買死馬的故事，意在用加倍的報酬聘用人才，為此燕昭王建造了一座宮殿，不久燕國就招攬了樂毅這員大將，他帶領聯軍大舉伐齊，大敗齊國軍隊，從而

〔註42〕楊義，李杜詩學〔M〕，北京：北京出版社，2001：547。
〔註43〕〔唐〕陳子昂，登幽州臺歌，見〔清〕彭定求等編，全唐詩（卷八
　　　三）〔M〕，北京：中華書局，1999：899。

使燕國達到了前所未有的歷史盛世。這首詩雖然沒有明寫幽州臺往日的盛況，但從詩人對歷史的懷戀，對未來的迷惘中，我們可以窺探到歷史上幽州臺的盛景和如今的冷清。詩人獨自登樓，感到了自己在歷史宇宙間的渺小，有種不知何去何從的無奈，詩歌雖然流露出物是人非的傷感，卻並不消沉，它以個人溝通天人宇宙的目光暗含著一種努力向上的力量，一種「得風氣先的偉大孤獨感」〔註44〕。再看張九齡的《陪王司馬登薛公逍遙臺》：

> 嘗聞薛公淚，非直雍門琴。竄逐留遺跡，悲涼見此心。府中因暇豫，江上幸招尋。人事已成古，風流獨至今。閒情多感歎，清景暫登臨。無復甘棠在，空餘蔓草深。晴光送遠目，勝氣入幽襟。水去朝滄海，春來換碧林。賦懷湘浦弔，碑想漢川沉。曾是陪遊日，徒爲梁甫吟。〔註45〕

詩人登臨逍遙臺，往事已隨風而去，只有賢者的風流精神還影響著後人。在一派清幽的景致之中，詩人感受著時光物候的遷逝，不禁聯想到個人理想和生命的何去何從，一種悵然若失之感油然而生。

除了直接抒發個人面對歷史盛衰變化時的迷惘情思，詩人們往往偏好敘寫歷史人物的事蹟和遷逝，以此暗示個人理想的零落、生命的悲劇。

> 此地別燕丹，壯士髮衝冠。昔時人已沒，今日水猶寒。
> 〔註46〕（駱賓王《於易水送人》）

> 沙埋古篆折碑文，六國興亡事繫君。今日淒涼無處說，亂山秋盡有寒雲。〔註47〕（賈島《經蘇秦墓》）

> 君不見夸父追日窺虞淵，跳踉北海超崑崙。披霄決漢

〔註44〕李澤厚，美的歷程〔M〕，天津：天津社會科學院，2001：217。

〔註45〕〔唐〕張九齡，陪王司馬登薛公逍遙臺，見〔清〕彭定求等編，全唐詩（卷四九）〔M〕，北京：中華書局，1999：607。

〔註46〕〔唐〕駱賓王，於易水送人，見〔清〕彭定求等編，全唐詩（卷七九）〔M〕，北京：中華書局，1999：861。

〔註47〕〔唐〕賈島，經蘇秦墓，見〔清〕彭定求等編，全唐詩（卷五七四）〔M〕，北京：中華書局，1999：6742。

出沆瀣，瞥裂左右遺星辰。須臾力盡道渴死，狐鼠蜂蟻爭
噬吞。北方錚人長九寸，開口抵掌更笑喧。啾啾飲食滴與
粒，生死亦足終天年。睢盱大志小成遂，坐使兒女相悲憐。
〔註48〕（柳宗元《行路難之一》）

　　駱賓王的詩以「蒙太奇」般的手法，用一組極具表現力的鏡頭
渲染出在易水邊上，壯士荊軻曾經的豪情萬丈，後又以「昔時人已
沒，今日水猶寒」的蒼涼情境做結，在火和冰的對比間突顯出英雄
之死的淒涼與歷史的滄桑感。司馬遷在《刺客列傳》中稱「士為知
己者死，女為悅己者容」〔註49〕，荊軻就是這樣一位俠義的代表，
然而作為「心比天高，身居賤位」〔註50〕的駱賓王，他的知己又在
何處，他的理想又能否實現呢？寒冷的易水代表著無情的歷史，它
淹沒了曾經的熱血英雄，也吞噬了詩人自己對前路的追問。柳宗元
的《行路難之一》借神話人物夸父的執著和死亡，象徵詩人自己對
理想的追尋，全詩在感傷之外含有一種倔強的氣魄。詩人將夸父與
日逐走，最終道渴而亡的故事描寫得虎嘯生風，雷霆萬鈞：「夸父追
日窺虞淵，跳踉北海超崑崙。披霄決漢出沆瀣，瞥裂左右遺星辰。
須臾力盡道渴死。狐鼠蜂蟻爭噬吞。」儘管如此，夸父死後仍逃不
過惡人和小人的摧殘、嘲笑，詩人不禁感慨「睢盱大志小成遂，坐
使兒女相悲憐。」柳宗元是一位懷有極高政治理想、銳意進取的人
物，可是卻命途多舛，在參與王叔文的政治革新失敗後，就被貶謫
到十分偏遠的地方，最終病逝於柳州，年僅四十七歲。因此他的詩
歌往往清幽中帶有一股深沉的怨氣，可是這首詩卻不同，充滿著雄
健的筆力和一腔怨憤。詩中夸父是柳宗元自己銳意改革卻慘遭失敗
的縮影，他們都有著執著的理想、不羈的氣魄，卻都被如群蟻般的
小人啃噬，最終消亡。

〔註48〕〔唐〕柳宗元，行路難其一，見〔清〕彭定求等編，全唐詩（卷三
　　　　五三）〔M〕，北京：中華書局，1999：3968。
〔註49〕〔漢〕司馬遷，史記〔M〕，長沙：嶽麓書社，2004：504。
〔註50〕聞一多，唐詩雜論〔M〕，北京：中華書局，2003：10。

（二）歷史宇宙的悲情探索

古蹟和歷史人物的盛衰會引發詩人對歷史變遷的思索，然而歷史的迷思如同個人的命運一般，是那樣無奈而不可解。唐人不僅聯繫個人身世思考歷史問題，而且更多的在對歷史興衰的思索上，超越一己之悲歡，生發出對人類整體命運的關注，對自然宇宙運行的思考。蕭馳在《中國詩歌美學》中說道：「（中唐以後）個人命運的哀歡益發轉變爲滄桑之感，歷史的感喟代替了一己遭逢的憂憤，這才使得弔古詩得以走進詩意和哲理相統一──這個藝術的至高境界。」〔註 51〕

> 昔日章華宴，荊王樂荒淫。霓旌翠羽蓋，射兕雲夢林。
> 鍋來高唐觀，悵望雲陽岑。雄圖今何在，黃雀空哀吟。〔註
> 52〕（陳子昂《感遇》之二十八）

> 舊苑荒臺楊柳新，菱歌清唱不勝春。只今惟有西江月，
> 曾照吳王宮裏人。〔註53〕（李白《蘇台覽古》）

> 越王句踐破吳歸，義士還家盡錦衣。宮女如花滿春殿，
> 只今惟有鷓鴣飛。〔註54〕（李白《越中覽古》）

這組詩都是將自然的萬古常新和人類歷史的盛衰代謝進行對比，充滿了強烈的盛衰差別，詩人在不動聲色地描寫中注入了深沉的悲劇體驗。正如張高評先生所說的：

> 空間是相同的，但古今的時間流程卻是可變的。空間
> 經過時間洗滌沉澱了歷史的陵谷滄桑意識。空間感受由時
> 間感受所規範。相對不變的空間愈是作爲歷史的見證存
> 在，愈是顯得邈遠，時間就愈是顯得隔閡，反轉過來也就
> 使空間愈顯得蒼涼。這種時空特徵變化規定了中國懷古詩
> 審美的悲劇性質而不是喜劇性質，規定了它的審美結構時

〔註51〕 蕭馳，中國詩歌美學〔M〕，北京：北京大學出版社，1986：130。
〔註52〕 〔唐〕陳子昂，感遇其二十八，見〔清〕彭定求等編，全唐詩（卷八三）〔M〕，北京：中華書局，1999：890。
〔註53〕 〔唐〕李白，蘇台覽古，見〔清〕彭定求等編，全唐詩（卷一八一）〔M〕，北京：中華書局，1999：1852。
〔註54〕 〔唐〕李白，越中覽古，見〔清〕彭定求等編，全唐詩（卷一八一）〔M〕，北京：中華書局，1999：1852。

空錯綜的模式。〔註55〕

這段話是用來論述宋詩的,但是用來理解唐表現歷史盛衰的詩作卻也極為吻合。在面對歷史盛衰變化時,唐人往往流露出對歷史、命運的悲劇性思索,這種悲劇情調在中晚唐時期表現得更為明顯:

> 津橋春水浸紅霞,煙柳風絲拂岸斜。翠輦不來金殿閉,
> 宮鶯銜出上陽花。〔註56〕(雍陶《天津橋春望》)

天津橋建造於隋煬帝大業元年,「天津曉月」是著名的洛陽景觀,詩人在天津橋上欣賞著春日美景,卻無端生發出歷史變遷的悲涼之感。吳功正先生在《中國文學美學》中評論這首詩道:「詩的寂寥感寄於意象之中,而這種寂寥感有著深厚的歷史內容,顯示著對唐帝國衰落的感受情緒。因此天津橋所望的上陽宮就不是一般的現實現象,而是歷史興衰的象徵。它體現了晚唐時期所共有的歷史現象,折射出這一時期詩人感受歷史衰落所共有的心理。」〔註57〕杜牧的「千燒萬戰坤靈死,慘慘終年鳥雀悲」〔註58〕,李益的「汴水東流無限春,隋家宮闕已成塵。行人莫上長堤望,風起楊花愁殺人。」〔註59〕,許渾的「鳥下綠蕪秦苑夕,蟬鳴黃葉漢宮秋。行人莫問當年事,故國東來渭水流。」〔註60〕都讓人在自然的永恆和歷史轉瞬的消亡間產生了濃濃悲劇感。

(三)盛衰變換間的批判意識

面對王朝更迭、歷史變遷,唐人們不會只甘於描繪一種景致,抒發內心的悲歡,他們會用歷史的盛衰警醒自身,會用歷史的教訓反觀

〔註55〕 張高評,宋詩特色研究〔M〕,吉林:長春出版社,2002:97。

〔註56〕 〔唐〕雍陶,天津橋春望,見〔清〕彭定求等編,全唐詩(卷五一八)〔M〕,北京:中華書局,1999:5969。

〔註57〕 吳功正,中國文學美學(上卷)〔M〕,江蘇:江蘇教育出版社,2001:55。

〔註58〕 〔唐〕杜牧,故洛陽城有感,見〔清〕彭定求等編,全唐詩(卷五二一)〔M〕,北京:中華書局,1999:6007。

〔註59〕 〔唐〕李益,汴河曲,見〔清〕彭定求等編,全唐詩(卷二八三)〔M〕,北京:中華書局,1999:3219。

〔註60〕 〔唐〕許渾,咸陽城東樓,見〔清〕彭定求等編,全唐詩(卷五三三)〔M〕,北京:中華書局,1999:6130。

當朝政局。試看李商隱的《隋宮》與《隋堤》：

> 乘興南遊不戒嚴，九重誰省諫書函。春風舉國裁宮錦，
> 半作障泥半作帆。〔註61〕

> 紫泉宮殿鎖煙霞，欲取蕪城作帝家。玉璽不緣歸日角，
> 錦帆應是到天涯。於今腐草無螢火，終古垂楊有暮鴉。地
> 下若逢陳後主，豈宜重問《後庭花》。〔註62〕

這兩首詩截取了隋煬帝奢華生活的幾個場景，沒有過多議論，只是在今非昔比的變化間展現了隋朝衰落的根本原因——隋煬帝的窮奢極欲。前一首詩描寫了隋煬帝南遊時的豪奢放蕩，後一首詩選取了他想要取蕪城作皇都、南遊會稽、在景華宮用螢火蟲照亮山谷、開河植柳等典故，展現了隋煬帝生前的浮華生活，結尾以「地下若逢陳後主，豈宜重問《後庭花》」之句不動聲色地進行諷刺，並暗含著對當朝統治者的警戒。

批判之外，唐人還對歷史家國興亡的原因進行了深入思索，企圖撥開宿命的迷霧，像司馬遷那樣「究天人之際，通古今之變」，於是就出現了許多對歷史事件新穎獨到且頗具洞察力的觀點：

> 香徑長洲盡棘叢，奢雲豔雨只悲風。吳王事事須亡國，
> 未必西施勝六宮。〔註63〕（陸龜蒙《吳宮懷古》）

> 折戟沉沙鐵未銷，自將磨洗認前朝。東風不與周郎便，
> 銅雀春深鎖二喬。〔註64〕（杜牧《赤壁》）

> 勝敗兵家事不期，包羞忍恥是男兒。江東子弟多才俊，
> 捲土重來未可知。〔註65〕（杜牧《題烏江亭》）

〔註61〕〔唐〕李商隱，隋宮，見〔清〕彭定求等編，全唐詩（卷五三九），
　　　　北京：中華書局，1999：6215。

〔註62〕〔唐〕李商隱，隋堤，見〔清〕彭定求等編，全唐詩（卷五三九），
　　　　北京：中華書局，1999：6211。

〔註63〕〔唐〕陸龜蒙，吳宮懷古，見〔清〕彭定求等編，全唐詩（卷六二
　　　　九）〔M〕，北京：中華書局，1999：7268。

〔註64〕〔唐〕杜牧，赤壁，見〔清〕彭定求等編，全唐詩（卷五二三）〔M〕，
　　　　北京：中華書局，1999：6026。

〔註65〕〔唐〕杜牧，題烏江亭，見〔清〕彭定求等編，全唐詩（卷五二三）

　　　　爭帝圖王勢已傾，八千兵散楚歌聲。烏江不是無船渡，

　　恥向東吳再起兵。〔註66〕（胡曾《烏江》）

　　以杜牧爲代表的詩人，常常喜歡對歷史問題提出發人深省的新見解，他們沒有滿足於對盛衰悲劇的駐足哀歡，而是以敏捷的才思、深刻的目光，在興亡治亂的迴圈中努力求索。在上面這組詩中，詩人對歷史上的國家治亂、英雄人物、著名歷史事件都有著廣泛涉獵和個性化的認知，陸龜蒙的《吳宮懷古》指出吳國處處體現出亡國的徵兆，未必只是因爲一個美女西施，由此對傳統觀念上「女性覆國」的論斷進行了質疑；杜牧的《題烏江亭》和胡曾的《烏江》則是以歷史上的著名人物項羽爲題材，前者對項羽的失敗抱有極大的遺憾，認爲項羽若是重拾信心，必定可以扭轉衰敗的結局，而胡曾卻從情感上分析了項羽自殺的原因，認爲項羽從心理上已經感到極大的羞恥，這是情感上的潰敗，已和當時歷史的客觀形勢無關了；杜牧的《赤壁》則是以最爲凝練的筆墨，濃縮了一段波瀾壯闊的三國歷史，水中的折戟沉沙既暗示著曾經的廝殺紛爭，又昭示了這段歷史的沈寂，最後的「東風不與周郎便，銅雀春深鎖二喬」之句以看似輕鬆的筆墨揭示了歷史的變化無常，必然和偶然之間微妙的距離，十分巧妙且具有畫面感。

　　黃世中認爲：「歷史題材的作品，不過是作家主體意識、主題情感抒發宣洩的載體，歷史人物及事件，也只是引發詩人表現自我的媒介或『觸引物』。從這個意義上說，歷史人物、事件同引觸詩人產生比興的自然物有相似之處。在物，則可以借物言志，觸物起情；在史，同樣可以借史言志，感史興情。但是，詩人只借『此一個』歷史事件而不取其他，則『此一個』必定與詩人心中的情事有著深刻的同構對應關係，這樣才可以引發情事，感召其事。」〔註67〕詩人們選取歷史上的某一人物、

　　　　〔M〕，北京：中華書局，1999：6028。

〔註66〕〔唐〕胡曾，烏江，見〔清〕彭定求等編，全唐詩（卷六四七）〔M〕，
　　　　北京：中華書局，1999：7471。

〔註67〕黃世中，論〈長恨歌〉的創作動因及深層意蘊〔J〕溫州：溫州師範
　　　　學院學報，1989（2）：47。

某一歷史事件展開對家國興亡的思索，這些新論未必符合歷史的真實，但卻是詩人對歷史興亡人性化的探索。他們面對著歷史家國盛衰迴圈的怪圈、國家勢微的現實走向、注定破敗的悲劇性結局時，雖也感傷悲歎，但始終保持著鋒利而清醒的思索，努力從歷史的迷思中探尋出興亡治亂的根本性原因，詩人以一己之思傾注進對歷史的深沉思索，往往能夠推陳出新、不落窠臼，有時甚至有些感情用事和武斷，但卻是他們對歷史最真摯且熱誠的獻禮，正如吳喬在《圍爐詩話》中云：「古人詠史，但敘事而不出己意，則史也，非詩也。」〔註68〕

（四）自由的超越

從上一節可以看到，面對歷史興衰的迷思，唐人沒有像西方人那樣去強烈地抗爭和反叛，而是努力尋求解答，對歷史上的興亡治亂形成了一系列頗具個性化的觀點，但唐人卻未止步於此。在面對生命的盛衰時，唐人在春秋代謝的美好景致間昇華出了一種具有悲劇意味審美體驗，而在歷史人事的盛衰面前卻產生出了一種通達的宇宙意識，他們期許和這一歷史的疑問達成和解。儘管仍略帶一些傷感的悲劇情思，卻不難看出唐人企圖和歷史迷思達成和解的嘗試，這一嘗試從初盛唐開始，直至劉禹錫的詩歌中，才達到了一種圓滿。從初唐開始詩人們在表現歷史興衰的詩作中，除了表現個人身世不遇的愁思和寂寞感傷的悲劇意識外，還展現出一種冷靜、淡漠的情感，他們試圖站在歷史之外去靜觀其變：

> 南登竭石館，遙望黃金臺。丘陵盡喬木，昭王安在哉。
> 霸圖悵已矣，驅馬復歸來。〔註69〕（陳子昂《燕昭王》）

> 越王句踐破吳歸，義士還鄉盡錦衣。宮女如花春滿殿，
> 只今惟有鷓鴣飛。〔註70〕（李白《越中覽古》）

〔註68〕吳喬，圍爐詩話，清詩話續編〔M〕，上海：上海古籍出版社，1983：78。
〔註69〕〔唐〕陳子昂，燕昭王，見〔清〕彭定求等編，全唐詩（卷八三）〔M〕，北京：中華書局，1999：893。
〔註70〕〔唐〕李白，越中覽古，見〔清〕彭定求等編，全唐詩（卷一八一）〔M〕，北京：中華書局，1999：1852。

如果說陳子昂的《燕昭王》在情感上還帶有一絲詰問與迷惘，那麼李白的《越中覽古》則是褪去了感傷的情調，以一種客觀冷靜的筆觸，站在歷史之外，靜觀著歷史興亡。繁華短促，自然永恆。曾經勝利的戰爭、精雕細刻的宏偉建築、英雄的功勳，在歲月的流轉間都消逝了，如今「只有鷓鴣飛」。中晚唐時期，這類充滿靜觀情調的歷史盛衰詩作，則多了一份寂寞和無奈的幻滅：

　　　千秋佳節名空在，承露絲囊世已無。唯有紫苔偏稱意，
　　年年因雨上金鋪。〔註71〕（杜牧《過勤政樓》）

　　　漁陽烽火照函關，玉輦匆匆下此山。一曲羽衣聽不盡，
　　至今遺恨水潺潺。〔註72〕（吳融《華清宮其二》）

　　　孤城上與白雲齊，萬古荒涼楚水西。官舍已空秋草綠，
　　女牆猶在夜烏啼。平江渺渺來人遠，落日亭亭向客低。沙
　　鳥不知陵谷變，朝飛暮去弋陽溪。〔註73〕（劉長卿《登餘
　　干古縣城》）

歷史盛衰常常會將敏感的詩人引入一種不可自拔的迷思之中。但一些有著強大意志力和通達思想的詩人，則嘗試著超越現實，不再執著於歷史興亡本身，這些詩人在靜觀之外多了一份開闊的眼界，從而把歷史的盛衰昇華成一種通達的宇宙觀，劉禹錫是其中最具代表性的詩人。從個人經歷上看，他和柳宗元一樣，一生都在當時的政治鬥爭中沉浮，但和柳宗元不同的是，劉禹錫有著強烈的歷史使命感和異於常人的堅強意志，他曾在《酬樂天詠老見示》中自述道：「莫道桑榆晚，為霞尚滿天」〔註74〕。正是有著充滿歷練的人生和積極樂觀的精

〔註71〕〔唐〕杜牧，過勤政樓，見〔清〕彭定求等編，全唐詩（卷五二一）〔M〕，北京：中華書局，1999：5996。

〔註72〕〔唐〕吳融，華清宮其二，見〔清〕彭定求等編，全唐詩（卷六八五）〔M〕，北京：中華書局，1999：7942。

〔註73〕〔唐〕劉長卿，登餘干古縣城，見〔清〕彭定求等編，全唐詩（卷一五一）〔M〕，北京：中華書局，1999：1568。

〔註74〕〔唐〕劉禹錫，酬樂天詠老見示，見〔清〕彭定求等編，全唐詩（卷三五五）〔M〕，北京：中華書局，1999：3998。

神，劉禹錫在表現歷史盛衰的詩作中，沒有執著在個人的不遇和悲痛，也沒有止步在不動聲色的靜觀中，而是以蒼涼渾厚的筆力、博大的眼界和深沉的思考，將個人滄桑起伏的經歷化作探尋歷史盛衰的動力，白居易在《劉白唱和集解》中說道：「彭城劉夢得，詩豪者也。其鋒森然，少敢當者」。試看他的《臺城》和《金陵懷古》：

　　臺城六代競豪華，結綺臨春事最奢。萬戶千門成野草，只緣一曲後庭花。〔註75〕

　　潮滿冶城渚，日斜征虜亭。蔡洲新草綠，幕府舊煙青。興廢由人事，山川空地形。《後庭花》一曲，幽怨不堪聽。」〔註76〕

《臺城》的開頭描寫了臺城昔日的繁華與奢侈，也意在探尋王朝衰落的原因，後半句在如今滿目瘡痍、野草叢生的情境中，冷靜而略含諷刺地再次強調了人事乃王朝轉衰的禍根。一切都衰敗了，然而那首《玉樹後庭花》卻似乎還迴響在時空之中。國勢的衰弱、時代的變遷讓詩人面對古蹟時產生了一種警覺和無奈，眼看著歷史的盛衰迴圈，自己卻無法改變唐王朝日益衰敗的政治，於是詩人一直在試圖用詩作進行人事上的諷刺，他希望統治者能夠從中汲取教訓，從而避免重蹈覆轍。詩人在面對歷史盛衰變化時會產生一種迷茫而悲戚的悲劇感，正如吳功正在評價這首詩時所說的：「『六朝』和『臺城』的時空交叉，『如夢』的巨變（時間），『依舊』的『不變』（空間），形成了時空結構內在的裂變和失衡，包含著沉鬱緒密的歷史傷感和當時晚唐的末世憂患意識。」〔註77〕但詩人卻因自身儒者的責任而拼命對其進行理性地思索，用冷靜的態度總結王朝衰落的原因，不讓自己沉溺在悲傷之中。後一首《金陵懷古》也是在幽寂淒清的景致中，暗示了歷

〔註75〕〔唐〕劉禹錫，臺城，見〔清〕彭定求等編，全唐詩（卷三六五）〔M〕，北京：中華書局，1999：4127。

〔註76〕〔唐〕劉禹錫，金陵懷古，見〔清〕彭定求等編，全唐詩（卷三五七）〔M〕，北京：中華書局，1999：4027。

〔註77〕吳功正，中國文學美學（上卷）〔M〕，江蘇：江蘇教育出版社，2001：370。

史代謝的客觀無情，並且突出了統治者奢靡誤國，詩人認爲再好的地理位置、山川地形都不是一個國家最可靠的保證，只有人事才是家國興亡的決定性力量。如果說這兩首詩歌在探尋歷史盛衰變化時，還希求用理性的目光尋找出其中的原因，比如《臺城》中「臺城六代競豪華，結綺臨春事最奢」和《金陵懷古》中「興廢由人事，山川空地形」之句將歷史的更迭、朝代的變遷歸結爲統治者豪奢荒淫等人爲原因，而在更多的詩作中，劉禹錫沒有執著於人事，而是以一種超然且具有宇宙意識的目光看待歷史的興亡變換。試看他的《西塞山懷古》：

> 西晉樓船下益州，金陵王氣黯然收。千尋鐵鎖沉江底，一片降幡出石頭。人世幾回傷往事，山形依舊枕江流。今逢四海爲家日，故壘蕭蕭蘆荻秋。〔註78〕

劉禹錫在唐穆宗長慶四年（824）由夔州調任和州，沿途來到西塞山，從山上俯瞰長江，在這樣的情境下，詩人將個人的坎坷經歷和歷史的沉思結合在一起，在追憶和現實中抒發了自己對歷史的思索。翁方綱《七言律詩抄‧凡例》將其譽爲「中唐時之《秋興》」。詩歌的前半部分像以往的懷古詩作一樣，描述了西晉將軍曾經輝煌的政績都成往事，於今只看到水面散落的亂石。詩人沒有像別的作者那樣在此戛然而止，留下一股無法掙脫的傷感情思，而是以「人世幾回傷往事，山形依舊枕江流。今逢四海爲家日，故壘蕭蕭蘆荻秋」之句作結。詩人在山川、江河、秋風蕭瑟的蘆葦之間尋找著一種精神的超越，他悲傷的已不是歷史人事由盛而衰的具體事實，而是由此升騰出的一種淡淡的宇宙意識，詩人企圖探尋和擺脫縈繞在心頭的歷史迷思。再看《金陵懷古》組詩中的《石頭城》與《烏衣巷》：

> 山圍故國周遭在，潮打空城寂寞回。淮水東邊舊時月，夜深還過女牆來。〔註79〕

〔註78〕〔唐〕劉禹錫，西塞山懷古，見〔清〕彭定求等編，全唐詩（卷三五九）〔M〕，北京：中華書局，1999：4065。

〔註79〕〔唐〕劉禹錫，石頭城，見〔清〕彭定求等編，全唐詩（卷三六五）〔M〕，北京：中華書局，1999：4127。

朱雀橋邊野草花，烏衣巷口夕陽斜。舊時王謝堂前燕，飛入尋常百姓家。〔註80〕

謝枋得《唐詩品匯》卷五一評價《石頭城》時云：「山無異東晉之山，潮無異東晉之潮，月無異東晉之月也。求東晉之宗廟、宮室、英雄、豪傑，俱不見矣。意在言外，寄有於無。」在這兩首詩中，詩人隻字未提過往的歷史盛景，而是在自然的運轉中暗含著歷史的滄海桑田。自然按照著自己的軌跡運行，從某種意義上看它們似乎是宇宙中永恆的存在，而歷史人事卻幾番變化，幾番盛衰流轉。詩人拋開了以往詩歌中對歷史盛衰變化的執意描繪，轉向天地自然之間尋找答案。表面上看是用自然的永恆對比歷史的流轉變化，從更深層次上看是詩人在反思歷史興亡後企圖在宇宙生命中尋求答案與超越。正如胡曉明所說：「詩人有一個共通的時間感受模式：即著眼天地自然的『不變』，與人世社會的『變』之間的對比。換言之，似乎他們不約而同地發現了這樣一種真相：宇宙自然了無時間傷害的痕跡，而人世社會卻往往被時間踐踏得遍體鱗傷。」〔註81〕劉禹錫特別喜歡在天地自然的永恆間思考歷史人事的轉瞬即逝，似乎是有意在靜默無言的自然之間尋找一種精神上的超越。這兩首詩以一種通達平靜的口吻，將歷史的盛衰變化隱在了自然之後：既然天地萬物自有其運行的軌道，那麼人們也不需要糾結於事物的變與不變，而是應該以一種宇宙的目光看待自然、歷史乃至一切，歷史自有盛衰，自然也有著它特定的軌跡。無論是美麗的宮殿廟堂、還是宏偉的功勳業績、亦或是英明神武的歷史人物，這一切都敵不過那永恆的自然，都無法脫離它由盛而衰的歷史軌跡，那麼人們又何苦蠅營狗狗地在這蒼茫的人事間徒勞尋覓，何必苦心孤詣慘澹經營著這種轉瞬即逝的繁華，所謂的豐功偉業、輝煌的歷史以及人類的生命都是那樣脆弱而短暫，何不投身於自然，用超

〔註80〕〔唐〕劉禹錫，烏衣巷，見〔清〕彭定求等編，全唐詩（卷三六五）〔M〕，北京：中華書局，1999：4127。

〔註81〕胡曉明，中國詩學之精神〔M〕，江西：江西人民出版社，2001：227～228。

越世俗的目光和宇宙合為一體？就這樣，以往歷史盛衰變化所帶來的迷惘和傷感，被劉禹錫的詩作以看似無解的方式消解了。

二、女性與歷史盛衰主題

在中國古代歷史中，女性始終處在被壓抑的地位，而男性話語權則佔有絕對的領導地位。唐歷史盛衰主題的詩歌，大都充滿陽剛而滄桑的風神韻味，但一些詩人將莊嚴肅穆的歷史和柔情浪漫的女性形象相結合，從而使這一主題有了新的特徵。

首先、女性形象將詩人對歷史盛衰的反思，上升到對所有美好事物走向衰敗的不捨，試看王建和李遠的兩首《銅雀臺》：

嬌愛更何日，高臺空數層。含啼映雙袖，不忍看西陵。漳水東流無復來，百花輦路為蒼苔。青樓月夜長寂寞，碧雲日暮空裴回。君不見鄴中萬事非昔時，古人不在今人悲。春風不逐君王去，草色年年舊宮路。宮中歌舞已浮雲，空指行人往來處。〔註82〕

西陵樹已盡，銅雀思偏多。雪密疑樓閣，花開想綺羅。影銷堂上舞，聲斷帳前歌。唯有漳河水，年年舊綠波。〔註83〕

銅雀臺，建於漢獻帝建安十五年（210）冬，明代被水沖毀，遺址在今河北省臨漳縣。曹操去世前曾留下一道《遺令》：「餘香可分與諸夫人，諸舍中無所為，學做織履賣也。」因此，銅雀臺在豐富的歷史內涵之外，還帶有濃厚的女性氣質。王建的《銅雀臺》本來只是對歷史興衰的感慨，卻因為女性情感的介入而變得綺麗深邃，詩中的月亮不會再像劉禹錫《石頭城》中那樣冷寂無情，而是充滿了一股孤單淒清的寂寞。歷史人事的興亡所牽涉的還有美麗女性的消亡、美好愛情的流逝，這種更能引發人類共鳴的美，讓歷史的盛衰變化成為了一

〔註82〕〔唐〕王建，銅雀臺，見〔清〕彭定求等編，全唐詩（卷二九八）〔M〕，北京：中華書局，1999：3381。

〔註83〕〔唐〕李遠，悲銅雀臺，見〔清〕彭定求等編，全唐詩（卷三六五）〔M〕，北京：中華書局，1999：4127。

種生命的悲劇。第二首李遠的《悲銅雀臺》在雪、花、綺羅、歌、舞等柔美的意象間，追憶曾經歌舞升平的歷史盛景，從而在歷史的滄桑變故中多了一份對美好的留戀。再看李白的《烏棲曲》：

> 姑蘇臺上烏棲時，吳王宮裏醉西施。吳歌楚舞歡未畢，
> 青山欲銜半邊日。銀箭金壺漏水多，起看秋月墜江波。東
> 方漸高奈樂何。〔註84〕

這首詩有著很特殊的寫作方式，詩人沒有以一個旁觀者的角度去感慨或是批判曾有的歷史，而是以一個親歷者的角度去描繪吳王宮殿的景象：西施和美人們在美酒中放蕩著自己的情志，吳歌楚舞進行到了日之將出還未休止，這是一派美麗的景象，也是一個王朝行將毀滅時的景觀。詩人沒有進行理性的反思和不斷的詰問，反而被這樣美好的情景所感染，希望時光不要這樣匆匆逝去，並且也對即將到來的衰敗和毀滅感到無可奈何。西施沒有像史書上記載的那樣忍辱負重，反而象徵著一種美好和歡樂。李白沒有反思和批判吳國滅亡之前的頹廢，而是在詩中生發出一種對美好的眷戀與不捨、對歷史盛景、人生歡樂時光的追念。

其次、女性會讓表現歷史盛衰主題的詩歌不再只是理性的考問，而是多了一些感性的體悟和無奈的幻滅。試看杜牧的《經古行宮》：

> 臺閣參差倚太陽，年年花發滿山香。重門勘鎖青春晚，
> 深殿垂簾白日長。草色芊綿侵御路，泉聲嗚咽繞宮牆。先
> 皇一去無回駕，紅粉雲環空斷腸。〔註85〕

詩歌中的意象是柔美的：參差蜿蜒的臺閣、滿山開放的鮮花、低垂的簾幕、嗚咽的泉聲等等，這一切都改變了以往表現歷史興亡詩歌中的凝重氛圍，充滿了唯美的女性情調。詩人也沒有對楊貴妃和唐明皇的行為進行義正言辭地批判，而是以一句「先皇一去無回駕，紅粉

〔註84〕 〔唐〕李白，烏棲曲，見〔清〕彭定求等編，全唐詩（卷一六二）
〔M〕，北京：中華書局，1999：1684。
〔註85〕 〔唐〕杜牧，經古行宮，見〔清〕彭定求等編，全唐詩（卷五二六）
〔M〕，北京：中華書局，1999：6073。

雲環空斷腸」做結，皇帝倉皇逃走了，留下的只有悲傷無助的貴妃。
在這首詩中，歷史盛衰變化引起的反思已不那麼重要，詩人並不打算
探究唐朝衰敗的原因，而是在濃濃的悲傷氣氛和女性的柔美情調中喚
起一種美感和悵惘。再看杜牧的《華清宮》：

> 零葉翻紅萬樹霜，玉蓮開蕊暖泉香。行雲不下朝元閣，
> 一曲淋鈴淚數行。〔註86〕

這首詩沒有出現一點歷史蹟象，也沒有提到楊妃和唐明皇，詩的
前兩句只是在淒清的景物中渲染出一種冷寂：千樹萬樹沾染著霜氣，
秋日的紅葉颯颯作響，華清宮湯池中的玉蓮花泉眼還在吐露著溫泉，
只是湯池已空寂無人。在看似沒有感情的景物描寫中，一句「一曲淋
鈴淚數行」寫出了這空寂背後的人物，是落魄皇帝的淚還是詩人的
淚？我們不得而知，但可以感受到的是詩人借華清宮與楊貴妃的典
故，傳達出了一種歷史盛衰變化之後的空寂，感性而唯美。

第三，唐人在表現歷史盛衰的詩作中最偏愛兩位女性——西施與
王昭君，由於其特殊的人生經歷，她們承載著唐代詩人對歷史興亡的
反思和對個人坎坷身世的慨歎。

> 吳王舊國水煙空，香徑無人蘭葉紅。春色似憐歌舞地，
> 年年先發館娃宮。〔註87〕（陳羽《吳城覽古》）

> 香徑長州盡棘叢，奢雲艷雨只悲風。吳王事事須亡國，
> 未必西施勝六宮。〔註88〕（陸龜蒙《吳宮懷古》）

> 家國興亡自有時，吳人何苦怨西施。西施若解傾吳國，
> 越國亡來又是誰。〔註89〕（羅隱《西施》）

〔註86〕〔唐〕杜牧，華清宮，見〔清〕彭定求等編，全唐詩（卷五二四）
　　　　〔M〕，北京：中華書局，1999：6053。
〔註87〕〔唐〕陳羽，吳城覽古，見〔清〕彭定求等編，全唐詩（卷三四八）
　　　　〔M〕，北京：中華書局，1999：3903。
〔註88〕〔唐〕陸龜蒙，吳宮懷古，見〔清〕彭定求等編，全唐詩（卷六二
　　　　九）〔M〕，北京：中華書局，1999：7268。
〔註89〕〔唐〕羅隱，西施，見〔清〕彭定求等編，全唐詩（卷六五六）〔M〕，
　　　　北京：中華書局，1999：7602。

舊苑荒臺楊柳新，菱歌清唱不勝春。只今惟有西江月，

曾照吳王宮裏人。〔註90〕（李白《蘇台覽古》）

這組詩以吳越興亡爲題材，每首都描寫到了這段歷史中的一位關鍵

人物——西施。詩人們對她的態度都是和善而溫柔的，他們沒有將國家

衰亡的罪責怪罪於西施，而是用一種理性通達的思維考察歷史，將纖弱

遙遠的西施詩化成美麗與遺憾的結合體，她不言不語，卻是那段紛亂鬥

爭中唯一的美好。除了西施，唐人最愛吟詠的女性便是漢朝的王昭君。

《漢書・元帝紀》載：「竟寧元年春正月，匈奴呼韓邪單于不忘恩德，

鄉慕禮儀，復修朝賀之禮，既伏其辜，呼韓邪無兵革之事。其改元爲竟

寧，賜單于待詔掖庭王嬙爲閼氏。」這是歷史的本事，後來被文人們演

繹成詩，生發出了歷史的蒼茫感與個人不遇的愁思。江淹《恨賦》云：

「明妃去時，仰天太息。紫臺稍遠，關山無極。搖風忽起，白日西匿。

隴雁少飛，岱雲寡色。望君王兮何期，終蕪絕兮異域。」〔註91〕在此基

礎上，唐代很多著名詩人都借王昭君出塞之事，抒發個人心中的苦悶：

圖畫失天眞，容華坐誤人。君恩不可再，妾命在和親。

淚點關山月，衣銷邊塞塵。一聞陽鳥至，思絕漢宮春。〔註

92〕（梁獻《王昭君》）

漢宮豈不死，異域傷獨沒。萬里馱黃金，蛾眉爲枯骨。

回車夜出塞，立馬皆不發。共恨丹青人，墳上哭明月。〔註

93〕（常建《昭君墓》）

草著愁煙似不春，晚鶯哀怨問行人。須知一種埋香骨，

猶勝昭君作虜塵。〔註94〕（陸龜蒙《宮人斜》）

〔註90〕〔唐〕李白，蘇台覽古，見〔清〕彭定求等編，全唐詩（卷一八一）
〔M〕，北京：中華書局，1999：1852。

〔註91〕〔南朝〕江淹，恨賦，見〔清〕許槤選編，六朝文絜全譯〔M〕，貴
陽：貴州人民出版社，2005：26。

〔註92〕〔唐〕梁獻，王昭君，見〔清〕彭定求等編，全唐詩（卷一九）〔M〕，
北京：中華書局，1999：210。

〔註93〕〔唐〕常建，昭君墓，見〔清〕彭定求等編，全唐詩（卷一四四）
〔M〕，北京：中華書局，1999：1463。

〔註94〕〔唐〕陸龜蒙，宮人斜，見〔清〕彭定求等編，全唐詩（卷六二九）

　　莫怨工人醜畫身，莫嫌明主遣和親。當時若不嫁胡虜，
只是宮中一舞人。〔註95〕（王叡《解昭君怨》）

　　除了以上諸位詩人，詩仙李白和詩聖杜甫也極盡才思，在歷史盛衰的蒼茫背景下，用昭君的身世寄託自己的不幸。試看李白的《于闐採花》：

　　于闐採花人，自言花相似。明妃一朝西入胡，胡中美
女多羞死。乃知漢地多明姝，胡中無花可方比。丹青能令醜
者豔，無鹽翻在深宮裏。自古妒娥眉，胡沙埋皓齒。〔註96〕

　　《唐宋詩醇》卷三云：「沉淪不遇之士如明妃者，自古不乏。若林甫當國而雲野無遺賢，則賢不肖之易置者眾矣。即白之受譖於張垍，所謂入宮見妒，固其宜也。結語峭甚，可謂歎絕。」〔註97〕杜甫也有《詠懷古蹟五首其三》：

　　群山萬壑赴荊門，生長明妃尚有村。一去紫臺連朔漠，
獨留青冢向黃昏。畫圖省識春風面，環佩空歸月夜魂。千
載琵琶作胡語，分明怨恨曲中論。〔註98〕

　　這首詩的寄託更為深沉，景物的點染也頗具風骨。開頭描寫了王昭君曾經生活過的地方，那裡的山水鄉村依舊明麗清新，可是明妃早已灰飛煙滅。頷聯用凝練的手法敘寫了王昭君悲劇性的一生，由生時的不遇到死後的寂寞，短短十四個字卻道出了一位奇女子一生的蒼涼。最後兩句則是用「千載」、「分明」兩個情感十分濃烈的詞語表達出詩人對昭君的同情，也暗含著自身坎坷不遇的身世，個人的不幸交織著王昭君的悲劇，讓人不禁遺恨萬分。這首詩在沉重的歷史感中，交織著一個美好生命的盛衰之變，也暗含著詩人個人生命的顛沛起

　　　　　〔M〕，北京：中華書局，1999：7265。
〔註95〕　〔唐〕王叡，解昭君怨，見〔清〕彭定求等編，全唐詩（卷五零五）
　　　　　〔M〕，北京：中華書局，1999：5784。
〔註96〕　〔唐〕李白，于闐採花，見〔清〕彭定求等編，全唐詩（卷一六三）
　　　　　〔M〕，北京：中華書局，1999：1693。
〔註97〕　〔清〕乾隆御選，唐宋詩醇〔M〕，北京：中國三峽出版社，1997：32。
〔註98〕　〔唐〕杜甫，詠懷古蹟五首其三，見〔清〕彭定求等編，全唐詩（卷
　　　　　二三零）〔M〕，北京：中華書局，1999：2511。

伏，意蘊深厚，和同類題材相比，杜甫可謂將其發展到了一個極致。正如沈德潛在《唐詩別裁集》卷九中所說：「若少陵『群山萬壑赴荊門』，筆如遊龍，不可方物。」

　　表現歷史盛衰變化的詩歌大都是理性而深沉的，它們傳達了唐人對歷史的思考，對自身處在變換歷史中的迷惘。然而人畢竟是感情動物，不是每位詩人都可以像劉禹錫、杜牧那樣以高遠的目光超越世間的滄桑變換。除卻理性的思索，女性的介入讓不斷求索的唐人有了緩和的餘地，他們可以借女性典故抒發心中感性的情思、一種盛極難續的空寂和幻滅感，從而讓表現歷史興衰主題的詩歌變得豐滿而真實。

三、個人與時代

　　隨著唐代歷史的發展，對唐人來說歷史的盛衰變化已不再是紙張上的典故，長達八年的安史之亂讓唐人真實體驗到了一個王朝的繁盛和衰敗。於是在後期表現歷史盛衰這一主題的詩歌中，開始大量出現詩人個性化的體驗。比如在韋應物、杜甫等人的詩歌作品中，唐王朝大時代的變遷貫穿著個人生活的變化，試看杜甫的《春望》：

　　　　國破山河在，城春草木深。感時花濺淚，恨別鳥驚心。
　　烽火連三月，家書抵萬金。白頭搔更短，渾欲不勝簪。〔註99〕

　　詩人在草木繁盛、春光大好的時節，卻要面臨著家國破碎這樣一個殘忍的事實。詩歌沒有直接書寫國家的動盪、江山社稷的變故，而是以個人敏感的情思體味著周遭的景物，將感傷的情緒投射到自身所見的花鳥身上。在戰火四起的背景下，詩人記掛的卻是一封小小的家書，這樣真實的筆觸在前代是不多見的，結尾更是以調侃的語氣講述了自己日漸稀少的白髮連髮簪都沒法插戴。杜甫將整首詩放在繁盛的春日、破敗的家國這樣一個大的背景之中，卻全篇敘寫了個人化的情感體驗，以一個普通人的情緒訴說了歷史盛衰變換下小人物的無奈與

〔註99〕〔唐〕杜甫，春望，見〔清〕彭定求等編，全唐詩（卷二二四）〔M〕，北京：中華書局，1999：2408。

感傷，灼灼的春日和破敗的國家、蒼老的詩人之間形成了極具感染力的盛衰對比。

　　除了杜甫，另一位中唐詩人韋應物也以個人經驗爲基礎，書寫了時代變遷下個人生活的盛衰變化以及私人化的情感體驗。試看他的《重九登滁城樓憶前歲九日歸澧上赴崔都水及諸弟宴集淒然懷舊》

> 今日重九宴，去歲在京師。聊回出省步，一赴郊園期。
> 嘉節始雲邁，周辰已及茲。秋山滿清景，當賞屬乖離。凋
> 散民里閭，摧翳眾木衰。樓中一長嘯，惻愴起涼飈。〔註100〕

重陽節登高望遠是古人的傳統，王維就曾經寫過著名的《九月九日憶山東兄弟》：「獨在異鄉爲客，每逢佳節倍思親。遙知兄弟登高處，遍插茱萸少一人。」〔註101〕與王維淡淡的愁思相比，韋應物的這首詩歌以個人登樓爲背景，傳達出了離亂之後的愴然與哀戚。本該神清氣爽的登高遠眺，望見的卻是一片蕭瑟的秋景，百姓流離、萬物衰頹，詩人只能在秋天的涼風中「樓中一長嘯」。詩人在經歷離亂之後回憶曾經在京城中與親朋相聚時的情境，然而眼前卻是親人的離散、國家的滿目瘡痍。詩人在重九登高這一私人活動中，暗示了時代盛衰帶給個人和百姓生活的巨大影響，書寫了大時代下個人生活的變化和悲劇。韋應物的《溫泉行》〔註102〕也是以私人行跡反映時代盛衰的作品，詩人在盛唐遊華清池時曾是「身騎殿馬引天仗，直入華清列御前。玉林瑤雪滿寒山，上升玄閣遊絳煙」，那時「朝廷無事共歡燕，美人絲管從九天」，而如今的華清池周遭卻是「今來蕭瑟萬井空，唯見蒼山起煙霧」，詩人自己也淪落無依，只能歎息道「可憐蹭蹬失風波，仰天大叫無奈何」。

　　將個人生活和時代變化結合起來的詩歌，在中晚唐逐漸增多，因

〔註100〕　〔唐〕韋應物，重九登滁城樓憶前歲九日歸澧上赴崔都水及諸弟宴集淒然懷舊，見〔清〕彭定求等編，全唐詩（卷一九一）〔M〕，北京：中華書局，1999：2005。

〔註101〕　〔唐〕王維，九月九日憶山東兄弟，見〔清〕彭定求等編，全唐詩（卷一二八）〔M〕，北京：中華書局，1999：1305。

〔註102〕　〔唐〕韋應物，溫泉行，見〔清〕彭定求等編，全唐詩（卷一九四）〔M〕，北京：中華書局，1999：2005。

為安史之亂讓唐人親歷了一段由盛而衰的歷史，這樣的經歷對唐人有著極大的觸動，也對他們的個人生活有著深刻的影響。在個人行跡、私人活動中暗示歷史的變遷，以個人生活書寫時代盛衰是唐人對歷史盛衰主題詩歌的創新，也是敘寫歷史的一個新角度。在本文第三章筆者將對這一問題有更加詳細的論述。

　　唐詩中的盛衰主題可以分為兩大類，一類是有關生命和歷史變化的，這類主題反映了唐人對生命、死亡的認知以及對歷史興亡的反思。還有一類盛衰主題詩作不是那樣抽象和形而上的，沒有歷史盛衰主題那樣深邃的目光，也少有生命盛衰主題觸及生命深處的悲痛，但卻貼近唐人平日的世俗生活和最真實的情感，體現出唐人人生的悲劇，筆者將其分為理想的盛衰和愛情的盛衰。下面進行具體分析。

第三節　長安有男兒，二十心已朽──理想的盛衰

一、理想與唐代文人

　　唐代是中國封建社會發展的高峰，政治開明，它為自己的臣民提供了許多可以施展理想的舞臺。在唐前，傳統世家大族因門第、家勢而享有各種政治經濟特權，長期壓制著身處寒門的庶族階層，而唐代統治者從政治、婚姻、經濟等各個方面限制了傳統士族在社會上的影響力，從而為庶族知識分子創造了許多進入政壇的機會。普通庶族出身的學子通過科舉考試便可大展宏圖，參與到國家政治，這著實是一件令人亢奮的事情。

　　此外，邊疆立功也是唐人取得功名、實現理想的一條重要途徑。唐代統治者十分重視邊塞「節度使」這一職位以及在邊塞立功的功臣，《資治通鑒·唐紀·玄宗紀》記載：「自唐興以來，邊帥皆用忠厚名臣，不久任，不遙領，功名著者往往入為宰相，及開元中，天子有吞四夷之志，為邊將者十餘年不易，始久任失。皇子則慶、忠諸王、宰相則蕭高、牛仙客，始遙領矣。蓋嘉運、王忠嗣專制數道，始兼統

矣。」〔註103〕鑒於朝廷對邊塞建功者的大力激勵，許多文士也棄文從武，比如裴行儉本是貞觀中舉明經出身，後以兵術成為名將。喜歡以邊塞題材入詩，且較為著名的詩人大都有著出入邊塞的經歷，如駱賓王、王維、崔顥、高適、岑參等，都在邊塞幕府出任過官職。

除了以上兩條，在唐統治者素來重視隱士的風氣下，唐人進入仕途還有著一條「終南捷徑」。「終南捷徑」作為傳統中國士人入仕便捷途徑的代名詞，源自唐朝武則天中宗時期的士人盧藏用。據《大唐新語‧隱逸》記載：「盧藏用始隱於終南山中，中宗朝累居要職。有道士司馬承禎者，睿宗迎至京，將還，藏用指終南山謂之日：『此中大有佳處，何必在遠？』承禎徐答日：『以僕所觀，乃仕宦捷徑耳！』」〔註104〕盧藏用通過隱居終南山，以退為進，由此獲得清高的名聲，從而受到皇帝的徵召與重用。就唐代的詩人來說，許多大詩人都有過隱居的經歷，像王維、孟浩然、李白、儲光羲、高適、李頎等。這些隱居的詩人和當朝的士子一樣，有著強烈的功名心，通過隱居積累自身的能量與社會聲望，期盼有朝一日得到皇帝的重用。詩人李頎有詩為證：「男兒立身須自強，十年閉戶潁水陽。業就功成見明主，擊鍾鼎食坐華堂。」〔註105〕這正好說明了唐代詩人隱逸的真正目的。

總之，唐人選擇不同的途徑來實現自己的理想，在不同的領域發揚著唐人特有的積極向上的精神。深受儒學浸染的杜甫、韓愈等人恪守著傳統的儒家科舉之路，而思想駁雜更偏向道家的李白選擇了一條充滿傳奇色彩的發跡之路，孟浩然、王維等人則是在隱士之名下，以退為守地接近自己的目標，高適和岑參則選擇了塞外大漠，用一種粗獷直接的方式取得人生中的功名。無論身處哪個時期，幾乎每一位唐代詩人都會在詩歌中傳達出對理想的渴望、對個人價值實現的強烈熱情。不同時期、不同類型的詩人因為時代和個人因素，將自己的理想

〔註103〕　〔宋〕司馬光，資治通鑒（卷二）〔M〕，嶽麓書社，2009：451。
〔註104〕　〔唐〕劉肅，大唐新語〔M〕，北京：中華書局，1984：157。
〔註105〕　〔唐〕李頎，緩歌行，見〔清〕彭定求等編，全唐詩（卷一三三）〔M〕，北京：中華書局，1999：1348。

情懷或強烈或含蓄地表達而出。有些詩人將理想這一主題貫穿在一生的詩歌創作中，如陳子昂、李白、杜甫，有些詩人在青年時期迸發出強烈的濟世心，如王維、高適、韋應物等，還有一類詩人的詩歌創作中，理想這一主題起起伏伏，有時全無蹤影，有時又突現而出，伴隨著詩人的人生心境遊走在詩歌當中。

　　然而唐人的理想到底是什麼？首先、最貼近世俗地講，就是富貴功名。「看取富貴眼前者，何用悠悠身後名」〔註 106〕，「花門樓前見秋草，豈能貧賤相看老」〔註 107〕，「萬里不惜死，一朝得成功。畫圖麒麟閣，入朝明光宮」〔註 108〕。可見在唐人眼中，追求功名並不是什麼值得避諱的事情，不論在文學創作還是個人生活中，他們都是暢快直白地傳達著自己對功名利祿的渴望。陳子昂摔琴贈文，為自己在京城打響名氣；王維身著華美的孔雀毛服出現在太平公主的府邸吟詩；杜甫向唐玄宗贈獻兩大禮賦；李白成為翰林學士，並在晚年還參與了軍事活動，一生都從未消歇對政治的熱情等等，這一切都說明唐人並不羞於談論以及追求富貴功名，他們擺脫了許多傳統道德的束縛，希望取得成功，進入社會上層。可以毫不誇張的說，富貴功名是唐人政治熱情最現實、最直接的動力。其次、唐人的理想還包含了個人價值的實現以及對個人獨立人格的保全。「志君堯舜上，再使風俗純」〔註 109〕，「永憶江湖歸白髮，欲回天地弄扁舟」〔註 110〕，「功成謝人間，從此一投釣」〔註 111〕。唐人不僅追求物質名利，他們仍是

〔註106〕　〔唐〕李白，少年行，見〔清〕彭定求等編，全唐詩（卷一六五）〔M〕，北京：中華書局，1999：1714。

〔註107〕　〔唐〕岑參，涼州館中與諸判官夜集，見〔清〕彭定求等編，全唐詩（卷一九九）〔M〕，北京：中華書局，1999：2061。

〔註108〕　〔唐〕高適，塞下曲，見〔清〕彭定求等編，全唐詩（卷二一一）〔M〕，北京：中華書局，1999：2189。

〔註109〕　〔唐〕杜甫，望嶽，見〔清〕彭定求等編，全唐詩（卷二一六）〔M〕，北京：中華書局，1999：2253。

〔註110〕　〔唐李商隱，安定城樓，見〔清〕彭定求等編，全唐詩（卷五四零）〔M〕，北京：中華書局，1999：6243。

〔註111〕　〔唐〕李白，翰林讀書言懷，見〔清〕彭定求等編，全唐詩（卷一

有原則、充滿個人追求的。李白在《代壽山答孟少府移文書》中云：「吾與爾達則兼濟天下，窮則獨善一身……申管晏之術談，謀帝王之術，奮其職能，願爲輔弼，使寰宇大定，海縣清一。」〔註112〕這段話可以視作絕大多數唐人的志向。

　　唐人的志向大都偉岸高遠，但除了個別幸運兒，很少有人能夠達到自己所希望的成功，這一切和社會制度以及文人心理有著重大關係。以「致君堯舜上，再使風俗純」爲己任的杜甫最終孤獨地死在一艘漂泊的破船上，狂傲不羈的李白傳說溺死在映照著月亮的水塘裏，一生渴望寧靜致遠的王維也在晚年被迫充當叛軍的宰相。此外，早亡的天才李賀，始終生活在貧病之中的孟郊、賈島，一生飄零不得志的李商隱等等，都是一個個理想衰落的文士。於是在唐詩中就出現了大量描寫理想盛衰的詩歌，與充滿飛揚理想、高昂意氣的唐詩相比，它們是唐人充滿人性真實的另一面。

二、唐詩理想盛衰主題與士不遇

　　中國傳統士人因個人信念和與生俱來的責任感而特有一種理想的悲劇，從文學傳統上來看，我們可以稱之爲「士不遇」。

　　孔子在暮年時曾歎息：「甚矣吾衰也！久矣吾不復夢見周公。」〔註113〕屈原也在詩歌中傳達出因不能實現自己的「美政」而產生的悲戚：「廣遂前畫兮，未改此度也。」〔註114〕「命則處幽，吾將罷兮，願及白日之未暮也。」〔註115〕宋玉將悲秋和「士不遇」兩類主題融合在一起，在他的《九辯》中，沒有像屈原那樣鋪墊自己的身世，說

　　　　　八一）〔M〕，北京：中華書局，1999：1852。
〔註112〕　〔唐〕李白，代壽山答孟少府移文書，見〔清〕董誥等編，全唐文（卷三四八），北京：中華書局，1982：1013。
〔註113〕　楊伯峻譯注，論語譯注〔M〕，北京：中華書局，1980：67。
〔註114〕　〔戰國〕屈原，思美人，見魏耕原等編，先秦兩漢魏晉南北朝詩歌鑑賞辭典〔M〕，北京：商務印書館，2012：393。
〔註115〕　〔戰國〕屈原，思美人，見魏耕原等編，先秦兩漢魏晉南北朝詩歌鑑賞辭典〔M〕，北京：商務印書館，2012：393。

明自己感傷的原由，而是開篇就進入一股不可名狀的哀傷：「獨申旦
而不寐兮，哀蟋蟀之宵徵。時亹亹而過中兮，蹇淹留而無成」〔註116〕。
從宋玉的「貧士失職」抒發著文人的不平之氣，到漢代發展爲個人理
想與時命相違的文學主題，如賈宜的《惜誓》：「惜余年老而日衰兮，
歲忽忽而不反。」在物候變換、時間催促以及生命的衰逝下，個人理
想的實現漸漸遙不可及，從而在心理上使得文人的理想變得頹敗。理
想的失落觸及到了古代文人內心的隱痛和人生悲劇，從而形成了文學
上一類特定的審美情調。從某種程度上看，「不遇」可以算是中國古
代文人理想失落的根源，在古代文學的創作中，文人的不遇與理想的
盛衰往往以生命的盛衰爲背景，但後者是自然鐵的定律，而前者則伴
隨著複雜的人事。和傳統「士不遇」主題相比，在描寫理想盛衰的唐
詩中，詩人已較少將個人價值的實現和「時命」相關聯，而是用一種
理性的目光來審視個人理想的失落、個人命運的「不遇」，更加注重
從社會現實和個人經驗的角度來描寫這一主題。

　　首先、唐人清醒地認識到了個人理想的失落有著深刻的社會根
源，並不是源於所謂的「時命」，試看李白的兩首《古風》：

　　　　燕昭延郭隗，遂築黃金臺。劇辛方趙至，鄒衍復齊來，
　　奈何青雲士，棄我如塵埃。珠玉買歌笑，糟糠養賢才。方
　　知黃鶴舉，千里獨裴回。〔註117〕

　　　　孤蘭生幽園，眾草共蕪沒。雖照陽春暉，復悲高秋月。
　　飛霜早淅瀝，綠豔恐休歇。若無清風吹，香氣爲誰發。〔註118〕

　　在第一首詩中，詩人以史爲喻，本來期待著像古人一樣在「黃金
臺」上爲帝王獻策，指點江山。然而現實卻是「珠玉買歌笑，糟糠養
賢才」，於是最初的理想漸漸沉寂，詩人只能希冀如隱士一般，騎著

〔註116〕　〔戰國〕宋玉，九辯，見魏耕原等編，先秦兩漢魏晉南北朝詩歌鑒
　　　　　賞辭典〔M〕，北京：商務印書館，2012：417。
〔註117〕　〔唐〕李白，古風──燕昭延郭隗，見〔清〕彭定求等編，全唐詩
　　　　　（卷一六一）〔M〕，北京：中華書局，1999：1676。
〔註118〕　〔唐〕李白，古風──孤蘭生幽園，見〔清〕彭定求等編，全唐詩
　　　　　（卷一六一）〔M〕，北京：中華書局，1999：1679。

黃鶴徘徊在蒼茫的世界。第二首詩的象徵意味很明顯，詩人以蘭草自比，在一片荒蕪的幽園獨自盛開。「飛霜」象徵著現實的艱辛，時光的流走，「清風」象徵著賞識詩人才華的貴人。孤蘭在耀眼春暉的照耀下，期待著清風揚起自己美好的芬芳，詩人也在唐朝盛世的沐浴下，充滿理想與進取心，期許著好的時機與慧眼識珠的伯樂，但迎來的卻只有現實對理想的打擊、無人問津的遠大抱負。唐代雖是一個政治極度開明的時代，但文人仍不免淪為貴族生活的點綴，用李白的話來說便是「流血塗野草，豺狼盡冠纓，」〔註119〕那些供皇帝玩樂的鬥雞者「冠蓋何輝赫」〔註120〕、「鼻息干虹霓」〔註121〕，真正的有才之士只能「流淚空沾裳」〔註122〕。

其次，唐人更加關注個人經驗、心理因素和理想盛衰變化的關係。試看杜甫的一組詩句：

心雖在朝謁，力與願矛盾。抱病排金門，衰容豈為敏。〔註123〕（《贈鄭十八賁》）

壯年學書劍，他日委泥沙。事主非無祿，浮生即有涯。高齋依藥餌，絕域改春華。喪亂丹心破，王臣未一家。〔註124〕（《暮春題新賃草堂五首》）

我多長卿病，日夕思朝廷。〔註125〕（《同元使君春陵行》）

〔註119〕 〔唐〕李白，古風——西嶽蓮花山，見〔清〕彭定求等編，全唐詩（卷一六一）〔M〕，北京：中華書局，1999：1676。

〔註120〕 〔唐〕李白，古風——大車揚飛塵，見〔清〕彭定求等編，全唐詩（卷一六一）〔M〕，北京：中華書局，1999：1677。

〔註121〕 〔唐〕李白，古風——大車揚飛塵，見〔清〕彭定求等編，全唐詩（卷一六一）〔M〕，北京：中華書局，1999：1677。

〔註122〕 〔唐〕李白，古風——燕臣昔慟哭，見〔清〕彭定求等編，全唐詩（卷一六一）〔M〕，北京：中華書局，1999：1679。

〔註123〕 〔唐〕杜甫，贈鄭十八賁，見〔清〕彭定求等編，全唐詩（卷二二一）〔M〕，北京：中華書局，1999：2337。

〔註124〕 〔唐〕杜甫，暮春題新賃草堂五首，見〔清〕彭定求等編，全唐詩（卷二二四）〔M〕，北京：中華書局，1999：2408。

〔註125〕 〔唐〕杜甫，同元使君春陵行，見〔清〕彭定求等編，全唐詩（卷

　　這些詩作都表現出了因個人貧病和心態的頹廢，而產生的理想失落之感。杜甫一生不得志，顛沛流離，嘗盡了人世辛酸，雖然他始終沒有放棄對國家、人民，乃至這個大千世界的深沉關懷，但個人曾經那「會當凌絕頂，一覽眾山小」的青春理想，早已被現實侵蝕得千瘡百孔，正所謂「壯年學書劍，他日委泥沙」。儘管這些詩句仍透露出他對朝廷的忠心與關切，但其中衰老的沉痛況味已不明自白。除了人生閱歷和貧病使得詩人的理想變得頹廢，官場裏的爾虞我詐，世俗傾軋也消磨了詩人胸中的浩然正氣：

> 早歲從旅遊，頗諳時俗意。中年忝班列，備見朝廷事。做客誠已難，為臣尤不易。況余方且介，舉動多忤累。直道速我尤，詭遇非吾志。胸中十年內，消盡浩然氣。自從返田畝，頓覺無憂愧。蟠木用難施，浮雲心易遂。悠悠身與世，從此兩相棄。〔註126〕（《適意二首其二》白居易）

> 我年三十二，鬢有八九絲。非無官次第，其如身早衰。今人誇貴富，肉食與妖姬。而我俱不樂，貴富亦何為。況逢多士朝，賢俊若布棋。班行次第立，朱紫相參差。謨猷密勿進，羽檄縱橫馳。監察官甚小，發言無所裨。小官仍不了，譴奪亦已隨。時或不之棄，得不自棄之。陶君喜不遇，顧我復何疑。潛書周隱士，白雲今有期。〔註127〕（元稹《寄隱客》）

　　第一首詩中，世俗之工巧，為官的爾虞我詐將詩人初涉世事的心薰染得麻木而無奈。正直的性格會招致責備，玩弄心計卻也違背詩人的志向，於是詩人的內心便發生了深刻的轉變，早年的雄心壯志已化為追求適意的平和心境。高傲的心性變得平淡，甚至於平庸。年少氣盛的理想已退出詩人的人生，這是個人內心的轉變，雖和現實社會有

二二四）〔M〕，北京：中華書局，1999：2408。

〔註126〕〔唐〕白居易，適意其二，見〔清〕彭定求等編，全唐詩（卷四二九）〔M〕，北京：中華書局，1999：4783。

〔註127〕〔唐〕元稹，寄隱客，見〔清〕彭定求等編，全唐詩（卷四零零）〔M〕，北京：中華書局，1999：4495。

關，但更多的是個人追求和心態的變化。第二首元稹的詩作則表現了身居低位，卻不肯與世沉浮者的悲涼，詩人雖不以富貴爲意，但他位卑言輕，即所謂「監察官甚小，發言無所裨」。個人的政見無人採納，官職雖小也是朝不保夕，無法自主。年少的銳氣和個人理想已被世俗侵蝕殆盡，只有傚仿陶潛歸隱田園，與世無爭。

　　晚唐的天才詩人李賀也歎道「長安有男兒，二十心已朽」〔註128〕。在李賀表現理想盛衰變化的詩歌中，詩人沒有抽象地描繪個人理想的變化，而是從個人經驗和心態出發，從人性化的角度探索自身精神狀態的變化，試看他的《秋來》：

　　　　桐風驚心壯士苦，衰燈絡緯啼寒素。誰看青簡一編書，
　　不遣花蟲粉空蠹。思牽今夜腸應直，雨冷香魂弔書客。秋
　　墳鬼唱鮑家詩，恨血千年中土碧。〔註129〕

　　從題目上看這是一首悲秋之作，但李賀在其中融入了強烈的理想失落感。從宋玉開始，悲秋的情懷總是和士不遇這一主題聯繫在一起，李賀的這首詩將秋思和士人不遇的感傷用更淒冷的意象、更濃烈的情思融合在一起，將其昇華爲了一種理想失落的悲劇。傳統的悲秋詩儘管情調傷感，但大都典雅含蓄，而李賀卻在開篇噴湧而出一股濃重的悲傷「桐風驚心壯士苦，衰燈絡緯啼寒素」：秋風伴著梧桐提醒著青春光景的一去不復返，讓懷有理想的壯士痛苦驚心。手邊承載詩人才華和希冀的簡牘，卻連小小書蟲的啃噬都無法承受，就這樣他的輾轉情思讓彎彎繞繞的愁腸都變直了，可見其愁之深，此刻在冷雨中彷彿有魂靈來弔慰詩人。在衰燈下努力創作的詩人，是熱情而執著的，他苦吟出的詩篇是個人理想的象徵。然而在秋夜裏他隱隱感到前途的黯淡，於是理想的熱情沒有化作對未來的信心，而是陡然生出無盡的淒涼。整首詩在意象構思上，都充滿了

〔註128〕　〔唐〕李賀，贈陳商，見〔清〕彭定求等編，全唐詩（卷三九零）〔M〕，北京：中華書局，1999：4429。

〔註129〕　〔唐〕李賀，秋來，見〔清〕彭定求等編，全唐詩（卷八二）〔M〕，北京：中華書局，1999：885。

濃烈的主觀情思，李賀將秋意描寫得殘破、陰冷，在他充滿鬼氣的意象中，理想的衰敗和死亡直接相連，詩人的不遇不再是悲悲戚戚的吟風徘徊，與充滿玄機的天命無關，而是一種現實的、以個人體驗為基礎的人生悲劇。

最後、在表現理想盛衰的詩作中，唐人常常將自身的失落窘迫和一些得志小人的位高權重進行對比，在盛衰對比間體現出對社會不公的強烈譴責。

> 大道如青天，我獨不得出。羞逐長安社中兒，赤雞白狗賭梨栗。彈劍作歌奏苦聲，曳裾王門不稱情。淮陰市井笑韓信，漢朝公卿忌賈生。君不見昔日時燕家重郭隗，擁篲折節無嫌猜。劇辛樂毅感恩分，輸肝剖膽效英才。昭王白骨縈蔓草，誰人更掃黃金臺？行路難，歸去來。〔註130〕（李白《行路難三首‧其二》

> 悲哉為儒者，力學不知疲。讀書眼欲暗，秉筆手生胝。十上方一第。成名常苦遲，縱有宦達者，兩鬢已成絲……阿沉沉朱門宅，中有乳臭兒，狀貌如婦人，光明膏粱肌。手不把書卷，身不擐戎衣。二十裘封爵，門承勳戚資。春來日日出，服御何輕肥……聲色狗馬外，其餘一無知。〔註131〕（白居易《悲哉行》）

> 天火炙地眠，半夜皆立號。……霜吹破四壁，苦痛不可逃。高堂搥鍾飲，到曉聞烹炮。寒者願為蛾，燒死彼華膏。華膏隔仙羅，虛繞千萬遭。到頭落地死，踏地位遊遨。〔註132〕（孟郊《寒地百姓吟》）

這個社會上有著努力奮鬥、心繫天下，卻理想失落，個人價值無法實現「不遇」之士，便會有一群養尊處優、毫無建樹，卻身居高位

〔註130〕 〔唐〕李白，行路難，見〔清〕彭定求等編，全唐詩（卷一六二）〔M〕，北京：中華書局，1999：1686。

〔註131〕 〔唐〕白居易，悲哉行見〔清〕彭定求等編，全唐詩（卷四二四）〔M〕，北京：中華書局，1999：4676。

〔註132〕 〔唐〕孟郊，寒地百姓吟，見〔清〕彭定求等編，全唐詩（卷三七四）〔M〕，北京：中華書局，1999：4214

的權貴富豪。對於白首窮經、渴望實現個人才學的有志之士來說，後者的存在無疑是對他們理想和人生最刻骨的諷刺。李白的《行路難》描寫了歷史上數個被小人排擠的有才之士，他將個人不遇的命運和他們相聯繫，歷史的雲煙轉瞬即逝，可是小人當道、正直的詩人卻往往零落異處的事實卻是代代相同，詩歌流露出一股無奈和憤懣。第二首白居易的《悲哉行》則將皓首窮經的儒生和無知浮誇的富貴兒進行對比，儒生用盡一生的氣力也往往無法成功，而那些二十出頭的小兒卻因世襲的官位，便可聲色犬馬、享受浮華的人生，詩人在一「衰」一「盛」的對比間，表達了個人對不公制度的考問與反思。最後一首孟郊的詩中，詩人已經處在一種困窘之極的境地，理想功名的失落已經和個人的生計、生存息息相關，取得成功的富者每日烹羊宰牛、遊戲人生，而貧窮的儒生則困窘到想要化為飛蛾，撲火而死，這是赤裸裸的生存問題，已和精神上的個人追求無關。

　　這三首詩的感情層層遞進，在一個個小人得意、志士淪落的鮮明對比中，從李白《行路難》中的無奈到白居易《悲哉行》中不動聲色的諷刺，再到孟郊《寒地百姓吟》中絕望地哀嚎，文人理想的失落從精神問題轉向了物質問題，最終成為了事關生死存亡的頭等大事。如果說李白雖不得志，卻還保持著一種儒者高傲的氣節，那麼在孟郊的詩中，這種精神層面上的堅持早已無影無蹤，詩人已被逼到了物質以下的生存層面。至此，與「時命」相關的士人「不遇」的偶然，成為了不公平社會制度下的必然，令人愕然、歎息。

三、邊塞理想的盛衰與個人價值的再生

　　前文已經提到，棄筆從戎是唐人取得成功的一條重要途徑，很多詩人都有著邊塞生活的經驗，即使沒有親身經歷過邊塞生活的人也都對邊塞有著無比強烈的憧憬和嚮往。唐人有著很深的「邊塞情結」。首先、唐王朝國力強盛，無論是軍事、政治、經濟還是思想文化方面，都達到了封建社會發展的高峰。強大的國力讓詩人們對邊塞毫無懼

怕，而是有著強烈的歸屬感。正如歐陽修在《新唐書》記載的那樣：
「是時中國強盛，自安遠門西盡唐境萬二千里，閭閻相望，桑麻麗野，
天下稱富庶者無如隴右。」〔註133〕周圍少數民族國家沒有可以對其
造成威脅的。其次、由於唐王朝對邊塞的重視，對普通士人來說，邊
塞暗含著很大的機遇。在時代氛圍的感召下，中下層文士企圖抓住一
切機會成就自己的理想，他們渴望功名，希望利用邊塞立功進入統治
階層。此外，意氣風發的唐人還對邊塞奇異的文化風物有著強烈的興
趣。總之，在唐人心中，出入邊疆取得功名是無比崇高的事業。「寧
爲百夫長，勝作一書生」〔註134〕「功名只向馬上取，眞是英雄一丈
夫」〔註135〕，「孰知不向邊庭苦，縱死猶聞俠骨香。」〔註136〕，盧
照鄰的「但令一顧重，不吝百身輕」〔註137〕，駱賓王的「投筆懷班
業，臨戎想顧勳」〔註138〕，陳子昂的「再取連城璧，三陟平津侯」〔註
139〕等詩句都表現出唐人希望在邊塞實現理想抱負和取得自我價值
的強烈願望。除了直接抒發此類感情的詩作，以《少年行》爲題的一
類作品更是通過一個個虛擬的主人公中將唐人的邊塞情懷抒發得淋
漓盡致，如王昌齡《雜曲歌辭·少年行》：「西陵俠少年，送客短長亭。
青槐夾兩路，白馬如流星。聞道羽書急，單于寇井陘。氣高輕赴難，
誰顧燕山銘。」〔註140〕

〔註133〕　〔宋〕歐陽修，宋祁撰，新唐書〔M〕，北京：中華書局，1975：986。

〔註134〕　〔唐〕楊炯，從軍行，見〔清〕彭定求等編，全唐詩（卷五零）
〔M〕，北京：中華書局，1999：615。

〔註135〕　〔唐〕岑參，送李副使赴磧西官軍，見〔清〕彭定求等編，全唐詩
（卷一九九）〔M〕，北京：中華書局，1999：2061。

〔註136〕　〔唐〕王維，少年行四首其一，見〔清〕彭定求等編，全唐詩（卷
二四）〔M〕，北京：中華書局，1999：324。

〔註137〕　〔唐〕盧照鄰，劉生，見〔清〕彭定求等編，全唐詩（卷四二）
〔M〕，北京：中華書局，1999：525。

〔註138〕　〔唐〕駱賓王，宿溫城望軍營，見〔清〕彭定求等編，全唐詩（卷
七九）〔M〕，北京：中華書局，1999：856。

〔註139〕　〔唐〕陳子昂，答洛陽主人，見〔清〕彭定求等編，全唐詩（卷八
三）〔M〕，北京：中華書局，1999：896。

〔註140〕　〔唐〕王昌齡，少年行二首其一，見〔清〕彭定求等編，全唐詩（卷

但是，要在邊塞實現理想，必須要經歷殘酷的戰爭考驗，個人的功名心與在朝野相比也顯得更加赤裸和激進。當詩人們將個人理想完全與功名相聯繫，將自身的價值全部消融在國家戰爭這個龐大的政治機器中，一旦無法取得功名或是萌生對戰爭的反思之時，個人價值的失落更爲撞擊人心。從天寶初期起，唐王朝開始危機四伏，唐玄宗變得昏庸自傲，和楊貴妃一起玩樂，終日不問朝政。此外宦官與外戚專權，地方節度使常常爲了各自利益挑起邊釁，窮兵黷武，導致天下憤怨。安史之亂後的邊塞割據、戰爭四起使得國家混亂、生靈塗炭，這時的詩人更是對邊塞戰爭有了更清醒的認識，於是理想的失落讓曾經追求功名、熱血沸騰的詩人們變得憂鬱，充滿怨憤。邊塞不再是綺麗的浪漫之地，而是充滿邊患問題，成爲了唐代社會和詩人心中極大的隱患。曾經高昂天眞的邊塞理想，此時變得失落萎靡，於是出現了一系列描寫邊塞理想盛衰變化的詩歌：

誰知漢武輕中國，閒奪天山草木荒。〔註141〕（沈彬《塞下三首其三》）

戎鞭腰下插，羌笛雪中吹。膂力今應盡，將軍猶未知。〔註142〕（李頎《塞下曲》）

雖投定遠筆，未坐將軍樹。早知行路難，悔不理章句。〔註143〕（王昌齡《從軍行二首其一》）

在對邊塞制度的考問、賞罰不公的批判下，詩人已沒有了追求理想的激情和嘲笑儒生的輕狂，反而悔恨自己沒有棄武從文。

試看王昌齡的《塞下曲四首其一》：

蟬鳴空桑林，八月蕭關道。出塞入塞寒，處處黃蘆草。

一四零）〔M〕，北京：中華書局，1999：1421。

〔註141〕〔唐〕沈彬，塞下三首其三，見〔清〕彭定求等編，全唐詩（卷七四三）〔M〕，北京：中華書局，1999：8542。

〔註142〕〔唐〕李頎，塞下曲，見〔清〕彭定求等編，全唐詩（卷一三四）〔M〕，北京：中華書局，1999：1359。

〔註143〕〔唐〕王昌齡，從軍行二首其一，見〔清〕彭定求等編，全唐詩（卷一四零）〔M〕，北京：中華書局，1999：1420。

從來幽并客，皆共塵沙老。莫學遊俠兒，矜誇紫騮好。〔註144〕

意氣風發的幽并遊俠兒已不再是人人爭羨的對象，在詩人「莫學」的勸誡中，我們彷彿看到一個在殘酷戰爭中認清現實的中年人，在衰老中歎息著曾經衝動的血性。

飲馬渡秋水，水寒風似刀。平沙日未沒，黯黯見臨洮。

昔日長城戰，咸言意氣高。黃塵足今古，白骨亂蓬蒿。〔註145〕

蒼茫的戰場中，失落的不僅僅是個人的青春，更為殘酷的失落便是那一個個鮮活生命化為亂骨蓬蒿的事實。這些骸骨都可能是心懷理想、行走於邊塞的狂歌少年，而如今卻都在塵土中衰老或是死去。在邊塞戰爭驚心的現實裏，由盛而衰的不僅是詩人的理想，更是一個個鮮活的生命和青春。

然而，唐人並沒有在理想的失落中停止思索，他們在皚皚白骨面前、於生命在戰爭中無止盡消亡的現實面前，不再僅僅關心自己的榮辱得失，而是開始擺脫國家戰爭機器的束縛。詩人們不再盲目地將個人理想捆綁在功名之中，而是在人性的思考與批判中尋求個人價值真正的所在：

戰士軍前半死生，美人帳下猶歌舞。〔註146〕（高適《燕歌行》）

帳下飲葡萄，平生寸心是。〔註147〕（李頎《塞下曲》）

憑君莫話封侯事，一將功成萬骨枯。〔註148〕（曹松《己亥歲二首》）

〔註144〕 〔唐〕王昌齡，塞下曲四首其一，見〔清〕彭定求等編，全唐詩（卷一四零）〔M〕，北京：中華書局，1999：1420。

〔註145〕 〔唐〕王昌齡，塞下曲四首其二，見〔清〕彭定求等編，全唐詩（卷一四零）〔M〕，北京：中華書局，1999：1420。

〔註146〕 〔唐〕高適，燕歌行，見〔清〕彭定求等編，全唐詩（卷二一三）〔M〕，北京：中華書局，1999：2217。

〔註147〕 〔唐〕李頎，塞下曲，見〔清〕彭定求等編，全唐詩（卷一三二）〔M〕，北京：中華書局，1999：1338。

〔註148〕 〔唐〕曹松，己亥歲二首其一，見〔清〕彭定求等編，全唐詩（卷七一七）〔M〕，北京：中華書局，1999：8318。

在迷惘與反思之後，以李白爲代表的詩人吟唱道「君不能學哥舒橫行青海夜帶刀，西屠石堡取紫袍。」〔註149〕在對哥舒翰一舉攻下石頭城的頌揚聲中，李白沒有欽羨，而是擺明自己的立場「君不能學哥舒」，即使無法取得戰爭的功名，也不要當屠殺平民的劊子手，人性的關懷終於擺脫了利益的束縛。唐人邊塞理想的盛衰變化沒有讓他們一蹶不振，反而讓個人價值的實現脫離了功名利祿、戰爭工具以及國家機器，讓功名心極強的唐人有了反思戰爭、回歸於人性本眞的機會。關於唐代邊塞理想盛衰的詩作，筆者將在第三章有更爲詳細的分析，在此便不再贅述。

第四節　此情可待成追憶──愛情的盛衰

愛情是文學作品中亘古不變的主題，正如歌德在《要素》一詩中說的那樣：「我們所歌唱的主題，最要緊的乃是愛情。」〔註150〕然而在中國古代文學史上，愛情類的詩歌和散文並沒有像西方那樣發達。西方的愛情詩大多熱情坦率、火熱眞摯，處處流露出一種人性的解放和情感的張揚，並且在肉體的歡愛中昇華出一種抽象的精神追求。反觀中國古代愛情主題的詩作，由於受到儒家傳統文論的約束，中國的愛情詩大多含蓄內斂、溫和蘊藉，並且偏好表現愛情失落的悲劇美。中國古代的愛情詩歌可以追溯到《詩經》，《詩經》中有 78 篇涉及男女情愛，這些詩作表現了人們對愛情的渴望、相愛時的歡樂以及失戀的痛苦，如《衛風‧氓》就以一棄婦的口吻講述了她和丈夫之間的愛情由甜蜜到消歇的悲劇。魏晉南北朝時期的潘岳和陸機，則集中在追憶亡妻的悼亡詩作中表現出自己對愛人的一脈深情，以及死亡對愛情的摧殘。由死亡引起的愛情失落是不以個人意志爲轉移的，它是古人對生命和愛情雙重悲劇的體悟。在唐代，有關愛情主題的詩作無論在

〔註149〕　〔唐〕李白，答王十二寒夜獨酌有懷，見〔清〕彭定求等編，全唐詩（卷一七八）〔M〕，北京：中華書局，1999：1826。
〔註150〕　見何方形，唐詩審美藝術論〔M〕，浙江：浙江大學出版社，2007：208。

內容還是創作技巧上都達到了一個前所未有的水準，創作愛情詩的詩人上自皇帝下至普通百姓，這一切都和唐代開放的文化氛圍有著極大關聯，正如朱熹在《朱子語類》中所說的：「唐源流出於夷狄，故閨門失禮之事不以爲異。」這句論斷雖然帶有明顯的貶義成分，但也從另一個角度表現出唐人對愛情開明且毫不避諱的態度。在唐詩中，愛情是一種充滿哲思和悲劇精神的人生體驗，它忽視了現實愛情中肉慾的成分，而是選擇在美好意象和感傷情調的烘托下，展現或因男性變心等主觀因素，死亡命運等不可抗因素下愛情的盛衰轉變。唐愛情盛衰主題的詩作分爲兩大類，一類表現了因男子移情而產生的恩寵的盛衰；一類以個人情感體驗爲基礎，描寫了現實感情由甜蜜走向無果的悲劇。前一類作品因爲作者大都是男性，再加之自屈原《離騷》以來用男女關係比喻君臣的文學傳統，因此詩歌作品在情感表達上有一定的複雜性。後一類以個人情感經驗爲主，大都有著含蓄朦朧的特點，最具代表性的詩人便是晚唐的李商隱。

一、情感轉移下的愛情失落

　　唐代詩人對愛情的態度是含蓄內斂的，並有著對愛情悲劇美的偏愛。在唐詩有關愛情盛衰的詩歌當中，愛情的逐漸消逝是唐人反覆吟詠的一個主題，詩人們喜歡在一切都消逝的時候回憶往日的美好或是在君恩不再的情形下，以女性的口吻訴說對君王再次寵幸的期盼。詩人反覆體味，細心吟哦的不是愛情的甜蜜，而是愛情失落之後的痛楚。愛情是人類自身的主觀情感，雖說不是一種客觀存在，但它的發生和消亡往往不以人類的意志爲轉移，十分容易受到外界勢力的干擾和壓制。在古代，男子的功名心驅使他們離鄉去國，而家中的女子則備受寂寞的侵蝕，用生命和青春去體悟愛情的變換。試看初唐駱賓王的兩首詩作：

　　　　當時擬弄掌中珠，豈謂先摧庭際玉。悲鳴五里無人問，
　　　腸斷三聲誰爲續…情知唾井終無理，情知覆水也難收。不

復下山能借問，更向盧家字莫愁。〔註151〕（駱賓王《豔情
代郭氏答盧照鄰》）

　　蘋風入馭來應易，竹杖成龍去不難。龍飆去去無消息，
鸞鏡朝朝減容色。君心不記下山人，妾欲空期上林翼。〔註
152〕（駱賓王《代女道士王靈妃贈道士李榮》）

　　李榮和盧照鄰都是駱賓王的友人，在初唐昂揚奮進的時代氛圍
下，士人們爲了理想功名積極地遊歷、社交，兒女私情根本阻擋不了
他們對外在富貴名利的渴望。於是出現了許多被拋棄的女性，她們獨
守空閨，在明知無望的結局下回味著愛情的甜蜜，幻想著男子的迴心
轉意。盧照鄰在四川結識了郭氏，當他要回洛陽時，與已經懷孕的郭
氏訂有婚約，誰知盧照鄰一去不返，音訊杳然。顯然，郭氏是完全值
得同情的，而盧卻背信棄義，眞所謂「華而不實，鮮克令終」〔註153〕。
盧照鄰和郭氏已經有了孩子，可是在宦海奔波的盧照鄰還是沒法保全
郭氏對自己的這份愛意，最終徒留郭氏黯然傷心。在駱賓王的詩中，
詩人以郭氏的口吻形容愛情的火熱時，她好比對方手中的一粒掌上明
珠，而愛情消亡時，這一切都有如「覆水難收」。在另一首《代女道
士王靈妃贈道士李榮》中，男子的離去蹉跎了女主人公美麗的容顏「龍
飆去去無消息，鸞鏡朝朝減容色」，負心漢的傷害和流年的侵蝕，暗
暗偷換著女子最美好的東西，也偷走了她們對愛情曾經熱烈的希望。
駱賓王是初唐詩人的傑出代表，在六朝文風的影響下，初唐表現愛情
盛衰的詩作在意象選取和語言風格上仍頗具宮體詩的神韻，但所表現
的感情已經是相當眞摯深沉。詩中的思婦在時光的流逝下，追憶著曾
經美好的愛情，在淡淡的感傷中感慨愛情的逝去，雖然沒有大喜大悲

〔註151〕　〔唐〕駱賓王，代女道士王靈妃贈道士李榮，見〔清〕彭定求等編，
　　　　　全唐詩（卷七七）〔M〕，北京：中華書局，1999：838。

〔註152〕　〔唐〕駱賓王，豔情代郭氏答盧照鄰，見〔清〕彭定求等編，全唐
　　　　　詩（卷七七）〔M〕，北京：中華書局，1999：837。

〔註153〕　〔唐〕張說，贈太尉裴公神道碑，見〔清〕董誥等編，全唐文（卷
　　　　　二百二十八）〔M〕，北京：中華書局，1982：3674。

的情緒起伏，但在哀愁中琢磨體味著愛情之殤，則更具一番韻味。

在唐代，男子情感的轉移並不僅僅源於對功名理想的追求，在不平等的婚姻制度下，上自帝王下到平民，一大批被拋棄的女性在深宮、在庭院發出了令人心碎的愛情悲歌。唐代很多詩人都創作過傳統意義上的宮怨詩，而這些宮怨詩大都以女性口吻來描寫因「君恩」不再而產生的淒涼意緒。這類表現女性因愛情變化而鬱鬱寡歡的詩歌，往往會寄託唐人在政治上的不得意，但詩歌精巧的構思、唯美的意象、對愛情失落時複雜的心理描寫，都讓它們脫離了傳統以女性口吻寄託政治理想的單一解釋，充滿了唐人對情感悲劇的深刻理解。雖然從女性的角度看來，這是中國古代文學女性缺席的重要表現，可是如果男性作家可以站在女性立場，從女性心理進行書寫，那麼作家的性別不會成為傳達真實情感和文學之美的障礙。因此本篇論文在此沒有刻意強調詩歌中的性別意識，而是重在探究在愛情的盛衰間唐人對感情悲劇的感悟與思考。在唐人看來，愛情會在不同的原因下，由濃烈變得寡淡，就像天地間四季的變換一般。因此詩人們往往將愛情的盛衰放在自然變化的背景下進行寫作，用團扇、落花、錦衾、芳草、秋風等可以展現物候變化的意象映襯感情的盛衰：

> 草綠長門掩，苔青永巷幽。寵移新愛奪，淚落故情留。
> 啼鳥驚殘夢，飛花攪獨愁。自憐春色罷，團扇復迎秋。〔註
> 154〕（杜審言《賦得妾薄命》）
>
> 奉帚平明金殿開，且將團扇共裴回。玉顏不及寒鴉色，
> 猶帶昭陽日影來。〔註155〕（王昌齡《長信秋詞五首其三》）
>
> 憶妾初嫁君，花鬟如綠雲。回燈入綺帳，對面脫羅裙。
> 折步教人學，偷香與客薰。容顏南國重，名字北方聞。一

〔註154〕 〔唐〕杜審言，賦得妾薄命，見〔清〕彭定求等編，全唐詩（卷六
二）〔M〕，北京：中華書局，1999：731。

〔註155〕 〔唐〕王昌齡，長信秋詞五首其三，見〔清〕彭定求等編，全唐詩
（卷一四三）〔M〕，北京：中華書局，1999：1446。

從失恩意，轉覺身憔悴。對鏡不梳頭，倚窗空落淚。新人
莫恃新，秋至會無春。從來閉在長門者，必是宮中第一人。
〔註156〕（李端《妾薄命三首其一》）

　　漢帝重阿嬌，貯之黃金屋。咳唾落九天，隨風生珠玉。
寵極愛還歇，妒深情卻疏。長門一步地，不肯暫回車。雨
落不上天，水覆難再收。君情與妾意，各自東西流。昔日
芙蓉花，今成斷根草。以色事他人，能得幾時好。〔註157〕
（李白《妾薄命》）

　　這幾首詩在物候的遷移下，表現了宮中女子因失去愛情而產生的
無奈和哀怨。失去有時並不可怕，最可怕的是曾經是集恩寵榮耀於一
身的「宮中第一人」，如今卻要承受「綠草長門掩，苔青永巷幽」的
淒涼冷落。這幾首詩中王昌齡的《長信秋詞》尤其備受推崇，何方形
在《唐詩審美藝術論》中對這首詩有著精當的點評：「前兩句寫班婕
妤鬱鬱寡歡的生活，暗用樂府《相和歌辭‧楚調曲》中《團扇詩》的
詩意，隱寓失寵後哀怨縈繫，愁緒滿懷。『且將團扇』刻畫出一種孤
單空虛之狀，『裴回』點出主人公因同病相憐而陷入沉思，更顯得孤
寂無聊，精神空虛。三四句觸景生情，情景渾融。古人常以日喻君，
日影像徵君恩。詩句景物色彩的冷暖和動靜有機結合，以對比、反襯
的手法刻畫人物獨特而細膩的心理，再以『不及』、『猶帶』等虛詞連
貫，寫盡她的痛苦、憤懣與不甘，幽怨悱惻。」〔註158〕整首詩以女
性的動作行為、敏感的情思以及具有深刻含義的意象來表現這其中的
失望、希望、怨憤、留戀，將一位深宮女子恩寵不再後複雜的心緒，
刻畫得淋漓盡致。

　　在古代民歌中，失戀女子的苦楚往往有如洪水般噴薄而出，如《衛
風‧氓》結尾被棄女子擲地有聲的分後宣言：「及爾偕老，老使我怨。

〔註156〕〔唐〕李端，妾薄命三首其一，見〔清〕彭定求等編，全唐詩（卷
　　　　　二四）〔M〕，北京：中華書局，1999：316。
〔註157〕〔唐〕李白，妾薄命，見〔清〕彭定求等編，全唐詩（卷一六三）
　　　　　〔M〕，北京：中華書局，1999：1699。
〔註158〕何方形，唐詩審美藝術論〔M〕，浙江：浙江大學出版社，2007：230。

淇則有岸，隰則有泮。總角之宴，言笑晏晏。信誓旦旦，不思其反。反是不思，亦已焉哉！」〔註 159〕漢樂府《有所思》中的女子面對負心之人的剛強果斷：「聞君有他心，拉雜摧燒之。摧燒之，當風揚其灰。從今以往，勿復相思。」〔註 160〕而在唐代表現女性愛情盛衰變換的詩作中，女性失戀後的情緒並沒有以激烈直白的方式表現出來，而是在一個個典雅含蓄、玲瓏剔透的意象中，沉澱著一股強烈的怨念：

> 舊愛柏梁臺，新寵昭陽殿。守分辭芳輦，含情泣團扇。
> 一朝歌舞榮，夙昔詩書賤。頹恩誠已矣，覆水難重薦。〔註
> 161〕（徐賢妃《長門怨》）

> 寵移恩稍薄，情疏恨轉深。香銷翠羽帳，弦斷鳳皇琴。
> 〔註162〕（虞世南《怨歌行》）

> 不分君恩斷，新妝視鏡中。容華尚春日，嬌愛已秋風。
> 枕席臨窗曉，幃屏向月空。年年後庭樹，榮落在深宮。〔註
> 163〕（崔湜《婕妤怨》）

這幾首詩都將女性失愛之後的心情放在一個個圓融而唯美的意境裏，沒有強烈的責問、痛定思痛的決絕，只是在哀怨中期盼。將女子怨念表現得典雅含蓄、唯美純淨的詩作，李白的《玉階怨》和元稹的《行宮》絕對是不可不提的兩首佳作：

> 玉階生白露，夜久侵羅襪。卻下水晶簾，玲瓏望秋月。
> 〔註164〕（李白《玉階怨》）

〔註159〕 陳戌國譯注，詩經〔M〕，長沙：嶽麓書社，2006：46。
〔註160〕 曹道衡選注，兩漢詩選〔M〕，北京中華書局，2005：21。
〔註161〕 〔唐〕徐賢妃，長門怨，見〔清〕彭定求等編，全唐詩（卷五）〔M〕，北京：中華書局，1999：61。
〔註162〕 〔唐〕虞世南，怨歌行，見〔清〕彭定求等編，全唐詩（卷三六）〔M〕，北京：中華書局，1999：474。
〔註163〕 〔唐〕崔湜，婕妤怨，見〔清〕彭定求等編，全唐詩（卷五四）〔M〕，北京：中華書局，1999：664。
〔註164〕 〔唐〕李白，玉階怨，見〔清〕彭定求等編，全唐詩（卷一六四）〔M〕，北京：中華書局，1999：1703。

寥落古行宮，宮花寂寞紅。白頭宮女在，閒坐說玄宗。

〔註165〕（元稹《行宮》）

在表現愛情盛衰的詩作中，這兩首詩顯得十分特殊，它們掙脫了傳統的表現手法，在簡短的詩句中卻凝聚著巨大的感情力量。李瑛在《詩法易簡錄》中說道：「（《玉階怨》）無一字說到怨，而含蓄無盡，詩品最高。『玉階生白露』，則已望月至夜半，落筆便已透過數層。次句以『夜久』承明，露侵羅襪，始覺夜深露重耳……而隔簾望月，仍徹夜不能寐，此情復何以堪？又直透『玉階』後數層矣。二十字中，具有如許神通，而只淡淡寫來，可謂有神無跡。」〔註166〕這首詩沒有用今昔對比的方式展現恩寵的盛衰變化，也沒有用團扇、長門、春秋等傳統意象暗示女子曾經所承受的恩寵、如今遭受的冷落，而是描寫了一個如水晶般純淨的女子，在一個玲瓏剔透的意境中，悵然望月，若不是夜長露水打濕了她羅襪這一細節所暗示出的怨念，讀者會誤以為這是一首清新的望月詩。但這首詩的妙處就在於沒有一字提及愛情的消歇和女子的悲傷，一切都是通過巧妙的構思，在唯美純潔的詩境中，透露出女子因失去愛情而凍結的心靈，隱約透露著絲絲寒意。元稹的《行宮》充滿了歷史的滄桑感，曾經貌美如花的宮女如今已是滿頭白髮，在閒談間回憶著唐玄宗的逸事，深宮中的女子失落的不僅僅是青春和愛情，她的遭際也代表了歷史巨變下，弱勢人物的無奈與寂寞。這首詩看似含蓄平實，卻融合著生命、愛情、歷史的三重悲劇，凝練而深沉。洪邁《容齋筆記》卷二云：「白樂天《長恨歌》、《上陽人》歌，元微之《連昌宮詞》，道開元間宮禁事，最為深切矣。然微之有《行宮》一絕句：『寥落古行宮，宮花寂寞紅。白頭宮女在，閒坐說玄宗』語少意足，有無窮之味。」〔註167〕除了此類唯美典雅的詩作，白居易的《母子別》則用樂府的形式和一種通俗明白的語言，

〔註165〕　〔唐〕元稹，行宮，見〔清〕彭定求等編，全唐詩（卷四一零）〔M〕，北京：中華書局，1999：4562。
〔註166〕　見何方形，唐詩審美藝術論〔M〕，浙江：浙江大學出版社，2007：231。
〔註167〕　〔宋〕洪邁撰，容齋續筆〔M〕，北京：北京圖書館出版社，2003：339。

表達了因丈夫變心而產生的感情消歇，這首詩表面上是女子對孩子的不捨，實則控訴了因丈夫喜新厭舊而產生的愛情悲劇，感情的表達方式和前代民歌有一些相似之處：

> 母別子，子別母，白日無光哭聲苦。關西驃騎大將軍，去年破虜新策勳。敕賜金錢二百萬，洛陽迎得如花人。新人迎來舊人棄，掌上蓮花眼中刺。迎新棄舊未足悲，悲在君家留兩兒。一始扶行一初坐，坐啼行哭牽人衣。以汝夫婦新燕婉，使我母子生別離。不如林中烏與鵲，母不失雛雄伴雌。應似園中桃李樹，花落隨風子在枝。新人新人聽我語，洛陽無限紅樓女。但願將軍重立功，更有新人勝於汝。〔註168〕

在這首詩中，愛情的轉移帶來的不僅僅是自身情感上的悲劇，更造成了骨肉分離這一人倫上的慘劇。詩中沒有典雅感傷的古典意象，而是充滿了被逐女子直白而悲慟的怨訴。詩歌最後，被棄女子直接發出了對新人的詛咒：「但願將軍重立功，更有新人勝於汝。」

二、死亡作用下的愛情失落

除了情感上的變心，愛情的消歇最不可逆轉的原因，便是死亡。周代以後，在孔孟等儒家理論的宣導之下，男女之間火熱的情感欲望逐漸被倫理道德所取代，孟子說：「男女居室，人之大倫。」〔註169〕正因如此，中國古代的文學作品很少直接抒發男女之間的愛情，很少表現內心那種本能而真實的情慾，即使是感情甚篤的夫妻，詩人也很少在詩歌中表現他們愛情婚姻的甜蜜。在傳統的家庭關係中，夫妻關係被看做是為傳宗接代而設置的，此外古代傳統道德中男女地位的巨大懸殊，也直接導致了他們情感上的錯位。正所謂：「婦人，伏於人者也。」〔註170〕女子地位卑下，男女之間的感情自然也

〔註168〕 〔唐〕白居易，母子別，見〔清〕彭定求等編，全唐詩（卷四二七）〔M〕，北京：中華書局，1999：4716。
〔註169〕 萬麗華等譯注，孟子〔M〕，北京：中華書局，2006：89。
〔註170〕 禮記・十三經注疏〔M〕，北京：國際文化出版公司，1996：542。

是不登大雅之堂的事物。陳寅恪先生曾說過：「在傳統文人心目中，閨房燕昵之情意猶同家庭米鹽，都是瑣屑之物，不登大雅之堂。」〔註171〕於是在這樣的傳統文化之下，詩人和愛人之間即使有著再深厚的愛情，也極少用詩歌表達出來，含蓄內斂的古人往往在妻子死去之後才會寫詩追憶曾經甜蜜的過往，感傷如今的悲涼，這也許是中國古人抒發愛情的一種方式。在唐詩中有許多在妻子去世後，追憶往日甜蜜生活的悼亡詩作，元稹、韋莊、李商隱在這一題材的表現上都傾注了很大的心力。正如劉克莊《後村詩話》（後集卷二）所說：「悼亡之作，前有潘騎省，後有韋蘇州，又有李雁湖，不可以復加矣。」試看元稹的《離思其五》：

　　　　尋常百種花齊發，偏摘梨花與白人。今日江頭兩三樹，
　可憐和葉度殘春。〔註172〕

　　詩人在暮春時忽然思念起曾經的某個爛漫春日，在百花叢中將梨花贈與妻子，雖然只是生活中的小剪影，卻是兩人情到濃處的見證。在暮春中追憶百花齊放的春日，在人已去的事實中思念曾經的愛人。春華的衰敗與愛情的消亡都是人力所不能控制的，面對此情此景詩人不禁唏噓感歎。再看他的《追昔遊》：

　　　　謝傅堂前音樂和，狗兒吹笛膽娘歌。花園欲盛千場飲，
　水閣初成百度過。醉摘櫻桃投小玉，懶梳叢鬢舞曹婆。再
　來門館唯相弔，風落秋池紅葉多。〔註173〕

　　在這首詩裏，作者回憶起往昔與妻子宴樂的情境。昔日在繁花盛開的日子裏，一起聽音樂、摘櫻桃、玩遊戲，這樣的時光是多麼甜蜜而親昵啊。而如今卻只剩下秋日蕭瑟光景中的人去樓空。作者以往日和妻子歡樂的日常反襯今日之冷清，在截然不同的兩個場景中表達生

〔註171〕　陳寅恪，元白詩箋證稿〔M〕，上海：上海古籍出版社，1978：19。
〔註172〕　〔唐〕元稹離思其五，見〔清〕彭定求等編，全唐詩（卷四二二）
　　　　　〔M〕，北京：中華書局，1999：4654。
〔註173〕　〔唐〕元稹，追昔遊，見〔清〕彭定求等編，全唐詩（卷四零四）
　　　　　〔M〕，北京：中華書局，1999：4519。

死相隔的悲痛。元稹追憶妻子的詩作多達 33 首，其中的《遣悲懷》和《離思》感情真摯，表現了死亡對有情人的無情阻隔。和情感上的變心不同，死亡是一種宿命般的不可抗力，這兩首詩都沒有直接寫自己和亡妻的感情，只是在蒼涼的現實中，回憶起了一個甜蜜的往日片段，美好感情與冰冷現實之間的對比為我們呈現出了一段愛情的悲劇，從而讓相愛的人更顯得無助和悲戚。

再看李商隱的《悼傷後赴東蜀辟至散關遇雪》：

> 劍外從軍遠，無家與寄衣。散關三尺雪，回夢舊鴛機。
> 〔註 174〕

詩人在外出遇雪之後，忽然發現家裏已無人為自己寄送衣服，在雪落三尺的時候，魂牽夢繞，竟然夢見了那臺他平日也許都不會多看一眼的舊架機。韋應物的《出還》同樣情感細膩，表達了對愛情遷逝的無可奈何：

> 昔出喜還家，今還獨傷意。入室掩無光，銜哀寫虛位。
> 淒淒動幽幔，寂寂驚寒吹。幼女復何知，時來庭下戲。諮
> 嗟日復老，錯莫身如寄。家人勸我餐，對案空垂淚。〔註 175〕

詩人在情感與生活的今非昔比中，悲歡著生命的交錯。懵懂的孩子還不解這悲劇，仍然留戀著遊戲，孩子的天真美好和妻子衰亡悲劇的對比，讓詩人本就敏感的心靈更加悲哀恍惚。此外韋應物的《對芳樹》、《月夜》則是在清幽的景致下，用委婉的筆調表達了愛情的遷逝和詩人至深的想念：

> 迢迢芳園樹，列映清池曲。對此傷人心，還如故時綠。
> 風條灑餘靄，露葉承新旭。佳人不再攀，下有往來躅。〔註
> 176〕（《對芳樹》）

〔註 174〕　〔唐〕李商隱，悼傷後赴東蜀辟至散關遇雪，見〔清〕彭定求等編，
　　　　　　全唐詩（卷五三九）〔M〕，北京：中華書局，1999：6198。
〔註 175〕　〔唐〕韋應物，出還，見〔清〕彭定求等編，全唐詩（卷一九一）
　　　　　　〔M〕，北京：中華書局，1999：1969。
〔註 176〕　〔唐〕韋應物，對芳樹，見〔清〕彭定求等編，全唐詩（卷一九一）
　　　　　　〔M〕，北京：中華書局，1999：1970。

皓月流春城，華露積芳草。坐念綺窗空，翻傷清景好。

清景終若斯，傷多人自老。〔註177〕（《月夜》）

三、命運作用下的愛情失落

除了恩寵轉移的主觀原因和死亡等客觀原因之外，愛情由盛而衰似乎是冥冥之中不可逆的命運，它一產生便帶有著一種無法圓滿的悲劇情調。而唐人中將愛情的悲劇美描寫得動人心魄，又能在其中抽象出深沉哲學體驗的人，晚唐的李商隱是最具代表性的。李商隱對愛情的敏感把握和他的身世有著密切聯繫，這一點許多評論家都有過深入的研究。吳功正在《中國文學美學》中說道：「（李商隱）過早地領略人情冷暖、世態炎涼的愁苦心境，摻和著過早成熟的靈敏心理，總是在體驗別人和自身的酸愁時顯得特別細膩和敏銳。」由此可見，李商隱表現愛情失落的詩作已經超越了愛情本身的含義，他是詩人通過親身體驗對這個世界悲劇性的認知。試看他的一組《無題》詩：

相見時難別亦難，東風無力百花殘。春蠶到死絲方盡，蠟炬成灰淚始乾。曉鏡但愁雲鬢改，夜吟應覺月光寒。蓬山此去無多路，青鳥殷勤為探看。〔註178〕

鳳尾香羅薄幾重，碧文圓頂夜深縫。扇裁月魄羞難掩，車走雷聲語未通。曾是寂寥金燼暗，斷無消息石榴紅。斑騅只係垂楊岸，何處西南任好風。〔註179〕

昨夜星辰昨夜風，畫樓西畔桂堂東。身無彩鳳雙飛翼，心有靈犀一點通。隔座送鉤春酒暖，分曹射覆蠟燈紅。嗟余聽鼓應官去，走馬蘭臺類轉蓬。〔註180〕

〔註177〕 〔唐〕韋應物，月夜，見〔清〕彭定求等編，全唐詩（卷一九一）〔M〕，北京：中華書局，1999：1970。

〔註178〕 〔唐〕李商隱，無題，見〔清〕彭定求等編，全唐詩（卷五三九）〔M〕北京：中華書局，1999：6219。

〔註179〕 〔唐〕李商隱，無題，見〔清〕彭定求等編，全唐詩（卷五三九）〔M〕北京：中華書局，1999：6214。

〔註180〕 〔唐〕李商隱，無題其一，見〔清〕彭定求等編，全唐詩（卷五三九）〔M〕北京：中華書局，1999：6213。

　　在這組詩中，愛情一產生就帶有了悲劇的性質，這種哀傷是先天的，是命中注定且無法避免的。「相見時難別亦難，東風無力百花殘」，愛情中的艱辛就像自然界中東風對百花的摧折一樣，無法改變，殘忍決絕；「曾是寂寥金燼暗，斷無消息石榴紅」，在回憶與現實的時空交錯中，她（他）心繫曾經的愛戀，但很快又發覺對方早已杳無音訊，剩下的只是那黯淡無比的燭光；「嗟余聽鼓應官去，走馬蘭臺類轉蓬」，相愛只是一瞬，還未來得及打一個照面，便相互交錯，匆匆分離，留下詩人獨自徘徊悵惘，在遺憾中無法圓滿。吉川幸次郎在《李商隱》一文中說：「《無題》及其他戀愛詩，與其說是吟詠了戀情的歡樂，不如說更多地唱出了失戀的哀怨。」〔註181〕李從軍先生在《唐代文學演變史》中說過：「（劉禹錫《懷妓》）詩中籠罩著一種撲朔迷離的氣氛和無可奈何的感傷，表現了對美好過去的無限留戀以及對人生的惆悵。」〔註182〕這句話也是對李商隱表現愛情《無題》詩作的最好詮釋。這一組詩歌有著極為紛繁複雜的情緒，相愛前的期待，戀愛時的精神交通，分手的痛苦，愛情灰飛煙滅的無望，這一切交織在夢境與現實、回憶與現在、想像和真實之間，恍惚迷離、朦朧深情。在李商隱筆下，愛情的失落帶有著宿命般的悲劇氣質，和外力無關，也並不全是個人情感，因此在他的詩作中愛情的盛衰變化沒有那樣明晰的脈絡，甜蜜和失落的對比也並不明顯，這也正如愛情本身一樣不按常理出牌，而是個人隱秘的情感體驗。

　　除了李商隱的《無題》詩，中唐白居易的《長恨歌》在表現唐明皇和楊貴妃之間的愛情故事時也沒有站在道德的制高點對其進行批判，而是以悲劇化的筆調描寫了在歷史的動亂中，兩人之間的愛情從萌芽到熱烈，再從消亡到長恨的遺憾，歷史的盛衰只是他們愛情悲劇的背景。白居易用戲劇性的口吻表現了一段唐代最為風雲的愛情故事，他用

〔註181〕〔日〕吉川幸次郎，中國詩史〔M〕，上海：復旦大學出版社，2001：260。

〔註182〕李從軍，唐代文學演變史〔M〕，北京：人民文學出版社，1993：393。用

頗具感染力的筆觸詩化了永恆的愛情，讓人忘記了政治、歷史、家國，而是沉浸在這段愛情無法挽回的悲劇氣氛中，傳達了一種對命運的無奈感，表現了命運對愛情的摧折。正如黃世中所說：「《長恨歌》創作的動因不是『爲歷史而歷史』，不在於所歌頌帝妃愛情的堅貞，也不在於諷刺李楊的荒淫誤國，而是在召喚歷史的亡靈，一宣洩胸中的長恨！換句話說，《長恨歌》只不過是借了兩具歷史的僵屍，寄寓詩人的悲劇意識，抒發一種悲苦情懷及對理想愛情的執著追求。」〔註183〕

就這樣，對政治的批判和對歷史的考問在詩歌中完全退到了次要位置，取而代之的是一種對命運捉弄愛情的無奈感，以及愛情由盛而衰所帶來的遺憾，即是詩人所說的「長恨」。在《長恨歌》的前半部分中，轟轟烈烈的愛情和瞬間崩潰的盛世王朝只是爲了表現詩歌後半部分的「長恨」之情。唐明皇逃亡回宮後，因失去貴妃而產生了悵然若失的心境，在一派淒清的氛圍中思念逝去的佳人與愛戀，這一部分才是詩歌的高潮：

> 歸來池苑皆依舊，太液芙蓉未央柳。芙蓉如面柳如眉，對此如何不淚垂。春風桃李花開日，秋雨梧桐葉落時。西宮南內多秋草，落葉滿階紅不掃。梨園弟子白髮新，椒房阿監青娥老。夕殿螢飛思悄然，孤燈挑盡未成眠。遲遲鐘鼓初長夜，耿耿星河欲曙天。鴛鴦瓦冷霜華重，翡翠衾寒誰與共。悠悠生死別經年，魂魄不曾來入夢。〔註184〕

在盛衰變化面前，和人類生命相比，自然有它無情的一面，它和人類身處在不同的時間層面，因此在某種程度上會逃出盛衰之變的定律：貴妃已死，然而池苑依舊，芙蓉如面柳如眉。但自然有時又是盛衰定律最嚴格的執行者，春風桃李之後，必然伴隨著秋雨梧桐，落葉滿紅階。唐明皇在這物是人非的景致中，思念著楊貴妃，可是陰陽相

〔註183〕　黃世中，論〈長恨歌〉的創作動因及深層意蘊〔J〕溫州：溫州師範學院學報，1989（2）：48。

〔註184〕　〔唐〕白居易，長恨歌，見〔清〕彭定求等編，全唐詩（卷四三五）〔M〕北京：中華書局，1999：4826。

隔，昔日的情誼早已消失殆盡，就連夢境都無法實現現實的想念，於是他只能求助於宗教神明：

> 臨別殷勤重寄詞，詞中有誓兩心知。七月七日長生殿，夜半無人私語時。在天願作比翼鳥，在地願爲連理枝。天長地久有時盡，此恨綿綿無絕期。〔註185〕

儘管貴妃已列在仙位，還是與唐明皇永遠相隔。詩歌在無限的遺憾中結尾，留下的只有愛情無法圓滿的創痛。沒有激烈的責問和深刻的反思，詩人在迷惘的情境裏品味著愛情永恆的悲。

白居易在《與元九書》中云：「及再來長安，又聞有軍使高霞寓者，欲聘倡伎，伎誇大曰：『我誦得白學士《長恨歌》，豈同他伎哉？』」又云：「今僕之詩，人所愛者，悉不過雜律詩與《長恨歌》以下耳。時之所重，僕之所輕。」由此可見雖然白居易並不十分看重這首詩，但卻引發了當時很多人的情感共鳴。總之《長恨歌》並不是出於諷刺唐明皇淫亂誤國的宏大目的，也不是單純地敘述了一個歷史故事那樣簡單，而是以宏大的歷史作爲背景，浪漫的愛情故事作爲依託，表現了在不可抗的命運之下，愛情悲劇性的走向和結局，從而引起了普天下有情人的共鳴。

四、愛情盛衰主題中的哲學情思

（一）自由的求索意識

胡曉明在《中國詩學之精神》中指出：「愛情是自由的特殊領域，這是愛情的第一個本質特徵。兩性之間由傾慕而心心相印而最終結合，乃是生命自由之實現；兩性之間經歷重重障礙而達致結合的過程，乃是人的自由本質對象化過程的深刻形式；兩性追尋自由致內外衝突及其悲劇結局，乃是人的自由本質之否定形式。從不自由到自由種種形式中，最鮮明地反映超乎性愛本身的社會自由程度，使

〔註185〕 〔唐〕白居易，長恨歌，見〔清〕彭定求等編，全唐詩（卷四三五）〔M〕北京：中華書局，1999：4826。

所有愛情詩具有社會意義。」〔註186〕此外，胡曉明還認爲：「中國文人情詩，一個極顯著的特徵，即長於詠唱一種有缺憾的愛，從中表現一種悵惘不甘的情調。通觀古代愛情詩詞，詩人們很少去吟詠那一份正在愛的歡樂意識，亦極少以樂觀之目光，去憧憬愛的明天，而是對消逝的往日之戀，一往情深，那昔日的情事，如一樽醇酒，一縷幽香，有著令人心醉之美。從這個意義上，可以說，西方式的精神之戀，乃是由肉體上升爲靈魂，如仙，如神，如生命之再生，生命光華之放射；而中國式的精神之戀，則是由現在回溯過去，如酒，如輕煙，如清夢，爲生命之重溫，生命源頭之吮吸。」〔註187〕可以說，胡曉明充分認識到了我國古代愛情詩精神層面的超越性，並且也發現了詩人們偏愛在愛情失落之時回憶曾經的美好甜蜜。唐愛情盛衰主題詩作，十分典型地體現出了上述特徵，愛情由盛而衰無論是什麼原因使然，所造成的結果都是愛情的不圓滿。於是唐人除了在愛情的盛衰中昇華出一種悲劇之美，也在這不圓滿中昇華出了一種哲學上的求索意識，這種求索已不再侷限在愛情本身，而是關乎個人理想和生命的自由。

　　首先，詩人們在明知沒有結局的感情中，卻投入著精神的全部，並且在許多詩作中，愛情帶著淡淡的憂傷從美好變得痛苦，切實的情感被詩人抽象出一種詩意的哲思。

　　　　春心莫共花爭發，一寸相思一寸灰。〔註188〕（李商隱《無題》）

　　　　曾經滄海難爲水，除卻巫山不是雲。〔註189〕（元稹《離思》）

〔註186〕　胡曉明，中國詩學之精神〔M〕，南昌：江西人民出版社，2001：184。

〔註187〕　胡曉明，中國詩學之精神〔M〕，南昌：江西人民出版社，2001：191～192。

〔註188〕　〔唐〕李商隱，無題四首其二，見〔清〕彭定求等編，全唐詩（卷五三九）〔M〕北京：中華書局，1999：6214。

〔註189〕　〔唐〕元稹，離思其五，見〔清〕彭定求等編，全唐詩（卷四二二）〔M〕，北京：中華書局，1999：4654。

天長地久有時盡，此恨綿綿無絕期。〔註190〕（白居易
《長恨歌》）

在這些詩句中，愛情天生就是哀傷的，它總帶著悵惘、沉重與艱辛，這些都是讓愛情從甜蜜蛻變為一種遺憾的重要因素。為何感情會成為追憶，為何身處愛情之中會迷惘，為何一寸甜蜜的愛便會產生一寸的滄桑。詩人沒有為我們解答，只是在感傷的情調中將愛情悲劇的結局描繪成一種注定，這些詩句從個人內心出發，偏重於愛情帶給人心靈的一種觸發而非可感的現實。雖然詩人們多半是在追憶的形式中，懷念曾經的美好情懷，並帶著深深的悵惘與迷思，但他們並沒有放棄愛情、對生命產生絕望，而是在愛情盛衰變換的悲劇間生發出一種對人生的求索，對理想與生命自由的追尋：

春蠶到死絲方盡，蠟炬成灰淚始乾。〔註191〕（李商隱
《無題》）

得成比目何辭死，願作鴛鴦不羨仙。〔註192〕（盧照鄰
《長安古意》）

相迎不道遠，直至長風沙。〔註193〕（李白《長干行》）

對愛情的執著、堅定昇華成了一種對生命自由的嚮往，而為了這種自由是可以拋下一切的，哪怕耗盡所有生命的精力，哪怕不能享受神仙般的長命百歲。正如元好問所說的：「問世間情為何物，直教人生死相許。」（《摸魚兒‧雁丘詞》）從文學史上看，這種由愛情而生發出的求索意識最早出現在《詩經》當中，是看《秦風‧蒹葭》：

蒹葭蒼蒼，白露為霜。所謂伊人，在水一方，溯洄從之，

〔註190〕 〔唐〕白居易，長恨歌，見〔清〕彭定求等編，全唐詩（卷四三五）
〔M〕北京：中華書局，1999：4826。

〔註191〕 〔唐〕李商隱，無題，見〔清〕彭定求等編，全唐詩（卷五三九）
〔M〕北京：中華書局，1999：6214。

〔註192〕 〔唐〕盧照鄰，長安古意，見〔清〕彭定求等編，全唐詩（卷四一）
〔M〕，北京：中華書局，1999：522。

〔註193〕 〔唐〕李白，長干行，見〔清〕彭定求等編，全唐詩（卷一六三）
〔M〕，北京：中華書局，1999：1697。

道阻且長。溯游從之，宛在水中央。蒹葭萋萋，白露未晞。
所謂伊人，在水之湄。溯洄從之，道阻且躋。溯游從之，宛
在水中坻。蒹葭采采，白露未已。所謂伊人，在水之涘。溯
洄從之，道阻且右。溯游從之，宛在水中沚。〔註194〕

　　詩人在一派蒼茫的意境裏追尋著佳人，也似乎在追尋著一種不可
名狀的理想。戰國時屈原的作品中，主人公與神女之間也有著朦朧的愛
戀感，人神交接時雖然充滿艱辛，但卻始終貫穿著執著而堅定的決心：

帝子降兮北渚，目眇眇兮愁予。嫋嫋兮秋風，洞庭波
兮木葉下。登白薠兮騁望，與佳期兮夕張。鳥何萃兮蘋中？
罾何為兮木上？沅有芷兮澧有蘭，思公子兮未敢言。荒忽
兮遠望，觀流水兮潺湲。麋何食兮庭中？蛟何為兮水裔。
朝馳余馬兮江皋，夕濟兮西澨。聞佳人兮召予，將騰駕兮
偕逝。〔註195〕（屈原《九歌·湘夫人》）

浴蘭湯兮沐芳，華采衣兮若英。靈連蜷兮既留，爛昭
昭兮未央。蹇將憺兮壽宮，與日月兮齊光。龍駕兮帝服，
聊翱遊兮周章。靈皇皇兮既降，猋遠舉兮雲中。覽冀州兮
有餘，橫四海兮焉窮？思夫君兮太息，極勞心兮忡忡。〔註
196〕（屈原《九歌·雲中君》）

　　唐人繼承了前代愛情詩執著而感傷的審美體驗，將對愛情的追求
化作對一切美好事物的嚮往，在愛情的盛衰變化間，愛情的失落雖然
令人悲傷，但卻成為了詩人一種悲劇性的審美體驗，昇華成了一種對
生命自由的追尋。試看李商隱的《無題》：

相見時難別亦難，東風無力百花殘。春蠶到死絲方盡，
蠟炬成灰淚始乾。曉鏡但愁雲鬢改，夜吟應覺月光寒。蓬
山此去無多路，青鳥殷勤為探看。〔註197〕

〔註194〕　陳戍國譯注，詩經〔M〕，長沙：嶽麓書社，2006：96。
〔註195〕　魏耕原等編，先秦兩漢魏晉南北朝詩歌鑒賞辭典〔M〕，北京：商
　　　　　務印書館，2012：345。
〔註196〕　魏耕原等編，先秦兩漢魏晉南北朝詩歌鑒賞辭典〔M〕，北京：商
　　　　　務印書館，2012：340。
〔註197〕　〔唐〕李商隱，無題，見〔清〕彭定求等編，全唐詩（卷五三九）

　　一開篇詩人便道出了相愛之人糾結繾綣的情思，那種剪不斷理還亂的紛繁情緒，相見的不易和分離的不捨都是愛情不可迴避的一部分。這種愛情的不易是那樣頑固，就像東風無力挽救凋零的花朵一樣，充滿不可違抗的無奈感。然而詩人在愛情的艱難中卻生發出了一種篤定的堅持，「春蠶到死絲方盡，蠟炬成灰淚始乾」，哪怕耗盡生命也要追尋情感，充滿了悲劇的力量。彷彿詩人追求的已不是單純的愛情，更像是在和命運的較量中追求一種心靈的理想和自由。詩的最後兩句在失望和希望的交織中，在悵惘和守望的矛盾中踏上了對愛情求索的旅途。青鳥是王母身邊的神鳥，李商隱總是將神話的意象和現實的感情相結合，在追求愛情的艱辛道路上萌生出一種神聖的求索意識。

　　再看他的一首《瑤池》：

　　　　瑤池阿母綺窗開，黃竹歌聲動地哀。八駿日行三萬里，
　穆王何事不重來。〔註198〕

　　在神話故事中，穆王曾乘著八匹駿馬來到西王母的居所崑崙山，西王母十分傾慕於穆王，於是設宴在瑤池，他們一起遊樂歡唱，度過了十分美好的時光。在臨別之時，相約三年之後再相聚，然而人神有別，穆王不久後便死去，留下了西王母還在癡癡等待。這首詩中，永恆的神仙世界不再顯得那樣令人欽羨而是愛情寂寞的居所，是愛情失落的見證。穆王的生命衰亡了，西王母失落了愛情。許總在《唐詩史》中說：「（李商隱）的愛情詩可謂是這一題材的高度昇華，在其筆下，不僅可見濃鬱熾烈的情感迸發，而且使男女之情超越了性愛的層次，更多地表現出精神性追求的特點！」〔註199〕其實不只是李商隱，唐代詩人普遍在愛情盛衰主題中表現出一種精神上的求索，他們沒有過多關注情慾和肉體，而是先天將愛情看做是一種悲劇的體驗，在追憶甜蜜和承擔失落的苦楚時，透露出執著的追求，但李商隱以自己天才

　　　　〔M〕北京：中華書局，1999：6219。
〔註198〕〔唐〕李商隱，瑤池，見〔清〕彭定求等編，全唐詩（卷五三九）
　　　　〔M〕北京：中華書局，1999：6233。
〔註199〕許總，唐詩史〔M〕，江蘇：江蘇教育出版社，1994：378。

的情思和主觀的審美體驗將其發展到了一個極致。

（二）女性的自由意識

在表現女性愛情盛衰主題的詩作中，詩人沒有一味保持著哀怨悲戚的情調，而是在女子的不幸命運中昇華出了對自由的渴望，對男女之間不平等地位以及宮女制度產生了強烈控訴。

> 白髮宮娃不解悲，滿頭猶自插花枝。曾緣玉貌君王寵，準擬人看似舊時。〔註200〕（劉得仁《悲老宮人》）

> 淚乾紅落臉，心盡白垂頭。自此方知怨，從來豈信愁。〔註201〕（任翻《宮怨》）

> 宮殿沉沉月欲分，昭陽更漏不堪聞。珊瑚枕上千行淚，不是思君是恨君。〔註202〕（劉皂《長門怨》）

劉德仁的《悲老宮人》描述了一位在宮女制度鉗制下幾近瘋癲的女子：這位白髮蒼蒼的宮娃，竟然將花枝插滿頭，白色的頭髮上佩戴著五顏六色的花朵，顏色上鮮明的對比讓人忍俊不禁。她是一位活潑熱愛生活的女子，還是喜歡戲謔玩笑呢？原來這位宮娃因出眾的容貌曾經享受過君王的恩寵，她總是沉浸在過去的輝煌歲月中，希望所有人都能看到她曾經美麗的模樣，但卻弄巧成拙，反而帶有一種滑稽感。白髮宮女滿頭插花的舉動是可笑的，然而卻暗含著深深的悲涼，這是在恩寵轉移、美貌不再下，一個鮮活生命在宮禁制度的壓抑下而發生扭曲的故事。滿頭的鮮花沒有帶給讀者對青春與美的想像，反而產生出一種悲涼之感。劉皂的《長門怨》在立意措辭方面都不算新穎，但卻道出了女子因愛生恨的真實情感，這是多少含蓄蘊藉之作所缺乏的勇氣。

〔註200〕　〔唐〕劉得仁，悲老宮人，見〔清〕彭定求等編，全唐詩（卷五四五）〔M〕）北京：中華書局，1999：6355。

〔註201〕　〔唐〕任翻，宮怨，見〔清〕彭定求等編，全唐詩（卷四七二）〔M〕，北京：中華書局，1999：5390。

〔註202〕　〔唐〕劉皂，長門怨三首其二，見〔清〕彭定求等編，全唐詩（卷七二七）〔M〕，北京：中華書局，1999：8413。

除了對殘忍宮女制度的控訴，愛情盛衰主題詩作還衍生出了女性對自由的渴望，對鮮活人生的強烈嚮往：

> 夢入家門上沙渚，天河落處長洲路。願君光明如太陽，
> 放妾騎魚撇波去。〔註203〕（李賀《宮娃歌》）

> 禁門宮樹月痕過，媚眼唯看宿燕窠。斜拔玉釵燈影畔，
> 剔開紅焰救飛蛾。〔註204〕（張祜《贈內人》）

李賀的詩作以誇張的想像給予作品奇幻明麗的色彩，但這一切的背後是宮女的天眞和宮內生活的沉悶壓抑。這首詩展現了女子內心深處最眞實的情感，即便是完全不切實際的幻想也感人至深，反映出女子對自由的渴望是多麼強烈！第二首張祜的《贈內人》以更巧妙的構思，反映出深宮女子人性的覺醒以及對人身自由的嚮往。沈祖棻先生對這首詩有著這樣的評論：

> 這只飛蛾的經歷，難道不也就是她自己的經歷嗎？她
> 入宮之時，可能認爲那是升入天堂，前途無限光明；而入
> 宮之後，才知道已經陷入地獄，前途是無邊的黑暗。但飛
> 蛾還有她來救，而她又有誰來救呢？詩篇只作客觀描寫，
> 然而這位女奴隸的悲慘命運和苦痛靈魂，卻已從她凝視燕
> 窠和救飛蛾這兩個具體動作中極其生動而又準確地被展現
> 了出來。它體現了作者高貴的人道主義精神，同時也體現
> 了作者精湛的藝術技巧。〔註205〕

總之，唐詩愛情盛衰主題反映了唐人對愛情悲劇美的探尋，但他們並沒有因爲愛情的悲劇與失落而一蹶不振，而是由此昇華出對愛情的執著，一種充滿哲學情調的悲劇之美，一種對理想與自由永恆的求索。這種注重心靈、充滿悲情的愛情敘事方式無疑對後世愛情類詞曲創作有著至深的影響。

〔註203〕 〔唐〕李賀，宮娃歌，見〔清〕彭定求等編，全唐詩（卷三九一）
〔M〕，北京：中華書局，1999：4420。
〔註204〕 〔唐〕張祜，贈內人，見〔清〕彭定求等編，全唐詩（卷五一一）
〔M〕，北京：中華書局，1999：5880。
〔註205〕 沈祖棻，唐人七絕詩淺釋〔M〕，上海：上海古籍出版社，1981：218。

第二章　唐詩盛衰主題中的宗教
心態

　　對事物盛衰變化的不同認知，反映了古人不同的生命觀。從源頭來看，原始社會時期人們的生命觀是非理性的。這一時期人們還沒認識到生命由盛而衰是必然發生的，往往將死亡看做是一個偶然事件，並且他們相信長生不死的存在。如《精衛填海》中精衛意外死亡後化為小鳥，《夸父追日》中夸父「與日逐走」，死後身體化為山川大地。春秋戰國時期，出現了以儒家和道家為代表的理性生命觀。面對生命注定衰亡的局面，儒家提倡提高生命的厚度——「天行健，君子當自強不息」，努力發掘生命中倫理道德的價值，而道家則從「萬物齊一」和養生等角度提倡「生之可養」，並且將生命納入天地自然之間，將死亡看做是生命的一部分。漢初，受董仲舒天人思想影響的漢代社會，求仙意識分外濃烈，人們的生命觀摻雜著理性和非理性的不同成分。在一些文學作品中，作家清醒地意識到生命由盛而衰的必然性，如揚雄的《太玄賦》云：「雷隆隆而輒息兮，火熠熾而速滅。自夫物有盛衰兮，況人事之所極。」而另一些文學作品卻透露出對神仙世界的相信和渴望，如樂府民歌《隴西行》、《豔歌》等詩作將人們想像中的天界描繪得真切、堅實，毫無迷離恍惚之感。東漢末年的古詩十九首，在正視人生短暫和生命的盛衰間昇華出了一種悲劇意識，在理性

的生命觀中用流利的文筆、質樸但意蘊深厚的意象，書寫了中國古代傳統文人對生命悲劇的理解。延續著漢末文人的精神，魏晉南北朝的詩人面對生命的盛衰，努力求索，恢復了在漢代幾乎中斷的儒家和道家的生命意識。玄學興起之後，人們力圖用玄學來沖淡盛衰之變帶來的悲劇感，於是詩歌漸漸走向了自然山水，而較少關注切實生命的悲喜。東晉時期，文人名士將佛教思想和本土玄學相交匯，用來消除生命盛衰所帶來的焦慮和不安。

在唐人看來，事物的盛衰已經涉及到了這個世界的各個層面。從生命的盛衰到歷史家國的盛衰，從現實生活中的理想的盛衰到愛情的盛衰，事物由盛而衰的定律，已不僅僅是抽象的生命層面，從歷史發展來看，它是歷史發展的注定走向，從個人切實生活來看，它是個人理想、愛情等私人情感的注定結局。這一帶有悲劇性的定律觸及到了唐人人生的各個層面，給唐人的生命帶來了極大的焦慮，因此和前人相比，唐人不僅需要排解生命的焦慮，對盛衰之變的深入認識，決定了他們還面臨著個人切實生活層面的焦慮。因此，唐人企圖用不同的思想意識去消解盛衰之變所帶來的焦慮，唐詩中的盛衰主題就不可避免地帶上了唐人不同的宗教心態。

此外，唐代是一個思想極為開明的時代，統治者對儒、道、佛三家思想相容並包，這一切使得唐人身上體現著多種思想元素。在上一章，筆者論述了唐詩盛衰主題的具體內容，以及這些問題所帶給唐人生命和生活各個層面的焦慮。為了排遣這種焦慮，唐人從傳統思想意識乃至宗教中尋求超越，也在對政治體制及個人價值的反思中找尋出路。在不同宗教心態的影響下，詩人通過神仙世界、自然山水、個人道德價值的實現或日常生活的樂趣來消解生命中的悲劇。下面筆者就具體分析一下在三教合一的思想意識下，唐人是如何借助不同的手段來排遣各種悲劇感所引發的生命焦慮。

第一節　長作巢由也不辭——道教的神仙世界

一、道教和唐代文人

　　道教在唐代有著深遠的影響力，無論是當朝統治者還是平民百姓，大家對中國本土衍生出的道教都情有獨鍾，很多當朝官員都入山尋道，放棄了世俗的官階，投身於宗教的世界中，如房玄齡、賀知章等人都有著辭官尋道的人生經歷。道教中的神仙方術和神仙世界對渴望生命永恆、超越平凡人世的唐代文人有著很大的吸引力。李白有詩云：「願餐金光草，壽與天齊傾。」〔註1〕又云：「青蓮居士謫仙人，酒肆藏名三十春。湖州司馬何須問，金粟如來是後身。」〔註2〕白居易有詩：「身間當貴眞天爵，官散無憂即地仙。」盧綸有詩：「夢別一仙人，霞衣滿鶴身……種玉非求稔，燒金不爲貧。」〔註3〕就連潛心念佛的王維也會在詩作中流露出對道人生活方式的嚮往，對道教生活方式的讚賞，他曾作詩云：「與我同心人，樂道安貧者。」〔註4〕還直接表白：「願奉無爲化，齋心學自然。」〔註5〕

二、唐詩盛衰主題中的神仙世界

　　在道教神仙思想的影響下，詩人們常常幻想出一個美好永恆的神仙世界來消解現實的焦慮：

　　　　寄言坐客神仙署，一生一死交情處。蒼龍闕下君不來，
　　白鶴山前我應去。雲間海上邈難期，赤心會合在何時。但

〔註1〕　〔唐〕李白，古風——五鶴西北來，見〔清〕彭定求等編，全唐詩（卷一八一）〔M〕，北京：中華書局，1999：1852。

〔註2〕　〔唐〕李白，答湖州迦葉司馬問白是何人，見〔清〕彭定求等編，全唐詩（卷一七八）〔M〕，北京：中華書局，1999：1818。

〔註3〕　〔唐〕盧綸，送王尊師，見〔清〕彭定求等編，全唐詩（卷二八零）〔M〕，北京：中華書局，1999：3182。

〔註4〕　〔唐〕王維，過李楫宅，見〔清〕彭定求等編，全唐詩（卷一二五）〔M〕，北京：中華書局，1999：1249。

〔註5〕　〔唐〕王維，奉和聖製慶玄元皇帝玉像之作應制，見〔清〕彭定求等編，全唐詩（卷一二七）〔M〕，北京：中華書局，1999：1285。

願堯年一百萬，長作巢由也不辭。〔註6〕（盧照鄰《行路難》）

白日何短短，百年苦易滿。蒼穹浩茫茫，萬劫太極長。麻姑兩鬢垂，一半已成霜。天公見玉女，大笑億千場。吾欲攬六龍，回車掛扶桑。北斗酌美酒，勸龍各一觴。富貴非所願，與人駐顏光。〔註7〕（李白《短歌行》）

這兩首詩作都描繪了一個奇妙的神仙世界，和人世間生命的朝生夕死，萬物由盛而衰的滄桑變化相比，這是一個充滿永恆歡樂的世界。神仙世界最大的特點就是時間的停止，在這裡人們可以長命百歲，不用擔憂死亡衰敗的到來。在第二首《短歌行》中，李白甚至想像自己在仙界遊歷，成為駕馭神龍、掌管時間的神，將原本要西斜的太陽重新掛回扶桑樹，從而挽留住匆匆而去的時間。

在漢樂府中，也有對神仙世界的大膽想像，唐代這類詩歌在意象選取和詩歌結構上和漢樂府是一脈相承的，但是樂府詩中對神仙世界的精心描繪，並不是為了超越現實的悲劇，而是漢人真心相信這樣一個天堂的存在。在漢代民間，人們對天堂的幻想是異常真切的，試看《平調・長歌行》對仙人的描繪：「仙人騎白鹿，髮短耳何長。導我上太華，攬芝獲赤幢」〔註8〕，再如《豔歌》中對遊仙昇天的幻想：「今日樂上樂，相從步雲衢。天公出美酒，河伯出鯉魚⋯⋯嫦娥垂明璫，織女奉瑛琚。」〔註9〕雖然漢樂府神仙主題詩歌中的神仙世界和唐詩盛衰主題所描繪的很相似，都有著長生不老的仙人、華美的境界、優雅的音樂以及無盡的歡樂。然而以唐人對神仙世界的認識，唐人對這樣的極樂世界並不是完全相信的，詩歌中仙界的描繪是對生命盛衰悲劇的超越，是個體尋求解脫的求索。

〔註6〕 〔唐〕盧照鄰，行路難，見〔清〕彭定求等編，全唐詩（卷四一）〔M〕，北京：中華書局，1999：521。

〔註7〕 〔唐〕李白，短歌行，見〔清〕彭定求等編，全唐詩（卷一六四）〔M〕，北京：中華書局，1999：1707。

〔註8〕 黃節撰，漢魏樂府風箋〔M〕，北京：中華書局，2008：21。

〔註9〕 曹道衡選注，兩漢詩選〔M〕，北京中華書局，2005：21。

三、李賀詩中的神仙世界

　　在此，筆者想要詳細分析的一位詩人是晚唐的李賀，在他有關盛衰主題的詩歌中有許多對神仙世界的想像。然而與傳統詩作不同的是，李賀所描繪的神仙世界並沒有淡化事物盛衰變換所帶來的焦慮，而是在某種程度上加重了詩人的憂鬱。首先、李賀詩中的神仙世界不再是極樂世界的代表，而是爲了突顯出人類世界的滄海一粟，神仙世界的永恆暗示著人類世界的滄桑變換：

　　　　帝重光，年重時，七十二候迴環推，天官玉琯灰剩飛。
　　今歲何長來歲遲，王母移桃獻天子，羲氏和氏迂龍轡。〔註
10〕（《河南府試十二月樂詞・閏月》）

　　　　黃塵清水三山下，更變千年如走馬。遙望齊州九點煙，
　　一泓海水杯中瀉。〔註11〕（《夢天》）

　　　　東指羲和能走馬，海塵新生石山下。〔註12〕（《天上謠》）

　　人間的灰飛煙滅，時間變換，只因仙界王母爲天子獻壽桃，羲氏駕龍略微晚了一些；人間世界的滄海桑田，在神仙看來猶如走馬觀花一樣迅速。在這些詩句中，神仙是時間的定義者，它們超脫在時間之外，而與此相對的是神仙們不經意的一些行動對人間造成的滄海桑田的巨變。從這個角度來看，李賀是用一種另類的方式利用神仙世界消解盛衰之變所帶給人類的焦慮：既然人類世界的盛衰變化和天界相比較是那樣渺小，不值一提，那麼我們還有什麼好糾結於此的呢？不如看淡這一切，因爲人世的變化不過滄海一粟，在羲和走馬的瞬間便滄海化爲桑田。

　　其次，李賀神仙世界的想像帶給詩人的不再是歡愉，而是強烈的

〔註10〕〔唐〕李賀，河南府試十二月樂詞・閏月，見〔清〕彭定求等編，
　　　　全唐詩（卷三九零）〔M〕，北京：中華書局，1999：4411。

〔註11〕〔唐〕李賀，夢天，見〔清〕彭定求等編，全唐詩（卷三九零）〔M〕，
　　　　北京：中華書局，1999：4409。

〔註12〕〔唐〕李賀，天上謠，見〔清〕彭定求等編，全唐詩（卷三九零）
　　　　〔M〕，北京：中華書局，1999：4412。

壓迫感，試看《浩歌》：

> 南風吹山作平地，帝遣天吳移海水。王母桃花千遍紅，
> 彭祖巫咸幾回死。青毛驄馬參差錢，嬌春楊柳含細煙。箏
> 人勸我金屈卮，神血未凝身問誰。不須浪飲丁都護，世上
> 英雄本無主。買絲繡作平原君，有酒惟澆趙州土。漏催水
> 咽玉蟾蜍，衛娘髮薄不勝梳。看見秋眉換新綠，二十男兒
> 那刺促。〔註13〕

在神仙世界的光陰流轉中，詩人感到了時不待我的緊迫感。在青春消逝、物候變化以及時間的流逝中，詩人眼睜睜看著現實世界自然人物的變化，想像著神仙世界的斗轉星移，不禁感到自己功業未成，生命將朽，原本生命中的焦慮變得更加深重。詩歌的開頭的「王母桃花千遍紅，彭祖巫咸幾回死」統領著整篇詩作，詩人痛飲狂歌，弔唁歷史上已經逝去的有才之人，但時光流逝、美人遲暮，自身雖年紀輕輕，卻已被未完成的理想功業催促著、壓迫著。

總體來看，在道教的影響下，爲了排遣生命盛衰所帶來的深重焦慮，唐人希冀在神仙世界得到靈魂的安慰，但與漢代民間對神仙世界普遍的迷信不同，唐文人始終對生命保持著清醒的態度，神仙世界的想像與其說是排解生命的焦慮，更像是一種對現實世界的超越，一種獨立精神的歸宿。此外，李賀詩歌中的神仙世界出現了新的特徵，除了在意象上的創新，李賀不再將神仙世界作爲極樂世界的代表，而是從特殊的角度反映著人世間盛衰變化的定律。一方面，神仙們不經意的一個行爲，神仙世界的一個刹那，便會造成人類世界斗轉星移的盛衰變化，從某種程度上也淡化了個人對生命悲劇的執著。另一方面，詩人對神仙世界時間狀態的特殊想像，更加加重了詩人的生命焦慮，在神仙世界的永恆中又加入了時不待我的緊迫感。

〔註13〕〔唐〕李賀，浩歌，見〔清〕彭定求等編，全唐詩（卷三九零）〔M〕，
北京：中華書局，1999：4412。

第二節　駐景揮戈——儒家的執著

一、個人價值的永恆

在建安時期，歷史動蕩、生命朝不保夕，這一時期的詩歌流露出了強烈的生命盛衰意識。如陳琳《遊覽詩其二》云：「嘉木凋綠葉，芳草纖紅榮。騁哉日月弛，年命將西傾。」〔註14〕曹操《短歌行》：「對酒當歌，人生幾何。譬如朝露，去日苦多。」〔註15〕繁欽《詠蕙詩》云：「蓓葉永凋瘁，凝露不暇晞。百卉皆含榮，已獨失時姿。比我英芳發，鵾鴉鳴已哀。」〔註16〕建安詩人有感於生命盛衰，對自然和個體生命的變化都產生了濃濃的悲劇意識。在悲傷的時代氛圍裏和漸漸覺醒的生命意識裏，他們對排遣這一悲劇意識有了自己的答案：「收念還寢房，慷慨詠墳經。庶幾及君在，建功不及時，鍾鼎何所銘，立德垂功名。」〔註17〕努力實現功名和自身理想，這是彌漫在建安時期的普遍氣候，但是建安詩人的功名觀不僅僅是功名利祿而是對國家、人民乃至自身生命的一種大關懷，正所謂「天地無窮極，陰陽轉相因。人居一時間，忽若風吹塵。願得展功勤，輸力於明君。懷此王佐才，慷慨獨不群……孔氏刪詩書，王業粲已分。騁我徑寸翰，流藻垂華芬。」〔註18〕。建安詩人從彌漫著悲劇生命盛衰情懷的氛圍中走了出來，用儒家的倫理價值觀念對社會和整個世界進行著終極的關懷。可以說建安詩人用儒家的倫理價值觀排遣著生命盛衰所帶來的焦慮感，當這樣的情懷用精當質樸的意象傳達出來便產生了後人所謂的建安風骨，這

〔註14〕〔三國〕陳琳，遊覽詩其二，見吳雲教注，建安七子集〔M〕，天津：天津古籍出版社，2005：126。

〔註15〕〔三國〕曹操，短歌行，見魏耕原等編，先秦兩漢魏晉南北朝詩歌鑒賞辭典〔M〕，北京：商務印書館，2012：628。

〔註16〕〔三國〕繁欽，詠蕙詩，見魏耕原等編，先秦兩漢魏晉南北朝詩歌鑒賞辭典〔M〕，北京：商務印書館，2012：867。

〔註17〕〔三國〕陳琳，遊覽詩其二，見吳雲教注，建安七子集〔M〕，天津：天津古籍出版社，2005：126。

〔註18〕〔三國〕曹植，蓖露行，見魏耕原等編，先秦兩漢魏晉南北朝詩歌鑒賞辭典〔M〕，北京：商務印書館，2012：707。

種精神對唐人有著很深的影響。

初盛唐之交，陳子昂以「風骨興寄」爲旗幟對初唐詩壇進行了革新。他在《與東方左史虬修竹篇序》中提到朋友的詩作《詠孤桐篇》：「骨氣端翔，音情頓挫，光英朗練，有金石聲……可使建安作者，相視而笑。」〔註19〕可見陳子昂對建安詩人的詩歌創作和內在精神有著極高的認同。李白、杜甫等人也對建安詩人推崇備至，如李白《宣州謝朓樓餞別校書叔雲》有云：「蓬萊文章建安骨，中間小謝又清發。」〔註20〕建安詩人在政治理想和詩歌創作上都對唐代詩人有著很深的影響，建安風骨被唐人奉爲詩歌審美的理想境界。上文也提到過建安風骨的內在精神便是在生命盛衰變化的悲劇中，仍能保持一股向上的力量和博大的對世界萬物的關懷，從一己之悲喜抽離出來，用儒家的倫理道德對整個宇宙蒼生做著終極的關懷。因此，唐人爲了消解事物盛衰變化所帶來的焦慮，許多詩人將目光投向了個人價值和自身的道德建樹，希望用現世的功名和內在的德行來消解生命的不安。

西方學者認爲以孔子爲代表的儒家哲學不算哲學，因爲他們沒有對這個世界進行形而上的求索，沒有將自己的哲學內容超越世俗。但其實這正是儒家學派可以始終在中國文人精神世界佔有重要地位的原因。在面對人類生命由盛而衰的必然性時，孔子認爲「未知生，焉知死」〔註21〕。其實在生命的盛衰面前，古人有著不可遏制的哀慟，王羲之曾說「死生亦大矣，豈不痛哉」〔註22〕。但在面對不可逆的線性時間走向時，孔子說：「逝者如斯夫，不捨晝夜」〔註23〕，儒家認識到了一切都在流變，唯一不變的就是這個流變著的世

〔註19〕〔唐〕陳子昂，與東方左史虬修竹篇，見〔清〕彭定求等編，全唐詩（卷八三）〔M〕，北京：中華書局，1999：893。

〔註20〕〔唐〕李白，宣州謝朓樓餞別校書叔雲，見〔清〕彭定求等編，全唐詩（卷一七七）〔M〕，北京：中華書局，1999：1814。

〔註21〕楊伯峻，論語譯注〔M〕，北京：中華書局，1980：113。

〔註22〕王羲之，蘭亭集序，見徐中玉主編，漢魏六朝詩文賦〔M〕，廣州：廣東人民出版社，2004：337。

〔註23〕楊伯峻譯注，論語譯注〔M〕，北京：中華書局，1980：92。

界本身。李澤厚先生道：

> 在儒家哲人看來，只有懂得生，才能懂得死，才能在
> 死的自覺中感覺到存在。人之所以在走向死亡中痛徹感受
> 存在本身，正因爲存在本身畢竟在於生的意義。而生的意
> 義就是過程，是歷史性的生成，它是與群體相聯繫才獲得
> 的……如果生有意義和價值，就讓個體生命自然終結而無
> 需恐懼哀傷，這便是儒家哲人所追求的生死理想。從而，
> 如果要哀傷，那哀傷的就並非死而是短促的生——時間太
> 快，對生的價值和意義佔有和瞭解的太少……能確定的似
> 乎只是，既然人的個體感性存在是眞實的生成而並非幻
> 影，從而如何可以賦予個體所佔有的短促的生存以密集的
> 意義，如何在這稍縱即逝的短暫人生和感性現實本身中贏
> 得永恆和不朽，這才是應該努力追求的存在課題。〔註24〕

於是「逝者如斯夫！不捨晝夜」既包含了儒者面對生命盛衰無
情變換的慨歎，又暗含著強烈歷史感和使命感，表達了對生命的執
著，不純然是對時間規律客觀的認知，而是對生命變化充滿了情感
化的體驗。用情感和道德價值來體味、品味、超越永恆時間下的生
命的盛衰變化，儒者所追求的不是永恆的生命，而是一種情感和個
人價值的永恆。

二、盛衰主題中的儒家意識

儒家企圖用實現政治理想的方式來充實生命，既然生命是有限
的，那麼他們便在現實生活中的道德倫理間擴大生命的寬度。如何
在短暫的生命中實現個人價值的最大化，從最爲切實的層面來看，
便是珍惜時間。「在儒家重倫理道德判斷思想的影響下，中國人對時
間的道德態度首先就體現爲要珍惜時間。只有珍惜時間才是道德
的，否則就是不道德的。」〔註25〕儒家注重現世事物，而時間則是

〔註24〕李澤厚，華夏美學〔M〕，北京：生活・讀書・新知三聯書店，2008：58。
〔註25〕張三夕，論惜時道德的詩意表達〔J〕杭州：浙江大學學報，2002，
　　　　32（4）：52。

一切功業理想實現的基礎：

> 三更燈火五更雞，正是男兒讀書時。黑髮不知勤學早，白首方悔讀書遲。〔註26〕（顏眞卿《勸學》）

> 擊石乃有火，不擊元無煙。人學始知道，不學非自然。萬事須己運，他得非我賢。青春須早爲，豈能長少年。〔註27〕（孟郊《勸學》）

> 維時月魄死，冬日朝在房。驅馳公事退，聞子適及城，命車載之至，引坐於中堂……男兒不再壯，百歲如風狂。高爵尚可求，無爲守一鄉。〔註28〕（韓愈《此日足可惜贈張籍》）

孔子說：「其爲人也，發憤忘食，樂以忘憂，不知老之將至。」〔註29〕珍視時間爲的是更好地建功立業、實現個人理想。在唐代詩人中，杜甫可以說是秉持儒家精神的代表人物，在他的許多詩作中我們都可以感到那種即使在生命衰老、理想失落的生存境遇下，仍保持著一種對萬物充滿關懷的精神，試看《江上》：

> 江上日多雨，蕭蕭荊楚秋。高風下木葉，永夜攬貂裘。

> 勳業頻看鏡，行藏獨倚樓。時危思報主，衰謝不能休。〔註30〕

蕭颯的秋日、隨風零落的木葉，這是一個王朝由盛而衰的象徵，也暗示著詩人生命的暮年。而就在時代、物候、生命的三種傾頹之勢下，詩人反而更加急不可待地想要實現自己的價值，形勢越發危險越是心繫朝廷，即使在不可扭轉的衰謝之境下也不懈怠。王安石有過一首評價杜甫的古體詩：「吾觀少陵詩，謂與元氣侔。力能排天斡九地，

〔註26〕〔唐〕顏眞卿，勸學，見〔清〕彭定求等編，全唐詩（卷二三零）〔M〕，北京：中華書局，1999：2522。

〔註27〕〔唐〕孟郊，勸學，見〔清〕彭定求等編，全唐詩（卷三七三）〔M〕，北京：中華書局，1999：4206。

〔註28〕〔唐〕韓愈，此日足可惜贈張籍，見〔清〕彭定求等編，全唐詩（卷三三七）〔M〕，北京：中華書局，1999：3776。

〔註29〕〔宋〕王安石，王安石文集（卷九）〔M〕，瀋陽：遼海出版社，2010：231。

〔註30〕〔唐〕杜甫，江上，見〔清〕彭定求等編，全唐詩（卷二三零）〔M〕，北京：中華書局，1999：2522。

壯顏毅色不可求。浩蕩八極中，生物豈不稠。醜妍鉅細千萬殊，竟莫見以何雕鎪。惜哉命之窮，顛倒不見收。青衫老更斥，餓走半九州。瘦妻僵前子僕後，攘攘盜賊森戈矛。吟哦當此時，不廢朝廷憂。嘗願天子聖，大臣各伊周。寧令吾廬獨受凍死，不忍四海赤子寒。」此詩將杜甫那種在任何逆境之中，都試圖迎難而上、心繫國家、努力奔走的形象刻畫得十分到位。再看一首李白的《長歌行》：

> 桃李待日開，榮華照當年。東風動百物，草木盡欲言。枯枝無醜葉，涸水吐清泉。大力運天地，羲和無停鞭。功名不早著，竹帛將何宣。桃李務青春，誰能貫白日。富貴與神仙，蹉跎成兩失。金石猶銷鑠，風霜無久質。畏落日月後，強歡歌與酒。秋霜不惜人，倏忽侵蒲柳。〔註31〕

這首詩雖然充滿了李白特有的率性灑脫，但本質上仍體現出儒家對現世的執著。詩人有感於悠悠時間下的天地運行、自然變換，內心充滿了時不待我的緊迫感，於是發出了「功名不早著，竹帛將何宣」的呼喊。

除了政治上的功勳，儒家還十分看重個人文學上的造詣。春秋時魯國大夫叔孫豹稱「立德」、「立功」、「立言」為「三不朽」；三國的曹丕也在《典論・論文》明確提出：「蓋文章，經國之大業，不朽之盛事」；明代張載也曾以四句話概括了中國古代文人的使命：為天地立心，為生民立命，為往聖繼絕學，為萬年開太平。唐人也十分看重個人文藝上的成就，希望以此來超越盛衰變化的客觀規律，達到精神上的永恆：

> 在我成何事，逢君更勸吟。縱饒不得力，猶勝別勞心。
> 凡事有興廢，詩名無古今。百年能幾日，忍不惜光陰。〔註32〕（杜荀鶴《贈李蒙叟》）

這首詩在痛惜時光生命的短促下，勸誡他人珍惜每一寸光陰，更在萬事萬物都盛極而衰的認知下，提出「詩名無古今」這一響亮的口號。詩人認為文章可以超越肉體的生死，達到一種永恆之境，於是遇

〔註31〕〔唐〕李白，長歌行，見〔清〕彭定求等編，全唐詩（卷一六五）〔M〕，北京：中華書局，1999：1714。

〔註32〕〔唐〕杜荀鶴，贈李蒙叟，見〔清〕彭定求等編，全唐詩（卷六九一）〔M〕，北京：中華書局，1999：8015。

見友人就勸他多多吟詩，不要虛度時光。

　　在萬事萬物盛衰變換的感召下，執著於現世的儒者以個人價值最大化的方式超越生死，並走出理想失落的困境。沒有寄希望於來世，也沒有幻想過神仙世界的永恆，而是緊緊把握自身生命，珍惜光陰，希冀利用每一寸時間建功立業、著書立說或是進行文學創作，以一種自強不息的方式超越盛衰之變，取得個人價值的永恆。

第三節　爲樂常苦遲──自適的哲學

一、自適的哲學

　　自先秦開始，中國古人就開始了一種自我享樂的個人主義哲學。先秦時期的楊朱便是這類哲學的開啓者，關於他的主張《孟子》裏有過記載：「楊子取爲我，拔一毛而利天下不爲也。」〔註33〕《呂氏春秋》言：「陽生貴己。」〔註34〕縱觀各家的記載，先秦時的楊朱主張的是一種保全自身，不以物累身的處世方式。魏晉時期，《列子・楊朱篇》傳達了一種「放情肆志」的人生觀：生命甚爲短暫，死後便永久地歸於寂滅，因此人生最重要的價值在於快樂地享受，人生的目的和意義就在於此。《楊朱篇》云：

　　　　恣耳之所欲聽，恣目之所欲視，恣鼻之所欲向，恣口之所欲言，恣體之所欲安，恣意之所欲行。夫耳之所欲聞者音聲，而不得聽，謂之閼聰。目之所欲見者美色，而不得視，謂之閼名。鼻之所欲向者椒蘭，而不得嗅，謂之閼顫。口之所欲道者是非，而不得言，謂之閼智……凡此諸閼，廢虐之主。去此廢虐之主，熙熙以俟死。〔註35〕

　　楊朱認爲如果人活著不能得到肉體感官的享受，那麼這就是等

〔註33〕盡心，孟子（卷十三），見馮友蘭，中國哲學史（下）〔M〕，重慶：重慶出版社，2009：113。
〔註34〕馮友蘭，中國哲學史（下）〔M〕，重慶：重慶出版社，2009：92。
〔註35〕列子（七），見馮友蘭，中國哲學史（下）〔M〕，重慶：重慶出版社，2009：93。

死，不能稱之爲人生。而肉體欲望的滿足，和精神層面的自足相比恰恰是最易得到的。正如馮友蘭先生所說：「《楊朱篇》所選擇而所視爲應行滿足者，蓋皆目下即能滿足之欲，甚容易滿足之欲；至於須俟甚長時間，經過繁難預備，方能滿足者，則一概不顧。《楊朱篇》甚重肉體快樂；其所以如此，或者即由在一切快樂中，肉體快樂最易得到。」〔註36〕而以莊子爲代表的道家學派在肉體享樂的基礎上，更深入發掘出對個體心靈的尊重，莊子《大宗師》云：「若狐不偕、務光、伯夷、叔齊、箕子、胥餘、紀他、申徒秋、是役人之役，適人之適，而不自適其適者也。」〔註37〕《駢拇》云：「夫不自見而見彼，不自得而得彼者，是得人之得而不自得其得者也，適人之適而不自適其適者也。夫適人之適而不自適其適，雖盜跖與伯夷，是同爲淫癖也。」〔註38〕由此可見，在莊子看來，眞正的自由和快樂不是因循著別人，不是按照既有的倫理道德、財富觀念、榮辱之心束縛自己，而是擺脫了世俗中的成見，主體爲自我的發現而感到欣喜寬慰。《禮記・樂記》云：「大樂與天地同和。」最好的音樂就是與天地同和的音樂，眞正的快樂是渾然合於天地的快樂。漢代樂府詩中也時常流露出一種及時行樂的思想，這是經過文人精神過濾過的享樂，是在肉體享樂中的一種精神排遣。在唐代，將自適哲學發展到一個極致，並且在自己的生活中身體力行的人，便是中唐的白居易。在中唐之前的文學作品中，及時行樂和享受生活的思想經常出現，但還沒有結合詩人對自身生命的觀照，形成一種符合文人生活方式的思想意識。中唐開始，社會思潮悄然變化，無論是審美、道德還是人們的價值觀，都體現出一種由外方而轉向內斂的趨勢，於是以白居易爲代表的一類詩人開始用自適的方式排遣生命中的焦慮，這一自適哲學有物質享樂和利己主義的部分，但更大程度上是一種對自我心靈的安慰和尊重。

〔註36〕馮友蘭，中國哲學史（下）〔M〕，重慶：重慶出版社，2009：93。
〔註37〕雷仲康譯注，莊子〔M〕，太原：山西古籍出版社，1999：182。
〔註38〕雷仲康譯注，莊子〔M〕，太原：山西古籍出版社，1999：89。

二、白居易盛衰詩作中的自適哲學

從中唐開始，文人們對生命的觀察與反思逐漸從外在自然物候，轉向自身的肉體和內心。以白居易爲代表的詩人群體，開始在詩歌中創作有關個人日常生活情狀、思想意識、身體變化的詩歌作品。他們將傳統的享樂主義和道家禪宗相結合，形成一種保全自身、樂知天命而又無傷大雅的自適哲學。白居易青年時是心懷理想的，他的《新樂府》和《秦中吟》都是爲了改革社會而作，並且他積極參與國家的政治革新，希望可以憑藉自己的進言扭轉當時不太樂觀的政局。然而在經歷了政治風波後，白居易開始大量創作一種被他自己稱作「閒適詩」的作品，這類詩歌記錄詩人生活中的風雅遊樂以及日常瑣事。隨著逐漸衰老的晚年光景，白居易對自己逐漸衰敗的身體也產生了深深的焦慮，身體的轉變和理想的落差讓他的思想產生了極深的矛盾，於是自適哲學便成了他化解生命焦慮、排遣理想落差的工具，試看一首《晚春沽酒》：

> 百花落如雪，兩鬢垂作絲。春去有來日，我老無少時。
> 人生待富貴，爲樂常苦吃。不如貧賤日，隨分開愁眉。賣
> 我所乘馬，典我舊朝衣。盡將酤酒飲，酩酊步行歸。名姓
> 日隱晦，形骸日變衰。醉臥黃公肆，人知我是誰。〔註39〕

詩人用一種玩世的態度去看待衰老和富貴，並揚言要賣掉自己的資產換酒，這是很傳統的表示行樂需及時的方式。但詩人並不是簡單地追求肉體之樂，而是用這種放浪適意的行爲排遣形骸日益變衰、功名日益擱淺所帶來的感傷，以期達到自己內心的快樂。同時爲了達到內心的平衡，詩人也會利用一些很瑣碎平實，甚至是有些庸俗的方法：

> 三十生二毛，早衰爲沉病。四十官七品，拙宦非由他。
> 年顏日枯槁，時命日蹉跎……窮餓與天促，不如我者多。
> 以此反自慰，常得心平和。〔註40〕（白居易《寄同病者》）

〔註39〕〔唐〕白居易，晚春沽酒，見〔清〕彭定求等編，全唐詩（卷四二九）〔M〕，北京：中華書局，1999：4738。
〔註40〕〔唐〕白居易，寄同病者，見〔清〕彭定求等編，全唐詩（卷四三

四鄰尚如此，天下多夭折。乃知浮世人，少得垂白髮。

余今過四十，念彼聊自悅。從此明鏡中，不嫌頭似雪。〔註41〕（白居易《聞哭者》）

身體日益衰老，官位平庸，然而和別人相比卻也差強人意，令人欣慰。對死亡和衰老的恐懼轉變成了一種樸實的比較，人生功名的實現用世俗的官階進行衡量。這樣的思維方式消逝了生命的悲劇感和個人價值無法實現的悲涼，詩人在世俗的準則中自我寬慰。

在白居易的詩歌裏，自適哲學通過世俗的價值和思維消解了生命盛衰悲劇中的崇高感，並且這種哲學沒有了道教神仙世界瑰奇的想像和儒家積極的責任感，轉而從生命最實際的層面出發，用一種生命的睿智取代了以往文人心態中的崇高、博大的氣質。《對酒》一詩對儒家和道教排遣生命焦慮的方式都做了否定，詩人以飲酒爲喻，認爲應該保全天性，保持住自己天眞的性情才能消除人生的憂慮。

人生一百歲，通計三萬日。何況百歲人，人間百無一。

賢愚共零落，貴賤同埋沒。東岱前後魂，北邙新舊骨。復聞藥誤者，爲愛延年術。又有憂死者，爲貪政事筆。藥誤不得老，憂死非因疾。誰言人最靈，知得不知失。何如會親友，飲此杯中物。能沃煩慮消，能陶眞性出。所以劉阮輩，終年醉兀兀。〔註42〕

詩人認爲道教服藥養生，企圖益壽延年和儒家在政治功名中憂心而死的行爲都是一種太過偏執的做法。和親人在杯酒間怡然自得、順其自然，不爲生死盛衰之事所累，才是最通達的態度。自適，就是尊重自己最眞實的一面，不僅僅是身體上的物質享受，還是一種精神上的愉悅，它是個人面對最眞誠的自己，不爲外物所累而達到的內心最輕鬆的境界。

二）〔M〕，北京：中華書局，1999：4781。

〔註41〕〔唐〕白居易，聞哭者，見〔清〕彭定求等編，全唐詩（卷四二九）〔M〕，北京：中華書局，1999：4742。

〔註42〕〔唐〕白居易，對酒，見〔清〕彭定求等編，全唐詩（卷四三三）〔M〕，北京：中華書局，1999：4795。

　　總之，這類利己自適的哲學沒有儒釋道等學說博大的人性關懷和深刻的思想意蘊，卻用一種直接的方式道出了人性中最真實的需求。因此任由思想發展、時代變遷，古人在面臨生命中無法避免的悲劇時，總是會泛起這類利己享樂的人生哲學，因為它是排遣生命悲劇最真實也是最為可行的一種方式。

第四節　萬物興歇皆自然──禪宗的靜觀

一、唐代文人和禪宗

　　佛教自東漢傳入中國，在東晉時期和玄學相融合，文人學士們用它來關注生命，消解生命中的悲劇意識。東晉時期，慧遠在廬山提倡涅槃淨土及三世果報之說，建立了往生淨土的信仰形式，這種形式在文人士大夫和一般民眾中產生了很大的影響。著名的文人如沈約、謝靈運、顏延之等對佛教有著深入的研究，這是此前所沒有的現象。試看謝靈運的《臨終詩》：「淒淒凌霜柏，納納沖風菌。邂逅競幾時，修短非所愍……唯願乘來生，怨親同心膂。」〔註43〕凌霜的松柏和沖風之菌雖然盛衰的時間有所不同，但都是同一個衰敗的結局。詩人在臨終時用佛教的修短隨化思想來沖淡自己的生命悲劇感，對生命的盛衰變化有了一個通達的態度。

　　在唐代，禪宗與印度的佛法相聯繫，又和中國的傳統理論同融合，但又因其自身獨特的哲學思想成為中華民族文化的一個重要組成部分。於是禪學在當時形成了一種強大的社會思潮，以禪喻詩、以禪作為創作和審美的標準在唐代成為了一種風氣。戴叔倫曾說：「律儀通外學，詩思入禪關。煙景隨緣到，風姿與道閒。」〔註44〕

〔註43〕黃節，黃節注漢魏六朝詩六種〔M〕，北京：人民文學出版社，2008：674。
〔註44〕〔唐〕戴叔倫，送道虔上人遊方，見〔清〕彭定求等編，全唐詩（卷二七三）〔M〕，北京：中華書局，1999：3076。

白居易說：「白衣居士紫芝仙，半醉行歌半坐禪。」〔註45〕皎然曾說：「愛君詩思動禪心。」〔註46〕齊己在《酬湘幕徐員外見寄》中也云：「東海儒宗事業全，冰棱孤峭類神仙。詩同李賀精通鬼，文擬劉柯妙入禪。」〔註47〕詩人們在詩歌創作中自覺和不自覺地都追求一種禪的美學境界。

朱良志先生說：「在中國人心目中有兩種道德快感……意識自我聲明和人倫秩序的合一，將外在道德規範化爲內在生命欲求；二是人的自我生命和天地精神的合一。由此使人與自身、他人乃至宇宙構成一和諧的整體，達到天人合一式的愉悅境界。」〔註48〕「將外在道德規範化爲內在生命欲求」就是盡可能擴大個人的現實倫理價值，也就是儒家排遣生命焦慮的方式。而「人的自我生命和天地精神的合一」則是要人放棄現實中的功名榮辱，將自我的生命化入自然之間，用順應的方式化解生命衰亡帶來的哀慟。而這一種方式便是禪宗所提倡的。「不欣天堂畏地獄，縛脫無礙，即身心及一切處皆名解脫」〔註49〕。禪宗注意到了主體與外部世界之間的分裂和對立，發覺到了個體內在的矛盾和衝突，這些分裂與矛盾包含著人們對生的眷戀，對死亡的恐懼，於是企圖使主體融於自然之中以消除這些矛盾和衝突，從而忘記功利得失，去領悟宇宙和人生的永恆和無限，從而使中國古典藝術的審美境界變得更加深邃，這就是禪宗思想的美學價值。正所謂「一切眾生，一切草木，有情無情，悉皆蒙潤，百川眾流，卻入大海，合爲一體，眾生本性般若之智，亦復如是」〔註50〕。人與自然完全融爲一

〔註45〕　〔唐〕白居易，自詠，見〔清〕彭定求等編，全唐詩（卷四五四）〔M〕，北京：中華書局，1999：5163。
〔註46〕　〔唐〕皎然，酬張明府，見〔清〕彭定求等編，全唐詩（卷八四六）〔M〕，北京：中華書局，1999：9642。
〔註47〕　〔唐〕齊己，酬湘幕徐員外見寄，見〔清〕彭定求等編，全唐詩（卷八四六）〔M〕，北京：中華書局，1999：9642。
〔註48〕　朱良志，中國藝術的生命精神〔M〕，安徽：安徽教育出版社，2006：88。
〔註49〕　〔唐〕慧能著，尚榮譯注，壇經校釋〔M〕北京：中華書局，1983：67。
〔註50〕　〔唐〕慧能著，尚榮譯注，壇經校釋〔M〕北京：中華書局，1983：21。

體，個體此時突然領悟到人世的有無、生滅、得失統統都不應當執著，這當然也就超越了一切物我人己界限，人與對象世界完全合爲一體，凝結成爲永恆的存在，於是就達到了，也變成了所謂眞正的本體自身了。在此「瞬刻永恆」中，我即佛，佛即我，我與佛是一體，個體就達到了絕對自由的境界。因此慧能說：「用智慧觀照，於一切法，不取不捨，即見性成佛道。」〔註51〕

禪宗主張直覺觀照、機鋒棒喝等非理性的思維方式，物我兩忘、我心即佛的精神境界和隨緣任運、平淡從容的生活態度，特別是物我兩忘與委化任運，深刻地影響了唐人對生命盛衰變化的認知。早在先秦時，道家就一直試圖用大化於自然的方式化解生死變化帶給人們的焦慮感，然而這只是一種哲學上的思考，如何達到這樣的境界卻是一個極大的難題。莊子提倡的「物化」，而「物化」之物，一定不是現實生活中沾有功利色彩的事物，正如徐復觀先生所說的「假定是在污穢之中的物，則當其物化時，『化』的本身，同時即是洗滌污穢的力量。所以物化的物，必是純淨化了以後的物。對於不能洗滌乾淨的人間污穢，有如政治及與政治相關係的物。莊子只有摒除於物化之外，而寧願『曳尾於塗泥中』。因此莊子的物化，於不知不覺之中，便落到人間以外的自然之物上面去了。」〔註52〕既然「物我兩忘」與「物化」之物，必須是擺脫了名利羈絆的純潔之物，那麼處在社會關係網中的事物是不符合莊子的標準的，於是人們便將目光投向了自然山水。

東晉玄言詩人將目光轉向自然山水。葉維廉先生在《中國詩學》中說道：「山水在古代詩歌裏，如《詩經》、《楚辭》及『賦』仍是做著其他題旨的背景，其能在詩中由襯托的地位騰升爲主位元的美感觀照對象，則猶待魏晉至宋間文化急劇的變化始發生。當時的變化，包括了文士對漢儒僵死的名教的反抗，道家的中興和隨之而來的清談之風，無數知識分子爲追求與自然合一的隱逸與遊仙，佛教透過了道家

〔註51〕〔唐〕慧能著，尚榮譯注，壇經校釋〔M〕北京：中華書局，1983：33。
〔註52〕徐復觀，中國藝術精神〔M〕北京：商務印書館，2010：109。

哲學的詮釋的盛行和宋時盛傳佛影在石上顯現的故事——這些變化直接間接引發了山水意識的興起。」〔註53〕但東晉之時，詩歌描繪出的自然景觀大都抽象枯槁，沒有個人情理融入其間，因此被後世文論家認為是「寡淡」之作。直到唐代，在禪宗的影響下，唐人們在山水中凝神觀照，物我合一，將個人的生命律動融入大自然，將山水意識發展到了一個新的境界。既然人可以與自然無蔽無礙、和諧統一，那麼也可以如自然一樣以隨性的態度看待生命的消歇，進而達到一種逍遙自適的境界。

二、禪宗下生命焦慮的排解

　　首先，在禪宗的影響下，唐人繼東晉玄言詩人之後，進一步發掘著自然山水和人類生命之間微妙的關係。唐人在禪宗的浸染下，以個人細膩的觀察和深遠的興發反思生命，用通達的目光看待自然的消歇間，並在自然的消歇間反觀人類生命。唐人不僅僅在自然山水的代謝間融入自己的生命體驗，還試圖在山水世界中化解個人生命盛衰所引發的焦慮，將其當做個體生命的棲息之地。在唐詩中，詩人在山水自然間，消解著現實事物盛衰變化所引發的焦慮之情，並且將自然昇華成一種抽象的精神家園。葉維廉先生曾說過：「詩人將原是用以形容上帝偉大的語句轉化到自然山水來……詩人常常有形而上的焦慮和不安。因為他們……必須掙扎由眼前的物理世界躍入抽象的形而上的世界。浪漫時代的詩人普遍都有這種掙扎焦慮的痕跡。」〔註54〕試看王績的《石竹詠》〔註55〕，詩歌的開篇詩人因石竹的欣欣向榮產生了對其凋零和個體生命衰敗的恐懼：「萋萋結綠枝，曄曄垂朱英。常恐零露降，不得全其生」，由此詩人產生了對生命最初的疑問「昔我未生時，誰者令我萌」，然而這一問題是始終無解的，於是只有「棄置

〔註53〕葉維廉，中國詩學〔M〕，北京：人民文學出版社，2006：112。

〔註54〕葉維廉，飲之太和〔M〕，臺北：時報文化出版公司，1980：159。

〔註55〕〔唐〕王績，石竹詠，見〔清〕彭定求等編，全唐詩（卷三七）〔M〕，北京：中華書局，1999：481。

勿重陳，委化何足驚」。「委化」指順應自然變化的意思，也暗含著死
亡的意味。詩人在石竹綠葉錦簇，充滿生意的狀態下產生了對生命的
無限眷戀，和對死亡的恐懼，然而也正是石竹順其自然的生長，不悲
不喜的生存狀態啟發了詩人用順其自然的態度去處置生命衰敗的必
然定律，排解生命的焦慮。如果王績在詩中思想的轉變有些生硬和無
奈，那麼薛稷的《早春魚亭山》則在一派輕快的氛圍裏消解著生命代
謝的憂愁：

　　　　春氣動百草，紛榮時斷續。白雲自高妙，裴回空山曲。
　　陽林花已紅，寒澗苔未綠。伊余息人事，蕭寂無營欲。客
　　行雖云遠，玩之聊自足。〔註56〕

　　詩歌描寫了初春時節，百草萌生、處在盛衰代謝中的大自然。
悠悠白雲下向陽的花朵已經開放，而寒澗的青苔還未新生。詩人
敏銳地捕捉到了初春時分自然山水間生命的新舊交替，死寂與新
生同在的微妙景觀，展現了山水生命盛衰代謝的自然規律與活潑
生趣。人世間的煩惱和個體生命的焦慮在此得到了宣洩，詩人已
無心留戀於「人事」，而是在美好又充滿生命機趣的山水間取得了
自足。大自然中化解了一切，詩人安心地將自己的肉體與精神安
放在自然之中。

　　王維也是一位在山水間化解生命焦慮的詩人，他的高妙之處在
於將個體和山水自然化為一體，以靜觀的態度看待山水和自我生命
的消歇。

　　　　綠竹含新粉，紅蓮落故衣。〔註57〕（王維《山居即事》）

　　　　木末芙蓉花，山中發紅萼。澗戶寂無人，紛紛開且落。
　　〔註58〕（王維《辛夷塢》）

〔註56〕〔唐〕薛稷，早春魚亭山，見〔清〕彭定求等編，全唐詩（卷九三）
　　　　〔M〕，北京：中華書局，1999：1002。
〔註57〕〔唐〕王維，山居即事，見〔清〕彭定求等編，全唐詩（卷一二六）
　　　　〔M〕，北京：中華書局，1999：1277。
〔註58〕〔唐〕王維，辛夷塢，見〔清〕彭定求等編，全唐詩（卷一二八）
　　　　〔M〕，北京：中華書局，1999：1301。

在第一首詩中，山中花朵的萌發與消亡都是自然而然的，嫩綠的新竹包含著新葉，紅色的蓮花退去了外在的殘瓣，生命與衰亡都是這樣自然而沉靜。此時詩人不是以外在的個體去觀察這一切，而是從自然的角度去體認自然。第二首詩，王維一改傳統詩歌中落花所帶有的悲劇意蘊，從一個旁觀者的角度記錄著自然生命的怒發和凋零，沒有任何感情色彩。芙蓉花就是辛夷花，因為它們的花色相近，所以常常互相代稱，花朵自開自落，從容淡定，在孤寂中隱藏著一種生命的自覺。從表面上看，詩人是無情而冷靜的，但在這首敘事主體缺席的詩作當中，詩人之所以如此平靜的原因是因為他將自己的情感生命全部化入了自然之中，沒有將自己看做是外來的人類，而是說「澗戶寂無人」，完全將自己化作了這山水的一部分，以一種無聲的方式消解了作為人類的生命焦慮。詩人自己就是自然天地中的一物，芙蓉花中的一枝。人類如果可以和花朵一樣自在自為地任性而生，隨性而亡，不受外界的干擾、侵襲，雖然身處在宇宙時空的軌道之中，卻彷彿抽離而出，沒有受到時間生命盛衰流變所帶來的悲劇感。順應天地自然的修短變化，用平靜的心情以及大自然的態度看待生命的盛衰，在片刻的芳華中體悟永恆，這便是王維化解生命焦慮的智慧。正如胡應麟所說的「讀之身世兩忘，萬念皆寂。」〔註59〕

《莊子》中有兩段話，正好為禪宗影響下，王維山水詩中所流露出的無情之情做了很好的注解：

> 惠子謂莊子曰：「人故無情乎？」莊子曰：「然」。惠子曰：「人而無情，何以謂之人？」莊子曰：「道與之貌，天與之形，惡得不謂之人？」惠子曰：「既謂之人，惡得無情？」莊子曰：「是非吾所謂情也。吾所謂無情者，言人之不以好惡內傷其身，常因自然而不益生也。」惠子曰：「不益生，何以有其身？」莊子曰：「道與之貌，天與之形，無以好惡內傷其身。今子外乎子之神，勞乎子之精，倚樹而吟，據

〔註59〕〔明〕胡應麟，詩藪（卷三）上海：上海古籍出版社，1979：56。

槁梧而瞑，天選子之形，子以堅白鳴！」〔註60〕（《莊子·德符充》）

其心志，其容寂……淒然似秋，暖然似春；喜怒通四時，與物有宜而莫知其極。〔註61〕（《莊子·大宗師》）

無需悲歡生死，只要像山水花草、自然物候那樣對生命的盛衰變化泰然處之，便可取得「天人合一」，「與道同冥」的境界。

其次，唐人選擇隱居這一現實可行的方式，來化解生活中理想盛衰所引發的焦慮，淡化生死衰變帶給人的悲劇感。

夜景群動息，蟋蟀聲悠悠。庭槐北風響，日夕方高秋……吾生將白首，歲晏思滄州。高足在旦暮，肯爲南畝傳。〔註62〕（王維《秋夜獨坐懷內弟崔興宗》）

詩人在蕭颯的秋期間，隱隱感到自己生命的衰敗，但他卻選擇在山水田園之間安放自己的生命，與自然一同榮枯。再看王績《晚年敘志示翟處士》：

弱齡慕奇調，無事不兼修。望氣登重閣，占星上小樓。明經思待詔，學劍覓封侯。棄繻頻北上，懷刺幾西遊。中年逢喪亂，非復昔追求。失路青門隱，藏名白社遊。風雲私所愛，屠博暗爲傳。解紛曾霸越，釋難頗存周。晚歲聊長想，生涯太若浮。歸來南畝上，更坐北溪頭。古岸多磐石，春泉足細流。東隅誠已謝，西景懼難收。無謂退耕近，伏念已經秋。庚桑逢處跪，陶潛見人羞。三晨寧舉火，五月鎮披裘。自有居常樂，誰知身世憂。〔註63〕

詩人曾經擁有著卓爾不群的才思和遠大的抱負，他「弱齡慕奇調，無事不兼修。望氣登重閣，占星上小樓。明經思待詔，學劍覓封侯。棄繻頻悲上，懷刺幾西遊」，然而卻命運多舛、時運不濟，「中年

〔註60〕雷仲康譯注，莊子〔M〕，太原：山西古籍出版社，1999：56。

〔註61〕雷仲康譯注，莊子〔M〕，太原：山西古籍出版社，1999：64。

〔註62〕〔唐〕王維，秋夜獨坐懷內弟崔興宗，見〔清〕彭定求等編，全唐詩（卷一二六）〔M〕，北京：中華書局，1999：1277。

〔註63〕〔唐〕王績，晚年敘志示翟處士，見〔清〕彭定求等編，全唐詩（卷三七）〔M〕，北京：中華書局，1999：483。

逢喪亂，非復昔追求」，於是詩人選擇了「失路青門隱，藏名白社遊」的隱居生活，並自我陶醉道「自有居常樂，誰知身世憂。」詩的前半部塑造了一位自視甚高，又心懷理想的青年形象，他喜歡不同凡響的事物，並且博學兼修、能文能武，然而時代的離亂讓詩人收斂了理想的鋒芒，轉向自然中尋找身心的安慰。

在禪宗物我兩忘與委化任運思想的深刻影響下，唐人寄情於花鳥山水，將盛衰之變所帶來的理想失落和生命焦慮化解在一派澄淨、天眞的自然之間。如果說隱居於山水是一種生活方式的轉變，那麼像王維那樣完全將自身化作自然的一部分則是在心靈的層面上消解了人與物的界限，從而達到了一種寂滅但不失生趣的境界。

第三章　盛衰主題在唐詩中的新發展

第一節　不同視角下的盛衰主題書寫

一、由宏大視角向私人視角的轉變

在階級社會中，總是充斥著宏大敘事和私人敘事兩種話語權。宏大敘事多出於國家政治方面的考量，內容宏大嚴肅、風格莊重崇高。在文學藝術等創作中，宏大敘事對私人敘事的壓制處處可見，這一點西方在利瓦爾《後現代敘事狀況》一書中有詳細的敘述。具體來說，藝術創作中的宏大敘事是指社會全景式的再現，一種敘述者的史家的目光，一種歷史的觀念，即以一種抽象的目光來處理宏大的社會題材，對社會、對歷史試圖提供一種全知的權威的解釋。與宏大敘事相對應的是私人敘事，私人敘事或曰個人敘事，它立足於個體經驗，在日常化的環境中講述小人物的小故事，塑造個人化的人物性格，人物的命運充滿偶然性和難以預測性，而不具有統一的社會歷史成因。所謂私人敘事，是作爲宏大敘事的對立面而產生的西方敘事學上的一概念，最先出現在法‧利奧爾的《後現代狀況》一書中，在馬克‧柯里的《後現代敘事理論》中也有專門的論述。私人敘事多指在一定的社會語境中，立足於個體經驗，在日常化環境中關注個人生存狀態、表

現個人價值的敘事方式，往往伴有強烈的主觀精神和個人敘事趣味性，以反叛權威和既定價值規則的敘事方式。具體表現爲不滿現狀、不屈服於權威和專制、不對既定制度讚歎、不對已有成規加以沿襲、專事反叛；睥睨一切、蔑視限制；衝破舊範式，不斷創新。

中國古詩中的盛衰主題因爲涉及到古人對生命悲劇的認識，對歷史變遷的反思，因而在寫作方式和情感基調上往往表現出一種宏大的目光和崇高的感情基調。具體來看，首先在傳統的盛衰主題寫作中，詩歌的意象選取大都是宏觀而抽象的，如在唐前生命表現盛衰主題的詩歌中，生命的盛衰是由一個個具體的自然物候，抽象出一個生命變化的概念。試看阮籍的《詠懷詩》八十二首，這組詩可以看做是魏晉時期描寫生命盛衰之感最具代表性的詩歌。

> 懸車在西南。羲和將欲傾。流光耀四海。忽忽至夕冥。朝爲咸池暉。蒙氾受其榮。豈知窮達士。一死不再生。視彼桃李花。誰能久熒熒。君子在何計。歎息未合併。瞻仰景山松。可以慰吾情。〔註1〕（《詠懷其十八》）

> 天馬出西北。由來從東道。春秋非有托。富貴焉常保。清露被皋蘭。凝霜沾野草。朝爲媚少年。夕暮成醜老。自非王子晉。誰能常美好。〔註2〕（《詠懷其四》）

> 朝陽不再盛，白日忽西幽。去此若俯仰，如何似九秋。人生若塵露，天道邈悠悠。齊景升牛山，涕泗紛交流。孔聖臨長川，惜逝忽若浮。去者余不及，來者吾不留。願登太華山，上與松子遊。漁父知世患，乘流泛輕舟。〔註3〕（《詠懷其三十二》）

在這些詩句中落日、寒鳥、塵露等意象，以及自然的春秋代謝，

〔註1〕 〔三國〕阮籍，詠懷其十八，見黃節注，黃節注漢魏六朝詩六種〔M〕，北京：人民文學出版社，2008：488。

〔註2〕 〔三國〕阮籍，詠懷其四，見黃節注，黃節注漢魏六朝詩六種〔M〕，北京：人民文學出版社，2008：470。

〔註3〕 〔三國〕阮籍，詠懷其三十二，見黃節注，黃節注漢魏六朝詩六種〔M〕，北京：人民文學出版社，2008：506。

人物的顯貴貧窮，美豔老醜都是抽象而非特指的。這樣抽象明白的意象雖然直接顯豁，昭示出在萬物匆忙的榮衰代序間生命永恆的悲劇，但久而久之便會流於僵硬和程式化。

　　再看魏晉南北朝詩人因朋友親人去世而創作的詩歌，這些詩作表達了一種因生命衰亡而產生的遷逝之感：

　　　　親友多零落，舊齒皆凋喪。市朝互遷易，城闕或丘荒。墳壟日月多，松柏鬱茫茫。〔註4〕（陸機《門有車馬客行》）

　　　　耳存遺響，目想余言。寢席伏枕，摧心剖肝。〔註5〕（潘岳《為任子咸妻作孤女澤蘭哀辭》）

　　　　披帙散書，屢睹遺文。有造有寫，或草或真。執玩周復，想見其人。〔註6〕（潘岳《楊仲武誄並序》）

　　潘岳繼承了建安詩人以遺物追憶逝者的敘寫方式，並發展成了表現個人生命消歇的一種模式，正如王立先生在《中國古代文學主題思想研究中》說過：「可以說，是建安時代的傷悼賦，將這一『物在人亡』模式拓展到其本質意義層面，而為潘岳所承繼。」〔註7〕再看陸機的《尸鄉亭詩》：「東遊觀鞏洛，逍遙丘墓間。秋草蔓長柯，寒木入雲煙。」〔註8〕陸機表現遷逝之感的作品，在悲情中保留著一些理性，他力圖用理性去克制情感上不可遏制的悲慟，並且他的作品超越了自我的具體經歷，比如《輓歌詩三首》就傳達一種普遍的喪親之痛，在生命的盛衰間體現出人類對生的眷戀和對死亡的厭棄。和前代相比，潘岳和陸機在表現遷逝之感時的意象有所增加，如潘岳的《秋興賦》

〔註4〕　〔西晉〕陸機，見為任子咸妻作孤女澤蘭哀辭，見〔清〕李兆洛選輯，駢體文鈔〔M〕，鄭州：中州古籍出版社，1990：585。

〔註5〕　〔西晉〕陸機，見為任子咸妻作孤女澤蘭哀辭，見〔清〕李兆洛選輯，駢體文鈔〔M〕，鄭州：中州古籍出版社，1990：580。

〔註6〕　〔西晉〕陸機，尸鄉亭詩，見陳書良等編，六朝十大名家詩〔M〕，長沙：嶽麓書社，2000：66。

〔註7〕　王立，景存人去　感舊傷懷——傳統悼祭模式中的感物傷情模式〔J〕，古典文學知識，1996（1）：66。

〔註8〕　〔西晉〕陸機，尸鄉亭詩，見陳書良等編，六朝十大名家詩〔M〕，長沙：嶽麓書社，2000：90。

沒有僅僅在落葉秋風中沉吟，而是將蟋蟀、月、蟬、雁等意象和秋之
蕭瑟相結合，由此產生「悟時歲之遒盡兮，慨俯首而自省」〔註9〕的
悲歡。雖然潘岳陸機等人在表達逝者生命盛衰遷移之時將眼觀投向了
逝者生前所用之物，並且在意象的選取上有了進一步的擴展。但在意
象的表達上，還是較爲抽象化、模式化的，沒有將其放入個人化的場
景中，比如潘岳的《寡婦賦》假借寡婦之口，訴說對亡者的思念和今
非昔比的痛楚：「願假夢以通靈兮，目炯炯而不寢。夜漫漫以悠悠兮，
寒淒淒以凜凜。」〔註10〕這首詩就是一味的渲染鋪排，缺乏細膩、私
人的情感流動。魏晉南北朝，特別是太康時代的詩人對文學在語言和
情感上有著自覺的追求，雖然有眞實情感和個人化的生命體驗，然而
太過看重文學形式也會影響意象的個性化和眞實情感的投入。總之在
唐之前，包括初唐的一段時間在內，在宏大敘事的影響下，盛衰主題
詩作大都選取朝露、落花、秋葉、美人遲暮等抽象化的意象。在人類
生命意識覺醒的初期，這些意象雖然傳達出了一定的生命思索，簡單
抽象的風格也會給人自然純眞之感，但從根本上缺乏細膩、人性化的
情感體驗，這是最大的局限。儘管一些詩人將目光投向了帶有日常性
的生活用品，但依舊是一筆帶過，沒有進行個性情思的擴散，也沒有
將其放入個人生活化的場景之中。隨著人類和詩歌的發展，詩歌盛衰
主題如果僅僅依靠這些意象，便很快會流於形式化，最終停滯不前。
雖然初唐時期有很多類比前代生命主題詩作的詩歌，比如劉希夷的
《代悲白頭翁》之類的作品也取得了很高的文學價值，但這並不是盛
衰主題詩歌發展的主流方向。

　　其次，宏大的敘事角度讓詩人總是站在天地自然、國家政治乃至
宇宙發展的角度來看待事物的消歇，忽略了個人私人生活中的細節和
點滴感情，即忽略了人性最眞實的角度。以傳統的邊塞題材詩歌爲

〔註 9〕　〔西晉〕潘岳，秋興賦，曹道衡選編，漢魏六朝辭賦與駢文精品
　　　　　〔M〕，2002：36。
〔註10〕　〔西晉〕潘岳，寡婦賦，曹道衡選編，漢魏六朝辭賦與駢文精品
　　　　　〔M〕，2002：40。

例，國家、戰爭、功名等都是這一主題詩作最爲基本的內容，而這些內容都是傳統意義上的宏大敘事，因此私人視角一旦進入這一主題，個性化的人性意緒和傳統宏大敘事的對比也就更爲突出，進而在這種對立中衍生出了邊塞理想盛衰的新主題。從邊塞詩發展的角度看，唐前爲數不多的邊塞詩歌整體上體現出了爲國家建功立業的豪情、戰爭中國家軍隊的軍威，以及由此產生的充滿男性陽剛氣質的悲壯感。如鮑照的《代出自薊北門行》：

> 羽檄起邊亭，烽火入咸陽。征師屯廣武，分兵救朔方。
> 嚴秋筋竿勁，虜陣精且強。天子按劍怒，使者遙相望。雁
> 行緣石徑，魚貫度飛梁。簫鼓流漢思，旌甲被胡霜。疾風
> 衝塞起，沙礫自飄揚。馬毛縮如蝟，角弓不可張。時危見
> 臣節，世亂識忠良。投軀報明主，身死爲國殤。〔註11〕

還有如陳琳《飲馬長城窟行》：「男兒寧當格鬥死，何能怫鬱築長城。」〔註12〕還有些詩作從思婦的角度，用女性充滿柔情的口吻反映出對戰爭的厭倦，如：

> 關山三五月，客子憶秦川。思婦高樓上，當窗應未眠。
> 星旗映疏勒，雲陣上祁連。戰氣今如此，從軍復幾年？〔註
> 13〕（徐陵《關山月》）

詩歌雖然傳達了女子對良人的思念，對戰事的厭倦，但還沒有上升到對戰爭反思和考問。然而在唐代，特別是中唐以後的邊塞詩作中，詩人從傳統崇高悲壯的敘事方式中走了出來，在個人的親身經歷中，描寫了自身在邊塞生活的洗禮下，個人理想由高昂激奮變得頹敗迷茫，並進一步反思了國家機器和個人價值的關係。高適、岑參、王昌齡等人都是從個人生活經驗出發，以充滿個性化的個人體驗，跳脫

〔註11〕魏耕原等編，先秦兩漢魏晉南北朝詩歌鑒賞辭典〔M〕，北京：商務印書館，2012：1049。

〔註12〕魏耕原等編，先秦兩漢魏晉南北朝詩歌鑒賞辭典〔M〕，北京：商務印書館，2012：645。

〔註13〕魏耕原等編，先秦兩漢魏晉南北朝詩歌鑒賞辭典〔M〕，北京：商務印書館，2012：1331。

出傳統的框架，創作出了表現自身邊塞理想盛衰的詩作，這些詩作不僅僅是傳統意義上描繪唐人軍旅生活、宣揚傳統戰鬥豪情的作品，而是成爲了描繪唐人面對殘酷戰爭，經歷生死洗禮後，邊塞理想失落、人性意識覺醒的詩作。

最後，宏觀敘事在描寫歷史興亡時，往往站在國家政治變化的高處去俯視一段歷史、一個國家的興衰。中國古人一直對歷史有著很深的敬畏，從先秦開始，修史對於一個國家王朝都是至關重要的事情，因此歷代詩歌在表現有關歷史題材，特別是表現歷史興亡代謝的詩作中大都充滿了一種崇高、嚴肅、深沉的情感。在表現方法上也是從宏觀處著眼，描繪一段歷史的盛衰變遷。唐詩中表現歷史盛衰的主題，同樣傾向於從宏觀角度去敘寫，比如劉禹錫的懷古詩總是站在溝通天人宇宙的高度，去反思歷史的發展以及國家盛衰變化的規律。他的《烏衣巷》、《西塞山懷古》等詩作都體現出了一種宏觀通達的目光，將歷史發展、國家興亡和自然宇宙相勾連。然而杜甫、韋應物等人開始以私人視角敘述歷史興衰，以個人體驗爲基礎洞察歷史變遷，以小人物生活的跌宕起伏表現大時代的風雲變換。這樣的私人視角在唐之前表現歷史盛衰主題的詩歌中幾乎是絕跡的。

總之，在唐前，宏大敘事在詩歌創作中一直佔有主流地位，即使到了唐代，文學創作中的宏大視角依舊是詩人們偏好的創作角度。需要指出的是，宏大敘事和私人敘事這兩個角度並沒有優劣之分，宏大視角爲詩歌作品所帶來的思想上的厚重感和感情基調上的崇高感，都是私人敘事所無法比擬的。然而中國文學，尤其是詩歌，一直被傳統士人奉爲正統的詩歌體裁，因而文人在創作時往往偏愛一種宏大的敘事基調，久而久之，便會造成對個人生活和人性化情感的忽視，而注重個人生活經驗具有反叛傳統精神的私人敘事恰好彌補了宏大敘事的這一缺陷，從而成爲了推動詩歌進步的一股重要力量，下面一節將對唐詩盛衰主題中私人敘事的運用進行具體分析。

第二節　唐詩盛衰主題中私人敘事的運用

一、私人敘事興起的原因

（一）獨立的人格精神

　　首先唐人繼承了魏晉名士獨立灑脫的風骨精神，初唐時，人們就表現出對魏晉風流的認可，並在此基礎上對其進行著改造。比如初唐修的史書《晉書》就很大程度上受到《世說新語》的影響，「《世說》中的一些分類品題用語如『容止』、『簡傲』、『識鑒』、『雅量』、『自新』、『豪爽』等被《晉書》大量沿用，可見，這些詞語已經在唐代成爲全面展現魏晉風度的基本元素了。」〔註14〕到了盛唐，許多詩人都有著濃厚的「魏晉情結」，比如李白對魏晉風度就極爲崇尙，多次在詩作中表現出對魏晉人物的嚮往，或是對魏晉風骨的讚賞：

　　　　攜妓東土山，悵然悲謝安。我妓今朝如花月，他妓古墳荒草寒。白雞夢後三百歲，灑酒澆君同所歡，酣來自作青海舞，秋風吹落紫綺冠。彼亦一時，此亦一時，浩浩洪流之詠何必奇。〔註15〕（《東山吟》）

　　　　三川北虜亂如麻，四海南奔似永嘉。但用東山謝安石，爲君談笑靜胡沙。〔註16〕（《永王東巡歌・其二》）

　　　　安石在東山，無心濟天下。一起振橫流，功成復瀟灑。大賢有卷舒，季葉輕風雅。匡復屬何人，君爲知音者。傳聞武安將，氣振長平瓦。燕趙期洗清，周秦保宗社。登朝若有言，爲訪南遷賈。〔註17〕（《贈常侍御》）

〔註14〕劉強，從〈晉書〉看唐代的〈世說新語〉的接受，〔J〕，上海：上海師範大學學報，2006，35（2）：77。

〔註15〕〔唐〕李白，東山吟，見〔清〕彭定求等編，全唐詩（卷一六六）〔M〕，北京：中華書局，1999：1723。

〔註16〕〔唐〕李白，永王東巡歌，見〔清〕彭定求等編，全唐詩（卷一六七）〔M〕，北京：中華書局，1999：1726。

〔註17〕〔唐〕李白，贈常侍御，見〔清〕彭定求等編，全唐詩（卷一七零）〔M〕，北京：中華書局，1999：1754。

其次，初盛唐時期受任俠風氣的影響，詩人們大都狂傲不羈，無論是干謁還是交遊，都保留著自己的個性風神，沒有奴顏媚骨、卑躬屈膝，從不肯屈尊自己的身份，並且在權貴面前以標新立異的行為展現自己。從這方面來看，他們不同於以往的士人，他們特別注重自己在社會中的地位和尊嚴。儘管這一時期的詩人們對功名有著強烈渴望，但始終沒有完全拋棄個人自由的意志。《新唐書・文藝傳》〔註18〕載：

> （杜）甫曠放不自檢，好論天下大事，高而不切。王翰，字子羽，并州晉陽人。少豪健恃才，及進士第，然喜蒲酒。

> 崔顥者，亦擢進士第，有文無行。好蒲博，嗜酒。娶妻惟擇美者，俄又棄之，凡四五娶。終司勳員外郎。初，李邕聞其名，虛舍邀之，顥至獻詩，首章曰：「十五嫁王昌。」邕叱曰：「小兒無禮！」不與接而去。

除了任俠之風下唐人的狂傲不羈、獨立灑脫，在道教盛行的背景下，唐人還沾染了一股超越塵世、遺世獨立的不凡姿態，試看詩歌中那些有著仙風道骨的唐人：

> 皎皎鸞鳳姿，飄飄神仙氣。〔註19〕（李白《贈瑕丘王少府》）

> 令弟字延陵，鳳毛出天姿。清英神仙骨，芬馥苣蘭蕃。夢得春草句，將非惠連誰。〔註20〕（李白《感時留別從兄徐王延年從弟延陵》）

> 自是君身有仙骨，世人那得知其故。〔註21〕（杜甫《送孔巢父謝病歸遊江東兼呈李白》）

〔註18〕〔宋〕歐陽修，宋祁撰，新唐書，〔M〕卷二百一至卷二百三，北京：中華書局，1975：5725～5795。

〔註19〕〔唐〕李白，贈瑕丘王少府，見〔清〕彭定求等編，全唐詩（卷一六八）〔M〕，北京：中華書局，1999：1735。

〔註20〕〔唐〕李白，感時留別從兄徐王延年從弟延陵，見〔清〕彭定求等編，全唐詩（卷一七四）〔M〕，北京：中華書局，1999：1788。

〔註21〕〔唐〕杜甫，送孔巢父謝病歸遊江東兼呈李白，見〔清〕彭定求等編，全唐詩（卷二一六）〔M〕，北京：中華書局，1999：2259。

　　無論是任俠之風盛行還是道教文化的浸染，它們都讓唐人在強權面前保留著一份獨立、一份沒有被政治異化的自由精神。儘管在初盛唐時期詩人們依舊保持著活潑外放的態度，在詩歌創作上也依舊以宏大視角居多，還沒有轉向個人細膩的內心、沒有轉向私人生活，也沒有過多地發掘人性深處的真實情感，但是正是這份獨立精神的保持讓中晚唐的詩人們進一步發展出了私人意識，在詩歌創作中引入了大量的私人視角，從而讓唐盛衰主題詩作展現出了和前代迥然有別的特徵和極大突破。

（二）私人意識的增長

　　盛唐之後，安史之亂的打擊讓雄渾外放的文化氛圍開始變得內斂寧靜。中唐是中國歷史中世的下限，又是近世的開端，為唐宋變革期的轉捩點。在經濟方面，最重要的是賦稅制度的變革，兩稅法取代原有的租庸調制，次則是商品經濟開始取代自然經濟，土地制度發生改變，私有土地比例增加，均田制崩潰，莊園制經濟發達。政治方面，世族門閥勢力衰頹，由魏晉南北朝時期形成的世家大族政治力量衰退，近世君主獨裁政治權力逐漸增大。世族式微，門第沒落，世族不再壟斷仕途，把持政權，由科舉選拔的官僚代興，世俗地主勢力已經開始成為一股不可忽視的新興力量。

　　在這樣的時代背景下，一種私人化的審美意緒開始慢慢滋長，文人們開始轉嚮用更加細緻的目光審視生活之美，用更沉靜的態度體驗心靈的微妙變化。宇文所安在《中唐「中世紀」的終結：中唐文學文化論集》中通過對私人天地、私人空間、私人生活的討論，得出了中唐文學私人性、細微性的特徵。對私人空間與個人生活更加細緻化的展示，標誌著唐人對個人體驗的關注。如果說中唐之前的審美風尚是外向型的，偏愛宏大壯麗的事物，那麼中唐時代的審美意識則是內視自己的心靈。正如白居易《小宅》所道：「庾信園小殊，陶潛屋不豐。

何勞向寬窄，寬窄在心中」〔註22〕，詩人將心靈看做是衡量外在事物的標準，劉禹錫在《陋室銘》也說道：「斯是陋室，惟吾德馨」〔註23〕，認為個人內在的品性和心靈的愜意才是決定自己存在的最重要因素。宇文所安指出：「中唐既是中國文學中一個獨一無二的時刻，又是一個新開端。自宋以將所滋生出了的諸多現象，都是在中唐嶄露頭角的。在許多方面，中唐作家在精神志趣上接近兩百年後的宋代大思想家，而不是僅數十年前的盛唐詩人…作家們以大小鉅細各種方式宣稱他們對一系列現象和活動的領屬權：我的田園，我的風格，我的詮釋，我的園林，我所鍾愛的情人。」由此可見，中唐詩時的私人意識不僅表現在對內心的關注、對個人私人空間的發掘，更體現在以一種人性化的視角去看待事物，用最貼近生活的目光去審視周遭的種種，在詩歌創作上，這一視角讓許多原本走入僵局的詩歌主題煥發出了新的生命。

（三）盛衰主題詩作發展的必然要求

初唐時期的盛衰主題詩作雖然出現了《代悲白頭翁》、《春江花月夜》這類經典之作，但不可否認的是這一時期的盛衰主題詩作在內容上主要集中在表現生命的盛衰，詩歌中結構設置也大多是傳統的盛衰對比，意象選取也沒有脫離傳統，缺少個性，漸漸流於程式化；盛唐時的盛衰主題在內容上擴展到了唐人理想、愛情等生活的各個層面，並且像杜甫、王昌齡、李白這樣的大詩人在盛衰主題的創作上已經充滿了個性化的情感和真實的私人視角；而在中晚唐之時，私人視角大量入詩，讓盛衰主題的表現在內容上更具人性的深度、意象設置也突破了傳統，更加豐富並充滿個性化，白居易、元稹、李賀、李商隱、高適等人都是利用私人視角對傳統盛衰題材進行了完全與不同以往的書寫，至此唐盛衰主題詩作才真正擺脫了傳統的束縛，在內容、表

〔註22〕〔唐〕白居易，小宅，見〔清〕彭定求等編，全唐詩（卷四五五）〔M〕，北京：中華書局，1999：5185。
〔註23〕〔唐〕劉禹錫，陋室銘，見〔清〕董誥等編，全唐文（卷六八零）〔M〕，北京：中華書局，1982：9827。

現手法和情感傳達上都到了一個新高度。下面筆者將結合詩作具體分析私人視角在唐盛衰主題詩作上的運用。

二、唐詩盛衰主題中私人敘事的運用

（一）生命盛衰詩作中的私人敘事

從表現生命盛衰的詩作來看，私人視角的運用讓詩歌的意象從抽象宏大變得細膩多樣。唐前生命主題的詩歌常用的意象大致有：日、月、落花、飛鳥、青草、富貴、美醜等。而唐代詩人則運用私人視角，將詩歌意象擴展到了日常生活中，在他們筆下，生命盛衰的變化不僅僅是靠外在的自然遷逝來表現，還包括對個人身體變化的細膩體會：

> 去年落一牙，今年落一齒。俄然落六七，落勢殊未已。餘存皆動搖，盡落應始止。憶初落一時，但念豁可恥。及至落二三，始憂衰即死。每一將落時，懍懍恒在己。又牙妨食物，顛倒怯漱水。終焉舍我落，意與崩山比。今來落既熟，見落空相似。餘存二十餘，次第知落矣。倘常歲落一，自足支兩紀。如其落並空，與漸亦同指。人言齒之落，壽命理難恃。我言生有涯，長短俱死爾。人言齒之豁，左右驚諦視。我言莊周云，木雁各有喜。語訛默固好，嚼廢軟還美。因歌遂成詩，時用詫妻子。〔註24〕（韓愈《落齒》）

這首詩很長，語言風格明白顯豁，好似家常絮語。詩人敏感地察覺到身體的日漸衰敗的細節，仔細描述了落齒的過程，以及這一現象給生活帶來的不便。詩人從落齒間感到了生命的衰退，老之將至的無奈，但最終卻又在自嘲間豁然開朗，看淡生死。詩歌是圍繞落齒展開，沒有宏觀抽象、概念化的生命意象，而是在細瑣家常的意象裏展示了自己身體的衰變。除了牙齒，白髮也是唐人用來表現生命盛衰的意象之一：「獨我鬢間毛，昔黑今垂素」〔註25〕，「眼前擾擾日一日，暗送

〔註24〕〔唐〕韓愈，落齒，見〔清〕彭定求等編，全唐詩（卷三三九）〔M〕，北京：中華書局，1999：3806。

〔註25〕〔唐〕白居易，曲江感秋，見〔清〕彭定求等編，全唐詩（卷四二九）〔M〕，北京：中華書局，1999：4742。

白頭人不知」〔註26〕,「我年三十二,鬢有八九絲」〔註27〕。李白和白居易是唐代詩人中十分偏愛白髮這一意象的詩人,如李白的「君不見高堂明鏡悲白髮,朝如青絲暮成雪」〔註28〕,「兩鬢入秋浦,一朝颯已衰。猿聲催白髮,長短盡成絲」〔註29〕,「白髮三千丈,緣愁似個長,不知明鏡裏,何處得秋霜」〔註30〕。白頭衰鬢代表著詩人衰老的身體,暗示著個人理想的失落。身體的衰變有很多表現,如脫落的牙齒、恣意生長的皺紋、佝僂的身體、渾濁的眼眸等,但與白髮相比都顯得有些粗陋。白色有著純潔、蒼涼的意味,如雪的白髮本身在視覺上就給人更多的美感,而不像皺紋等意象那樣觸目驚心。詩人用白髮傳達了生命衰老的悲劇,暗示著青春不再、理想難尋。

　　勸君休做悲秋賦,白髮如星也任垂。畢竟百年同是夢,長年何異少何為。〔註31〕(元稹《酬樂天秋興見贈本句云莫怪獨吟秋興苦比君校近二毛年》)

　　歲去人頭白,秋來樹葉黃。〔註32〕(盧綸《同李益傷秋》)

　　雨中山果落,燈下白頭人。〔註33〕(王維《秋夜獨坐》)

〔註26〕 〔唐〕杜牧,旅懷作,見〔清〕彭定求等編,全唐詩(卷五二六)〔M〕,北京:中華書局,1999:6080。

〔註27〕 〔唐〕元稹,寄隱客,見〔清〕彭定求等編,全唐詩(卷四零零)〔M〕,北京:中華書局,1999:4495。

〔註28〕 〔唐〕李白,將進酒,見〔清〕彭定求等編,全唐詩(卷一六二)〔M〕,北京:中華書局,1999:1685。

〔註29〕 唐〕李白,秋浦歌,見〔清〕彭定求等編,全唐詩(卷一六七)〔M〕,北京:中華書局,1999:1725。

〔註30〕 〔唐〕李白,秋浦歌,見〔清〕彭定求等編,全唐詩(卷一六七)〔M〕,北京:中華書局,1999:1726。

〔註31〕 〔唐〕元稹,酬樂天秋興見贈本句云莫怪獨吟秋興苦比君校近二毛年,見〔清〕彭定求等編,全唐詩(卷四一一)〔M〕,北京:中華書局,1999:4574。

〔註32〕 〔唐〕盧綸,同李益傷秋,見〔清〕彭定求等編,全唐詩(卷二七七)〔M〕,北京:中華書局,1999:3142。

〔註33〕 〔唐〕王維,秋夜獨坐,見〔清〕彭定求等編,全唐詩(卷一二六)〔M〕,北京:中華書局,1999:1279。

　　在中唐白居易的詩中，提到白髮的詩共 174 首，包括描寫白髮如雪、如霜、如絲等，詩人十分偏愛用白髮這一意象傳達生命盛衰之感：

　　　　白髮生一莖，朝來明鏡裏。勿言一莖少，滿頭從此始。
〔註34〕（白居易《初見白髮》）

　　　　我漸殘貌醜，繞鬢斑斑雪。不如贈少年，回照青絲髮。
〔註35〕（白居易《以鏡贈別》

　　　　黑髮日已白，白面日已黑。〔註36〕（白居易《諭懷》）

　　在不同的情境，不同的氛圍裏，詩人不厭其煩地描述著自己頭髮的衰變。無論是清晨鏡中日漸增多的白髮，還是和年輕人朝氣蓬勃的樣貌對比下分外觸目的白髮，幾乎生活的每一個細節都暗藏著白髮對詩人的觸動。此外白髮的變化裏還暗藏著詩人矛盾的心緒，如的白居易《白髮》的：「白髮知時節，暗與我有期。今朝日陽裏，梳落數莖絲。家人不慣見，我云何足怪……親愛日零落，在者仍別離。身心久如此，白髮生已遲……除卻念無生，人間無藥治」〔註37〕。詩人透過白髮傳達了他對生死的態度，家人因「我」的衰老憫默悲傷，而詩人自己卻不以為然，他認為自己的身體和內心早已衰朽，白髮叢生是再自然不過的。但不難看出表面上詩人曠達無悲，實際上卻為自己身體的衰變、親友的零落感到莫名的傷感，於是只有用佛教來安慰自己，填補生命中這無藥可醫的悲劇。

　　此外，唐人沒有將這些私人意象進行生硬地羅列，抽象出事物盛衰的變化，而是更加在意用連貫的情感脈絡串聯起個性化的意象：

〔註34〕〔唐〕白居易，初見白髮，見〔清〕彭定求等編，全唐詩（卷四六一）〔M〕，北京：中華書局，1999：4780。

〔註35〕〔唐〕白居易，以鏡贈別，見〔清〕彭定求等編，全唐詩（卷四三三）〔M〕，北京：中華書局，1999：4794。

〔註36〕〔唐〕白居易，諭懷，見〔清〕彭定求等編，全唐詩（卷四三三）〔M〕，北京：中華書局，1999：4796。

〔註37〕〔唐〕白居易，白髮，見〔清〕彭定求等編，全唐詩（卷四六一）〔M〕，北京：中華書局，1999：5279。

　　白頭搔更短，渾欲不勝簪。〔註38〕（杜甫《春望》）

　　會將白髮倚庭樹，故園池臺今是非。〔註39〕（杜甫《秋風二首其二》）

　　少小離鄉老大回，鄉音難改鬢毛衰。兒童相見不相識，笑問客從何處來。〔註40〕（賀知章《回鄉偶書》）

　　這幾首詩所用的意象都是傳統的，然而卻較傳統更爲生動，意蘊豐厚。在杜甫的《春望》中，詩人用髮簪無法收住頭髮，在白髮所蘊含的衰老意味內又暗示了其髮量之少，一位蒼老的儒者，面對國家衰敗痛心疾首卻無計可施的形象便躍然紙上。在第二首詩中，一位青春已逝的老者靠在樹上，凝望著因時光人事而悄然變化的故園池臺，追憶著曾經美好的一切。詩人沒有說用身體「倚庭樹」，而是用「白髮倚庭樹」這樣的搭配，突出了「白髮」這一意象，表現出一種蕭颯的氛圍、一種物是人非的蒼涼。在賀知章的《回鄉偶書》中，詩人從少年變爲兩鬢斑白的老人，而鄉音卻還是依舊。在這裡，「鬢毛衰」代表著詩人經歷了人世歷練的辛酸，以及暮年回鄉的悲涼。鄉音未改，而人已衰老，在變和不變的對比中，詩人少小離家到老年返鄉的人生體驗，在看似溫情的基調中透露出一股凝重的悲涼之感。在這些詩歌中，私人化意象的盛衰對比不是突兀的，而是貫穿著豐富的、且與之相配的情感意脈。

（二）歷史盛衰詩作中的私人敘事

　　中晚唐時期，唐人在表現歷史盛衰的詩作中也開始大量運用私人視角。首先，私人視角的運用會讓詩人以個人親身經歷爲切入點，展現平凡人物在歷史盛衰下起伏跌宕的人生。在安史之亂過後，親身經歷了國家盛衰、歷史變遷的詩人，在詩歌創作中，從個人體驗出發，

〔註38〕〔唐〕杜甫，春望，見〔清〕彭定求等編，全唐詩（卷二二四）〔M〕，北京：中華書局，1999：2408。

〔註39〕〔唐〕杜甫，秋風二首其二，見〔清〕彭定求等編，全唐詩（卷二二二）〔M〕，北京：中華書局，1999：2468。

〔註40〕〔唐〕賀知章，回鄉偶書二首其一，見〔清〕彭定求等編，全唐詩（卷一一二）〔M〕，北京：中華書局，1999：1148。

去書寫那一段動盪的歷史。家國興亡不再是故紙堆中的遙遠文字,而是詩人們親歷的一場浩劫,其中杜甫是運用私人視角書寫歷史興亡的代表性詩人。試看他的《哀江頭》:

> 少陵野老吞聲哭,春日潛行曲江曲。江頭宮殿鎖千門,細柳新蒲爲誰綠?憶昔霓旌下南苑,苑中萬物生顏色。昭陽殿里第一人,同輦隨君侍君側。輦前才人帶弓箭,白馬嚼囓黃金勒。翻身向天仰射雲,一笑正墜雙飛翼。明眸皓齒今何在?血污遊魂歸不得。清渭東流劍閣深,去住彼此無消息。人生有情淚沾臆,江水江花豈終極。黃昏胡騎塵滿城,欲往城南忘南北。〔註41〕

這首詩以作者的一次遊歷爲基點,開篇便敘寫了詩人哀痛的心情以及寂寥的春日之景,緊接著詩人在目光所及的景象中,追憶了盛極一時的楊貴妃,以及楊妃在安史之亂後隨唐明皇倉皇出逃,最後客死異地的史實「明眸皓齒今何在,血污遊魂歸不得」,最後詩歌在現實的哀愁中做結,「人生有情淚沾臆,江水江花豈終極。黃昏胡騎塵滿城,欲往城南忘南北。」在這首詩中,以往描繪歷史變化時那種深沉睿智的筆調變成了深重的創痛感。詩人爲之吞聲而哭的,不是歷史書本上的某個國家,某個王朝,而是自己曾經引以爲傲的大唐帝國。詩歌沒有嚴肅的批判,深刻的考問,只是敘寫了詩人自己在春意盎然卻宮門緊鎖的曲江面前,恍若隔世般地追憶起曾經住在這個宮殿裏的楊妃,以及她那充滿戲劇和悲劇性的一生。

除了以個人經驗爲依託,展開全景式的歷史回顧,杜甫還善於把握個人生活中的典型場景,描述一些因國家動亂而零落的有才之人,通過他們個人命運的起伏來暗示一段歷史的興衰:

> 岐王宅裏尋常見,崔九堂前幾度聞。正是江南好風景,落花時節又逢君。〔註42〕(杜甫《江南逢李龜年》)

〔註41〕 〔唐〕杜甫,哀江頭,見〔清〕彭定求等編,全唐詩(卷二一六)〔M〕,北京:中華書局,1999:2269。

〔註42〕 〔唐〕杜甫,江南逢李龜年,見〔清〕彭定求等編,全唐詩(卷二三二)〔M〕,北京:中華書局,1999:2259。

　　詩人和李龜年以往的相遇，是在金碧輝煌的王府，而今的重逢卻是在蕭瑟寂寞的落花時節，對兩個相遇場景的點染體現出歷史的變換與個人的沉浮。

　　再看他的《觀公孫大娘弟子舞劍器行》：

　　　　昔有佳人公孫氏，一舞劍器動四方。觀者如山色沮喪，天地爲之久低昂。耀如羿射九日落，矯如群帝驂龍翔。來如雷霆收震怒，罷如江海凝清光。絳唇珠袖兩寂寞，晚有弟子傳芬芳。臨潁美人在白帝，妙舞此曲神揚揚。與余問答既有以，感時撫事增惋傷。先帝侍女八千人，公孫劍器初第一。五十年間似反掌，風塵傾動昏王室。梨園弟子散如煙，女樂餘姿映寒日。金粟堆南木已拱，瞿塘石城草蕭瑟。玳筵急管曲復終，樂極哀來月東出。老夫不知其所往，足繭荒山轉愁疾。〔註43〕

　　詩人先是用華麗且具表現力的筆墨描繪了公孫大娘弟子驚天動地的劍藝，緊接著追憶起當年唐玄宗帶領的梨園弟子中，公孫大娘超群的劍藝。然而筆鋒一轉「五十年間似反掌，風塵傾動昏王室。梨園子弟散如煙，女樂餘姿映寒日」，美好的藝術卻帶給了詩人對歷史由盛而衰的感歎，物是人非的蹉跎感。此外《韋諷錄事宅觀曹將軍畫馬圖》〔註44〕也是以個人命運來觀照歷史的詩作，詩人將昔日將軍畫馬的繁華場面和如今的淒涼光景進行對比，曾經「將軍得名三十載，人間又見眞乘黃。曾貌先帝照夜白，龍池十日飛霹靂。內府殷紅瑪瑙盤，婕妤傳詔才人索。盤賜將軍拜舞歸，輕紈細綺相追飛。貴戚權門得筆跡，始覺屏障生光輝」，而如今卻是「自從獻寶朝河宗，無復射蛟江水中。君不見金粟堆前松柏裏，龍媒去盡鳥呼風」。詩人在異地他鄉偶遇了盛唐時期煊赫一時的將軍畫家，那時唐玄宗和肅宗都已去世。通過將軍所畫之馬威武雄壯的風姿以及他曾經得到的恩寵，追憶了先

〔註43〕〔唐〕杜甫，觀公孫大娘弟子舞劍器行，見〔清〕彭定求等編，全唐詩（卷二二二）〔M〕，北京：中華書局，1999：2361。

〔註44〕〔唐〕杜甫，韋諷錄事宅觀曹將軍畫馬圖，見〔清〕彭定求等編，全唐詩（卷二二零）〔M〕，北京：中華書局，1999：2325。

朝的繁華，令人不禁產生今非昔比、世事滄桑變換的悲哀。本詩通篇寫盡，實際是在寫人，寫一段零落的歷史。浦起龍在《讀杜心解》中說：「身歷興衰，感時撫事，惟其胸中有淚，是以言中有物。」

　　以上幾首詩作，都是以個人命運的沉浮來反映唐王朝的興衰。詩歌沒有壯闊的筆力和溝通天人的氣魄，只是敘寫了幾個與詩人相識、見證了國家盛衰的小人物。這樣的敘寫技巧讓表現歷史盛衰主題的詩歌從傳統崇高凝重的氛圍中抽離了出來，讓歷史不再是遙不可及的過去，而是發生在個人身上的現實，並且詩歌都是在一些日常生活中的場景展開，充滿了人性的觀照和真實的情感氛圍。在落花中相逢的李龜年，在異地它鄉偶遇的公孫大娘之徒和將軍畫家，他們沒有在沙場浴血奮戰，也沒有運籌帷幄為皇帝出謀劃策，與詩人的相逢也沒有驚天動地的火花，只是劫後餘生的人們一起追憶美好的往昔，對物是人非感慨唏噓。他們都沒有直接參與政治，不會對歷史變遷起到什麼決定性的作用，只是用自己洋溢的才華見證了國家的興盛，自身命運的零落，從而印證了國家的衰敗，杜甫自身也是這類零落之士中的一位。杜甫素有「詩史」之稱，他的《北征》、《悲陳陶》、《悲青阪》以冷靜而深沉的筆調記錄了安史之亂時大大小小的戰爭。之所以被稱為「詩史」，那是因為和正統的史官相比，他將個人經驗和一些私人化的生活場景帶入對歷史的描繪，比如《兵車行》、「三吏三別」等都是通過自己的經歷或一個個小人物的事蹟反映出歷史變遷下那段兵荒馬亂的歲月，而非以抽象宏大的筆觸對那段歷史進行波瀾壯闊地描寫。上一章所分析的幾首詩，也是以文人、畫家、音樂家這樣的平凡人物為敘寫對象，即使描寫歷史人物楊貴妃和唐明皇，也是關注他們和尋常人一樣在歷史中沉浮的命運，詩人始終以私人視角去把握歷史，將個性化的人生體驗和宏大的歷史相結合，從而更具人性的深度。

　　其次，以私人視角反映歷史盛衰的詩歌沒有過多的批判和反思，只是抒發著一種美好不再，物是人非的滄桑感。傳統反映國家歷史興衰的作品，往往喜愛站在道德審判的高度對歷史興亡做出一定的評

價。如「商女不知亡國恨，隔江猶唱後庭花」〔註45〕，「東風不與周郎便，銅雀春深鎖二喬」〔註46〕，「此日六軍同駐馬，當時七夕笑牽牛。如何四紀爲天子，不及盧家有莫愁」〔註47〕等都是對歷史做出了理性的批判和反思。然而從私人視角切入的詩作，在表現歷史盛衰時更多的是充滿人性的觀照，試看韋應物的《溫泉行》：

> 出身天寶今年幾，頑鈍如錘命如紙。作官不了卻來歸，還是杜陵一男子。北風慘慘投溫泉，忽憶先皇遊幸年。身騎廄馬引天仗，直入華清列御前。玉林瑤雪滿寒山，上升玄閣遊絳煙。平明羽衛朝萬國，車馬合沓溢四鄽。蒙恩每浴華池水，扈獵不蹂渭北田。朝廷無事共歡燕，美人絲管從九天。一朝鑄鼎降龍馭，小臣髯絕不得去。今來蕭瑟萬井空，唯見蒼山起煙霧。可憐蹭蹬失風波，仰天大叫無奈何。弊裘羸馬凍欲死，賴遇主人杯酒多。〔註48〕

韋應物是京兆長安人，出身於名門望族，他的曾祖韋待當過武則天的宰相，祖父韋令儀也做過正少卿和梁州都督。韋應物本人也是少年得志，在十五歲時進入宮廷，成爲了唐玄宗的近侍三衛郎。他在詩中曾描述過那段年少輕狂的歲月，試看《逢楊開府》：「少事武皇帝，無賴恃恩私。身作里中橫，家藏亡命兒。朝持樗蒲局，暮竊東鄰姬。司隸不敢捕，立在白玉墀。」〔註49〕天寶十四年，安史之亂爆發後，韋應物流落扶風、武功，而後奮發讀書、痛改前非，但因剛直和廉潔的性格一直仕途不順。這首《溫泉行》是以私人行跡反映時代盛衰的

〔註45〕〔唐〕杜牧，泊秦淮，見〔清〕彭定求等編，全唐詩（卷五二三）〔M〕，北京：中華書局，1999：6026。

〔註46〕〔唐〕杜牧，赤壁，見〔清〕彭定求等編，全唐詩（卷五二三）〔M〕，北京：中華書局，1999：6026。

〔註47〕〔唐〕李商隱，馬嵬二首其二，見〔清〕彭定求等編，全唐詩（卷五三九）〔M〕，北京：中華書局，1999：6228。

〔註48〕〔唐〕韋應物，溫泉行，見〔清〕彭定求等編，全唐詩（卷一九四）〔M〕，北京：中華書局，1999：2005。

〔註49〕〔唐〕韋應物，逢楊開府，見〔清〕彭定求等編，全唐詩（卷一九零）〔M〕，北京：中華書局，1999：1961。

作品，往日的華清池是「朝廷無事共歡燕，美人絲管從九天」，而如今卻是「今來蕭瑟萬井空，唯見蒼山起煙霧」，詩人曾經是「身騎殿馬引天仗，直入華清列御前」，而如今只能歎息道「可憐蹭蹬失風波，仰天大叫無奈何。弊裘羸馬凍欲死，賴遇主人杯酒多」。韋應物少年時就待在皇帝身邊，親身經歷過一段繁華美好的時代，安史之亂以後，詩人的內心充滿了一種幻滅感，他在詩歌中懷念和追憶曾經逝去的黃金時代，但所有如夢的追憶總是被冰冷的現實所打碎。試看他的《酬鄭戶曹驪山感懷》：

> 蒼山何鬱盤，飛閣凌上清。先帝昔好道，下元朝百靈。白雲已蕭條，麋鹿但縱橫。泉水今尚暖，舊林亦青青。我念綺襦歲，扈從當太平。小臣職前驅，馳道出灞亭。翻翻日月旗，殷殷鼙鼓聲。萬馬自騰驤，八駿按轡行。日出煙嶠綠，氛氳麗層甍。登臨起遐想，沐浴歡聖情。朝燕詠無事，時豐賀國禎。日和絃管音，下使萬室聽。海內湊朝貢，賢愚共歡榮。合沓車馬喧，西聞長安城。事往世如寄，感深跡所經。申章報蘭藻，一望雙涕零。〔註50〕

這首詩回憶了唐玄宗當年前往驪山的盛況，詩人對曾經輝煌的情景極盡溢美之詞，然而好景不長，詩人筆鋒一轉，描寫了現實中自身在時代衰落下的飄零無依靠。他的《白沙亭逢吳叟歌》描寫了他與玄宗時期的一位同僚相遇，他們曾經都是侍奉皇帝的近臣，而如今卻成為了鄉野村夫，詩人與故人撫今追昔，生發出「盛時忽去良可恨」〔註51〕的感歎。這些詩作沒有說理、沒有批判，大多採用盛衰對比的方式，在詩歌中交織著對往日太平盛世的眷戀和對衰敗現實的無奈，情調感傷、如夢如幻，在歷史命運的盛衰中，感慨個人生活的起伏與無奈，正像他在《與村老對飲》慨歎的那樣：「鬢眉雪色猶嗜酒，言辭

〔註50〕　〔唐〕韋應物，酬鄭戶曹驪山感懷，見〔清〕彭定求等編，全唐詩（卷一九零）〔M〕，北京：中華書局，1999：1949。

〔註51〕　〔唐〕韋應物，白沙亭逢吳叟歌，見〔清〕彭定求等編，全唐詩（卷一九五）〔M〕，北京：中華書局，1999：2008。

淳樸古人風。鄉村年少生離亂，見話先朝如夢中。」〔註52〕

（三）邊塞理想盛衰詩作中的私人敘事

　　唐代表現邊塞理想盛衰的詩作，突破了傳統邊塞詩中慣有的宏大、高昂、樂觀、奉獻的情感基調，而是充滿著深刻的人文關懷，詩人們開始擺脫國家政治的鉗制，反思個人價值的何去何從。

　　忠君愛國是一種占統治地位的主流價值觀，傳統士人都將自身價值和忠君愛國的價值觀相聯繫，然而隨著詩人們深入邊塞，親身體驗了死亡的可怕、戰爭的殘忍以及國家制度的不公後，他們認識到的邊塞不再是幻想中充滿青春理想的浪漫之地，而是存在著不計其數的現實問題。於是一批詩人開始擺脫國家傳統的價值觀，開始對戰爭、和親、軍隊的獎懲制度等問題進行質疑與反思，這些反思都是站在個人的角度考量國家的舉措和戰爭的本質。從唐代大的時代來看，在國勢強盛的初盛唐時期，既有抵禦外敵入侵的正義性戰爭，也有侵略少數民族的一些非正義性的舉動。盛唐時的邊塞戰爭多是以自我保護為出發點，所以這一時期的涉及邊塞題材的詩歌一直洋溢著高昂的意氣，詩歌內容多是戍邊衛國、建功立業、渲染軍勢軍威之作。開元前期，朝廷對邊疆地區的民族基本採取了扶綏策略，有犯則戰，無犯則已。然而自開元中期起，玄宗陶醉於已取得的成就和王朝表面的繁榮昌盛，於是發起了各種窮兵黷武的拓邊政策，逐漸形成「吞四夷之志」的對外方針。天寶之後，安祿山、高仙芝為求邊功邀賞，挑釁少數民族，與少數民族摩擦不斷，唐玄宗急於消除隱患而採取過激措施，民族矛盾被激化。同時府兵制漸壞，長期戍邊代替可輪換的府兵，民間不堪重負，許多詩人開始質疑戰爭的價值。安史之亂以後，吐蕃等少數民族勢力侵入唐朝邊塞，許多邊塞將領擁兵自重，邊患十分嚴峻。對唐代詩人來說，邊塞不再是浪漫雄奇的理想之地，而是逐漸成為了國家的憂患。詩人們不僅對邊塞功名產生質疑甚至否定，現實的殘酷

〔註52〕〔唐〕韋應物，與村老對飲，見〔清〕彭定求等編，全唐詩（卷一
　　　　八六）〔M〕，北京：中華書局，1999：1907。

讓許多詩人對邊塞生活、對戰爭、國家的傳統認識都發生了崩塌。於是隨著府兵制的衰落以及唐王朝國力的衰退，許多詩人都對邊塞戰爭所帶來的各種弊病進行反思，他們不再一味地將邊塞戰爭和個人的富貴功名相聯繫，而是開始冷靜下來，將目光轉向個人生命的衰亡和個人價值的失落。

並且在安史之亂後，很多文人都從狂熱浪漫的盛唐氛圍中冷靜了下來，產生了濃厚的人文意識，比如白居易在《策林十四》中，就強調了個人對家國政治的影響，充滿著強烈的人文關懷：

> 臣觀前代，邦之興，由得人也，邦之亡，由失人也。得其人，失其人，非一朝一夕之故也，其所由來者漸矣。天地不能頓為寒暑，必漸於春秋，人君不能頓為興亡，必漸於善惡。善不積，不能勃焉而興，惡不積，不能忽焉而亡，善與惡，始繫於君也，興與亡，終繫於人也。何則，君苟有善人必知之，知之又知之，其心歸之，歸之又歸之，則載舟之水，由是作焉，故曰：至高而危者，君也，至愚而不可欺者，人也。聖王知其然，故則天上不息之道以修己法，地下不動之德以安人。修己者，慎於中也，慄然如履春冰，安人者，敬其下也，凜乎若取朽索。猶懼其未也，加以樂人之樂，人亦樂其樂，憂人之憂，人亦憂其憂，憂樂同於人，敬慎著於己，如是而不興者，反是而不亡者，自生人以來，未之有也。〔註53〕

這段話表面看來是儒家「民本」思想的老生常談，實則凸顯了以白居易為代表的中唐詩人對個人的關注，他希望君主可以關注個人的喜怒哀樂，從最根本的人情出發去鞏固政治，而非讓人情屈從於國家。這樣的主張體現了安史之亂後文人們思考問題從國家政治等宏大視角向以個人為基點的私人視角的轉變。在這樣的時代背景和思想轉變之下，涉及邊塞內容的詩歌轉向了對個人情感體驗的關注，從而書寫了許多表現生命衰亡和個人價值的失落的血淚之作，詩人對傳統的

〔註53〕〔唐〕白居易，策林，見〔清〕董誥編，全唐文（卷六七零），北京：中華書局，1982：6825～6826。

主流價值觀和統治話語產生了反思，開始從個人意識出發，用最人性化的情感思考和書寫詩歌。杜甫、張籍、元稹、戴叔倫等人在詩歌創作中，將邊塞題材和個人命運的流轉相聯繫，從普通人不易洞察的內心深處，描摹著他們的理想變化和情感歷程。這些詩作雖然依舊是邊塞題材，卻表現了更為深厚的人性內涵。

　　首先，和傳統邊塞詩相比，詩人的理想從一味的高昂豪邁轉化為由盛而衰的情感流變。自邊塞詩作產生之日起，悲壯豪邁一直是其主流的感情基調，即使在安史之亂後，這一類表現勇者無畏、強烈追求邊塞功名的詩歌也從未消歇：

　　　　亞相勤王甘苦辛，誓將報主靜邊塵。古來青史誰不見，
　　今見功名勝古人。〔註54〕（岑參《輪臺歌奉送封大夫出師
　　西征》）

　　　　醉臥沙場君莫笑，古來征戰幾人回。〔註55〕（王翰《涼
　　州詞》）

　　　　城頭畫角三四聲，匣裏寶劍晝夜鳴。意氣能甘萬里去，
　　辛勤判作一年行。〔註56〕（高適《送渾將軍出塞》）

　　以宏大敘事的角度來看，這些詩句所流露出的是唐人樂觀向上、積極追求理想的高昂意氣。但事實上這種為君誓死立功，對功名與戰爭的狂熱情緒恰恰是當時社會主流價值觀和宏大話語所提倡的，人們對邊塞戰爭的真實看法，個人邊塞理想的真實狀況，我們無法得知，它們處在被主流話語壓抑的狀態。然而隨著時代的變遷，以及對邊塞生活的深入瞭解，親身經歷了殘酷戰爭的詩人們那種初入邊塞時的樂觀情緒慢慢轉向黯淡，高昂的理想追求也逐漸消歇：

　　　　白草黃雲塞上秋，曾隨驃騎出并州。轆轤劍折虯鬚白，

〔註54〕〔唐〕岑參，輪臺歌奉送封大夫出師西征，見〔清〕彭定求等編，
　　　　全唐詩（卷一九九）〔M〕，北京：中華書局，1999：2057。
〔註55〕〔唐〕王翰，涼州詞二首其一，見〔清〕彭定求等編，全唐詩（卷
　　　　一五六）〔M〕，北京：中華書局，1999：1609。
〔註56〕〔唐〕高適，送渾將軍出塞，見〔清〕彭定求等編，全唐詩（卷二
　　　　一三）〔M〕，北京：中華書局，1999：2219。

　　轉戰功多獨不侯。〔註57〕（權德輿《贈老將》）

　　慣習干戈事鞍馬，初從少小在邊城。身微久屬千夫長，家遠多親五郡兵。懶說疆場曾大獲，且悲年鬢老長征。寒鴻過盡殘陽裏，樓上淒淒暮角聲。〔註58〕（耿湋《塞上曲》）

　　少小邊州慣放狂，驊騎蕃馬射黃羊。如今年事無筋力，猶倚營門數雁行。〔註59〕（令狐楚《少年行》）

　　從來幽并客，皆共塵沙老。莫學遊俠兒，矜誇紫騮好。〔註60〕（王昌齡《塞下曲》）

　　這些詩歌不約而同地體現出一種衰老的精神狀態，主人公不再是驍勇善戰的少年郎，而是鬢白無力的老將。他們在悲涼的景色下，追憶著曾經的天真狂放，慨歎著如今的衰朽淒涼，呈現出了讓人無奈的焦灼和感傷情調。正如任文京在《唐代邊塞詩的文化闡釋》中所說的：「貞元、元和時期的詩人已經不像初盛唐時期的詩人那樣豪情滿懷地走向邊塞，渴求立功封侯。這時雖然也有詩人如王建等有出塞經歷，但他們在詩中展示的往往是對時代和邊塞現狀的思索，盛世之時的那種自豪心態已經消失，代之而起的是渴望救邊的焦灼心情。」〔註61〕生命有青春，便會有衰老，人的精神有積極向上的一面，必然也有頹唐悲劇，在時代的動亂後，唐人對戰爭和個人的邊塞理想都有了更深沉的認識，儘管這些認識帶有悲觀色彩，展現了人性的弱點，但它們都是被宏大敘事所淹沒的人性真實。正是有了這份真實，表現邊塞理想盛衰的詩歌才更具人性的深度，突破了傳統的桎梏。試看高適的《燕歌行》：

〔註57〕〔唐〕權德輿，贈老將，見〔清〕彭定求等編，全唐詩（卷三二二）北京：中華書局，1999：3632。

〔註58〕〔唐〕耿湋，塞上曲，見〔清〕彭定求等編，全唐詩（卷二六九）〔M〕，北京：中華書局，1999：2990。

〔註59〕〔唐〕令狐楚，少年行四首其一，見〔清〕彭定求等編，全唐詩（卷二四）〔M〕，北京：中華書局，1999：325。

〔註60〕〔唐〕王昌齡，塞下曲四首其一，見〔清〕彭定求等編，全唐詩（卷一四零）〔M〕，北京：中華書局，1999：1420。

〔註61〕任文京，唐代邊塞詩的文化闡釋〔M〕，北京：人民文學出版社，2005：158。

漢家煙塵在東北，漢將辭家破殘賊。男兒本自重橫行，天子非常賜顏色。摐金伐鼓下榆關，旌旆逶迤碣石間。校尉羽書飛瀚海，單于獵火照狼山。山川蕭條極邊土，胡騎憑陵雜風雨。戰士軍前半死生，美人帳下猶歌舞。大漠窮秋塞草腓，孤城落日斗兵稀。身當恩遇恒輕敵，力盡關山未解圍。鐵衣遠戍辛勤久，玉箸應啼別離後。少婦城南欲斷腸，征人薊北空回首。邊庭飄颻那可度，絕域蒼茫更何有。殺氣三時作陣雲，寒聲一夜傳刁斗。相看白刃血紛紛，死節從來豈顧勳。君不見沙場征戰苦，至今猶憶李將軍。〔註62〕

在這首詩中，詩人的感情是矛盾而起伏的，詩歌的開篇表現了男兒出入戰場的雄姿英發，對皇上的赤膽忠心：「漢家煙塵在東北，漢將辭家破殘賊。男兒本自重橫行，天子非常賜顏色。」在經歷了嚴酷的邊塞生活與一次次激烈的戰鬥之後，詩人發現了一個驚心的事實，那便是「戰士軍前半死生，美人帳下猶歌舞」，這一句是詩人對戰爭本質最直接，也是最深刻的認知：在不公平的賞罰制度下，戰爭就是以犧牲平民為代價、為統治者換取利益的工具。於是，在看到了政治的狡詐和戰爭的殘忍本質後，詩歌一開始高昂奮進的情調不見了，取而代之的是被壓制已久的、人性最真實情感的傾瀉，「身當恩遇恒輕敵，力盡關山未解圍。鐵衣遠戍辛勤久，玉箸應啼別離後。少婦城南欲斷腸，征人薊北空回首」。戰鬥不是永遠無畏英勇的，而是對精神和肉體曠日持久的消磨，思婦牽腸掛肚著戍邊的丈夫，征人也回首望鄉，親情、愛情等一系列人性中最本能的情感在此刻噴薄而出。「相看白刃雪紛紛，死節從來不顧勳。君不見沙場征戰苦，至今猶憶李將軍。」儘管對政治失望、對戰爭有了清醒的認識，曾經天真的理想已不復存在，但詩人依然將生死置之度外，這時他所流露出的勇敢已不是源於對功名的狂熱，不是個人的勝利，而是希望能夠有李廣那樣的

〔註62〕〔唐〕高適，燕歌行，見〔清〕彭定求等編，全唐詩（卷二一三）〔M〕，北京：中華書局，1999：2217。

英雄出現，來拯救蒼生，結束戰亂。這是一種對國家強大的希冀，對戰爭早日結束的盼望。

其次，私人敘事的運用使得詩人在邊塞理想的盛衰變化間融入了對生死的深刻思考，表現了詩人對個體生命的關注：

> 人生在世能幾時，壯年征戰髮如絲。〔註63〕（張說《巡邊在河北作》）

> 烽煙猶未盡，年鬢暗相催。輕敵心空在，彎弓手不開。〔註64〕（竇鞏《老將行》）

> 自言老翁有三子，兩人已向黃沙死。如今小兒新長成，明年聞道又徵兵。定知此別必零落，不及相隨同死生。〔註65〕（張謂《代北州老翁答》）

邊塞戰爭下的個體生命，所面臨的不僅僅是衰老的悲劇，最殘酷的真相便是生命的零落死亡。前兩首詩表現了邊塞生活對青春和理想的消磨，第三首講述了戰爭對生命的摧殘，老翁的兩個兒子已經戰死沙場，僅剩的小兒明年又要被徵用，最後老翁的一句「定知此別必零落，不及相隨同死生」在看似平靜的語氣下蘊含著無奈與悲憤。再看王昌齡的組詩《塞下曲》〔註66〕：

> 蟬鳴空桑林，八月蕭關道。出塞復入塞，處處黃蘆草。
> 從來幽并客，皆共塵沙老。莫學遊俠兒，矜誇紫騮好。

> 飲馬渡秋水，水寒風似刀。平沙日未沒，黯黯見臨洮。
> 昔日長城戰，咸言意氣高。黃塵足今古，白骨亂蓬蒿。

> 奉詔甘泉宮，總徵天下兵。朝廷備禮出，郡國豫郊迎。
> 紛紛幾萬人，去者無全生。臣願節宮廄，分以賜邊城。

〔註63〕　〔唐〕張說，巡邊在河北作，見〔清〕彭定求等編，全唐詩（卷八六）〔M〕，北京：中華書局，1999：936。

〔註64〕　〔唐〕竇鞏，老將行，見〔清〕彭定求等編，全唐詩（卷二七一）〔M〕，北京：中華書局，1999：3040。

〔註65〕　〔唐〕張謂，代北州老翁答，見〔清〕彭定求等編，全唐詩（卷一九七）〔M〕，北京：中華書局，1999：2021。

〔註66〕　〔唐〕王昌齡，塞下曲四首，見〔清〕彭定求等編，全唐詩（卷一四〇）〔M〕，北京：中華書局，1999：1420。

邊頭何慘慘，已葬霍將軍。部曲皆相弔，燕南代北聞。

功勳多被黜，兵馬亦尋分。更遣黃龍戍，唯當哭塞雲。

這組詩的情感層層遞進，從理想的失落到生命的衰亡，再從個人生命的衰亡延伸到賞罰不均下邊塞士人整體的人生悲劇，事物的盛衰變化從外在理想功名，到肉體的生死存亡，最後在制度本身的弊端下混合成了唐代入邊文人的人生悲劇。楊義指出：「組詩的特點是積單成組，具有拆分和組合的靈活性。分則各篇成為獨立的自足體，可以按原有詩體的規範，駕輕就熟地運轉捷思，拈出妙句，錘鍊精品。合則可以匠心獨具地牽聯多篇，排列順序，巧設布局，聯手合力，形成浩浩蕩蕩的氣勢和林林總總的景觀。因此它可以避免單首詩篇可能出現的單薄，又可以避免排律可能出現的排比聲韻的笨重，形成內不失靈便，外可以吸納眾長的詩學結構體制。這就是組詩的綜合效應，是這種雙重效應的交互作用。」〔註67〕王昌齡的這首組詩每首獨立成篇，單獨品味，展現了詩人對邊塞生活所帶給個人影響的多角度考慮。四首詩連起來看，則敘述了一位邊塞士人起伏跌宕的一生，從「矜誇紫騮好」、「咸言意氣高」年少輕狂的鐵馬金戈，到「黃塵足今古，白骨亂蓬蒿」、『紛紛幾萬人，去者無全生』對生命零落的深刻認知和蒼涼體驗，這其中衰落的不僅僅是一個少年曾經的夢想，而是在無數平民死亡映照下唐王朝的隕落。從昔日將生死置之度外的豪情，到如今對生命消逝和個人價值失落的哀痛，詩人的關注點從外在政治功名回歸到了個人的生命與內心。在對戰爭本質越來越清醒的認識下，理想失落之後伴隨的是對敵我關係的重新反思。試看一首李頎的《古從軍行》：

白日登山望烽火，黃昏飲馬傍交河。行人刁斗風沙暗，公主琵琶幽怨多。野雲萬里無城郭，雨雪紛紛連大漠。胡雁哀鳴夜夜飛，胡兒眼淚雙雙落。聞道玉門猶被遮，應將性命逐輕車。年年戰骨埋荒外，空見蒲桃入漢家。〔註68〕

〔註67〕楊義，李杜詩學〔M〕，北京：北京出版社，2001：736～737。

〔註68〕〔唐〕李頎，古從軍行，見〔清〕彭定求等編，全唐詩（卷一三三）〔M〕，北京：中華書局，1999：1348。

　　這首詩創作於天寶（742～756）初年。據《資治通鑑・天寶元年》記載：「是時，天下聲教所被之州三百三十一，羈縻之州八百，置十節度、經略使以備邊。……凡鎮兵四十九萬人，馬八萬餘匹。開元之前，每歲供邊兵衣糧，費不過二百萬；天寶之後，邊將奏益兵浸多，每歲用衣千二十萬匹，糧百九十萬斛，公私勞費，民始困苦矣。」〔註69〕可見，當時戰爭已對經濟民生造成了很大的壓力，士人對戰爭的態度已和初唐有別。首先詩中的邊塞景觀不再是「大漠孤煙直，長河落日圓」〔註70〕的壯美，而是「野雲萬里無城郭，雨雪紛紛連大漠」的荒涼。對敵人的態度也不再是殺戮的快感，而是用一種博大的人性關懷取代了以往尖銳的對立。在哀鳴的胡雁下，是胡人哀傷的眼淚，詩中的少數民族不再兇殘野蠻的，而是同樣飽受戰爭的摧殘人類。最後在生命的凋零裏，是詩人失落的政治理想和人生價值，年年奮勇殺敵而失去青春與性命的人們，換來的只是統治階級裝點生活的奢侈。在冷峻的筆調裏，以往詩作中窮奇壯美的大漠風光變得荒涼蕭瑟，暗示了詩人邊塞理想的失落，此外，詩人以人性的目光思考敵我關係，擺脫了政治的束縛，傳達出對生命同等的尊重。這些描寫都脫離了傳統宏大敘事的框架，是私人視角下對個人生命與理想的反思，從而體現了無與倫比的人性高度。

　　第三，除了對個人理想盛衰和生命衰亡的關注，私人視角的運用使詩人們善於選取邊塞生活中的小人物為切入點，利用他們起伏的人生經歷來展現動盪歷史下唐朝邊塞的變化，表現了詩人們邊塞理想的失落、對國家命運的擔憂以及對普通平民生活的深刻關懷。試看白居易的《西涼伎》：

> 西涼伎，假面胡人假獅子。刻木為頭絲作尾，金鍍眼
> 睛銀貼齒。奮迅毛衣擺雙耳，如從流沙來萬里。紫髯深目
> 兩胡兒，鼓舞跳梁前致辭。應似涼州未陷日，安西都護進

〔註69〕〔宋〕司馬光，資治通鑑（卷二）〔M〕，嶽麓書社，2009：381。
〔註70〕〔唐〕王維，使至塞上，見〔清〕彭定求等編，全唐詩（卷一二六）〔M〕，北京：中華書局，1999：1279。

來時。須臾云得新消息，安西路絕歸不得。泣向獅子涕雙垂，涼州陷沒知不知。獅子回頭向西望，哀吼一聲觀者悲。貞元邊將愛此曲，醉坐笑看看不足。享賓犒士宴三軍，獅子胡兒長在目。有一征夫年七十，見弄涼州低面泣。泣罷斂手白將軍，主憂臣辱昔所聞。自從天寶兵戈起，犬戎日夜吞西鄙。涼州陷來四十年，河隴侵將七千里。平時安西萬里疆，今日邊防在鳳翔。緣邊空屯十萬卒，飽食溫衣閑過日。遺民腸斷在涼州，將卒相看無意收。天子每思長痛惜，將軍欲說合慚羞。奈何仍看西涼伎，取笑資歡無所愧。縱無智力未能收，忍取西涼弄為戲。〔註71〕

元稹也有一首同題詩《西涼伎》：

吾聞昔日西涼州，人煙撲地桑柘稠。葡萄酒熟恣行樂，紅豔青旗朱粉樓。樓下當壚稱卓女，樓頭伴客名莫愁。鄉人不識離別苦，更卒多為沉滯遊。哥舒開府設高宴，八珍九醞當前頭。前頭百戲競撩亂，丸劍跳躑霜雪浮。獅子搖光毛彩豎，胡騰醉舞筋骨柔。大宛來獻赤汗馬，贊普亦奉翠茸裘。一朝燕賊亂中國，河湟沒盡空遺丘。開遠門前萬里堠，今來蹙到行原州。去京五百而近何其逼，天子縣內半沒為荒陬，西涼之道爾阻修。連城邊將但高會，每聽此曲能不羞。〔註72〕

陳寅恪先生分析這兩首詩的歷史背景時說道：「自安史亂後，吐蕃盜據河湟以來，迄於憲宗元和之世，長安君臣雖有收復失地之計圖，而邊鎮將領終無經略舊疆之志意。」〔註73〕陳寅恪先生在論述元稹的詩作時說道：「微之少居西北邊鎮之鳳翔，駘親見或聞知邊將之宴樂嬉遊，而坐視河湟之長期淪沒。故追憶感慨，賦成此篇。」〔註74〕

〔註71〕〔唐〕白居易，西涼伎，見〔清〕彭定求等編，全唐詩（卷四二七）〔M〕，北京：中華書局，1999：4712。

〔註72〕〔唐〕元稹，西涼伎，見〔清〕彭定求等編，全唐詩（卷四一九）〔M〕，北京：中華書局，1999：4628。

〔註73〕陳寅恪，元白詩箋證稿〔M〕，上海：上海古籍出版社，1978：226。

〔註74〕陳寅恪，元白詩箋證稿〔M〕，上海：上海古籍出版社，1978：226。

西涼伎是來自西域的舞獅藝人，唐王朝在安史之亂後元氣大傷，吐蕃勢力的介入更是讓河隴之地長期被異族霸佔，於是很多來自西域的胡人無法回到自己的家鄉，流落在唐王朝的邊鎮地區，每日靠雜耍舞獅子維持生計。

　　白居易的詩作通過描寫一位靠賣藝為生的小人物，反映了唐代邊鎮在安史之亂後的滄桑巨變，舞獅胡人無法歸鄉的痛苦和邊塞將領無所事事的整日娛樂構成了鮮明的對比。詩人沒有直接指責邊塞將領的失職，以及對國家領土問題的深切關注，而是以一位底層胡人無法歸鄉的悲涼展現了詩人對唐王朝邊塞景況由盛而衰的無奈和焦慮。元稹的詩作則以今昔對比的方式表現了涼州的劇變，以往的舞獅戲耍是國家太平盛世的象徵與點綴，正所謂「獅子搖光毛豎彩，胡騰醉舞筋骨柔」，「鄉人不識離別苦，更卒多為沉滯遊」，而如今卻是「河湟沒盡空遺丘」，「每聽此曲能不羞」。白居易、元稹沒有用史詩般的筆觸展現邊鎮的變遷，而是選取了西涼伎這一小人物、雜耍舞獅這一娛樂項目作為詩歌的立足點，從而將國家邊鎮失守的軍國大事轉變為了每一位平民百姓的切膚之痛，如果空談國土淪陷，很難會引起讀者共鳴，而無法歸鄉的痛楚卻是人人有之，因此宏大的敘事主題就這樣被私人敘事所代替，從而更具感染力和人性的深度。

　　總之，與魏晉傳統的生命主題相比，唐代盛衰主題的詩歌在一定程度上擺脫了宏大敘事的制約，能從人性最真實的角度反映這一詩歌主題。從生命意象的日常化設置、描述歷史盛衰的私人角度，以及變傳統邊塞詩歌主題為邊塞理想盛衰主題的種種創新上，唐人都試圖從私人的視角和充滿人性關懷的目光對傳統進行改造，這也是唐詩盛衰主題在內容、表現技巧與人性內涵上高出傳統的原因所在。但這並不表示要完全摒棄宏大敘事這一創作方式，宏大敘事所帶來的崇高和悲壯之美是無法替代的，如唐生命盛衰主題中流露出的沉痛悲劇感，歷史盛衰主題中那種溝通天人的眼界與氣度以及在理想盛衰主題中表現出的具有強烈「盛唐氣象」的群體性的樂觀情緒，這些都是構成唐

生命主題之美不可缺少的一部分。因此如果一味強調私人敘事、過於顛覆傳統，企圖對唐詩傳統的宏大敘事全盤否定，也會使詩歌流於怪異和瑣碎。

第四章　唐詩盛衰主題的演變

　　唐代的每一個時期都有著獨特而清晰的時代風格，這是中國其他王朝所不具備的。身處在這樣一個漫長而又跌宕起伏的王朝，詩人自身和文學作品不可避免地會沾染上時代的印記。初唐時期，由於受到漢樂府和魏晉南北朝生命主題詩歌的影響，唐盛衰主題詩歌偏向於描寫生命的盛衰，並且在意象和詩歌結構上都有著前代詩歌明顯的投射。盛中唐時期，特別是安史之亂以後，親身經歷了歷史動亂的詩人們在驚懼中對歷史變化，國家興亡有了更為濃烈的興趣。這一時期，描繪歷史盛衰主題的詩歌大量湧現，並且因為親歷感而多以私人視角進行書寫。晚唐時期，盛衰主題在內容上更加偏重於表現愛情的盛衰，在創作技巧上更加注重內心體驗。總之，時代風氣會影響作者的精神氣質，物質的豐盈與否會影響人們思考問題的深度和文學自身的發展，這些都使得不同時期的唐盛衰主題體現出了不同的時代風格。

第一節　盛衰體驗由外而內的轉化

一、初唐——由外在觸動而引發的盛衰體驗

　　初唐時期，魏晉南北朝文學的影響還彌漫在整個文壇。無論在詩歌的內容還是寫作技巧上，傳統的因襲還沒有完全退去。在初唐，詩

歌盛衰主題的創作主要是圍繞著生命盛衰而展開。從思想意識上看，這一時期山水意識還沒有興起，生命遷逝所引發的悲劇情思還無法用山水自然來消解，從表現手法上，詩人依舊偏好用傳統的意象來象徵事物的盛衰之變，還沒有從抽象哲學上的生命盛衰，轉向具體生活中的生命悲劇。此外，從文學自身發展的脈絡看，盛唐時期詩歌那種「風骨」與「興象」兼備的審美境界還沒有到來，詩歌在表現技巧上還殘存著濃重的六朝遺韻。但這並不表示初唐盛衰主題詩作是可以輕視的，恰恰相反，初唐詩人雖然沾染著六朝遺風，但卻在固有的傳統之上創作出了具有經典美感的《代悲白頭翁》、具有蒼茫宇宙意識的《春江花月夜》以及《長安古意》、《帝京篇》等以都城爲背景展現恢弘氣勢的盛衰主題詩作。初唐盛衰主題詩作雖然數量不多，因襲感較重，但其經典篇目不在少數。

初唐，詩人的盛衰意識大都集中在對生命的感悟之中，而這類詩歌的描寫也大都以抽象的美人、落花、綠苔等自然事物爲意象，偏好用自然界中的外在事物來抒發個人對生命的認識。

　　　　昨日看花花灼灼，今朝看花花欲落。〔註1〕（鮑氏君徽《惜花吟》）

　　　　鏡前紅粉歇，階上綠苔侵。〔註2〕（虞世南《怨歌行》）

　　　　盛年不再得，高枝難重攀。試復旦遊落花裏，暮宿落花間。〔註3〕（王勃《落花落》）

花與美人本身帶有的美感，和生命必然衰亡的定律相結合，形成了中國傳統文學中帶有悲劇意蘊的經典意象。屈原的《離騷》最早出現「美人遲暮」這一意象，經過魏晉文人在生命主題詩歌中的反覆敘

〔註1〕　〔唐〕鮑氏君徽，惜花吟，見〔清〕彭定求等編，全唐詩（卷七）〔M〕，北京：中華書局，1999：72。

〔註2〕　〔唐〕虞世南，怨歌行，見〔清〕彭定求等編，全唐詩（卷三六）〔M〕，北京：中華書局，1999：474。

〔註3〕　〔唐〕王勃，落花落，見〔清〕彭定求等編，全唐詩（卷五六）〔M〕，北京：中華書局，1999：685。

寫，落花與美人成爲表現生命悲劇的典型意象。但隨著詩歌自身的發展，僅僅運用華麗而典型的意象無法滿足詩人情感的傳達，生命盛衰主題也是如此。初唐這類以落花、美女等傳統意象表現生命盛衰之感的詩歌，以劉希夷的《代悲白頭翁》達到了藝術和內容的頂峰，整首詩以落花、松柏、美顏的女子及白髮老翁等意象相互映襯，抒發了人類生命由盛而衰的必然轉變，側重點在於青春與美好的短暫。對生命的基本認識和對美好易逝相聯繫，這也是中國古人的傳統思維，從這些初唐詩歌中可以看到唐人對生命的衰亡有著清醒的認識，沒有懷抱有任何來世的幻想或永葆青春的希冀，他們對生命的認識一開始就帶有一種充滿悲劇的美感。

　　從初唐四傑開始，除了對傳統生命主題意象的繼承，盧照鄰、駱賓王等詩人開始積極尋求新的意象和表現技巧。在盧照鄰的《行路難》中，詩人借用一棵枯木的盛衰變化，貫穿起十分豐富的意象群。

　　　君不見長安城北渭橋邊，枯木橫槎臥古田。昔日含紅復含紫，常時留霧亦留煙。春景春風花似雪，香車玉輿恒闐咽。若個遊人不競攀，若個娼家不來折。娼家寶襪蛟龍帔，公子銀鞍千萬騎。黃鶯一一向花嬌，青鳥雙雙將子戲。千尺長條百尺枝，月桂星榆相蔽虧。珊瑚葉上鴛鴦鳥，鳳凰巢裏雛鵷兒。巢傾枝折鳳歸去。條枯葉落任風吹。一朝零落無人問，萬古摧殘君詎知。〔註4〕

　　詩人用賦的筆法，細緻地描摹了這棵樹姹紫嫣紅、遮月掩星的繁盛之貌，又從嬌娃公子、黃鶯青鳥的流連遊戲側面烘托了此樹曾經的繁華。盧照鄰的《長安古意》〔註5〕也是如此，詩歌描繪了一幅長安城的都市盛景：「長安大道連狹斜，青牛白馬七香車。玉輦縱橫過主第，金鞭絡繹向侯家」，城中還有各色美豔富貴的人物，「妖童寶馬鐵連錢，

〔註4〕　〔唐〕盧照鄰，行路難，見〔清〕彭定求等編，全唐詩（卷四一）〔M〕，北京：中華書局，1999：521。
〔註5〕　〔唐〕盧照鄰，長安古意，見〔清〕彭定求等編，全唐詩（卷四一）〔M〕，北京：中華書局，1999：522。

娼婦盤龍金屈膝。御史府中烏夜啼，廷尉門前雀欲棲」，詩歌極力渲染
了長安都市生活的浮華，所謂「漢代金吾千騎來，翡翠屠蘇鸚鵡杯。
羅襦寶帶爲君解，燕歌趙舞爲君開」。這兩首詩用細緻而誇張的筆墨描
繪了事物的繁盛之貌，即使是描繪傳統的自然，也都運用了極具煽動
性的華麗文字，沒有抽象地一筆帶過。其次，在自然之外，詩人將目
光投向了繁華的都市場景：都市的建築街道、華美的都市人物、奢華
的生活風氣以及富貴堂皇的吃穿用度。儘管這些意象沾染著宮體詩的
寫作技巧，但從盛衰主題詩歌的發展來看，是詩人突破傳統盛衰意象
的一次勇敢嘗試。兩首詩的結尾處，詩人用寥寥數語點明好景不長，
富貴不能永駐的主題「節物風光不相待，桑田碧海須臾改」。詩歌盛衰
比例描寫的分配，和漢賦中「勸百諷一」的詩歌布局很相似。在這兩
首詩中，意象種類的豐富和用詞的華麗明顯帶有漢賦的特徵，詩人試
圖用更廣闊的視角和多樣的詞彙傳達出自己的盛衰意識。盧照鄰等人
所處的時代，正是唐朝逐漸強盛，都市文明逐漸發展起來的時期，在
這樣一種時代氛圍的感召下，詩人對所處的長安城必然是充滿驕傲與
自豪的，對長安繁華情狀的描摹，詩人的筆調是欽羨與嚮往的。

　　駱賓王的《帝京篇》〔註6〕也是用賦的筆法對帝都的華麗進行鋪
陳，最後得出了「古來榮利若浮雲，人生倚伏信難分」的結論。和盧
照鄰《行路難》〔註7〕不同的是，《帝京篇》的主旨是重在闡發人生貴
賤的變換莫測，最後幾句借歷史上文人不得志的命運，暗示了個人理
想的失落：「已矣哉，歸去來。馬卿辭蜀多文藻，揚雄仕漢乏良媒。
三多自矜誠足用，十年不調幾遭回。汲黯薪逾積，孫弘閣未開。誰惜
長沙傅，獨負洛陽才。」而《行路難》則通過貴賤盛衰的變化，傳達
了詩人希望在神仙世界得到寬慰的生命理想：「蒼龍闕下君不來，白
鶴山前我應去。雲間海上邈難期，赤心會合在何時。但願堯年一百萬，

〔註6〕〔唐〕駱賓王，帝京篇，見〔清〕彭定求等編，全唐詩（卷七七）
　　　　〔M〕，北京：中華書局，1999：833。
〔註7〕〔唐〕盧照鄰，行路難，見〔清〕彭定求等編，全唐詩（卷四一）
　　　　〔M〕，北京：中華書局，1999：521。

長作巢由也不辭」。詩人企圖通過神仙世界來超越生命中的盛衰，化
解世人對繁華功名的嚮往。《帝京篇》與《行路難》常常被當做「四
傑」歌行的代表作，雖然同樣是表達盛衰主題的作品，但二者的主旨
還是有很大不同。《帝京篇》的主旨在於傳達唐代士人理想失落的苦
悶，而《行路難》則是旨在通過對神仙世界的想像來超越現實世界盛
衰變化所引發的焦慮。從其所體現的生命觀來看，詩人雖然希望像巢
由那樣長命百歲，但這並不表示他否認死亡的存在，只是希望在神仙
世界延長個人的壽命。道教雖然在唐代迅猛發展，唐人求仙的意識也
比較強烈，但大多數時候唐人對求仙有著清醒的認識，並沒有產生太
多非理性的生命觀。因此在從詩歌前半部分對盛衰規律清醒的認識上
看，神仙世界的出現並不是詩人非理性世界觀的證明，而只是被當做
一種排遣，用來表現一種對生命矛盾的超越，對人格獨立自由的嚮往。

　　初唐盛衰主題中還有一首思想內容較為豐富的詩作，便是張若虛
的《春江花月夜》。聞一多先生將這首詩稱之為是「宮體詩的自贖」
〔註8〕，也就是說這首詩雖然在詩題、意象設置、創作技巧等方面沿
襲了宮體詩的方式，但在主題上卻昇華出了一種高遠的宇宙意識。當
然這首詩除了最突出的宇宙盛衰主題，還包含有傳統的遊子思婦與表
現自然美景這兩層主題。遊子思婦是漢樂府尤其是宮體詩的常熟舊
題，隋煬帝、諸葛穎、張子容的《春江花月夜》均表達了這一主題。
但張若虛在傳統主題的基礎上，昇華出了宇宙間的盛衰感慨，讓傳統
的詩題《春江花月夜》變成了在明月、春花以及江水等美好自然感發
下，表現人類盛衰意識和宇宙生命意識的經典佳作。

　　詩歌的開篇是一派江月合一，春花爛漫的美好景象：「春江潮水
連海平，海上明月共潮生。灩灩隨波千萬里，何處春江無月明。江流
宛轉繞芳甸，月照花林皆似霰。」然而筆鋒一轉詩人進入了對宇宙盛
衰變化與永恆的思索：「江畔何人初見月，江月何年初照人。人生代
代無窮已，江月年年只相似。」永恆而沉默的月亮，總是高高懸在夜

〔註8〕 聞一多，唐詩雜論〔M〕，北京：中華書局，2003：10。

空，它的存在與永恆對比著人類世界的斗轉星移，滄桑變化。在亙古不變的月亮，滔滔而逝的江水以及美好的春花面前，詩人感到了不安與孤獨，發出了對時間和永恆存在的詰問。然而就在這哲學的思索面前，現實情感的悲劇突然衝擊了詩人的心，「誰家今夜扁舟子？何處相思明月樓？可憐樓上月徘徊，應照離人妝鏡臺。玉戶簾中卷不去，搗衣砧上拂還來。」戀人的分離，彼此無奈的思念，與人世的盛衰變化一樣，人們終其一生都在尋找一個答案，卻往往始終無果。與永恆的時間相比，愛情的哀愁似乎顯得渺小，可是給人們所帶來的感傷卻是同樣的。最終詩人沒有苦苦求索，而是在一個蒼茫卻又清新的詩境中結束了情感的蔓延「斜月沉沉藏海霧，碣石瀟湘無限路。不知乘月幾人歸，落月搖情滿江樹」。

在先秦時期一些哲人仰望月空，進行著對盛衰與宇宙變化的追問。比如屈原在《天問》中疑惑道：「天何所沓？十二焉分？日月安屬？列星安陳？」〔註9〕張若虛的「江畔何人初見月，江月何年初照人」則進一步把日月星辰與人類生命緊密相連，在追問中保持著人類對宇宙盛衰的好奇與對生命的執著。在屈原的詩中我們體會到的是遠古先人科學性的探索，而張若虛的《春江花月夜》卻是在對月亮清新的描繪中，將個人對盛衰變化的疑問止於一種詩意的探尋，詩人只是想引出「人生代代無窮已，江月年年只相似」對歲月流逝、青春難駐的人生慨歎，以及進一步昇華到對萬物長在、造化不息的哲理體認上。正如李澤厚先生在《美的歷程》中所講到的：「它顯示的是，少年時代在初次人生展望中所感到的那種輕煙般的莫名的惆悵和哀愁。春花春月，流水悠悠，面對無窮宇宙，深切感受到的是自己青春的短促和生命的有限。它是走向成熟期的青少年時代對人生、宇宙的初醒覺的『自我意識』：對廣大世界、自然美景和自身存在的深切感受和珍視，對自身存在的有限性的無可奈何的感

〔註9〕〔戰國〕屈原，天問，見金開誠等選注，屈原選集〔M〕，北京：人民文學出版社，1998：96。

傷、惆悵和留戀。」〔註10〕《春江花月夜》表現出的是少年的清愁，沒有濃重的悲劇色彩，而是在美好自然的感發下，人類覺醒之初對生命和宇宙盛衰之理的初次體驗。聞一多先生說：「如果劉希夷是盧、駱的狂風暴雨後寧靜爽朗的黃昏，張若虛便是風雨後更寧靜更爽朗的月夜。」〔註11〕同盧、駱一瀉無餘的人生感慨相比，在無言的永恆面前，張若虛「只有錯愕，沒有憧憬，沒有悲傷」〔註12〕。盧、駱盛衰主題的歌行所關注的是人生富貴的倏忽變換，以及對盛極而衰的哲理性思考，而張若虛超越了盧、駱，他所體悟到的是歷史時間和宇宙空間的無限，盛世難久、人生無常似乎變得次要，那永恆的明月，永恆的江流所代表的宇宙，才是亙古不變的。所以，與初唐其他盛衰主題相比，《春江花月夜》描繪了「一個更深沉、更寥廓、更澄明的境界」〔註13〕。從上文的分析，我們可以看到初唐盛衰主題詩作關注於對光景常新而人生朝露的傷歎，對盛極而衰、滄海桑田充滿哲理的思考。除張若虛以外，初唐的「四傑」、初盛唐之交的劉希夷等創作的七言歌行體都表現了事物盛衰這一主題，這些詩歌的大主題都表現了詩人的盛衰之思，而在細微的關注點又有所不同。以劉希夷《代悲白頭翁》為代表的一類詩作，主要表現了青春和美麗終將逝去的悲劇感；盧、駱的歌行則表現了富貴難持久、盛極而衰的哲理，並暗含著文人理想不得志的隱痛；張若虛的《春江花月夜》則在玲瓏剔透的美景中，在盛衰變換、人事代序的思考中產生了一種生生不息的宇宙意識。這些詩歌的表現模式，主要是詩人由自然界事物的變換、都城的繁華景象以及人類從青春到年老的外貌變化等外在事物所產生的感悟，還沒有從個人生活和情感的真切體驗中尋求盛衰意識的萌發。這也是初唐盛衰主題詩作最顯著的一個特徵。

〔註10〕李澤厚，美的歷程〔M〕，天津：天津社會科學院，2001：215。
〔註11〕聞一多，唐詩雜論〔M〕，北京：中華書局，2003：22。
〔註12〕聞一多，唐詩雜論〔M〕，北京：中華書局，2003：20。
〔註13〕聞一多，唐詩雜論〔M〕，北京：中華書局，2003：20。

二、盛中唐——個人經驗與身體變化所引發的盛衰體驗

盛中唐時期的盛衰主題詩作對傳統的因襲減少了,詩歌中落花、青苔、美人等傳統意象依然存在,但更多情況下不再從抽象的意象進行思考與說理,而是轉向個人生活經驗,從個人具體的生命軌跡中感悟盛衰之理,伴隨著詩人強烈的情緒體驗。

(一)時序變遷下的個人體驗

中國古代的節氣代表著時間的遷移,詩人將節氣的改變和個人生活行跡、個性化的體驗相結合,將人生的蒼茫之旅與時間物候的變化相統一,創作出具有濃厚生活氣息、但又不乏深刻哲思的盛衰詩作:

> 日月不相饒,節序昨夜隔。玄蟬無停號,秋燕已如客。平生獨往願,惆悵年半百。罷官亦由人,何事拘形役 [註14] (杜甫《立秋後題》)

> 旅館寒燈獨不眠,客心何事轉淒然。故鄉今夜思千里,霜鬢明朝又一年。 [註15] (高適《除夜作》)

> 忽忽百齡內,殷殷千慮迫。人生已如寄,在寄復為客。 [註16] (李益《華陰東泉同張處士詣藏律師兼簡縣內同官因寄齊中書》)

> 不覺老將春共至,更悲攜手幾人全。還丹寂寞羞明鏡,首把屠蘇讓少年。 [註17] (顧況《歲日作》)

在中國傳統文化中,節氣代表著時間的遷逝,中國古人對時間的把握從來就不是抽象的,而是坐實到個人的生活之中。一年中的節氣

〔註14〕〔唐〕杜甫,立秋後題,見〔清〕彭定求等編,全唐詩(卷二一七)〔M〕,北京:中華書局,1999:2288。

〔註15〕〔唐〕高適,除夜作,見〔清〕彭定求等編,全唐詩(卷二一四)〔M〕,北京:中華書局,1999:2243。

〔註16〕〔唐〕李益,華陰東泉同張處士詣藏律師兼簡縣內同官因寄齊中書,見〔清〕彭定求等編,全唐詩(卷二八二)〔M〕,北京:中華書局,1999:3202。

〔註17〕〔唐〕顧況,歲日作,見〔清〕彭定求等編,全唐詩(卷三七)〔M〕,北京:中華書局,1999:481。

往往和文化傳統、家族觀念相聯繫，詩人們在除夕、元宵、寒食、中秋、重陽、臘日這樣的日子裏，很容易產生悲涼的遷逝之感。生命的盛衰和時間的變化相交織，再加上詩人複雜的人世體驗，形成了一種無法言喻的淒涼意緒：

> 迢遞三巴路，羈危萬里身。亂山殘雪夜，孤燭異鄉人。
> 漸與骨肉遠，轉於僮僕親。那堪正漂泊，來日歲華新。〔註18〕（孟浩然《歲除夜有懷》）

> 旅館誰相問，寒燈獨可親。一年將盡夜，萬里未歸人。
> 寥落悲前事，支離笑此身。愁顏與衰鬢，明日又逢春。〔註19〕（戴叔倫《除夜宿石頭驛》）

> 彌年不得意，新歲又如何。念昔同遊者，而今有幾多。
> 以閒爲自在，將壽補蹉跎。春色無情故，幽居亦見過。〔註20〕（劉禹錫《歲夜詠懷》）

這三首詩都在物候變化的背景下，從個人體驗出發，傳達了詩人對人事、身體、親情中的盛衰變化、遷逝之感敏感細膩的把握。第一首詩中，詩人在人生的漂泊之路上逐漸感到「漸與骨肉遠，轉於奴僕親」，這也許是一句半開玩笑的牢騷話，卻不知觸動了多少在節日裏仍離鄉背井的異鄉人，詩人和親人間情感的疏離，和童僕卻日益密切，在除夕辭舊迎新、時間交替代謝的時刻愈發讓人感到一種淡淡的蒼涼。戴叔倫和劉禹錫的兩首詩則表現了節日裏飽經人事變換的詩人無奈、悲戚的心境，又摻雜著對生命盛衰的悲歎，在寥落孤獨的背景裏抒發了個人最細膩的情思。正如葉萌在《唐詩解讀》中所說：「大概在舊歲將盡，新歲即至的除夕之夜，人最容易有『時不待我』的感傷，所以詩人除夜感懷的詩，比其他節日寫的感懷詩都多。實際上人

〔註18〕〔唐〕孟浩然，歲除夜有懷，見〔清〕彭定求等編，全唐詩（卷一六零）〔M〕，北京：中華書局，1999：1659。

〔註19〕〔唐〕戴叔倫，除夜宿石頭驛，見〔清〕彭定求等編，全唐詩（卷二七三）〔M〕，北京：中華書局，1999：3067。

〔註20〕〔唐〕劉禹錫，歲夜詠懷，見〔清〕彭定求等編，全唐詩（卷三五五）〔M〕，北京：中華書局，1999：3999。

在任何時候都會對時光之無情、人生之短暫有所觸動。反映可以不同，有的人達觀，有的人悲觀，也有人渾渾噩噩、醉生夢死……即使這樣的作品也總是帶有憂傷之情的。」〔註21〕

（二）個人經歷的盛衰起伏

除了從個人體驗中生發出盛衰之感，盛中唐時期的詩人也常以第三者的口吻，用自敘的方式表現個人起伏跌宕的一生，從而傳達出一種滄海桑田、物是人非的空幻意識。試看崔顥的《江畔老人愁》、《邯鄲宮人怨》：

> 江南年少十八九，乘舟欲渡青溪口。青溪口邊一老翁，鬢眉皓白已衰朽。自言家代仕梁陳，垂朱拖紫三十人……直言榮華未休歇，不覺山崩海將竭。兵戈亂入建康城，煙火連燒未央闕。衣冠士子陷鋒刃，良將名臣盡埋沒。山川改易失市朝，衢路縱橫填白骨……雖然得歸到鄉土，零丁貧賤長辛苦……少年欲知老人歲，豈知今年一百五。君今少壯我已衰，我昔少年君不睹。人生貴賤各有時，莫見贏老相輕欺。感君相問為君說，說罷不覺令人悲。〔註22〕（《江畔老人愁》）

> 自言鄉里本燕趙，少小隨家西入秦。母兄憐愛無儔侶，五歲名為阿嬌女。七歲豐茸好顏色，八歲黠惠能言語……歲歲年年奉歡宴，嬌貴榮華誰不羨。恩情莫比陳皇后，寵愛全勝趙飛燕……君王棄世市朝變。宮車出葬茂陵田，賤妾獨留長信殿……百年盛衰誰能保。憶昨尚如春日花，悲今已作秋時草。少年去去莫停鞭，人生萬事由上天。非我今日獨如此，古今歇薄皆共然。〔註23〕（《邯鄲宮人怨》）

第一首詩歌描寫了青溪口老翁大起大落的一生「自言家代仕梁

〔註21〕 葉萌，唐詩的解讀〔M〕，北京：國家圖書館出版社，2009：89。

〔註22〕 〔唐〕崔顥，江畔老人愁，見〔清〕彭定求等編，全唐詩（卷一三零）〔M〕，北京：中華書局，1999：1325。

〔註23〕 〔唐〕崔顥，邯鄲宮人怨，見〔清〕彭定求等編，全唐詩（卷一三零）〔M〕，北京：中華書局，1999：1326。

陳，垂朱拖紫三十人……父兄三葉皆尚主，子女四代爲妃嬪」，然而好景不長「直言榮華未休歇，不覺山崩將海將竭」，戰爭的發生使得老人的命運產生了巨大的扭轉，「衣冠士子陷鋒刃，良將名臣盡埋沒。老人此時尚少年，去向三載方來旋」，回鄉之後，早已是物是人非「蓬蒿忘卻五城宅，草木不識清溪田……採樵屢入歷陽山，刈稻長過新林浦」。早年富貴逼人而今淪落爲樵夫的老人只能自歎「君今少壯我已衰，我昔少年君不睹。感君相問爲君說，說罷不覺令人悲。」《邯鄲宮人怨》則是描寫了一位容貌姣好的富家女子，被皇帝選入宮去極盡恩寵，然而君王棄世之後自己淪落回鄉嫁給普通人家的人生經歷，詩歌最後道「念此翻覆復何道，百年盛衰誰能保。憶作尚如春日花，悲今已作秋時草。少年去去莫停鞭，人生萬事由上天。非我今日獨如此，古今歇薄皆公然。」老人和宮人都有著大起大落的人生，一是因爲亂世戰爭的迫害，一是因爲皇權的更迭，從本質上看這是普通平民和女性在那個時代的悲劇。這兩首詩都是以個人的生命經歷爲基礎，以自敘的手法描寫了老翁與宮人命運的跌宕沉浮，在個人的滄桑變換中生發出「百年盛衰誰能保」，「人生貴賤各有時」的結論。詩歌將二人的人生軌跡歸結爲事物由盛而衰的定律，和冥冥之中的命運，可見盛衰之感不僅僅會引發人們的焦慮，它本身也會成爲詩人化解人生悲劇的一種慰藉。

（三）日常經驗中的盛衰體驗

　　獨坐悲雙鬢，空堂欲二更。雨中山果落，燈下草蟲鳴。白髮終難變，黃金不可成。欲知出老病，唯有學無生。〔註24〕《秋夜獨坐》

　　畫君年少時，如今君已老。今時新識人，知君舊時好。〔註25〕（王維《崔興宗寫眞詠》）

〔註24〕〔唐〕王維，秋夜獨坐，見〔清〕彭定求等編，全唐詩（卷一二六）〔M〕，北京：中華書局，1999：1279。

〔註25〕〔唐〕王維，崔興宗寫眞詠，見〔清〕彭定求等編，全唐詩（卷一

在第一首詩中，雨中山果落地、促織在燈下鳴叫，自然物以最真切細膩的姿態，體現出瞬間的美感，沒有傳統的盛衰變化的軌跡。詩人在秋夜獨坐，悲歎衰老的到來，沒有華麗的意象對比，抽象的道理說辭，只是在個人一次獨坐的經驗中，生發出生命衰敗的體驗。第二首詩描寫了詩人目睹了友人年少時的畫像，慨歎著生命青春的消歇，又抒發了新友不如故的感歎。除了個人真實的人生經歷，詩人往往還將深沉的盛衰意識放置在日常生活化的場景中：

> 鬢眉雪色猶嗜酒，言辭淳樸古人風。鄉村少年生離亂，
> 見話先朝如夢中。〔註26〕（韋應物《與村老對飲》）

> 存亡三十載，事過悉成空。不惜淚沾衣，並話一宵中。
> 〔註27〕（韋應物《話舊》）

> 中有故人詩，淒涼在高壁。精思長懸世，音容已歸
> 寂……平生忽如夢，百事皆成昔。結騎京華年，揮文篋笥
> 積。〔註28〕（韋應物《東林精舍見故殿中鄭侍御題詩追舊
> 書情涕泗橫集因寄呈閣澧州馮少府》）

追憶先朝盛景，回憶過往的繁華時光，是一部分文人偏愛的題材。由於韋應物特殊的人生經歷，經歷過安史之亂後，他始終對往日王朝的升平氣象、友人間和樂的生活念念不忘，在日常生活中的某個瞬間，往日的情境便會歷歷在目。與白居易、韓愈等人在日常事物中生發出的盛衰感相比，韋應物體會到的盛衰變化夾雜著人事、歷史和生命的各個方面，是一種較為複雜的生命體驗。再看他的《閶門懷古》：

二八）〔M〕，北京：中華書局，1999：1303。

〔註26〕〔唐〕韋應物，與村老對飲，見〔清〕彭定求等編，全唐詩（卷一八六）〔M〕，北京：中華書局，1999：1907。

〔註27〕〔唐〕韋應物，話舊，見〔清〕彭定求等編，全唐詩（卷一八六）〔M〕，北京：中華書局，1999：1917。

〔註28〕〔唐〕韋應物，東林精舍見故殿中鄭侍御題詩追舊書情涕泗橫集因寄呈閣澧州馮少府，見〔清〕彭定求等編，全唐詩（卷一八六）〔M〕，北京：中華書局，1999：1907。

> 獨鳥下高樹，遙知吳苑園。淒涼千古事，日暮倚閶門。〔註29〕

一個「倚」字突出了個體獨立無依的感受，沒有懷古詩的嚴肅與求索，只是在歷史盛衰的迷思中陷入了一種悵惘，一種個人化的體驗。

三、晚唐——內心主觀化的情思與盛衰意識

晚唐時期，盛衰主題詩作在情感表達上進一步內化，在意象和表現手法上充滿了主觀化的情思。首先，詩歌中的盛衰變化並不一定是客觀的，而是詩人內在的心理變化和情感流動。試看李商隱的《昨夜》：

> 不辭鶗鴂妒芳年，但惜流塵暗燭房。昨夜西池涼露滿，桂花吹斷月中香。〔註30〕

鶗鴂，是杜鵑鳥。在中國古代文化中，杜鵑的鳴叫象徵著春日的逝去，秋天的到來。早在《離騷》中就有「恐鶗鴂之先鳴兮，使夫百草為之不芳」〔註31〕之句。詩人將杜鵑在暮春時節啼鳴的客觀現象，看做是它對春天美麗年華的嫉妒。詩人並不因春日的流走而惋惜，他體認盛衰的角度是房間的明暗變化，是對自己所熟悉的場景最細微且發自內心的把握。夜晚秋露滴滿了池塘，詩人幻想著月宮桂花也被秋風吹落，月亮中也沒了香氣。在被小人妒忌打擊的日子裏，詩人感到了一種美好不再的寒意，春秋的交錯不可能是一夕之間完成的，但在詩人突遭變故的人生裏，這種盛衰變化彷彿是一夜之間陡然而至。全詩朦朧而傷感，沒有強烈的盛衰對比和傳統意象，充滿著主觀化的情緒和個人化的視角：「西池涼露滿」是詩人所見，「流塵暗燭房」是所感，「桂花吹斷月中香」與「鶗鴂妒芳年」是詩人詩意的想像。傳統

〔註29〕〔唐〕韋應物，闔門懷古，見〔清〕彭定求等編，全唐詩（卷一八六）〔M〕，北京：中華書局，1999：1907。

〔註30〕〔唐〕李商隱，昨夜，見〔清〕彭定求等編，全唐詩（卷五四零）〔M〕，北京：中華書局，1999：6251。

〔註31〕魏耕原等編，先秦兩漢魏晉南北朝詩歌鑒賞辭典〔M〕，北京：商務印書館，2012：312。

的春秋代序，被敏感的主觀意緒所包圍，傳達著詩人內心情感的流動變化和個人化的盛衰體驗。

其次，晚唐詩人對盛衰主題中的傳統意象進行著主觀性的改造，將盛衰意識用生新的方式傳達而出。試看「鬼才」李賀的詩作：

> 長安有男兒，二十心已朽。〔註32〕（《贈陳商》）

> 我當二十不得意，一心愁謝如枯蘭。〔註33〕（《開愁歌》）

這兩句詩表達的是理想受挫後的心境，二十歲本是人一生中最為朝氣蓬勃的年齡，然而詩人卻感到心之枯萎。長安並不是一個普通的地域名稱，它是唐王朝的中心，所有心懷理想的年輕人都對其心嚮往之。李賀出生在一個家境破落的宗室之家，雖然已是皇族的旁支遠裔，但它仍讓李賀感到一種優越感。然而長安城並沒有向李賀敞開大門，據當時封建禮法的規定，李賀的父親李晉的「晉」字和進士的「進」同音，因此李賀不能參加禮部考試，就這樣他放棄了科舉進士之路。可以想像對自負的李賀來說，不能參加科舉考試是一個多麼致命的打擊，他將自己青春的抱負理想比作盛開的花，然而一夜之間卻枯萎衰敗，走向毀滅，這是詩人心靈衰落的輓歌。這種表現理想盛衰的方式大膽直接，又讓人觸目驚心。此外除了表現和自己切身相關的理想盛衰，就連表現物候變化、青春衰老這類傳統的遷逝之感，李賀都會讓它們變得生新而主觀：

> 朝朝暮暮愁海翻，長繩繫日樂當年。芙蓉凝紅得秋色，蘭臉別春啼脈脈。〔註34〕（《梁臺古愁》）

> 花燒中渾城，顏郎身已老。惜許兩少年，抽心似春草。〔註35〕（《河陽歌》）

〔註32〕〔唐〕李賀，贈陳商，見〔清〕彭定求等編，全唐詩（卷三九二）〔M〕，北京：中華書局，1999：4429。

〔註33〕〔唐〕李賀，開愁歌，見〔清〕彭定求等編，全唐詩（卷三九二）〔M〕，北京：中華書局，1999：4432。

〔註34〕〔唐〕李賀，梁臺古愁，見〔清〕彭定求等編，全唐詩（卷三九三）〔M〕，北京：中華書局，1999：4441。

〔註35〕〔唐〕李賀，河陽歌，見〔清〕彭定求等編，全唐詩（卷三九二）

在第一首詩中，詩人有感於時間的流逝，竟想要用長繩繫日，而芙蓉花的紅暈是因沾染了秋色，在風中擺動的姿態是哭泣著向春日告別。這種擬人化的方式是詩人主觀情感的投射，原本客觀自然的物候變換化爲一種充滿主觀性的審美之物。第二首詩爲了凸顯衰老和青春的對比，詩人將青年人那充滿生意的氣質比作春天發芽的青草，最妙的是一個「抽」字的運用，它將少年青春逼人、勢不可擋的力量表現得淋漓盡致，從而暗示了詩人頹敗不堪的身心狀態。這種表現方式讓人感到既熟悉又陌生，展現了李賀驚人的表達能力。

第三，晚唐的盛衰主題給人一種黯淡而唯美的感覺，這是時代風氣和詩歌創作方法使然的。詩歌中沒有強烈的盛衰對比，也沒有總結性的道理說辭，詩人不再將盛衰意識看做是事物的必然規律，而是用個性化的情感去理解、去描摹這種意識，在情感體悟的差異間將盛衰主題昇華成一種心靈的悲劇美。

> 一渠東注芳華苑，苑鎖池塘百歲空。水殿半傾蟾口澀，
> 爲誰流下蓼花中。〔註36〕（杜牧《題壽安縣甘棠館御溝》）

> 年光何太急，倏忽又青春。明月誰爲主，江山暗換人。
> 鶯花潛運老，榮樂漸成塵。遙憶朱門柳，別離應更頻〔註37〕
> （杜牧《春懷》）

在這兩首詩中，盛衰意識的表現不再只是盛衰意象的強烈對比、由盛而衰的模式化，而是在主觀情感的流動中暗示著事物的變遷，意象里貫穿著詩人複雜多變的情感意脈，比如《春懷》中的明月、江山、鶯花等都是傳統的意象，詩人卻分別用「誰爲」、「暗換」、「潛運」等幾個動詞將個人的思索和體認融入客觀的宇宙規律中，盛衰之變不再是生硬的說理而是詩人生命最眞實的體驗。

〔M〕，北京：中華書局，1999：4430。

〔註36〕〔唐〕杜牧，題壽安縣甘棠館御溝，見〔清〕彭定求等編，全唐詩（卷五二三）〔M〕，北京：中華書局，1999：6029。

〔註37〕〔唐〕杜牧，春懷，見〔清〕彭定求等編，全唐詩（卷五二五）〔M〕，北京：中華書局，1999：6063。

再看一首李賀的《金銅仙人辭漢歌》：

> 魏明帝青龍元年八月，詔宮官牽車西取漢孝武捧露盤
> 仙人，欲立致前殿。宮官既拆盤，仙人臨載，乃潸然淚下。
> 唐諸王孫李長吉，遂作《金銅仙人辭漢歌》。

> 茂陵劉郎秋風客，夜聞馬嘶曉無跡。畫欄桂樹懸秋香。
> 三十六宮土花碧。魏官牽車指千里，東關酸風射眸子。空
> 將漢月出宮門，憶君清淚如鉛水。衰蘭送客咸陽道，天若
> 有情天亦老。攜盤獨出月荒涼，渭城已遠波聲小。〔註38〕

據朱自清《李賀年譜》推測這首詩大約是元和八年（813），李賀因病辭去奉禮郎職務，由京赴洛，途中所作。這首詩想要表達的情感很複雜，既有歷史變遷的興亡之感，又有唐王朝由盛而衰的家國之痛，此外還夾雜著個人身世的不幸。無論這首詩想要表達的是什麼，它始終縈繞在一種由盛而衰的滄桑變故里，詩人用主觀想像和奇特的思路，幻想著漢武帝的幽靈出沒、衰蘭依依相送、銅仙流淚惜別等奇特的場景。整首詩沒有直白的盛衰對比、對歷史興亡的理性探索，也沒有對個人身世變遷的描寫，但那股哀愁的情緒卻貫穿始終，在一個個神秘哀傷的情境中，一種無法挽回的變故和遷逝之感始終無法消散。

第二節　盛衰意識發生的「境」的不同

一、建築與唐詩盛衰主題

建築與中國古代文學的關係，越來越被各路學者所認同。建築與文學相互依存，彼此促進。「在創作層面上，建築與文學相互獲取靈感，建築實現文學的理想，並為文學提供創作素材。在文化傳播層面上，文學是傳播建築設計理念的載體，使優秀建築聞名於世。建築與文學共性眾多又各有不同。相同之處在於二者同屬美學範疇、均反映時代精神，建築師和文學家情懷相通，建築中充滿了文學想像等；不同之

〔註38〕〔唐〕李賀，金銅仙人辭漢歌，見〔清〕彭定求等編，全唐詩（卷三九一）〔M〕，北京：中華書局，1999：4416。

處則表現爲文學創作自由。而建築設計主要受業主、經濟等因素左右。建築可類比爲文學，文學也可比擬爲建築。如單體建築仿若散文，大型建築好似長篇小說。長城是流傳千古的長篇史詩；文學像建築，短詞像建築元素，段落像建築結構等。」〔註39〕以物質在世界上存在的時間來看，建築可以說是較爲長久的，很多歷史都是由建築記錄下來，在某種程度上，建築可以看做是沒有文字的「史書」。首先，唐代建築多爲木質，雖然存在時間不如石質，但與其他器物相比，建築本身所帶有的審美意蘊，所承載的歷史文化都以更直觀和更震撼的方式觸動著詩人們心靈。其次，華夏文明從起源到初唐，留存下來的建築數不勝數。唐代都市文化十分發達，在中國眾多的古都中，長安大概是最有名的一個，它的有名不僅在於建都時間最長，也和唐王朝的輝煌有著極大的聯繫。都市中最有代表性的事物便是巍峨雄奇的建築，因此唐人對建築所引起的情思是十分敏感的。從盛衰主題詩的創作來看，建築本身的美感、所沉澱的歷史文化，以及它所象徵的都城盛景，無形中會引發人們的盛衰意識，此外，建築的眞實感和詩人遊歷其間的親身感都會讓詩作擺脫抽象空洞的說辭，走入眞實的情感境界。

　　首先，詩人們會在繁華迷人的都市建築裏，生發出好景不長，盛世難持久的悲慨。都城建築是一個王朝政治的象徵，項羽攻佔咸陽之後，首要之事便將阿房宮付之一炬，體現了他對秦王朝的徹底摧毀。上文提到過的《行路難》、《帝京篇》和《長安古意》三篇表達盛衰之感的詩作都是以城市爲背景，試看《帝京篇》對皇宮細緻精湛的描繪：「秦塞重關一百二，漢家離宮三十六。桂殿嵌岑對玉樓，椒房窈窕連金屋。三條就陌麗城限，萬戶千門平旦開。複道斜通支鵲觀，交衢直指鳳凰臺。」華麗巍峨的宮殿，是權力富貴的象徵，也是繁華時代的見證。詩人身處其中，便會產生「古來榮利若浮雲，人生倚伏信難分」之感。再看王勃的《臨高臺》：

〔註39〕常延聚、戴秋思、程豔，中國古代建築與文學的相關性研究綜述〔J〕，廣角鏡，2013（6）：144～147。

臨高臺，高臺迢遞絕浮埃。瑤軒綺構何崔嵬，鸞歌鳳吹清且哀。俯瞰長安道，萋萋御溝草。斜對甘泉路，蒼蒼茂陵樹。高臺四望同，帝鄉佳氣鬱蔥蔥。紫閣丹樓紛照耀，璧房錦殿相玲瓏。東彌長樂觀，西指未央宮。赤城映朝日，綠樹搖春風。旗亭百隧開新市，甲第千甍分戚里。朱輪翠蓋不勝春，疊樹層楹相對起。復有青樓大道中，繡戶文窗雕綺櫳。錦衾夜不襲，羅帷畫未空。歌屏朝掩翠，妝鏡晚窺紅。為君安寶髻，蛾眉罷花叢。塵間狹路黯將暮，雲間月色明如素。鴛鴦池上兩兩飛，鳳凰樓下雙雙度。物色正如此，佳期那不顧。銀鞍繡轂盛繁華，可憐今夜宿娼家。娼家少婦不須顰，東園桃李片時春。君看舊日高臺處，柏梁銅雀生黃塵。〔註40〕

詩歌開頭描繪了由高臺之上望見的高遠綺麗的景色，接著又用鋪排細緻的筆法勾畫了帝鄉建築巍峨輝煌的盛景、同樣是先盛大後衰敗的模式，詩歌結尾處以不動聲色的口吻警示道「娼家少婦不須顰，東園桃李片時春。君看舊日高臺處，柏梁銅雀生黃塵。」

以「四傑」為代表一批初唐詩人，「位卑而才高」，對功名有著強烈的渴望。「四傑」都是庶族知識分子出身，思想上狂傲豁達，不拘儒學正宗，行為放蕩不羈，有任俠之風。但在「四傑」的人格構成上，最為明顯的還是儒家為君輔弼、積極進取的精神，這二者的結合使得他們毫不掩飾個人對功名的追求。身處帝國初興的唐初，相對開明的政治和文化氛圍，強盛的國力、繁榮的經濟加之「貞觀」君臣反覆歌詠的匡時濟世的精神，這一切都在中下層文人中引起了強烈的反響。身處宮外的「四傑」呼應了這種時代氣息，急於登上政治舞臺，形成了銳意進取、渴求建功立業的熱情，這是儒家積極用世之心在「四傑」身上的典型體現。他們有著「拾青紫於俯仰，取公卿於朝夕」〔註41〕

〔註40〕 〔唐〕王勃，臨高臺，見〔清〕彭定求等編，全唐詩（卷五五）〔M〕，北京：中華書局，1999：674。

〔註41〕 〔唐〕王勃，上絳州上官司馬書，見〔清〕董誥等編，全唐文（卷一七九），北京：中華書局，1982：2013。

（王勃《上絳州上官司馬書》）的幻想，有著「名與日月懸」的遠大抱負。聞一多先生說：「『四傑』都曾經是兩京和成都市的輕薄子，他們的使命是以市井的放縱改造宮廷的墮落，以大膽代替羞怯，以自由代替局縮。」〔註42〕在時代的感召和自身狂傲精神的影響下，面對繁華的都市建築，迷人的城市生活，「四傑」對其產生了強烈的渴望與豔羨，因此詩歌中對都城建築精緻誇張且充滿美感的描繪，體現了詩人們對都城建築的細緻觀察與仰慕之情，雄偉的建築體現了他們對長安生活的渴望，對富貴功名的嚮往。然而從大的歷史背景來看，初唐時期南北朝後期及隋唐之際門閥士族衰微，高宗、武后宮廷鬥爭頻仍，新權貴朝不保夕；從個人命運上看，正如聞一多先生所言四傑「行為都相當浪漫，遭遇尤為悲慘」〔註43〕，他們的行為都有脫離規矩之處，身世遭遇與功成名就的宮廷詩人不同，他們總是掙扎在權利中心的邊緣，駱賓王最後則走向極端，徹底擺脫了王權的向心力，加入徐敬業討伐武則天的隊伍，並擬寫了名聞天下的《討武氏檄》；盧照鄰雖擺脫了政治的漩渦，但自身的疾病卻讓詩人生不如死，最終投水而亡；王勃也因自己激烈的個性不得善終，相較之下，只有楊炯安然度過了一生，但這是以犧牲理想為代價的。也正因如此，「四傑」詩中在描繪完那充滿迷人氣息且繁華巍峨的宮廷建築之後，總是伴隨著他們對富貴難持久、好景不長在的喟歎，這也許是他們對自身命運所作出的一個精準「預言」。因此，在初唐社會政局雖然有所變故，但欣欣向榮的氣息已經預示著一個輝煌王朝的到來。就這樣，在個人命運的動盪不定之下，面對金碧輝煌的都市建築：一方面「四傑」對代表著王朝富貴的都市建築有著強烈的仰慕與身處其中的驕傲，但另一方面卻又有種盛極難續，富貴倏忽變化的悲劇性的情感生發。

　　其次與「四傑」所處時代相近，同樣為庶族出身的詩人也寫過一些身處亭臺樓閣的盛衰主題之作。然而與「四傑」專注在功名富貴的

〔註42〕聞一多，唐詩雜論〔M〕，北京：中華書局，2003：27。
〔註43〕聞一多，唐詩雜論〔M〕，北京：中華書局，2003：22。

盛衰變化不同，陳子昂以更爲高遠的目光和深邃的歷史思索，在歷史遺跡間抒發出了一種充滿宇宙意識盛衰之思，如「前不見古人，後不見來者。念天地之悠悠，獨愴然而涕下」〔註44〕，「南登碣石阪，遙望黃金臺。丘陵盡喬木，昭王安在哉。霸圖悵已矣，驅馬復歸來」〔註45〕。幽州臺是燕昭王時爲招攬人才而建，本身帶有著深沉的歷史內涵，每當夕陽西下，高臺便流光溢彩，於是便有黃金臺之稱。這一建築反覆帶給陳子昂深深的觸動，它所沉澱的歷史內涵讓詩人萌生出一種宇宙興衰的思索和歷史變遷的感歎。

二、自然山水與唐詩盛衰主題

（一）唐人的山水意識

中國古人對山水世界的發掘經歷了一個漫長的過程。《穆天子傳》有：「白雲在天，山陵自出。道里悠遠，山川之間。將子無死，尚能復來。」這裡的山是和天地相對的一個模糊概念，沒有具體所指和感情的傾注。《山海經》中對「山」有著大量記載，比如開篇就描寫了一座「鵲山」：

> 南山經之首曰鵲山。其首曰招搖之山，臨於西海之上，多桂，多金玉。有草焉，其狀如韭而青華，其名曰祝餘，食之不饑。有木焉，其狀如穀而黑理，其華四照，其名曰迷谷，佩之不迷。有獸焉，其狀如禺而白耳，伏行人走，其名曰狌狌，食之善走。麗麕水出焉，而西流注於海，其中多育沛，佩之無瘕疾。〔註46〕

山海經雖然帶有神話色彩，但對山的認識卻是平實而功利的，山本身沒有奇幻色彩和神秘性，只是一些奇珍異獸的處所而已。這時人們對山的認識依舊沒有個人情感的注入，是一種抽象模糊的描繪。此

〔註44〕〔唐〕陳子昂，登幽州臺歌，見〔清〕彭定求等編，全唐詩（卷八三）〔M〕，北京：中華書局，1999：899。

〔註45〕〔唐〕陳子昂，燕昭王，見〔清〕彭定求等編，全唐詩（卷八三）〔M〕，北京：中華書局，1999：893。

〔註46〕〔漢〕劉向，山海經〔M〕，北京：華齡出版社，2002：1。

外，兩漢之際名山大川一直以來被奉以皇權的象徵，比如泰山，因為漢武帝封禪時的讚美「高矣、極矣、大矣，特矣、壯矣、赫矣，駭矣、惑矣！」，就成為了象徵皇家威嚴的名山。

　　直到魏晉南北朝時期，人們才開始以審美的態度觀察自然，欣賞山水。特別是東晉玄言詩的興起，啟發了人們對山水的認知，但這僅僅是一種剛剛覺醒和起始的狀態，他們的關注點在於視覺上的感受和山川的周邊景物。詩人通過春、夏、秋、冬四季物候的變換來表現山水，對這種變化的描寫是一種客觀的描摹，還沒有傳達出充滿感性哲思的盛衰意識，大體上是一種景物生硬的堆砌。如南朝詩人鮑照的《登廬山詩》寫到「陰冰實夏結，炎樹信冬榮。嘈囋晨鵾思，叫嘯夜猿清。深崖伏化跡，穹岫閟長靈。」〔註47〕這首詩中廬山的風光是通過四季景物和山上的候鳥猿禽表現出來的，並沒有體現具體明朗的山的形象，遊人的目光也沒有注意到廬山本身上去。謝朓寫建康附近的三山，《晚登三山還望京邑》有云：「白日麗飛甍，參差皆可見。餘霞散成綺，澄江靜如練。喧鳥覆春洲，雜英滿芳甸。」〔註48〕山的形象也是通過餘霞、喧鳥、花朵來表現的。直至被稱為「山水詩鼻祖」的謝靈運，才開始經過篩選，注意到景物之間的聯繫和對比，能夠讓山的景色組成一幅較為完整的畫面，從而體現出一些時間和空間。如《登石門最高頂》：「晨策尋絕頂，夕息在山棲。疏峰抗高館，對嶺臨回溪。長林羅戶穴，積石擁基階，連岩覺路塞，密竹使徑迷。」〔註49〕魏晉人對「山」的認識又出現了一個共同點，即他們幾乎都描寫的是自己家鄉南方江寧、會稽附近的山，且能去走近山水進行鑑賞的也是當時的一些王、謝大族，普通世人還沒有把目光關注在「山」上面去。

〔註47〕〔南朝〕鮑照，登廬山詩，見魏耕原等編，先秦兩漢魏晉南北朝詩歌鑒賞辭典〔M〕，北京：商務印書館，2012：1074。

〔註48〕〔南朝〕謝朓，晚登三山還望京邑，見魏耕原等編，先秦兩漢魏晉南北朝詩歌鑒賞辭典〔M〕，北京：商務印書館，2012：1135。

〔註49〕〔東晉〕謝靈運，登石門最高頂，見魏耕原等編，先秦兩漢魏晉南北朝詩歌鑒賞辭典〔M〕，北京：商務印書館，2012：1001。

　　到了唐代，首先文人們出仕之前都有著遊覽名山大川的風氣，有些人還在山中讀書數年，因爲寺廟爲讀書人提供免費的食宿和書籍。其次，科舉制度的發展使得士人們在全國上下頻繁流動，再加上經濟的發展及日益雄厚的國力，這一切都使得普通世人能夠有很多遊歷天下，尋訪天下名山大川的機會，這應是和前代人認識山水客觀條件上最大的區別，他們寫山水基本上都是身臨其境。此外，禪宗的發展，讓詩人們在對山水客觀審美的基礎上，多了物我合一的靜觀，在山水間進行哲思體認，安放生命的焦慮。唐代的山水意識在美學上進入到一個成熟、全新的時代，即本體論時代，就是人的本體與山水本體的合二爲一，就是審美主體和審美客體的合二爲一，也就是常說的物我相親、物我同化、物我合一的理想境界。正如范能船在《談柳宗元的本體論山水審美觀》所說的：「他們與山水的關係，從社會學觀點而言，已經不存在主次之別，而是對應相親的關係。從美學觀點而言，不再只是道德的象徵，也不再注重情感的抒發，而是著意於情趣的陶冶，常常領受山容水態與人親近的樂趣。從哲學觀點而言，人已忘卻了直接的實用性和功利性，以純粹的物象作爲追求對象，揭去價值面紗，迷戀於自然本體，陶醉於世界本源之中。不僅超越了自我的肉體軀殼，而且超脫了山水的物質外殼，是對美的更高層次的追求。」〔註50〕

（二）自然山水與唐人的盛衰之感

　　初唐時期，詩人對生命盛衰的感悟雖然來自自然的代謝、物候的變化，然而這些意象只是繼承了漢代和魏晉時期生命主題的詩作，即在描繪上還是沒有落實到具體的境。詩中的自然意象是抽象、概括的羅列而出，很多篇章缺乏一以貫之的情感。詩人沒有將盛衰意識融入山水之境，也沒有通過山水世界化解這一生命的悲劇，因此初唐時期的盛衰主題是發生在自然山水之外的。

　　盛唐以後，隨著山水意識的進一步發展，唐人在山水之間進行

〔註50〕范能船，談柳宗元的本體論山水審美觀〔J〕，學術論壇，1989（6）：55。

著對宇宙盛衰意識的思索，並且力圖在山水世界中排遣這類思考帶來的深重焦慮。在唐詩中山水世界充滿著溫馨、靜謐的情調，不是寂寞恐怖的，人們不是要征服自然山水，而是要和它們合二為一，山水自然的盛衰代謝對應著詩人生命的盛衰，同時也化解著詩人生命的焦慮感。首先，詩人在自然山水的榮發代謝間，融入了自己生命的軌跡與感悟。詩人在花草樹木的春秋代謝間，產生了年華蹉跎，理想不再的感歎：

> 白首看黃葉，徂顏復幾何。空慚棠樹下，不見政成歌。〔註51〕（張説《岳州看黃葉》）

> 墜葉吹未曉，疏林月微微……歎此霜露下，復聞鴻雁飛……羈旅悲壯發，別離念征衣。〔註52〕（王昌齡《途中作》）

> 播遷悲遠道，搖落感衰容。今日猶多難，何年更此逢。世交黃葉散，鄉路白雲重。明發看煙樹，唯聞江北鍾。〔註53〕（劉長卿《和州留別穆郎中》）

在這些詩作中，自然意象是具體細膩的，伴隨著詩人個人的行跡和情緒變化。詩人在山水自然間感受著生命的榮衰代謝，這樣的感受並不是遠遠的靜觀，而是深入其中的體驗。以中晚唐的劉長卿為代表，他的山水詩中總是包含著個人的人生軌跡，或送友、或行役，詩人用山水自然的代謝渲染出一股淒清的氛圍，詩人就在這種氛圍裏進行著人生的瑣事。劉長卿的詩作中已沒有初盛唐時期詩人面對事物的盛衰變化時那種大喜大悲的心情，而是沉默地在這自然山水間行走、生活、感悟。

> 雁過彭蠡暮，人向宛陵稀。舊路青山在，餘生白首歸。

〔註51〕〔唐〕張説，岳州看黃葉，見〔清〕彭定求等編，全唐詩（卷八九）〔M〕，北京：中華書局，1999：975。

〔註52〕〔唐〕王昌齡，途中作，見〔清〕彭定求等編，全唐詩（卷一四一）〔M〕，北京：中華書局，1999：1434。

〔註53〕〔唐〕劉長卿，和州留別穆郎中，見〔清〕彭定求等編，全唐詩（卷一四七）〔M〕，北京：中華書局，1999：1488。

漸知行近北，不見鷓鴣飛。〔註54〕（劉長卿《北歸次秋浦界清溪館》）

萬事依然在，無如歲月何。邑人憐白髮，庭樹長新柯。故老相逢少，同官不見多。唯餘舊山路，惆悵枉帆過〔註55〕（劉長卿《謫官後卻歸故村將過虎丘悵然有作》）

早鶯何處客，古木幾家人。白髮經多難，滄州欲暮春。〔註56〕（劉長卿《送崔升歸上都》）

每首詩都是以詩人日常生活中的瑣事爲背景，在旅館住宿、謫官歸鄉、送親友去遠方、和朋友話別等等。這些書寫詩人人生行跡的詩作，卻沒有專注於寫人事的變化，而是在自然的變換與代謝間貫穿著一種生命的淡淡情思。詩歌中的自然意象暗示著多層的盛衰變換：比如夕陽裏南歸的大雁就暗示著日子由清晨到黃昏的變換，以及物候由春到秋轉移。此外，詩人沒有單純地羅列意象，而是善於在其間製造一種生命對比的張力，暗示著事物各自看似互不關聯，實則相互映襯的生命軌跡：舊路青山和白首的詩人、早鶯與遠客、古木和人家、白髮詩人與新抽枝條的庭樹等意象都是這宇宙天地間運行的生命，自然山水的變化暗示著人事的變遷。詩歌在山水自然的永恆、代謝與流轉間穿插著個人生命的行跡與盛衰變化，雖然只是在寂寞淒清的意象裏將個人行跡和人事變換輕描淡寫地一筆帶過，卻讓人感到一種無法言說的哀愁和沉重。「這些詩句不必附麗於任何倫常、政治、宗教等意念……描繪自然美妙的詩句，正在於他與人際生活和情感相關聯，美就在於『天人之意』的溝通。」〔註57〕

除了傳統意義上的內陸山水，唐人將目光還投向了宇宙和海洋，

〔註54〕〔唐〕劉長卿，北歸次秋浦界清溪館，見〔清〕彭定求等編，全唐詩（卷一四七）〔M〕，北京：中華書局，1999：1494。

〔註55〕〔唐〕劉長卿，謫官後卻歸故村將過虎丘悵然有作，見〔清〕彭定求等編，全唐詩（卷一四七）〔M〕，北京：中華書局，1999：1495。

〔註56〕〔唐〕劉長卿，送崔升歸上都，見〔清〕彭定求等編，全唐詩（卷一四七）〔M〕，北京：中華書局，1999：1497。

〔註57〕李澤厚，華夏美學〔M〕，北京：生活‧讀書‧新知三聯書店，2008：182。

試圖在更廣闊的領域內思考宇宙時空的盛衰之理，如「江畔何人初見月？江月何年初照人？」〔註58〕「海上生明月，天涯共此時」〔註59〕，「清迥江城月，流光萬里同」〔註60〕。在這些詩句中，詩人將山水和明月相連，從而追溯著宇宙與人類的發軔，在此時，山水之境和時間、空間、宇宙都糅和在一起，成爲了除卻建築之外盛衰之理展現的新的物質空間。試看張說的《入海》：

　　　　海上三神山，逍遙集眾仙。靈心豈不同，變化無常全。
　　龍伯如人類，一釣兩鱉連。金臺此淪沒，玉眞時播遷。問
　　子勞何事，江上泣經年。隰中生紅草，所美非美然。〔註61〕

　　這首詩通過對神仙世界的想像，來超越人世的焦慮。自古以來海洋一直是仙家的居所，秦始皇和漢武帝等霸主都曾在海上尋仙，因此海洋本身就帶有超越現實生活的神秘氣息。這首詩開頭想像了海洋的仙界性質，在神仙世界也變化無常，盛衰不定的描摹裏產生了一種深深的悵惘之情。由此可見，唐人對神仙世界的想像只是文學上的創作，在生命觀等大問題上還是保持著理性的態度，沒有產生宗教的迷狂，因此《入海》雖然有著求仙的外衣，但本質上還是抒發了詩人面對世事滄桑變化而產生的感傷之情。

　　總之，唐人用審美的目光審視山水，用敏銳的情感捕捉著山水世界的自然消歇，並在這其中融入個人生命的盛衰體驗和個人日常行跡。詩人把個人的生命融入山水世界中，用大化萬物的眼觀看待個人生命的軌跡，以此消解著個人生命盛衰的焦慮和人事上的煩惱，以靜觀的態度看待山水，企圖像山水花草一樣順應自然，委任生死。

〔註58〕〔唐〕張若虛，春江花月夜，見〔清〕彭定求等編，全唐詩（卷一一七）〔M〕，北京：中華書局，1999：1185。
〔註59〕〔唐〕張九齡，望月懷遠，見〔清〕彭定求等編，全唐詩（卷四八）〔M〕，北京：中華書局，1999：594。
〔註60〕〔唐〕張九齡，秋夕望月，見〔清〕彭定求等編，全唐詩（卷四八）〔M〕，北京：中華書局，1999：594。
〔註61〕〔唐〕張說，入海二首其一，見〔清〕彭定求等編，全唐詩（卷八六）〔M〕，北京：中華書局，1999：927。

三、日常生活與唐詩盛衰主題

唐詩中日常事物的大量出現要到中唐以後，伴隨著唐人審美的轉變和私人意識的興起，中唐詩人開始將日常生活中的事物大量寫入詩歌，在這樣一股審美風潮的變化下，唐詩盛衰主題也在日常生活空間和日常事物中發掘出新的表達方式。

（一）審美意識的轉變

中唐雖然是一個比較短暫的時期，然而在歷史上、文化上卻具有特殊而重要的意義，章太炎曰：「中國廢興之際，樞於中唐」〔註62〕。中唐是中國近世的轉型，也是中國文化與文學的轉型期。近代學者柳詒徵認爲「自唐室中晚以降，爲吾國中世紀變化最大之時期。前此猶多古風，後則別成一種社會。綜而觀之，無往不見其賊化之跡焉。」〔註63〕陳寅恪在《論韓愈》也指出：「唐代之史可分前後兩期，前期結束於南北朝相承之舊局面，後期開啓趙宋以降之新面，關於政治社會經濟者如此，關於文化學術亦莫不如此。」〔註64〕

中唐是經歷了「安史之亂」的一個特殊時期，其時政治腐敗、藩鎮割據、宦官專權的現實在人們的心靈上留下了抹不去的傷痛，他們希望到自然界、到主觀心靈中去尋找用以療傷的精神藥方。並且隨著韓愈、白居易等世俗地主登上政治舞臺，在這些文學巨匠的詩歌革新下，傳統崇高典雅的詩風轉向輕鬆戲謔，原本鄭重嚴肅的場景變得日常化，更確切的說也就是「世俗化」。世俗地主文化的「俗」特徵反映在時代精神上便是盛唐時期高揚明麗的情感世界已經不存在了，而是轉向普通人平凡的世俗生活。從「世俗化」來理解中唐文學的日常化、世俗精神，以及中唐文人的心態特質，這是理解中唐文學發展演變的獨特目光。川合康三指出，中唐時期是一個精神解放的時期，現

〔註62〕章太炎著，龐俊，郭誠永疏證，國故論衡疏證〔M〕，北京：中華書局，2008：419。

〔註63〕柳詒徵，中國文化史〔M〕，上海：上海古籍出版社，2001：549。

〔註64〕陳寅恪，金明館叢稿初編〔M〕，北京：生活・讀書・新知三聯書店，2001：332。

代化的個人主體意識更爲突出,「中國文學的歷史,看來每到關鍵時期,文學主體就由集團向個人接近吧,中唐不用說也是一個關鍵時期,是由古典性的集體向現代化的個人邁出一大步的時期。」〔註65〕李澤厚在《美的歷程》中詳細論述了中唐文藝的世俗化傾向,並且認爲中唐是中國封建社會由前期到後期的轉折,是中國古代社會的三大轉折之一。「世俗化」是私人敘事覺醒的一種表現方式,「世俗化」的興起是對傳統宏大敘事的挑戰,它體現了詩人的主體性、自由性,詩人將從實用角度自由選擇自己的命運,個體的獨特性決定了自我的生活方式;人們對信仰的崇拜感減少,崇高的信仰失落,而更鍾情於世俗生活中的日常感受。身處於國勢政局、社會風習、道德標準等等急劇變化之際,敏於感受、短於思索的中唐人難免常常產生強烈的茫無所適之感,唯有用豐富奢華的世俗生活來撫慰自己的心靈。雖然世俗化的風尚會帶來人們對物質享樂的迷戀,對低俗事物的追捧,可是「世俗化」更大意義上讓詩人們將目光從抽象宏大的說教,轉向了日常生活中細微的真實,這樣的轉變才是其最大的成就所在。可以說,發現世俗生活,注重享受現世的生活方式,趨俗尚異的社會風習是中唐最明顯的時代特徵,正如李肇、趙璘《唐國史補因話錄》所記載的那樣「長安風俗,自貞元侈於遊宴,其後或侈於書法圖畫,或侈於博棄,或侈於卜祝,或侈於服食。」〔註66〕在「世俗化」的影響下,中唐的詩歌呈現出一種新的審美特徵,盛衰主題詩作也不例外,但這一「世俗化」當然並不等於文學詩歌風格趨向庸俗、低俗、淺薄,而是體現在詩人對日常生活的關注,對日常價值的發掘,對「個體性」的重視,表現市井生活情趣。詩歌的「世俗化」是受文人心態的「世俗化」所浸染的,士人的行爲風範從實際出發,反映在詩歌創作上便是從日常生活中發掘詩意,將傳統宏大莊重的風格變得真摯親切,從而使詩歌

〔註65〕〔日〕川合康三,劉維治,張劍,蔣寅譯,終南山的變容〔M〕,上海:上海古籍出版社,2007:69。

〔註66〕〔唐〕李肇,趙璘,唐國史補因話錄,上海:上海古籍出版社,1979:60～61。

的表現方式煥然一新，也更具人性的眞實。

（二）唐詩盛衰主題中的日常生活

　　隨著審美風尚世俗化的轉變和私人意識的增長，唐詩中開始出現大量的日常生活。何謂日常生活？中西學者都有著不同的定義，我國日常生活批判哲學的研究者衣俊卿先生認爲：「日常生活是以個人的家庭、天然共同體等直接環境爲基本寓所，旨在維持個體生存和再生產的日常消費活動、日常交往活動和日常觀念活動的總稱，它是一個以重複性實踐爲基本存在方式，憑藉傳統、習慣、經驗以及血緣和天然情感等文化因素而加以維繫的自在的類本質對象化領域。」〔註67〕日常生活的這些特質不會因爲人類的階級、性別或是年齡而改變。在中國古代的傳統觀念中，個人的生老病死、衣食住行、親友交往等瑣事都被看做是平凡、庸俗且不登大雅之堂的，因此中唐以前，大部分文學作品都沒有涉及到作者的日常生活。中唐以後由於唐代政治經濟受到了較大打擊，文人們常常陷入窘迫的生活，明代胡應麟在《詩藪》中說道：「開元以前，詞人鮮弗達者。天寶以後，才士鮮弗窮者。」〔註68〕在詩歌和史料中我們都可看見，比如白居易、元稹、孟郊、賈島、劉禹錫等諸多詩人都曾有過極爲清貧的生活。「相似的清貧經歷帶來了相似的生活體驗以及情感共鳴，而在此基礎上，中唐文人通過詩文中的日常生活經驗交流，逐漸形成了一種共識，也即在平凡的日常生活中修煉自我……相近的清貧生活的經歷，相似的日常心境追求，且加上盛唐以來高官、貴族文人與寒庶文士平等交往觀念的形成，中唐分屬不同階層的文人的日常生活的差距得以縮小」〔註69〕。正因爲如此，唐人不僅樂於將日常生活入詩，還在日常生活中生發出了不同的審美情思與哲學意境。

〔註67〕衣俊卿，現代化與日常生活批判〔M〕，北京：人民文學出版社，2005：31。
〔註68〕〔明〕胡應麟，詩藪，上海：上海古籍出版社，1979：174。
〔註69〕彭梅芳，中唐文人日常生活與創作關係研究〔M〕，北京：人民出版社，2011：28。

在這樣的時代背景和詩歌發展形勢下，唐詩的盛衰主題也在日常生活間發掘出了更深厚的人性內涵和新的敘寫方式。日常生活是詩人生命最平實的記錄，它對個人的影響往往是無形而深刻的。平日裏最親近的朋友親人、日常享用的事物、經常使用的器具、日常的攀談與遊戲等等，這些看似瑣碎的事物更能引起詩人深沉的情思。比如親人去逝之後，目睹亡者生前之物，其所引發的對生命盛衰之感的體驗絲毫不亞於輝煌的歷史遺跡帶給詩人的觸動。因此，日常生活在某種程度上將盛衰意識從抽象的哲思，變成了平凡生活中的人生體味。

首先，與初唐盛衰詩作中宏大的宮廷建築相比，中唐之後的詩人逐漸將目光轉向了日常生活中的私人空間。試看張籍的《傷歌行》：

> 黃門詔下促收捕，京兆君係御史府。出門無復部曲隨，親戚相逢不容語。辭成謫尉南海州，受命不得須臾留。身著青衫騎惡馬，東門之東無送者。郵夫防吏急喧驅，往往驚墮馬蹄下。長安裏中荒大宅，朱門已除十二戟。高堂舞榭鎖管絃，美人遙望西南天。〔註70〕

這首詩描寫了在唐代貶官制度下，文人因政治變換而生活在榮辱不定、福禍瞬息萬變的情形之下。在政治清明，黨爭較少的時代，朝廷對於貶官的處理一般較為輕鬆和寬容，然而中唐黨爭甚為嚴重，朝廷之間的各派系鬥爭十分劇烈。貶官已經不再是一種朝廷政策，而是黨派之間互相傾軋、攻訐與迫害的手段。《唐會要》記載：「長壽三年五月三日敕，自今之後，準格及敕，應合決杖人，若有便流移左貶之色，決訖，許一月內將息，然後發遣。其緣惡逆指斥乘輿者，臨時發遣。」〔註71〕這首詩便是在這樣動蕩的政治背景下發生的，詩歌開頭描寫了官員被貶謫發配時的嚴峻局面：被貶官員匆匆和親人分離，連

〔註70〕〔唐〕張籍，傷歌行，見〔清〕彭定求等編，全唐詩（卷二四）〔M〕，北京：中華書局，1999：312。

〔註71〕〔北宋〕王溥，唐會要（卷四一）〔M〕，上海：上海古籍出版社，2006：859～860。

留別的話也不讓說。在一些官吏的驅遣下，被發配的人騎著羸弱的馬匹，甚至會被小吏的呵斥聲嚇得墜下馬，對一名士人來說這是多麼殘忍而又狼狽的一幕。詩歌的後半部分通過這些被貶官吏留下的荒宅，抒發了世事變化，盛衰更迭的悵惘之情，曾經的舞榭歌臺早已人去樓空，演奏音樂的管絃也被鎖入深宅，曾經被寵愛的美人只能悵惘地望著天空，留下無盡的荒涼與哀淒。詩歌的前半部描繪了官員突然被發配，倉皇離開京城的淒涼場景，後半部分在日漸零落稀少的朱門宅邸間，抒發著榮辱變換、歡樂不再的感慨，進而對文人命運的盛衰變化進行了痛心的感歎。再看白居易的《秦中吟・凶宅》：

> 長安多大宅，列在街西東。往往朱門內，房廊相對空。梟鳴松桂樹，狐藏蘭菊叢。蒼苔黃葉地，日暮多旋風。前主爲將相，得罪竄巴庸。後主爲公卿，寢疾歿其中。連延四五主，殃禍繼相鍾。自從十年來，不利主人翁。風雨壞簷隙，蛇鼠穿牆墉。人疑不敢買，日毀土木功。嗟嗟俗人心，甚矣其愚蒙。但恐災將至，不思禍所從。我今題此詩，欲悟迷者胸。凡爲大官人，年祿多高崇。權重持難久，位高勢易窮。驕者物之盈，老者數之終。四者如寇盜，日夜來相攻。假使居吉土，孰能保其躬。因小以明大，借家可喻邦。周秦宅殽函，其宅非不同。一興八百年，一死望夷宮。寄語家與國，人凶非宅凶。〔註72〕

詩人描寫了長安大宅風光不再，人去樓空的蕭條景象。作爲官吏居所的宅邸，空蕩冷寂的朱門大宅暗示了士人的宦海沉浮，盛衰變換。詩人由個人宅邸聯想到了國家城池，二者一個爲私人空間、一個爲公共空間，一個見證了個人的榮耀失落，一個見證了國家的昌盛衰亡。但它們本身只是這盛衰變化的見證，並不能左右政治的變換與國家的興衰。因此詩人最終得出了「權重持難久，位高勢易窮」、「人凶非宅凶」的結論。再看一首《秦中吟・傷宅》：

〔註72〕〔唐〕白居易，凶宅，見〔清〕彭定求等編，全唐詩（卷四二四）〔M〕，北京：中華書局，1999：4667。

　　　　誰家起甲第，朱門大道邊？豐屋中櫛比，高牆外迴環。
　　累累六七堂，棟宇相連延。一堂費百萬，鬱鬱起青煙。洞
　　房溫且清，寒暑不能幹。高堂虛且迴，坐臥見南山。繞廊
　　紫藤架，夾砌紅藥欄。攀枝摘櫻桃，帶花移牡丹。主人此
　　中坐，十載爲大官。廚有臭敗肉，庫有貫朽錢。誰能將我
　　語，問爾骨肉間：豈無窮賤者，忍不救飢寒？如何奉一身，
　　直欲保千年？不見馬家宅，今作奉誠園？〔註73〕

　　與前一首詩極力表現大宅的衰落景象不同，這首《傷宅》集中筆
墨鋪排了大宅的富麗豪奢，鱗次櫛比的房間，華貴的大家氣象，主人
也是官位顯赫、仕途順利。然而詩人不禁發問：「既然您擁有如此多
的金錢和糧食，爲何不救濟窮苦，難道僅僅想要滿足於一身的享受，
就想要永葆千年的繁華嗎？」最後以深刻而冷靜的一句「不見馬家
宅，今作奉誠園」做結，留下好景不長、繁盛富貴難持久的深意留給
讀者去反思。

　　與初唐從宏大的宮殿建築生發盛衰意識不同，中唐詩人在個人
平日生活的宅邸間感慨著人生無常，抒發著宦海沉浮之思。初唐詩
人盧照鄰、駱賓王等從豪奢的宮廷建築、繁華的都市生活聯想到歷
史上由盛轉衰的著名人物，最後得出盛極而衰，好景不長的體悟。
中唐詩人沒有描繪宏大巍峨的宮殿建築，而是轉向和自己切身相關
的居所，盛衰變化也不僅僅是發生在古人身上的教訓，而是無比眞
實地發生在自己和周遭的同僚之間。初唐時期儘管有著朝廷和士族
門閥之間的政治鬥爭，但那畢竟和身處低位的詩人們生活距離較
遠。而且作爲庶族知識分子代表的「四傑」，在內心深處強烈渴望登
上政治舞臺，士族門閥的衰落只會帶給他們更多的機會，因此政治
的變換並沒有直接帶給他們盛衰變化的強烈感覺。中唐的黨派之爭
直接發生在詩人現實的生活之中，白居易、元稹、劉禹錫、韓愈、
柳宗元等人都受過黨派之爭的連累，貶官放逐更是屢見不鮮。詩中

〔註73〕〔唐〕白居易，傷宅，見〔清〕彭定求等編，全唐詩（卷四六一）
　　　　〔M〕，北京：中華書局，1999：5279。

京城宅邸的主人可能是詩人的朋友，同僚，也有可能是詩人自己，因此詩歌在表現宅邸的繁華和衰敗時，都有一種身臨其境的寫實感，更加細膩眞實，如「梟鳴松桂樹，狐藏蘭菊叢。蒼苔黃葉地，日暮多旋風……風雨壞簷隙，蛇鼠竄牆墉」（白居易《凶宅》），這樣眞實且具有親臨感的描繪是初唐所沒有的。此外，黨派之爭所帶來的迫害就發生在自己身邊，也隨時可能落到自己頭上，因此詩人表現出的那種盛衰變換、富貴無常就不僅僅是一種抽象的哲理了，而是包含著深重的沉痛。比如張籍《傷歌行》中描寫了官吏被貶的狼狽情態「郵夫防吏急喧驅，往往驚墮馬蹄下」：曾經享受著朱門大宅，歌館樓臺以及美女環繞的京城大官，突然變成了被小卒小吏隨意呵斥的階下囚，甚至還因驚懼狼狽墜馬，這是何等的令人不忍和痛心。總之，和初唐同類型題材的盛衰主題詩作相比，發生在個人宅邸裏的盛衰變化，以及由此而生的盛衰之思都較少對繁華景象作充滿欽羨的鋪排渲染，而是多了對衰敗之景充滿親歷感的細緻描寫，從而讓富貴變換、盛極難續的哲思變得貼近詩人自己的人生，情感更爲眞實沉痛，傳達出的悲劇感也更震撼人心。

其次，除了將目光從公共建築轉向私人空間，盛衰主題對日常生活中的器物描寫，也產生很明顯的不同以往的藝術效果：一方面將盛衰主題的悲劇感從宇宙生命轉向生活中切實的辛酸，另一方面又產生了一種輕鬆戲謔的風格：

> 一別一回老，志士白髮早。在富易爲容，居貧難自好。沉憂損性靈，服藥亦枯槁。〔註74〕（孟郊《怨別》）

> 貧病誠可羞，故床無新裝。春色燒肌膚，時餐苦咽喉。〔註75〕（孟郊《臥病》）

> 窮居積遠念，轉轉迷所歸。幽蕙零落色，暗螢參差飛。

〔註74〕〔唐〕孟郊，怨別，見〔清〕彭定求等編，全唐詩（卷三七三）〔M〕，北京：中華書局，1999：4204。
〔註75〕〔唐〕孟郊，臥病，見〔清〕彭定求等編，全唐詩（卷三七三）〔M〕，北京：中華書局，1999：4205。

病生秋風箪，淚墮月明衣。無愁坐寂寞，重使奏清徽。〔註
76〕（張籍《夜懷》）

對於貧士而言，自然物候、歷史變遷固然會引發個人的盛衰之思，
然而現實生活的窘迫更是讓他們真實體會到了身體、心態以及人生理
想等各方面的盛衰變化。貧士沒有大富大貴的經歷，所以不易產生，
也不常抒發富貴難持久的感慨，他們有著深切感受的只是身體髮膚和
個人心態的盛衰變化，這其中生活器物的出現，讓盛衰之思流露出的
悲劇感，化為生活中質樸的辛酸，讓寒士生活的悲劇更具生動性和表
現力。以「藥」這一意象為例，「藥」對於唐人的意義是非同尋常的，
《全唐詩》中「藥」出現了 1862 次，藥對於生活優越的文人是一種雅
趣與追求駐顏的希冀，但對於像孟郊這樣的貧士來說則在人之衰亡時
維持生命的希望。在上文提到的《怨別》中，詩人與友人在數次的相
逢與別離後，在人事的流轉中，發現內心的理想已經成為折磨自己衰
老的負擔，在富貴使人安逸、貧窮難以舒適的局面下，服藥也不能阻
擋詩人身心的衰老。在這裡連「藥」都無法挽救詩人日益衰落的身心，
凸顯出詩人在貧窮折磨下早枯的生命，以及衰敗的理想。在第二首《臥
病》中，詩人描寫了自己貧窮困窘的生活狀態，並為之而慚愧：破舊
的臥具上擺著殘破的大衣，而這一景象發生在美好的春意中，在自然
的生意盎然和個人生活的破敗裏，詩人為我們呈現出來一種另類的盛
衰對比感，無關抽象的宇宙生命，只是貧士生活中的不易與辛酸。

張籍的《古釵歎》〔註 77〕通過描寫一隻從古井輾轉到女子匣中
的古釵，流露出一種盛衰流轉，命運不定的感觸。詩歌開頭寫了從井
中發現的黯然失色的古釵，「古釵墮井無顏色，百尺泥中今復得」，然
後經女子的擦拭又生出往日的熠熠光輝，「女伴傳看不知主，羅袖拂
拭生光輝。蘭膏已盡股半折，雕文刻樣無年月」，最後筆鋒一轉「雖

〔註76〕 〔唐〕張籍，夜懷，見〔清〕彭定求等編，全唐詩（卷三八三）〔M〕，
北京：中華書局，1999：4311。

〔註77〕 〔唐〕張籍，古釵歎，見〔清〕彭定求等編，全唐詩（卷三八二）
〔M〕，北京：中華書局，1999：4294。

離井底入匣中，不用還與墜時同」預示著古釵也許又將被廢棄。詩人通過一枝古釵的「命運」，用輕鬆遊戲的筆調渲染出一種事物盛衰流轉，命運身不由己的情思。再看張籍描寫的一位昔日勇猛無比，今日躬身憔悴的老將：

> 鬢衰頭似雪，行步急如風。不怕騎生馬，猶能挽硬弓。
>
> 兵書封錦字，手詔滿香筒。今日身憔悴，猶誇定遠功。〔註78〕

馬匹、弓箭、兵書、手詔都是古代將軍的日常用品，詩人沒有用追憶渲染老將昔日的風采，而是用他身邊的日常器物凸顯老將雖然面貌憔悴，但心氣依然高昂的狀態。詩人用鬢似雪、身憔悴描寫老將如今的衰老，而用生馬、硬弓、錦字等日常事物暗示老將曾經的輝煌，在這微妙盛衰的對比間一個身老心不老的將軍便躍然而出。

此外，日常生活的場景讓盛衰主題充滿了生活情趣和人性的濃濃溫情。試看白居易《郡齋暇日辱常州陳朗中使君早春晚坐水西館書事詩十六韻見寄亦以十六韻酬之》：

> 新年多暇日，晏起褰簾坐。睡足心更慵，日高頭未裹。
> 徐傾下藥酒，稍爇煎茶火。誰伴寂寥身，無弦琴在左。遙
> 思毗陵館，春深物嬝娜。波拂黃柳梢，風搖白梅朵。衙門
> 排曉戟，鈴閣開朝鎖。太守水西來，朱衣垂素舸。良辰不
> 易得，佳會無由果。五馬正相望，雙魚忽前墮。魚中獲瑰
> 寶，持玩何磊砢。一百六十言，字字靈珠顆。上申心款曲，
> 下敘時坎坷。才富不如君，道孤還似我。敢辭官遠慢，且
> 貴身安妥。忽復問榮枯，冥心無不可。

在一系列日常閒適生活的描寫之後，詩人才緩緩道出「忽復問榮枯，冥心無不可。」詩歌保持著輕鬆戲謔的語調，在日常的自足和愜意中化解不可避免的生命的「榮枯」。詩中的「榮枯」一方面指個人身體的盛衰變化，一方面指個人名利的榮達困窘，由此可見

〔註78〕〔唐〕白居易，郡齋暇日辱常州陳朗中使君早春晚坐水西館書事詩十六韻見寄亦以十六韻酬之，見〔清〕彭定求等編，全唐詩（卷四三一）〔M〕，北京：中華書局，1999：4770。

中唐以白居易爲代表的詩人，對盛衰變化的把握偏向於個體生命的變化，較少像初盛唐詩人那樣進行哲理化的求索。他們在日常天地發掘出了生活的樂趣，形成了一套自適的哲學。再看白居易的《觀兒戲》：

> 髫齔七八歲，綺紈三四兒。弄塵復鬥草，盡日樂嬉嬉。堂上長年客，鬢間新有絲。一看竹馬戲，每憶童騃時。童騃饒戲樂，老大多憂悲。靜念彼與此，不知誰是癡。〔註79〕

小孩子拿著鬥草，每天都是那樣歡樂，年老的詩人由此在歲月盛衰的變化裏，追憶起曾經的單純，反思成人之後在複雜人事下逐漸悲傷的心靈，不禁感歎孩子和自己到底誰才是無知的呢？詩歌沒有僅僅用孩子的年少和個人的衰老進行對比，而是進一步在日常的溫馨情景中產生了對成年人生活狀態的反思，在傳統的盛衰對比間增加了人性的深度。

最後，在表現生命遷逝詩作中日常生活場景的還原，以及逝者生前遺物的運用，使得詩人對個體生命的盛衰不再只是抽象的充滿哲理的求索，而是充滿了深層次的人性內涵。對於有感情的人類來說，最驚心的盛衰變化不是自然物候的變換或歷史的變遷，而是身邊摯愛親人的死亡。發生在身邊的生命消逝，對人類生命觀的衝擊是極大的，但中國古人面對死亡這一問題始終保持著理性的態度，很少滑入宗教的迷狂。孔子曰：「未知生，焉知死」〔註80〕，主張積極入世以求得有限生命在無限世界中的不朽，表現了儒家典型的「人間情結」。道家試圖以絕對的精神自由來超越生死，但卻在內心深處嚮往著生命的永恆，對生命短暫而宇宙長存抱有至深的遺憾。唐人一直對生死保持著理性的看法，都比較執著於此生的人間情結，也正是因爲缺少宗教的慰藉，人們對死充滿了恐懼，死亡就意味著此生的結束和生命的終止，因此表現生命衰逝的詩歌充滿了沉重的哀痛。自然物候的變化常

〔註79〕〔唐〕白居易，觀兒戲，見〔清〕彭定求等編，全唐詩（卷四三三）〔M〕，北京：中華書局，1999：4794。
〔註80〕楊伯峻，論語譯注〔M〕，北京：中華書局，1980：113。

常令詩人感傷，那麼生活中至親之人的離去，更是讓詩人們真切體驗到生命盛衰所帶來的悲涼體驗。下面試看元稹的一組悼念亡妻的詩作——《遣悲懷》三首：

> 謝公最小偏憐女，自嫁黔婁百事乖。顧我無衣搜藎篋，泥他沽酒拔金釵。野蔬充膳甘長藿，落葉添薪仰古槐。今日俸錢過十萬，與君營奠復營齋。〔註81〕

> 昔日戲言身後意，今朝皆到眼前來。衣裳已施行看盡，針線猶存未忍開。尚想舊情憐婢僕，也曾因夢送錢財。誠知此恨人人有，貧賤夫妻百事哀。〔註82〕

> 閒坐悲君亦自悲，百年都是幾多時。鄧攸無子尋知命，潘岳悼亡猶費詞。同穴窅冥何所望，他生緣會更難期。唯將終夜長開眼，報答平生未展眉。〔註83〕

韋氏嫁給元稹的七年間，正是詩人政治上受排擠、生活上較為貧困的歲月，詩人在妻子去世後一直心懷愧疚，「顧我無衣搜盡篋，泥他沽酒拔金釵。野蔬充膳甘長藿，落葉添薪仰古槐」，「惟將終夜長開眼，報答平生未展眉」。在日常生活中，戀人們總會在玩笑間談論生死，似乎只有經歷生死的愛情才分外可貴，這本是戀人間溫馨而甜蜜的生活點滴，可在詩人面前，這曾經調皮的玩笑卻變成了一語讖言，「昔日戲言身後意，今朝都到眼前來」，曾經歡愛的象徵讓如今荒涼的景象更加哀慟。詩人打點妻子所遺存的衣物、針線，照料妻子所牽掛的婢僕，在日常瑣碎間表達了生命盛衰的無情和殘忍。

> 竹簟襯重茵，未忍都令卷。憶昨初來日，看君自施展。〔註84〕（元稹《竹簟》）

〔註81〕〔唐〕元稹，遣悲懷其一，見〔清〕彭定求等編，全唐詩（卷四零四）〔M〕，北京：中華書局，1999：4520。

〔註82〕〔唐〕元稹，遣悲懷其二，見〔清〕彭定求等編，全唐詩（卷四零零）〔M〕，北京：中華書局，1999：4520。

〔註83〕〔唐〕元稹，遣悲懷其三，見〔清〕彭定求等編，全唐詩（卷四零零）〔M〕，北京：中華書局，1999：4520。

〔註84〕〔唐〕元稹，竹簟，見〔清〕彭定求等編，全唐詩（卷四零零）〔M〕，北京：中華書局，1999：4521。

　　憶昔歲除夜，見君花燭前。今宵祝文上，重疊敘新年。
閒處低聲哭，空堂背月眠。傷心小兒女，撩亂火堆邊。〔註
85〕（元稹《除夜》）

　　這兩首詩都借用逝者生前的日常之物，來表現逝者生前生活的細
節，一種物是人非之感油然而生。除卻日常之物，日常生活的場景也
常常被詩人用來追憶，曾經的除夜是花燭下美麗的妻子，而今只剩下
寂寞空堂的寥落。詩人喜歡用曾經生活中歡樂的景象，對比如今的淒
涼光景，傳達出妻子的逝去對自己生命的重大打擊。

　　白居易也有一些悼念親朋、睹物思人的優秀詩作：

　　衣上今日淚，籃中前月書。〔註86〕（《哭王質夫》）

　　昔君烏紗帽，贈我白頭翁。帽今在頂上，君已歸泉中。
〔註87〕《感舊紗帽》

　　故衣猶架上，殘藥尚頭邊。〔註88〕《病中哭金鑾子》

　　詩人睹物思人，人已去，物還在，這是最為真切的盛衰體驗。最
熟悉的事物和人，往往是人們平日最易忽略的，而在親人消逝之後，
平日不起眼的事物才陡然變得特殊，因此最易引發詩人們進行盛衰之
思的，不是瞬間的物候變遷和抽象的歷史興衰，而是個人日常生命中
親人的消逝。

　　中唐，私人意識的興起和審美風尚的世俗化，讓詩人們將目光投
向日常生活。因此盛衰主題發生的場景也逐漸轉移到個人生活之中，
詩人對盛衰之變的思考由外在的都城建築、自然物候轉向個人的身體
變化和日常生活。在日常化的場景中，盛衰主題的審美風格也有了極

〔註85〕〔唐〕元稹，除夜，見〔清〕彭定求等編，全唐詩（卷四零零）〔M〕，
　　　　北京：中華書局，1999：4521。

〔註86〕〔唐〕白居易，哭王質夫，見〔清〕彭定求等編，全唐詩（卷四三
　　　　四）〔M〕，北京：中華書局，1999：4812。

〔註87〕〔唐〕白居易，感舊紗帽，見〔清〕彭定求等編，全唐詩（卷四三
　　　　一）〔M〕，北京：中華書局，1999：4766。

〔註88〕〔唐〕白居易，病中哭金鑾子，見〔清〕彭定求等編，全唐詩（卷
　　　　四六一）〔M〕，北京：中華書局，1999：4780。

大的變化，從傳統的深沉的悲痛、詩意的感傷變爲眞實生活中的辛酸，並帶有輕鬆的調侃。除此之外，表現生命遷逝的詩作中出現了大量日常生活場景，展現了以生死爲代表的盛衰體驗對詩人最直接而沉重的觸動。

第三節　小結——時代與盛衰之思

一、唐人盛衰意識的演變

　　隨著時代的變化，唐詩盛衰主題的側重也會有所不同。初唐時期，受到魏晉兩漢生命主題詩歌的影響，唐人在自然物候的變化間感受著事物的盛衰變化，由此而發的盛衰之變多指青春與美好的易逝。除此之外，在繁華的都市建築裏，詩人產生了對浮華都市生活的嚮往，也流露出了富貴難續、好景不長的哲思。值得注意的是張若虛和陳子昂盛衰主題詩作中所流露出的宇宙意識，這是前代難以見到的。從唐代開始，禪宗的盛行讓人們對山水世界產生了審美性質的體悟，山水詩大量興起，山水自然成爲了唐代詩人最樂於表現的題材之一，人們在山水自然中找到了靈魂的棲息之地。伴隨著對這一新世界的發掘，唐人的盛衰意識也有了一些變化，在一些詩歌中，盛衰之變不再僅僅是一種線性的時間規律，而是和個人情感相變化相聯繫，成爲個人片刻心境的表現。自然山水的變化和人類情感的流動相融合，沒有強烈的盛衰對比，也沒有抽象的道理說辭，盛衰之思成爲人們行走在這世界上的生命體驗。中晚唐時期，私人空間的發掘又使得唐人將目光投向了日常生活，許多盛衰主題的詩作都放置在日常生活的情境之中。在這些詩作中，盛衰意識不僅僅是抽象而凝重的哲學思考和充滿悲劇性的生命認知，還包含著對現實生活層面辛酸的體驗。總之，在不同時代由於政治、文化、審美風尚的變化，唐人詩歌中所流露出的盛衰意識的內涵也是各有偏重的。

二、不同時期盛衰在詩中的比例分配及其原因

　　正如本文序言所分析的，盛衰意識從宏大的層面上看是一種線性宇宙時空意識，自小觀之則是個人對萬事萬物的敏銳把握，可以看作是一種個人的心境。並不是有著強烈盛衰對比的，才可看作是盛衰意識或是詩歌的盛衰主題，詩人們往往對盛衰的表現不是平均分配的，不同時期、不同的心境下，會對盛的一方或衰的一方有所偏重。一些詩作滿篇看去都是蕭瑟的衰敗，但無盛何來衰，衰敗是由繁盛繁衍而來。同樣，一些詩作整篇都在渲染一派華麗繁盛的歡樂景象，卻在結尾陡然生出盛極難續的悲涼。因此，對盛衰主題和盛衰意識的把握要從整首詩的情感來把握，不能機械化。從生命層面來講，從《詩經》開始，中國古代文學就一直貫穿著一股對生的眷戀。受先秦儒道兩家生命觀的影響，唐人也一直關注於現實的生，對現實的生活抱有極大的熱情。對生的強烈熱情，使得唐詩很少涉及死亡這一話題，表現在盛衰主題上，便是詩人在一些詩作中以極大的篇幅描寫事物或生命的繁盛之貌，而對由盛而衰的轉變一筆帶過，即使是表現生命盛衰變化的詩也是偏重在逝者日常生活的情境中去追憶。然而也正是因為唐人對生命的熱愛，他們對死亡和衰老總是抱著恐懼的心態，生命的盛衰變化在潛意識裏引發著詩人的焦慮。對死亡衰變抱有恐懼心理，對其也就十分敏感，身體髮膚的細微變化都會引起一陣驚懼。在一些詩作，尤其是中晚唐詩人的作品中，對身體髮膚衰敗的感觸會籠罩全篇，由於這樣的心境，詩歌中的自然意象要麼蕭瑟，要麼展現出一種永恆的性質，從不同的角度襯托著人類生命的衰變。從現實生活層面來看，儘管唐王朝經歷著變動，唐代士人卻始終對政治抱有較高的熱情，甚至在晚唐黨派紛爭，政治局面非常不樂觀的情況下，杜牧、李商隱、李賀等人都還保持著一顆關心時局、干係國家的心。因此在表現理想盛衰的詩作中，儘管充滿著理想失落的滿腹怨憤，但曾經高昂的意氣和還未澆滅的理想還是會出現在詩歌之中。除此之外，在表現愛情的詩作中，愛情的萌生與失落並不會十分明顯，更大程度上是一

種隱藏著的感情暗流，像宮怨詩一類的作品，感情的起伏消歇還較容易把握，然而像李商隱這類偏愛表達主觀化情感的詩人，他們詩中愛情的盛衰變化始終是隱秘而具有象徵性的，需要仔細體味和把握。

三、不同身份的詩人對盛衰意識的理解

除了時代和情感因素，不同身份的詩人也會對盛衰意識有著自己的理解和不同角度的偏重。初唐詩人，以「四傑」爲代表，他們詩歌中的盛衰之變多指富貴地位、繁華氣象的倏忽變化、難以持久。這樣的理解和「四傑」的庶族知識分子地位有關，憑藉科舉剛登上政治舞臺的青年人，在政治環境較爲開明的情況下對功名富貴有著強烈的渴求，因此他們眼中的盛衰意識多指繁華景象的變化和功名富貴的難以持久。對於杜甫、李白等生活在開元盛世，又經歷了安史之亂、充滿生活歷練，又有極強抱負心的詩人來說，盛衰之變既是個人理想生命的變化，也是家國興亡的歷史變遷。而以白居易、韓愈、元稹爲代表的庶族出身的知識分子，在世俗文化的浸染下，對盛衰之變的理解則偏向於個人身體髮膚的細微變化，以及個人心態的微妙改變。

第五章　唐人的悲劇意識──
以唐詩盛衰主題爲中心

第一節　中國古代的傳統文化與悲劇意識

一、傳統文體與悲劇意識

　　悲劇，是個美學範疇。這個美學範疇是從古希臘美學中產生的，是古希臘美學家在對古希臘文學特別是古希臘戲劇作品的理性考察中建立起來的。這個美學範疇隨著西方文學的發展和西方美學理論的發展不斷豐富著，同時也不斷發生著或明或暗的演變。到二十世紀，隨著中外文學交流的加強，這個美學範疇也從西方傳入中國，並成爲中國現當代美學理論中的一個美學範疇，它主要指古希臘劇種中人和命運的對抗，並由此而產生的悲壯與崇高感。從中國文學發展的角度來看，戲劇一直不是文學的主流，直到明清時期才出現了一些較爲經典的作品。但是戲劇的發展並不能和古人的悲劇意識相對等，自《詩經》開始中國古人對自身生命和現實生活就有著悲劇性的認知。從漢末古詩十九首開始，文人就以蒼涼的詩句訴說著生命中的悲劇，魏晉南北朝時伴隨著個人精神的覺醒，儒家思想統治地位的動搖，傳統的道德倫常崩壞再加上黑暗的政治環境，敏感的詩人們洞察到了生命中

無法彌合的不圓滿，紛紛在詩作中呈現出生命的悲劇意識。唐代以來，隨著詩歌這一文體的成熟，傑出的唐代詩人熟練而充滿天才性地運用了詩歌這一文體，將自己的人生行跡、生活中的喜怒哀樂、哲學上的思索認知都放在了詩歌之中。唐詩中所傳達出的悲劇意識除了生命盛衰、歷史興亡的悲劇意識，還有切實生活中理想與愛情的悲劇。可以說，唐人將自己對生命和生活的全部體悟都放進了詩歌之中。隨著中國文學的發展，宋詞、元曲、雜劇等依次成爲了各時代具有代表性的文學體裁，文人對時代和生命的悲劇性認識也體現在不同的文體中，《竇娥冤》、《趙氏孤兒》、《梧桐雨》更是被看作是中國古典悲劇的典範。儘管如此，在戲劇產生之前，即使戲劇產生之後，詩歌一直是傳統文人最爲看重的題材。因此文人的悲劇情懷更多的是傾吐在詩歌之中。中國沒有西方傳統意義上的悲劇，並不代表中國古人沒有悲劇意識，只是中國古人的悲劇意識大都是以詩歌的形式傳達出來，這是中西方文化和思維的差異所決定的。

二、中國傳統文化下的悲劇意識

西方的悲劇感來源於人類感受到自我與整個宇宙、整個大自然、整個世界的分裂和對立。也就是說，人類與宇宙、自然、世界的對立意識是人類悲劇觀念產生的基礎。沒有這種對立意識，就沒有人類的悲劇觀念；有了這種對立意識，就有人類的悲劇觀念。而在中國古代的傳統文化中，恰恰缺少這種對立意識，誠如宗白華先生說的：「中國人感到宇宙全體是大生命流動，其本身就是節奏與和諧。人類社會生活裏的禮和樂是反射著天地的節奏與和諧。一切藝術境界都根基於此。但西洋文藝自希臘以來所富有的悲劇精神，在中國藝術裏卻得不到充分的發揮，又往往被拒絕和閃躲。人性由劇烈的內心矛盾才能掘發出深度，往往被濃摯的和諧願望所淹沒。固然中國人心靈裏並不缺乏那雍穆和平大海似的幽深，然而由心靈的冒險，不怕悲劇，從窺探宇宙人生的危岩雪嶺，而爲莎士比亞的悲劇、貝多芬的樂曲，這卻是西洋人生波瀾壯闊的造

詣。」〔註1〕爲何中國古人沒有生發出如此鮮明的人與命運的對立？那是因爲在中國傳統的思維方式中，人和天並不是對立的，而是與天地自然融爲一體的。在中國傳統文化中有著「一氣說」的觀點，對此《莊子·知北遊》有著詳細論述：「生也死之徒，死也生之始，孰知其紀！人之生，氣之聚也；聚則爲生，散則爲死。若死生爲徒，吾又何患！故萬物一也。」〔註2〕也就是說世間萬物都來源於氣，人也處在這個強大的氣場之中，與天地宇宙具有無所不在的聯繫，由此可見，「一氣說」就是傳統「天人合一」理論的另一種表達形式。此外中國古人提倡一種剛健之美，一種積極明朗的生命態度。《易經》有關於乾坤、剛柔、男女、陰陽的論述，而在這兩極的對比中古人最看重「陽」的價值。《周易》認爲「乾」壯大美麗，正所謂「大哉乾元！萬物資始，乃統天。」〔註3〕儒學認爲「陽剛」是一種大美，是一種孕育萬物、生生不息的力量，《易傳·序卦》中的一段話集中體現了由陽剛之美擴展而來的樂觀明朗的生活態度：「家道窮必乖，故受之以睽。睽者，乖也。乖必有難，故受之以蹇。蹇者，難也。物不可以終難，故受之以解。」〔註4〕所有事物都是可解的，包括人和天地命運的關係，這一論點從根本上否定了西方悲劇人類與命運中那種不可調和的矛盾。因此「它（儒家）不強調罪惡、恐怖、苦難、病夭、悲慘、怪屬諸因素，也很少有突出的神秘、壓抑、自虐、血腥……突出的是對人內在道德和外在活動的肯定性的生命讚歎和快樂，即使是災禍、苦難也認爲最終會得到解救」〔註5〕。此外，中國的悲劇意識不是強烈的對立與抗爭，而是在靜觀中思索著生命的終極答案。李澤厚先生曾說過：「（儒家）把情感引向現實人際的方向，便不是那種人與神的關係，不是人與環境或自然的鬥爭，而是親子、君臣、夫婦、兄弟、朋友、親族、同胞……這種種人際關懷，以及由這種種關

〔註1〕　宗白華，藝術與中國社會〔J〕，學識，1947，1（12）：15～18。
〔註2〕　雷仲康譯注，莊子〔M〕，太原：山西古籍出版社，1999：64。
〔註3〕　〔明〕來知德譯注，周易集注〔M〕，北京：九州出版社，2004：157。
〔註4〕　〔明〕來知德譯注，周易集注〔M〕，北京：九州出版社，2004：722。
〔註5〕　李澤厚，華夏美學〔M〕，北京：生活·讀書·新知三聯書店，2008：250。

懷所帶來的種種人生遭遇和生活層面，如各種生離死別、感新懷舊、婚喪弔賀、國家災難、歷史變故……被經常地、大量地、細膩地、反覆地詠歎著、描述著、品味著。人的各種社會性情感在這裡被交流、被加深、被擴大、被延續……也正因為如此，情感的人際化引向種種仁愛為懷、溫情脈脈的世俗留戀，各種自然放縱的情慾、性格、行為、動作，各種貪婪、殘忍、兇暴、險毒的心思、情緒、觀念，各種野蠻、狡狠、欺詐、淫蕩、邪惡，那種種在希臘神話和英雄天神們也具有的惡劣品質和情操，在中國古典詩文藝術中大都被排斥在外。」〔註6〕

　　當然，中國傳統的道德倫理和現實制度都從不同角度對文人造成了壓抑，它們帶來的痛苦並不亞於命運帶給他們的困惑。無論是傳統意義上「禮」與「仁」之間的矛盾、還是科舉制度、婚姻制度等社會制度本身的教條，都會對傳統文人的生命造成不可化解的悲劇，但這些傳統倫理制度恰恰是他們立身處世的基礎，他們本身就是這些傳統的一部分，因此這樣的壓抑便更加深重了。可以說，中國悲劇對現存衝突的解決不是形而上，而是形而下的；不是訴諸某種「絕對理念」的自我發展和自我完善，而是訴諸從根本上解決現實生活的矛盾和衝突。

第二節　唐前詩歌中的悲劇意識

　　中國古人悲劇意識的產生，首先是伴隨生命意識的覺醒。在先秦時期的詩歌作品中，詩人就已經流露出理性的生命意識。中國古人的悲劇感，首先來源於線性時間下自然萬物的盛衰枯榮，歷史的滄桑變換，詩人們在傷春悲秋、由物及我的情感線索中建立起自然與生命的連結。《曹風‧蜉蝣》從蜉蝣的朝生暮死聯想到人生的短暫：「心之憂矣，於我歸處？」〔註7〕《唐風‧蟋蟀》由蟋蟀的秋鳴聯想到人生之秋：「蟋蟀在堂，歲聿其莫。今我不樂，日月其除。」〔註8〕除卻《詩

〔註6〕 李澤厚，華夏美學〔M〕，北京：生活‧讀書‧新知三聯書店，2008：151。
〔註7〕 戚國譯注，詩經〔M〕，長沙：嶽麓書社，2006：34。
〔註8〕 陳戚國譯注，詩經〔M〕，長沙：嶽麓書社，2006：84。

經》中所體現出的生命的悲劇意識，《楚辭》和《離騷》則可以看做是最早表現士人理想悲劇的詩作。屈原力圖在傳統道德規範和國家意志下實現自己理想，然而這二者卻和個人獨立自由的人格有著極深的矛盾，這便是屈原悲劇的根源所在。主體道德因素——「忠君報國」的介入，使得對生命匆匆衰敗的痛惜，不再僅僅侷限在個人的生理欲求，而是體現了一個文人階層在生命和道德的雙重壓力下，所引發的對生命和個人價值的悲劇性觀照。因而《楚辭》的生命之感常常表現出極爲深沉的憂愁和焦慮情懷，充滿了崇高的社會使命感，「汨余若將不及兮，恐年歲之不吾與，日月忽其不淹兮，春與秋其代序。惟草木之零落兮，恐美人之遲暮」〔註9〕（屈原《離騷》）。此外，屈原的抗爭不同於西方悲劇衝突的陽剛劇烈，沒有你死我活的鬥爭與反抗，更多的是表現了一種哀怨、凄涼和無奈，一種柔性的歎息，而不是撕心裂肺的抗爭，是孤注一擲堅持自己獨立人格的勇氣。此外宋玉的詩作將士不遇和悲秋的悲傷情緒融合起來，體現了理想與生命的雙重悲劇，並奠定了文人悲秋這一文學審美傳統。漢代，在大一統氣象的籠罩之下，生命的悲觀情緒被淹沒了，而在漢末的文人詩當中悲劇性的情感認知又再度回歸。《古詩十九首》是生命悲劇主題發展的一個高峰，如「生年不滿百，常懷千歲憂」〔註10〕，「人生非金石，豈能長壽考。奄忽隨物化，榮名以爲寶」〔註11〕。《古詩十九首》仍關注於生年的短促。建安時期，詩人對個人生命的悲劇性認知從個人昇華到了整個人類，比如曹植。首先，曹植的詩作中將悲劇意識從生命轉向自身的理想與情感，首先，他的詩作中流露出對生命轉瞬即逝，繁華終歸於虛無的感慨，如「人

〔註9〕 魏耕原等編，先秦兩漢魏晉南北朝詩歌鑒賞辭典〔M〕，北京：商務印書館，2012：312。

〔註10〕 魏耕原等編，先秦兩漢魏晉南北朝詩歌鑒賞辭典〔M〕，北京：商務印書館，2012：515。

〔註11〕 魏耕原等編，先秦兩漢魏晉南北朝詩歌鑒賞辭典〔M〕，北京：商務印書館，2012：511。

居一世間，忽若吹風塵」〔註12〕，「驚風飄白日，光景馳西流。盛時不可再，百年忽我遒。生存華屋處，零落歸山丘」〔註13〕。其次，他常常因人生無法排遣的漂泊感而感到苦悶與無奈，《吁嗟篇》便是這一類詩歌的代表。最後，理想破滅的悲劇也是曹植經常表現的主題之一，他多次在詩歌中以孤獨清高的美人自比，並借思婦之口來向曹丕表露自己的理想和決心，如「容華耀朝日，誰不希令顏。媒氏何所營，玉帛不時安。佳人慕高義，求賢良獨難。眾人徒嗷嗷，安知彼所觀。盛年處房室，中夜起長歎。」〔註14〕雖然曹植一生都承受著兄弟反目的情感悲劇，然而讓他糾結一生，最終鬱鬱而死的是他人生理想的一次次失落。在曹植的詩歌中，我們處處都可以看到曹植本人的身影，在他的詩中，有著意氣方遒的少年、孤獨清高的美人、執著深情的思婦、迷惘飄零的遊子等等。這些形象沒有具體的姓名，他們沒有傳奇的經歷和強烈的情緒，他們只是在詩中呈現出一種最真實的情感，而恰恰是這種情感讓人們感受到了他們人生中無法彌補的缺憾和亙古不變的悲劇。在曹植的詩歌中，生命之悲劇，情感之悲劇和理想之悲劇是互相混合，難以嚴格劃分清楚的。正始時期的阮籍在《詠懷》組詩中，用密集而抽象的生命意象傳達出生命流逝之感。東晉時期，隨著玄學與佛教的興起，詩人們試圖用此化解生命的悲觀情緒，這一時期出現了許多表現歷史盛衰的詩作，但還沒有從歷史的興亡變化中產生一種悲劇的情緒，也沒有溝通天人宇宙的目光，大多借古人古事寄託個人情感，抒發一己之懷。

　　總之，在唐前的詩歌創作中，除卻屈原、曹植和阮籍等個別詩人，大部分詩歌所流露出的悲劇意識是以生命為中心展開的。也就是說，

〔註12〕魏耕原等編，先秦兩漢魏晉南北朝詩歌鑒賞辭典〔M〕，北京：商務印書館，2012：707。

〔註13〕魏耕原等編，先秦兩漢魏晉南北朝詩歌鑒賞辭典〔M〕，北京：商務印書館，2012：711。

〔註14〕魏耕原等編，先秦兩漢魏晉南北朝詩歌鑒賞辭典〔M〕，北京：商務印書館，2012：726。

這一時期的詩人對事物的悲劇認知還是集中在生命這一維度。詩人們悲劇意識的表達大多是一種抽象的抒情，即沒有在詩作中描寫出個人具體的生命體驗。此外，唐前詩歌中的悲劇意識傳達是零散的、隨性的，沒有體現出一種統一哲學認知。當然唐前詩歌悲劇意識的傳達對唐詩也有很大的影響，比如在表現生命悲劇時意象的選取，冷靜而柔性的悲劇風格都被唐人所繼承。

　　和前代相比，唐詩中的悲劇意識統一在盛衰之變這一哲思當中。借由生命、歷史、理想和愛情的盛衰變化，唐人傳達出他們對抽象生命、宏觀宇宙以及現實生活中事物悲劇性的認知。生命是抽象的，然而人與自然由美好青春到衰老殘敗的事實是具體的；歷史發展是抽象的，但王朝盛衰更迭卻是具體的，相對來看，個人理想和愛情雖然是具體的，但同樣由高昂甜蜜轉向失落的結局卻是抽象的。唐人將抽象與具體相聯繫統一在盛衰變化之中，並在詩歌中以此爲角度系統闡述了個人對生命與生活的悲劇性認知。

第三節　唐詩盛衰主題悲劇意識的根源與審美特徵

　　由上節分析我們可以看出，中國古人的悲劇意識不僅來源於抽象的哲學認知，還體現在傳統道德制度和個人獨立性之間的矛盾，此外「樂感文化」這一傳統的文化背景又讓古人的悲劇意識帶有了一定的模糊性和複雜性。因此在研究唐詩盛衰主題所傳達出的悲劇意識時，筆者決定以生命觀、傳統道德制度和「樂感文化」爲著手點，探尋唐詩盛衰主題中悲劇意識和唐代文化制度之間的關係。

一、唐人的生命觀與生命的悲劇意識

　　在唐詩中，盛衰意識表現在形而上的對生命歷史的思索，以及形而下的對現實生活中理想和愛情的考量。這兩個方面，恰恰體現了中國古代悲劇意識與哲學、現實倫理價值的對應關係。生命的盛衰意識傳達了唐人對生命的悲劇性認知，這一認知源於人類覺醒的本能，雖

然自先秦開始，儒道兩家就開始試圖用各自的方式消解這一生命的焦慮，然而人類生而有情，完全寄希望於現實倫理價值或希冀大化於自然的方式並不能真正消除這一悲劇感，因此文學中對生命盛衰這一問題的思索一直沒有停止。唐詩中生命盛衰主題的書寫，伴隨著當時唐代文人對生命問題的思索，也就是說唐人對生命悲劇的理解和唐人的生死觀有著極大的聯繫。

首先，唐人始終保持著對生命的理性態度。前文也提到過，人類對生命的態度理性與否，取決於其對死亡的認識。中國自先秦以來，無論是儒家還是道家，都保持著對生命的理性態度，從未陷入過宗教的迷狂。儘管在唐代，道教和佛教都有著極為深遠和廣泛的影響，但在文化素養較高的文人階層，道教所創造的神仙世界和長生幻想更大程度上帶給了文人一種精神上的超越以及文學上的想像；而佛教本身所含有的「修短隨化」的思想，被中國傳統文化改造之後，它所包含的非理性的「生死輪迴」觀念並沒有對中國文人造成巨大影響，而是引導人們以一種空寂、淡漠的目光去看待死亡。總之，唐人始終相信由生到死是生命的必然規律，死亡是生命的一個必然結果，正所謂「存者且偷生，死者長已矣」〔註15〕。

其次，唐人對生命的認識是樂觀的，將生看作是美好而歡樂的存在，而沒有從更深層次認識到生命悲劇性的本質。唐人面對落花、秋葉、松柏以及斑白的頭髮、遲暮的美人為何會產生那樣哀傷的心情？那是因為他們對生的認識是美好的、青春的，在唐人看來，衰老、死亡並不是生命最本質的東西，因此才會產生如此之多的春恨秋悲。在中國古代文化中，花不僅僅擁有著各自的精神品性，也是美和青春的代表。曾經有學者分析道，日本人以櫻花為國花，而中國人卻在文學中鮮有提及。櫻花開放的時間極為短暫，只有一周左右的花期，並且因為花瓣很細小，凋零後便隨風而逝，不留下一絲

────────────

〔註15〕〔唐〕杜甫，石壕吏，見〔清〕彭定求等編，全唐詩（卷二一七）〔M〕，北京：中華書局，1999：2286。

痕跡，然而它們卻在短暫的時間內迸發出絢爛的美麗，燦爛到無以復加之後便悄然逝去。日本人欣賞櫻花，體現了他們對生命的態度以及對生命悲劇實質的體悟。生便燦爛美麗，死便悄然無蹤，沒有絲毫拖泥帶水的惆悵與不捨。生命是注定消亡且十分脆弱的，但一定要如櫻花一樣絢爛純粹，這便是日本人對生命悲劇性的接納和深刻認識。與之相對的，中國古人會傷春、悲秋，會在美好消逝時禁不住地悲傷，之所以會產生這樣的情緒，最根本的原因便是他們沒有從內心深處接納生命最終會消亡這一悲劇性結局。與日本人喜愛櫻花不同，唐人有著很濃的牡丹情結，在唐高宗時，牡丹開始被帝王貴族所喜愛，之後流入了平常百姓的私人庭院，每年到了牡丹盛開的季節，全國上下都會開展一系列的賞花活動。據《龍城錄》〔註16〕記載，「高宗皇帝曾召聚群臣宴賞牡丹」，唐明皇在華清宮「憑妃子肩同看木芍藥」。唐人十分喜歡描寫牡丹，出現了不少單以牡丹爲題材的詩文，僅《全唐詩》中就收錄 100 多首，這還不包括重篇和五代的作品。牡丹的花朵極大，花瓣朵朵簇擁，雍容華貴，因此在唐人眼中牡丹是富貴美豔的象徵，更代表著生命最美好的姿態。下面我們來分析幾首以牡丹爲題材，表現盛衰之感的詩作，試看白居易的《西明寺牡丹花時憶元九》：

　　　　前年題名處，今日看花來。一作芸香吏，三見牡丹開。
　　豈獨花堪惜，方知老暗催。何況尋花伴，東都去未回。詎
　　知紅芳側，春盡思悠哉。〔註17〕

　　詩人在繁盛的花叢間回憶老朋友、感慨生命的衰逝。乍一看這是一則在繁盛牡丹花的映襯下，描寫生命盛衰主題的詩作，而在這背後暗含著詩人功名理想的失落。西明寺是詩人進士題名的地方，詩人三年後故地重遊。此時理想未成，生命卻日益衰老，知己好友零落他方，只有不變的牡丹依舊迎著春風、富貴逼人。

〔註16〕郭紹林，說唐代牡丹〔J〕，洛陽工學院學報，2001，（1）：17。
〔註17〕〔唐〕白居易，西明寺牡丹花時憶元九，見〔清〕彭定求等編，全
　　　唐詩（卷四三二）〔M〕，北京：中華書局，1999：4778。

前年帝裏探春時，寺寺名花我盡知。今日長安巳灰燼，忍隨南國對芳枝。〔註18〕（王貞白《看天王院牡丹》）

閒來吟繞牡丹叢，花豔人生事略同。半雨半風三月內，多愁多病百年中。開當韶景何妨好，落向僧家即是空。〔註19〕（杜荀鶴《中山臨上人院觀牡丹寄諸從事》）

腸斷東風落牡丹，為祥為瑞久留難。青春不駐堪垂淚，紅豔已空猶倚欄。〔註20〕（徐夤《郡庭惜牡丹》）

這些詩句都用牡丹來感歎美好青春的易逝、富貴榮華的虛幻以及萬事萬物的滄桑變故。

唐人最為欣賞牡丹花，每到牡丹花期，全國上下，無論帝王將相還是平民百姓都爭相去一睹牡丹的傾城之姿態。雖然文人筆下的花卉種類有很多，可是在唐代，沒有一種花可以和牡丹相提並論，因為牡丹具有著唐人所欽羨的特質——富貴與美麗。並且在唐詩表現生命盛衰的詩作中，牡丹作為一種富貴的盛景出現，表現了青春和富貴不常在的思想意識，詩歌中對牡丹的讚賞不僅是出於其美麗的姿態，而是在於唐人所寄予它文化意蘊。詩人面對牡丹所產生的傷感，體現了他們對生命的定義和期待——生命應該是榮華富貴且充滿青春美麗的，所以在風雨將牡丹吹得枝折花落之時，唐人沒有像日本人賞櫻花那樣抱著對生命敬佩的態度，而是流露著不可遏制的哀戚。日本人承認生命衰亡的結局，看到了它悲劇性的本質，從而選擇用一種欣賞的態度去玩味生命的缺憾。而唐代文人則不同，他們所奉為至尊的花卉是一種外觀雍容美麗、花期較長，且被帝王貴族所喜愛的牡丹，對花卉的鍾愛和選擇傳達出了唐人對生命最真實和最普遍的認知。

〔註18〕〔唐〕王貞白，看天王院牡丹，見〔清〕彭定求等編，全唐詩（卷八八五）〔M〕，北京：中華書局，1999：10080。

〔註19〕〔唐〕杜荀鶴，中山臨上人院觀牡丹寄諸從事，見〔清〕彭定求等編，全唐詩（卷六九二）〔M〕，北京：中華書局，1999：8029。

〔註20〕〔唐〕徐夤，郡庭惜牡丹，見〔清〕彭定求等編，全唐詩（卷七零八）〔M〕，北京：中華書局，1999：8229。

　　最後，唐代文人雖然能用理性的態度看待死亡，承認生命由盛到衰的必然性，然而面對死亡卻仍是心存恐懼。中國的宗教心態大都是理性且關注於現世的。西方宗教創造出了天堂和地獄，它使人們深信這是死亡之後人類靈魂的兩個處所。而儒釋道，雖然都有過對於死亡的思考，但都是以現實生活爲出發點，沒有深入思考過死亡後的切實問題。孔子云：「子不語怪力亂神」〔註21〕，「未知生，焉知死」〔註22〕；莊子也以「物化」、「一氣說」等方式消解了死亡這一客觀存在；而墨家和法家更是從功利和實用的角度去看待死亡，認爲人們應當爲「利」、爲了各自的君王去赴死，消解了死亡的眞正價值與意義，將人生的終極命題退化成了現實生活中的具體問題；佛教宣揚靈魂不滅、因果報應、生死輪迴，認爲人死後靈魂的歸處要看其生前的善惡，昇天成佛、抑或輪迴成爲牛、羊、豬、狗、或變成厲鬼落入地獄等等，但這些觀念只是被唐代文化素養較低的普通平民所深深信仰，在唐詩中很少涉及到佛教的生死輪迴觀念。由此可見，中國古人雖然對現世生活有著充滿理性與智慧的審視，但對死亡卻仍是以一種迴避的姿態面對。死後的世界到底是如何的、人們會以怎樣的方式出現、感情和認知在死後是怎樣的，這些在中國傳統的思想認知中是沒有解答的。因此在唐盛衰主題詩作中，詩人們面對生命的衰老與死亡有著惶惶不可終日的焦慮：「壯年抱羈恨，夢泣生白頭」〔註23〕，「日夕著書罷，驚霜落素絲」〔註24〕，「長恐零露降，不得全其生」〔註25〕，「白髮終難變，黃金不可成。欲知除老病，唯有學無生」〔註26〕。生命的衰老

〔註21〕楊伯峻，論語譯注〔M〕，北京：中華書局，1980：72。

〔註22〕楊伯峻，論語譯注〔M〕，北京：中華書局，1980：113。

〔註23〕〔唐〕李賀，崇義里滯雨，見〔清〕彭定求等編，全唐詩（卷三九二）〔M〕，北京：中華書局，1999：4429。

〔註24〕〔唐〕李賀，詠懷二首其一，見〔清〕彭定求等編，全唐詩（卷三九零）〔M〕，北京：中華書局，1999：4407。

〔註25〕〔唐〕王績，石竹詠，見〔清〕彭定求等編，全唐詩（卷三七）〔M〕，北京：中華書局，1999：481。

〔註26〕〔唐〕王維，秋夜獨坐，見〔清〕彭定求等編，全唐詩（卷一二六）〔M〕，北京：中華書局，1999：1279。

預示著死亡的來臨，而青年時期的理想還未實現，這一切使得唐人對身體衰變顯得特別敏感。「不知明鏡裏，何處得秋霜？」〔註27〕，「慚愧紅妝女，頻驚兩鬢絲」〔註28〕。除了恐懼，唐人對生命的衰敗還體現出淡淡的無奈和幻滅感，「一日今年始，一年前事空。淒涼百年事，應與一年同」〔註29〕，年復一年的時光流逝，往事都已成空，只有不斷增加的年紀和無限的淒涼光景，正所謂「勸君休作悲秋賦，白髮如星也任垂。畢竟百年同是夢，長年何異少何為」〔註30〕。

二、傳統倫理制度與文人生命的悲劇

（一）科舉制度和文人政治理想的失落

唐人理想盛衰主題詩作，傳達出了唐代士人因個人價值在社會上無法實現，從而產生的悲觀失望的情緒。唐人理想的失落有著深刻的社會根源，從社會制度上看，科舉制的創立一方面讓下層知識分子有了參與政治的機會，但在某種程度上讓唐代知識分子失去了獨立思考的意識，完全臣服於當時的統治階級，唐代文人進入統治階層的同時也完全喪失了自先秦以來中國傳統知識分子所帶有的獨立特質。正如任爽先生指出的：

> 科舉制度的推行，使得在歧路上搖擺了一千餘年的中國古代知識階層與封建專制政治徹底合流。必須指出，知識階層與封建專制政治的合流是通過其自身的徹底官僚化而實現的……因此，科舉制度的主要作用和影響並不是知

〔註27〕〔唐〕李白，秋浦歌，見〔清〕彭定求等編，全唐詩（卷一六七）〔M〕，北京：中華書局，1999：1725。

〔註28〕〔唐〕元稹，雪天，見〔清〕彭定求等編，全唐詩（卷四一〇）〔M〕，北京：中華書局，1999：4560。

〔註29〕〔唐〕元稹，歲日，見〔清〕彭定求等編，全唐詩（卷四〇九）〔M〕，北京：中華書局，1999：4559。

〔註30〕〔唐〕元稹，酬樂天秋興見贈本句云莫怪獨吟秋興苦比君校近二毛年，見〔清〕彭定求等編，全唐詩（卷四一一）〔M〕，北京：中華書局，1999：4574。

識階層政治地位的眞正提高與穩定，而是官僚集團的壯大與專制政治的強化。科舉制度的實行使知識階層不再作爲專制統治者的異己勢力而存在，統治者與知識階層的矛盾與鬥爭儘管此後仍在繼續，但已轉化爲統治集團內部的派系衝突。『致君於堯、舜』，作爲盛唐知識階層的一句口頭禪，標誌著『民爲重、社稷次之、君爲輕』這一古老原則的徹底放棄。〔註31〕

　　其實大多數參加科舉制的文人並不能取得好的成績，據臺灣學者毛漢光統計：兩《唐書》所載 830 名進士中，上族子弟達 589 人，占總數的 70.96%；小姓約 109 人，占 13.13%；寒素家子弟 132 人，占總數的 9%。〔註32〕王定保《唐摭言》卷一云：

> 進士科始於隋大業中，盛於貞觀、永徽之際，縉紳雖位極人臣，不由進士者，終不爲美，以是歲貢常不減八九百人。品白衫，其艱難謂之「三十老明經，五十少進士」，其負調悅之才，變通之術，蘇、張之辯說，荊、聶之膽氣，仲由之武勇，子房之籌畫，弘羊之書計，方朔之詼諧，咸以是而晦之，修身愼行，雖處子之不若，其有老死於文場者，亦所無恨。故有詩曰：「太宗皇帝眞長策，賺得英雄盡白頭。」〔註33〕

　　唐代文人除了個別進士及第，且仕途順暢取得高位，大多數詩人都不是通過科舉考試達到理想的人生境界的。中下層的知識分子或終身在野，布衣躬耕，或仕海沉浮，或只做到微官薄宦。「初唐四傑皆位卑而名高，僅楊炯爲崇文館學士，不久便坐事被貶，後任盈川令；王昌齡開元間登進士第，官不過氾水尉並遭貶斥；杜甫只做到左拾遺；李頎於開元中進士第，官止於新鄉尉；常建於開元中及進士第，大歷中爲盱眙尉。《明皇雜錄》謂：『天寶中，劉希夷、王昌齡、祖詠、

〔註31〕任爽，科舉制度與盛唐知識階層的命運〔J〕，歷史研究，1989（4）：107。
〔註32〕毛漢光，唐代統治群體的社會變動〔D〕，臺北：臺灣政治大學研究所，1968：12。
〔註33〕〔唐〕王定保，唐摭言（卷一）〔M〕上海：上海古籍出版社，2012：3。

張若虛、孟浩然、常建、李白、杜甫，雖有文名，俱流落不偶，恃才浮誕而然也。』」〔註 34〕當然科舉並不是唐代文人唯一的出路，但不可置否是，它最重要也是最可行一條路。

科舉落第之後，詩人那種失落自抑之情常常充滿筆端：

驅馬出門意，牢落長安心。兩事誰向道，自作秋風吟。
〔註35〕（李賀《京城》）

幾年辛苦與君同，得喪悲歡盡是空。〔註 36〕（溫庭筠《春日將欲東歸寄新及第苗紳先輩》）

何人更憔悴，落第泣秦京。〔註37〕（杜牧《愁》）

除了理想落空後的垂頭喪氣，愁苦萬分，一些感情較爲激烈的詩人更是悲慟到放聲大哭，如趙嘏《下第後上李中丞》：「落第逢人慟哭初，平生志業欲何如。鬢毛灑盡一枝桂，淚血滴來千里書」。〔註 38〕更有甚者在理想失落的同時還伴隨著生命的消逝，如廖有方《題旅櫬》：「嗟君沒世委空囊，幾度勞心翰墨場。半面爲君申一慟，不知何處是家鄉」〔註39〕。如此嚴苛的科舉考試讓無數唐代文人青春時高昂的理想受挫，他們遠走他鄉參加考試，面臨著和親人的分隔、與友人的別離，科舉考試對文人的身心是一次巨大的磨礪和摧殘。落第後的考生有的黯然回鄉，有的隱歸山林，而很多人選擇了滯留京城，年復一年考取功名。「此時惆悵便堪老，何用人間歲月催」〔註40〕，「鬢毛

〔註34〕 見應曉琴，唐代邊塞詩綜論〔D〕，華東師範大學，2007：68。

〔註35〕 〔唐〕李賀，京城，見〔清〕彭定求等編，全唐詩（卷三九三）〔M〕，北京：中華書局，1999：4447。

〔註36〕 〔唐〕溫庭筠，春日將欲東歸寄新及第苗紳先輩，見〔清〕彭定求等編，全唐詩（卷五七八）〔M〕，北京：中華書局，1999：6779。

〔註37〕 〔唐〕杜牧，愁，見〔清〕彭定求等編，全唐詩（卷五二四）〔M〕，北京：中華書局，1999：6057。

〔註38〕 〔唐〕趙嘏，下第後上李中丞，見〔清〕彭定求等編，全唐詩（卷五四九）〔M〕，北京：中華書局，1999：6413。

〔註39〕 〔唐〕廖有方，題旅櫬，見〔清〕彭定求等編，全唐詩（卷四九零）〔M〕，北京：中華書局，1999：5590。

〔註40〕 〔唐〕羅鄴，下第，見〔清〕彭定求等編，全唐詩（卷六五四）〔M〕，北京：中華書局，1999：7570。

如雪心如死，猶作長安下第人」〔註41〕，「風塵色裏凋雙鬢，鼙鼓聲中歷幾州」〔註42〕，「遠客滯都邑，老驚時節催」〔註43〕，久困科場的考生對物候的變換和自身的變化特別敏感，此時的理想失落交織著個人生命的衰老，青春不再、科場失意，人生的各種悲劇撞擊著詩人脆弱的心靈。但名落孫山的考生不會批判科舉考試的不公，反而會產生強烈的自我懷疑。正所謂高科及第後，則「一鳴從此始，相望青雲端」〔註44〕，名落孫山則「榜前潛制淚，眾裏自嫌身」〔註45〕。也有文人將落第歸結爲時運、天意或朝廷的疏忽，如林寬《下第寄歐陽瓚》云：「詩人道僻命多奇，更值干戈亂起時」〔註46〕，李山甫《下第獻所知三首》云：「今日慚知也慚命，笑餘歌罷忽淒涼」〔註47〕，岑參《送褚大落第東歸》云「聖朝徒側席，濟上獨遺賢」〔註48〕。

　　唐統治者將文人引入科舉考試，但單純的功名利祿並不能完全讓知識分子折服，除卻制度上的利誘與籠絡，統治者在思想意識上也極力將天下士人納入傳統道德的軌跡。唐代統治者依然沿襲「以孝治天下」的政策，唐玄宗在開元十年（西元722年）六月爲《孝經》作注，開始實行尊老的國策，在科舉考試中也設立了「孝」的科目。除了「孝」，統治者進一步強調了「忠」，並主張「移孝於忠」，唐玄宗認

〔註41〕〔唐〕溫憲，題崇慶寺壁，見〔清〕彭定求等編，全唐詩（卷六六七）〔M〕，北京：中華書局，1999：7705。

〔註42〕〔唐〕徐夤，長安述懷，見〔清〕彭定求等編，全唐詩（卷七零九）〔M〕，北京：中華書局，1999：8235。

〔註43〕〔唐〕顧非熊，下第後曉坐，見〔清〕彭定求等編，全唐詩（卷五零九）〔M〕，北京：中華書局，1999：5826。

〔註44〕〔唐〕劉禹錫，送草秀才道沖赴制舉，見〔清〕彭定求等編，全唐詩（卷三五四）〔M〕，北京：中華書局，1999：3980。

〔註45〕〔唐〕李廓，落第，見〔清〕彭定求等編，全唐詩（卷四七九）〔M〕，北京：中華書局，1999：5494。

〔註46〕〔唐〕林寬，下第寄歐陽瓚，見〔清〕彭定求等編，全唐詩（卷六零六）〔M〕，北京：中華書局，1999：7056。

〔註47〕〔唐〕李山甫，下第獻所知三首其三，見〔清〕彭定求等編，全唐詩（卷六四三）〔M〕，北京：中華書局，1999：7426。

〔註48〕〔唐〕岑參，送褚大落第東歸，見〔清〕彭定求等編，全唐詩（卷一九九）〔M〕，北京：中華書局，1999：2061。

爲「以孝侍君則忠」〔註49〕，因此在理論上解決了所謂欲忠則不孝的矛盾問題。所謂「孝」最早的解釋見於《說文解字》：「善事父母者。從老省，從子，子承老也。」〔註50〕《說文》釋「忠」曰：「忠，敬也。盡心曰忠。」〔註51〕用侍奉父母的態度侍奉君主，忠君愛國，完全將個人的價值和信仰融入對君主的奉獻之上，這是唐代「忠孝」觀念最爲核心的內容。因此有著極強「忠君」觀念的唐代文人在科舉失敗後一味地沉溺於理想失落的悲劇，對自身的才學感到慚愧，完全沒有對現有制度感到懷疑和反叛。一方面，由於科舉制將不公和對知識分子的奴化掩蓋在求賢若渴的外衣之下，一方面初盛唐政治還是較爲清明，政治依舊向著良好的方向發展，再加上統治者在思想意識上以「忠孝」爲治國之方，因此唐代大多數表現科場失意的詩作，只表現了文人個人的理想失落，或是對科舉制度下公薦、行卷制度的批判，如「莫驚西上獨遲回，只爲衡門未有媒」〔註52〕（雍陶《人問應舉》），「無媒獻詞賦，生事日蹉跎」〔註53〕（錢起《長安落第作》），但始終沒有從根本上涉及對科舉制的懷疑。

綜上所述，唐代實行的科舉制爲唐代下層知識分子參與國家政治開通了一條大道，特別是在初盛唐政治形勢良好的時代背景下，科舉制讓文人對個人的前景充滿信心，有著極爲高昂的政治理想。但是掩藏在科舉制下的，是對朝廷中央集權的鞏固加強，部分唐代知識分子在科舉之路上進入到了統治階級內部，這一事實讓唐文人放棄了原先穿梭於統治者和平民百姓間的獨立性，完全被統治階級納入了自己的權力集團。而且由科舉制進入仕途的文人極爲有限，科考「百人取一」有著很大的難度，因此大部分唐代文人是無法通過科舉實現個人的政

〔註49〕 參見王燕平，唐代忠孝問題探討〔d〕，華中師範大學，2004：15。
〔註50〕 〔漢〕許慎，說文解字〔M〕，鄭州：中州古籍出版社，2006：742。
〔註51〕 〔漢〕許慎，說文解字〔M〕，鄭州：中州古籍出版社，2006：502。
〔註52〕 〔唐〕雍陶，人問應舉，見〔清〕彭定求等編，全唐詩（卷五一八）〔M〕，北京：中華書局，1999：5964。
〔註53〕 〔唐〕錢起，長安落第作，見〔清〕彭定求等編，全唐詩（卷二三八）〔M〕，北京：中華書局，1999：2646。

治理想的。在唐王朝興盛之時，有些文人落第後還能保持著較爲樂觀的態度，但在中晚唐時，國家政治江河日下，內憂外患不斷，孟郊、賈島等詩人屢試不第，李賀甚至連參與考試的資格都沒有，就這樣唐代有關理想失落的詩作，大都充滿著憂愁、茫然的情緒，一些理想的失落詩作往往還伴隨著生命的衰逝，充滿著濃鬱的悲劇氛圍。從思想意識上看，統治者又將「忠孝」作爲治國之基，巧妙地將倫理家庭中的孝道和忠君結合起來，長期皓首窮經的文人被正統的思想長期洗腦，逐漸失去了個性鋒芒，正如任爽先生說的：「盛唐知識階層已不再對君臣關係、君民關係提出異議。即使發生過關於君主行爲優劣的爭論，其前提卻是對專制君主的絕對權威表示無條件的承認與服從。」〔註54〕因此，在唐詩中表現理想失落的作品，特別是表現科場失意或個人不被統治者所重用的詩作都不是眞的因制度而產生的怨憤，而是自身沒有被現有制度所任用而產生的牢騷。因此，唐理想盛衰詩作中的悲劇感，有著很深的社會原因和也有著自身的侷限性。

（二）時代風氣、軍事制度與唐人邊塞理想的悲劇

何爲戰爭？德國軍事理論家克勞塞維茨有句名言：「戰爭無非是政治通過另一種手段（即暴力）的繼續。」〔註55〕統治者要發起戰爭，就要通過一系列制度和思想意識上的構建對人們進行利誘和洗腦，讓民眾無法看清戰爭的本質，從而甘願爲其奉獻出自己的生命。

首先，從國家政策上看，最重以史爲訓的唐太宗，有感於「六朝忠臣無殉節者」的情形，爲了鞏固唐王朝的江山，他多次告誡臣民要勇於犧牲。李氏家族是鮮卑化了的漢人，陳寅恪《唐代政治史述論稿》說：「唐代創業及初期君主，如高祖之母爲獨孤氏，太宗之母爲竇氏，即紇豆陵氏，高宗之母爲長孫氏，皆是胡種，而非漢族。」〔註56〕李

〔註54〕任爽，科舉制度與盛唐知識階層的命運〔J〕，歷史研究，1989（4）：113。
〔註55〕蔡鋒，春秋戰國時的秦晉河西之爭〔J〕，青海師範大學學報，1988（2）：30。
〔註56〕陳寅恪，隋唐制度淵源略論稿‧唐代政治史述論稿〔M〕北京：商務印書館，2011：56。

氏家族是鮮卑化了的漢人，因此在對待少數民族問題上，李氏王朝表現出了前所未有的包容與大度，他們沒有嚴格區分唐王朝和少數民族的界限，而是盡力拉攏對方，破除民族之間的鴻溝。一方面這樣的政策可以籠絡少數民族，鞏固唐一統天下的政權，另一方面也使得唐代文人不會排斥入塞，而是對邊塞生活心生嚮往，這是一種十分巧妙的政策。縱觀整個唐代，邊塞戰爭一直沒有間斷過，安史之亂以前，唐人對邊塞戰爭有著極高的熱情。然而隨著時代的變遷，邊塞戰爭的性質也發生著變化。唐代前期，唐王朝以強大的騎兵為主導，以攻為守，積極開疆擴土；安史之亂之後，邊軍調入內地平叛，邊地兵力空虛，吐蕃乘機佔領河、跪地區，並侵逼京西北，甚至一度攻佔長安，唐廷在京西北屯駐大軍，消極防禦。總之唐代邊塞戰爭經歷了由初唐時期保護疆土的防禦性戰爭，到玄宗時期好大喜功的邊境侵略，再到晚唐由於國勢衰微和少數民族進行的紛爭。據統計，唐玄宗統治時期，積極於謀取邊功，與契丹、突厥、吐蕃、南詔多有戰爭，開元年間，共組織了 24 次規模較大的戰爭。隨著戰爭形勢與戰爭性質的變化，詩人對邊塞的態度有了很大轉變，曾經懷有的邊塞情結也從浪漫高昂，變得沉痛現實。

其次，從軍事制度上看，唐承隋制，實行府兵政策。錢穆在《中國歷代政治得失》中說：「據當時法令，下三等民戶，是沒有當兵資格的，只有在上等中等之中，自己願意當兵的，由政府挑選出來，給他正式當兵。當兵人家的租庸調都豁免了。這是國家時他們的優待。此外則更無供給，一切隨身武裝，也須軍人自辦。」﹝註57﹞有許多詩人懷著少年遊俠的夢想，去國離家，到邊陲漫遊，如楊炯、盧照鄰、駱賓王、陳子昂、張說、王翰、賀知章、王維、李白等等都有著廣泛的漫遊經歷。在天寶初年，國家從府兵制轉向實行募兵制，當兵成為一種養家謀生的方式，再無原先遊俠式的浪漫色彩，於是許多邊塞詩

﹝註57﹞錢穆，中國歷代政治得失〔M〕，北京：生活·讀書·新知三聯書店，2012：71。

人對戰爭的態度發生了逆轉。募兵幾乎盡爲世代相襲和終身爲兵者，雖然已形成家屬在營和戰後優恤傷亡者家屬的制度，但征人老難歸鄉，埋骨異域仍是普遍的社會問題。唐代文人多以藩鎮幕僚的身份進入邊塞，但親眼目睹著募兵制下普通士兵艱難的生存狀況，不免也會對原先的邊塞生活產生幻滅之感。高適有「邊兵若芻狗，戰骨成埃塵」〔註58〕之歎，岑參也寫過「戰士常苦饑，糗糧不相繼。胡兵猶不歸，空山積年歲」之句。

　　第三、從時代思潮來看，上文已經分析過，科舉制度讓一些有志之士久困科場，並且一味讀書求仕，也嚴重地限制了他們的眼界與胸懷。於是天性浪漫而又偏向於急功急利的唐人，開始摒棄科舉之路，轉向邊塞謀取功名。在唐代，經歷了高祖和太宗時期的繁榮之後，儒學自高宗時開始走向衰微，並一直延續到武則天朝。《儒學傳》云：

> 高宗嗣位，政教漸衰，薄於儒術，尤重文吏。於是醇釀日去，華競日彰，擾火銷膏而莫之覺也。及則天稱制，以權道臨下，不吝官爵，取悅當時。其國子祭酒，多授諸王及附馬都尉。準貞觀舊事，祭酒孔穎達等赴上日，皆講《五經》題。至是，諸王與紛馬赴上，唯判祥瑞按三道而已。至於博士、助教，唯有學官之名，多非儒雅之實。是時復將親祠明堂及南郊，又拜洛，封高岳，將取弘文國子生充齋郎行事，皆令出身放選，前後不可勝數。因是生徒不復以經學爲意，唯苟希僥律。二十年間，學校頓時慕廢矣。

　　在這樣的時代思潮下，皓首窮經已不是唐文人唯一的出路，在時代精神的影響下，唐代人具有強烈的自豪感和自信心，具有蓬勃的朝氣、開放的心態和寬廣的胸懷。科舉取士爲士人開闢了一條通向建功立業的道路，也喚起了士人空前高漲的熱情。但通向成功的人生道路並非只此一條，唐朝時代精神之偉大就在於，文人進士及第是出路，下第後仍可通過從軍邊塞或干謁從政以實現人生的理想。於是許多文

〔註58〕〔唐〕高適，答侯少府，見〔清〕彭定求等編，全唐詩（卷二一一）〔M〕，北京：中華書局，1999：2198。

人跳出經學束縛，不再做皓首窮經、尋章摘句的儒生，而是順應時代潮流，走向更為廣闊的社會生活和人生實踐。劉長卿《贈別於群投筆赴安西》一詩，對於棄文從戎的心理轉變作了細緻的刻畫：

> 風流一才子，經史仍滿腹。心鏡萬象生，文鋒眾人服。
> 項遊靈臺下，頻棄荊山玉。蹭蹬空數年，裴回冀微祿。揭
> 來投筆硯，長揖謝親族。且欲圖變通，安能守拘束。本持
> 鄉曲譽，肯料泥塗辱。誰謂命迍邅，還令計反覆。西戎今
> 未夷，胡騎屯山谷。坐恃龍豹韜，全輕蜂蠆毒。拂衣從此
> 去，擁傳一何速。元帥許提攜，他人佇瞻矚。出門寡儔侶，
> 勠乃無僮僕。點虜時相逢，黃沙暮愁宿。蕭條遠回首，萬
> 里如在目。漢境天西窮，胡山海邊綠。想聞羌笛處，淚盡
> 關山曲。地闊鳥飛遲，風寒馬毛縮。邊愁殊浩蕩，離思空
> 斷續。塞上歸限賒，尊前別期促。知君志不小，一舉凌鴻
> 鵠。且願樂從軍，功名在殊俗。〔註59〕

然而，隨著個人邊塞體驗的深入、時代的變遷、國力的衰微，邊塞生活逐漸變得殘酷現實，很多文人對邊塞戰爭、個人價值、國家制度等都進行了反思，發現了許多殘酷的現實問題，如邊塞苦寒的環境、賞罰不公的制度、生命的隨時消亡等等，對死生的切身經歷以及文人敏感脆弱的天性，使得許多詩人開始對自己的選擇產生懷疑，如「節旄零落盡，天子不知名」〔註60〕「雖投定遠筆，未坐將軍樹。早知行路難，悔不理章句」〔註61〕，「可知年四十，猶自未封侯」〔註62〕，「黃沙一萬里，白首無人憐。報國劍已折，歸鄉身幸全」〔註63〕。對

〔註59〕 〔唐〕劉長卿，贈別於群投筆赴安西，見〔清〕彭定求等編，全唐詩（卷一五零）〔M〕，北京：中華書局，1999：1551。

〔註60〕 〔唐〕盧照鄰，雨雪曲，見〔清〕彭定求等編，全唐詩（卷四二）〔M〕，北京：中華書局，1999：526。

〔註61〕 〔唐〕王昌齡，塞下曲四首其一，見〔清〕彭定求等編，全唐詩（卷一四零）〔M〕，北京：中華書局，1999：1420。

〔註62〕 〔唐〕岑參，北庭作，見〔清〕彭定求等編，全唐詩（卷二零零）〔M〕，北京：中華書局，1999：2094。

〔註63〕 〔唐〕劉長卿，從軍六首其四，見〔清〕彭定求等編，全唐詩（卷一四八）〔M〕，北京：中華書局，1999：1520。

親人家鄉的思念也讓邊塞詩人從對功名理想的強烈渴求，回歸到最眞實的人性情感，如「鐵衣遠戍辛勤久，玉著應啼別離後。少婦城南欲斷腸，征人薊北空回首」〔註64〕，「男兒感忠義，萬里忘越鄉」〔註65〕「走馬西來欲到天，辭家見月兩回圓」〔註66〕，「茄吹遠戍孤烽滅，雁下平沙萬里秋。況是故園搖落夜，那堪少婦獨登樓」〔註67〕。與科舉失落的文人不同，出入邊塞的詩人大都有著更爲開闊的眼界。他們從繁華的都市走向塞外大漠，從安逸局促的儒者世界投身到嚴酷滄桑的軍旅生活，身處京都的詩人只會在春花秋月的物候變化間感受生命的盛衰，而邊塞詩人則近距離地在血雨腥風的戰場上親歷生死。因此他們理想的失落往往伴隨著生死的考量，對生命和世界的認識也會更加深入、更加理性。邊塞詩人面臨理想的失落時沒有產生對自我價值的懷疑，而是對國家、戰爭的本質進行了反思。試看劉長卿的《從軍行六首》：

> 草枯秋塞上，望見漁陽郭。胡馬嘶一聲，漢兵淚雙落。
>
> 誰爲吮瘡者，此事今人薄。〔註68〕

在蒼涼的邊塞風物和底層官兵的辛酸中，暗藏著詩人邊塞理想的幻滅，而最後一句不動聲色的反問，更是將諷刺的矛頭指向了那些拍馬逢迎、只顧自己邀功行賞，而絲毫不顧惜邊塞士兵生命的腐敗官員。

此外「乃知兵者是兇器，聖人不得已而用之」〔註69〕，「戰士軍

〔註64〕　〔唐〕高適，燕歌行，見〔清〕彭定求等編，全唐詩（卷二一三）〔M〕，北京：中華書局，1999：2217。

〔註65〕　〔唐〕岑參，武威送劉單判官赴安西行營便呈高開府，見〔清〕彭定求等編，全唐詩（卷一九八）〔M〕，北京：中華書局，1999：2037。

〔註66〕　〔唐〕岑參，磧中作，見〔清〕彭定求等編，全唐詩（卷二零一）〔M〕，北京：中華書局，1999：2109。

〔註67〕　〔唐〕翁綬，關山月，見〔清〕彭定求等編，全唐詩（卷一八）〔M〕，北京：中華書局，1999：193。

〔註68〕　〔唐〕劉長卿，從軍六首其六，見〔清〕彭定求等編，全唐詩（卷一四八）〔M〕，北京：中華書局，1999：1520。

〔註69〕　〔唐〕李白，戰城南，見〔清〕彭定求等編，全唐詩（卷一六二）〔M〕，北京：中華書局，1999：1684。

前半死生，美人帳下猶歌舞」〔註70〕，「邊將皆承主恩澤，無人解道取涼州」〔註71〕等詩句都反映出，在理想的熱情冷卻之後，詩人對戰爭以及不公制度的理性反思。

總之，唐人邊塞理想的盛衰和唐朝邊境戰爭、唐代軍事制度以及時代思潮有著緊密聯繫。在初盛唐時期，國力強盛，邊塞戰爭也大都以防禦性的自我保護為主，戰爭的慘烈和殘酷本質還沒有被大多數詩人所認知。安史之亂前後唐朝和少數民族紛爭不斷，府兵制的實行使得許多士兵一輩子都無法歸家，再加之戰場上死傷不斷，一些詩歌出現了邊塞理想的失落，對戰爭、國家不公制度的深刻反思，伴隨著理想的失落，人性中最柔軟的思鄉之情也隨之而起。唐人邊塞理想失落的悲劇中還留存著一絲理性的成分，他們沒有像科舉失意時那樣自怨自艾，對自身產生嚴重的懷疑，而是用理性的目光去審視戰爭和國家制度的不公。唐王朝戰爭的狀況和軍事制度是唐文人邊塞理想失落悲劇的客觀原因，但最重要的原因還是唐文人的仁者之心，他們雖然渴望功名，如若沒有那份關懷生命的仁者之心，那麼人人都會像是安祿山、哥舒翰之徒用平民的性命鑄成自己晉升的階石。

（三）士人婚姻制度與愛情的悲劇

從唐代士人現實中的情感交往來看，唐人的愛情一般發生在三個場合與社會關係中：婚姻、風月場所以及道觀。從婚姻制度上看，唐代社會的婚姻有著濃重的「門第」觀念，「門第婚」是漢魏社會留下來的習俗。陳寅恪先生曾指出：「唐代社會承南北朝之舊俗，通以二事評量人品之高下。此二事，一曰婚二曰宦，凡婚而不娶名家女，與仕而不由清望官，俱為社會所不齒。」〔註72〕自隋及初唐，舊門閥仍佔有絕對優勢，唐太宗和唐高宗對此十分不滿，為打壓門第婚姻，唐

〔註70〕〔唐〕高適，燕歌行，見〔清〕彭定求等編，全唐詩（卷二一三）〔M〕，北京：中華書局，1999：2217。

〔註71〕見劉偉強，唐代進士的婚姻與郊遊〔D〕，曲阜師範大學，2008：4。

〔註72〕見劉偉強，唐代進士的婚姻與郊遊〔D〕，曲阜師範大學，2008：4。

太宗命高士廉等修《氏族志》，以官爵爲高，欲崇樹當朝冠冕，貶低門第婚姻，但門第婚姻依然十分流行。唐代文人進士及第後，爲了能有更好的仕途發展，除了依靠自身才能努力之外，還需要過硬的人際關係，而婚姻便成爲了進士與權貴結交的紐帶，在進士仕宦生涯中的作用至關重要。唐代文人中依靠婚姻關係而仕途順暢的比比皆是，如權德輿及第後，娶宰相崔造之女，在崔造大力提攜下，權德輿官運亨通，後官至宰相；柳宗元娶禮部郎中楊憑之女；白居易元和元年娶弘農望族楊汝士之妹爲妻。元稹寫過一首《陪韋尚書丈歸履信宅因贈韋氏兄弟》：「紫垣騮騎入華居，公子文衣護錦輿。眠閣書生復何事。也騎羸馬從尚書。」〔註73〕這首詩抒發了自己和權貴之女聯姻時春風得意的心情，可以說，元稹等人在官場上的升遷離不開各自岳父的幫襯。由此可見，唐代的婚姻制度和文人們的功名前程緊密掛鉤，再加之儒家傳統賦予婚姻的更多的是傳宗接代的義務，而忽略了男女雙方感情上的心心相印，因此在唐人的婚姻裏，愛情並不是最重要的前提。以白居易爲例，他一生中最刻骨銘心的愛情是他二十二至三十二歲（794～804 年）居住符離時和鄰家女湘靈的愛情，此時他尚未入仕，感情濃烈而純眞。湘靈不但明麗動人，且溫柔體貼，對白居易已以終生相託。試看他回憶初戀的詩作《感情》：

> 中庭曬服玩，忽見故鄉履。昔贈我者誰，東鄰嬋娟子。
> 因思贈時語，特用結始終，永願如履綦，雙行復雙止。自
> 吾謫江郡，飄蕩三千里。爲感長情人，提攜同到此。今朝
> 一惆悵，反覆看未已。人只履猶雙，何曾得相似。可嗟復
> 可惜，錦表繡爲裏。況經梅雨來，色黯花草死。〔註74〕

詩人以一雙鞋爲線索，回憶了一段逝去的戀情。詩歌描寫了「東鄰嬋娟子」贈予詩人鞋子時的溫馨甜蜜，她希望他們的愛情如同腳上

<hr>

〔註73〕　〔唐〕元稹，陪韋尚書丈歸履信宅因贈韋氏兄弟，見〔清〕彭定求
　　　　　等編，全唐詩（卷四零零）〔M〕，北京：中華書局，1999：4575。
〔註74〕　〔唐〕白居易，感情，見〔清〕彭定求等編，全唐詩（卷四三三）
　　　　　〔M〕，北京：中華書局，1999：4803。

的鞋一樣，永遠同行同止。然而如今卻是詩人獨自一人曬衣服時，發現了那雙也許被他遺忘了許久的鞋子。這首詩表現了詩人與鄰女初戀的甜蜜，到如今愛情逝去恍如隔世的彷徨與惆悵。

所幸的是元稹似乎和妻子感情甚篤，他在追憶亡妻的詩作中，利用今昔的對比傳達了和妻子陰陽兩隔的悲痛。元稹的悼亡詩體現了生命與愛情盛衰的雙重悲劇意蘊，是唐盛衰主題作品中感情真摯之作。然而唐代文人總愛在妻子死後寫詩悼念，在生前卻於作品中鮮提及。正如上文提到過了，唐代婚姻中的愛情成分有多少，我們不得而知，不可否認有一些婚後感情很好的夫妻，但個人的政治前途和家族傳宗接代的責任才是士人婚姻最重要的任務，詩人和妻子之間的感情更多的是一種親人間的相濡以沫，而少了愛情的心有靈犀。悼亡詩中多是懷念妻子生前對自己的悉心照料、勤儉持家以及待人寬厚等生活上的品質，如元稹「顧我無衣搜藎篋，泥他沽酒拔金釵」、「尚想舊情婢僕，也曾因夢送錢財」〔註75〕（《遣悲懷三首》）及李商隱的「劍外從軍遠，無家與寄衣」〔註76〕（《悼傷後赴山東蜀閬至散關遇雪》）。詩人們很少在平日的詩作中描寫自己和妻子的愛情生活，而只是在其死亡後追念曾經的美好，這與中國含蓄、內斂的傳統文化息息相關，當然更是因爲愛情並不是中國傳統婚姻最重要的成分。

那麼唐人愛情盛衰主題詩作中的悲劇意識究竟因何人而起？孫棨《北里志序》中描寫到：

> 自大中皇帝好儒術，特重科舉，故其愛婿鄭詹事再掌春闈，上往往微服長安中，逢舉子則釦而與之語，時以所聞，質於內庭，學士與督尉皆犖然莫知所自，故進士自此尤盛，曠古無侍。然率多膏粱子弟，平進歲不及三數人，由是僕馬豪華，豪遊崇侈，以同年俊少者爲兩街探花使，

〔註75〕〔唐〕元稹，遣悲懷其二，見〔清〕彭定求等編，全唐詩（卷四零零）〔M〕，北京：中華書局，1999：4520。

〔註76〕〔唐〕李商隱，悼傷後赴東蜀辟至散關遇雪，見〔清〕彭定求等編，全唐詩（卷五三九）〔M〕，北京：中華書局，1999：6198。

鼓扇輕浮，仍歲滋甚。自歲初等第於甲乙，春闈開，送天官氏，設春闈宴，然後離居矣。近年延至仲夏，京中引妓，籍屬教坊，凡朝士宴聚，須假諸曹署行牒，然後能致於他處，惟新進士設筵顧吏，顧便可行牒，迨其所贈之資，則倍於常數，諸妓皆居平康里，舉子，新及第進士，三司幕府但未通朝籍，未直館殿者，咸可就詣，如不吝所費，則下車水陸備矣。〔註77〕

由此可見，唐代進士與歌妓的交往是一種被社會所認可的風流之舉，並且這並不是僅僅侷限在進士或某個群體，唐代文人和歌妓的交往是一種時代風氣。當然唐代文人與歌妓的交遊並非純粹是爲了肉體上的滿足，一些歌妓的文化修養和多才多藝的內涵使進士舉子爲之傾倒，正所謂「其中諸妓，能談吐，頗有多知書言話者」〔註78〕。唐代進士重詞賦而不重經學，喜歡作豔詩贈給歌妓來表現他們的風流情調，唐代歌妓中亦不乏才思敏捷者，與進士詩來詩往，以詩爲媒交遊唱和，博得進士的愛憐。美貌又富有才情的女子可以和士人們進行情感上的交流，心靈上的溝通，比如唐傳奇中的愛情故事大都發生在進士和歌妓之間。除了歌妓，社會各階層對脫俗超凡而又充滿神秘色彩的女冠都很垂青，樂意並主動與之交往，很多詩人在和女冠的交往中產生了愛情，比如李商隱、溫庭筠以及元稹等人。翻看有關唐代士人日常交往的文獻，我們可以看到，在唐代，士人和女道士的交往十分密切。道家在唐代十分盛行，並且形成了女性入道的風氣，楊貴妃等女性貴族都曾有過女道士的身份。在一些地區，女冠的人數甚至超過男性，女性入道已經成爲當時的一種社會時尚。成爲女冠是婦女獲得更多社交場合的方式，她們自由結交異性，獲得相對獨立自由的生活。因此，女冠並不是坐而論道而是借著宗教，主動參與社會交往，並且她們大多是富有才情的女子，如女道士魚玄機「性聰慧，好讀書，尤工韻調」，與進士李億、李鄭、溫庭筠等交遊，曾爲李億侍寵，又

〔註77〕〔唐〕孫棨，北里志〔M〕，北京：中華書局，1985：1。
〔註78〕〔唐〕孫棨，北里志〔M〕，北京：中華書局：1985：15。

與李鄭端公同巷，舉接近，詩筒往返，復與溫庭筠交遊，相寄詩篇。女道士李季蘭「美姿容，神情蕭散，專心翰墨，善彈琴，尤工格律」交遊文士、酬唱贈答，與進士劉長卿、朱放、韓捜、閻伯均等人宴集遊樂，關係十分密切。愛情不是家庭責任，不是傳宗接代的義務而是二人心靈的相許，彼此之間的情感溝通。唐代歌妓、女冠是由不同階層的女子組成的，但大都能歌善舞並且有很高的文學素養，和傳統大家閨秀相比她們有著更為自由的愛情態度，詩人將歌妓視為理解自己的知己，可以與其進行情感上的交流、文學藝術上的切磋，並且以極為輕鬆的心情和她們嬉笑戲謔，這一切都是產生愛情的「溫床」。

　　上文中也提到過，唐代士人的婚姻不是以愛情為基礎的，因此愛情只能被當做是一種風流雅興，不能被正統的道德倫理所接納，注定是悲劇一場。李商隱早年曾和兩位女道士有關一段戀情，許多文論家對此已經有了考證，在此就不贅言了。當然由於傳統的倫理道德和宗教的清規戒律，李商隱的這兩段戀情都是無疾而終，為此他作了許多首描寫愛情變化不定，昔日蜜意與今日淒涼作對比的表現愛情盛衰的主題詩作。這些詩作與他悼亡妻子的作品，風格截然不同，所傳達的內在情感也有深淺之分。《聖女祠》便是以含蓄的手法表現了李商隱曾經與女冠無疾而終的一段感情：

　　　　杳靄逢仙跡，蒼茫滯客途。何年歸碧落，此路向皇都。
　　消息期青雀，逢迎異紫姑。腸回楚國夢，心斷漢宮巫。從
　　騎栽寒竹，行車陰白榆。星娥一去後，月姊更來無？寡鵠
　　迷蒼壑，羈鳳怨翠梧。惟應碧桃下，方朔是狂夫。〔註79〕

　　此詩寫自己於赴京途中重訪聖女祠時的情景和回憶。在今昔情境的轉換間，暗示了愛情的萌發與最終的失落。詩作開篇描寫了自己途中重經聖女祠的情況，三四句寫自身對道學的堅持，隨後筆鋒一轉，詩人懷戀著已經不知所蹤的戀人，期待著青鳥可以傳來佳音。

―――――――――
〔註79〕〔唐〕李商隱，聖女祠，見〔清〕彭定求等編，全唐詩（卷五四零），
　　　　北京：中華書局，1999：6249。

接著的「楚國夢」之句，又是回憶曾經愛情的雲雨歡愉，而今卻是「星娥一去」再也不復返的淒涼光景，詩人用回憶和隱喻追憶當年曾和女道士有過的雲雨之夢，最後用「寡鴿」、「羈凰」表現了自己孤獨迷惘的狀態，又用東方朔竊取王母仙桃的典故比喻他與女冠曾有過的溫馨愜意。

　　除卻女冠，李商隱似乎和一位貴人家的歌妓也產生過心心相印的愛情。「昨夜星辰昨夜風，畫樓西畔桂堂東。身無彩鳳雙飛翼，心有靈犀一點通。隔座送鉤春酒暖，分曹射覆蠟燈紅。暖餘聽鼓應官去，走馬蘭臺類轉蓬。」〔註80〕這首詩將愛情兩心相印的一瞬表現得如此神采飛揚，戀人間心意相通、心照不宣的默契被一筆帶出。但是他們沒有鳳凰的雙翅，注定只是一場有緣無分的宿命，於是只有在瞬間的相知之後，詩人獨自戀戀不捨地離去。李商隱表現愛情盛衰主題的詩作，內容看似朦朧隱晦，實則在這種迷蒙的情境裏表現了愛情的難以把握、如夢如幻之感，在夢境或是在回憶裏，愛情都是那樣美好溫馨，而現實卻是孤冷悽惶的。

　　唐人對愛情是十分看重，無論是唐詩還是唐傳奇都有許多出色的描繪愛情的篇章，這些作品雖然有表現愛情美好甜蜜的，但大都有著殘缺悲劇性的結局。唐詩中的愛情盛衰主題充分體現了唐人對愛情的悲劇性認知，以及對此無可奈何的態度，於是只有在這份殘缺中昇華出哲學上的思索與悲劇性的審美。唐愛情盛衰主題所產生的悲劇感，有著很深的社會根源，那便是唐代士人婚姻的基石不是愛情，而是傳宗接代的家族任務與個人的政治前景；與他們心意相通的不是妻子，而是才情與美貌兼備的歌妓與女冠。在妻子死亡後零星出現在悼亡詩作中，除卻元稹等個別詩人體現出對妻子的摯深之愛，如「取次花叢懶回顧，半緣修道半緣君」〔註81〕。大部分詩人只是在悼亡中懷念妻

〔註80〕〔唐〕李商隱，無題其一，見〔清〕彭定求等編，全唐詩（卷五三九），北京：中華書局，1999：6213。

〔註81〕〔唐〕元稹離思其四，見〔清〕彭定求等編，全唐詩（卷四二二）〔M〕，北京：中華書局，1999：4654。

子對自己生活起居的照顧，讚揚她們高尚的品格。嚴格意義上看，這不是愛情，只是對親人或和自己十分熟悉的人產生的依賴。因此除卻元稹等人的悼亡詩，其他詩人的悼亡之作很難稱得上是表現愛情盛衰的作品。唐人雖然在詩歌中體現出對真摯愛情的無限傾慕，然而在現實生活中卻是敵不過傳統道德和制度的壓力，無法放棄自己的功名前途。白居易不敢違抗母親之命，爲了自己的富貴前程拋棄了和自己青梅竹馬的湘靈，只留下了一系列描寫個人愛情悲劇的詩作。李商隱和女冠的戀情，也在世俗的壓力和社會傳統道德的束縛下戛然而止，只留下一些朦朧哀傷的詩歌。詩人們都嚮往美好的愛情，卻無力反抗既有的傳統和制度，也無法克服男權社會下對女性輕視和玩弄。唐愛情盛衰主題的詩作大都纏綿，哀傷，一方面是由有些詩人的氣質性格決定的，另一方面則是因爲他們在內心深處自知對女性的虧欠，對現實的妥協。因此，唐愛情盛衰主題的詩作既表現了文人對愛情真摯的態度，其悲劇性的結局也暗含了唐代文人的妥協與自私。當然在古代的社會制度下，傳統的力量是異常強大的，在此沒有苛責古人的意思，只是探究了愛情盛衰主題產生的現實社會原因，並以此看到在中國古代社會裏，傳統婚姻制度以及倫理道德所帶給文人的壓抑，所造成的情感上的悲劇。

三、樂感文化下的悲劇表達

羅素曾說過：「中國人似乎是富於理性的快樂主義者，這一點與歐洲人不同。」〔註82〕中國人選擇以一種樂知天命，委運大化的態度生存於世，是一種以委運之名的樂天精神。李澤厚先生在《中國古代思想史論中》將其稱之爲「樂感文化」。和西方乃至和其他東方國家相比，中國的這一文化特徵是十分獨特的，從宗教信仰上來看，它沒有西方基督教人生而有罪的「原罪」意識，也沒有日本以恥辱感作爲生活動力的「恥辱文化」。「樂感文化」最大的特徵就在於對於現實人

〔註82〕見一粟，樂感文化和中國文學〔J〕，雲夢學刊，1990（1）：68～71。

生的肯定，人的情感歸屬不是朝向虛無的天國，而是在切實的人生之中。從中國古代的神話故事中我們就能看到一種善必定戰勝惡的信念以及一種人定勝天的樂觀。愚公移山的精神在西方看來是一種無望而艱辛的周而復始。比如在古希臘神話中，盜取天火的普羅米修士要被巨鷹不斷地啃噬身體，身體又會重新生長而出；觸犯天條的巨人，每日要將一個圓形巨石推到山頂，日復一日永不停息，由此可見這種重複的勞動是被當做一種來自上天的懲罰和折磨，而在中國古代神話中，愚公移山卻被看做是一種值得頌揚的品質，最終得到了神明的幫助。愚公移山在中國古人看來不是消極和悲觀的，而是最終取得勝利的樂觀主義精神，暗含的是忍耐、堅持，不是教人們抗爭與突破。

　　先秦時期的儒家又在「樂感文化」上增加了一種對人間生活的熱情，並且提倡審美上的「中和」以及人文精神上的「天人合一」。「天何言哉？四時行焉，百物生焉，天何言哉！」〔註 83〕，「知者樂水，仁者樂山」〔註 84〕，「發奮忘食，樂以忘憂，不知老之將不云爾」〔註 85〕，孔子用實用理性重新解釋了我國古代的原始文化——禮樂，從而把原來是禮儀制度的外在規範改變成為人們主動的內心欲求，禮樂服務的對象由神變為人。將個人的生命體驗融合在世界的律動之中，四時的變化、萬物的生長伴隨著個人的動靜、喜怒哀樂、生老病死，由此而產生的「和」的精神就是「樂感文化」的最大特徵。王國維在《紅樓夢評論》指出：「吾國人之精神，世間的也，樂天的也，故代表其精神之戲曲小說，無往而不著此樂天之色彩。」〔註 86〕其實不僅是戲曲小說，中國古代詩歌也在樂感文化的影響下，保持著「怨而不怒」、「溫柔敦厚」、「樂而不淫，哀而不傷」的創作風格。中國文人有著強烈的倫理道德感，面對生命和生活中的不圓滿時，他們不願意從

〔註83〕楊伯峻，論語譯注〔M〕，北京：中華書局，1980：188。
〔註84〕楊伯峻，論語譯注〔M〕，北京：中華書局，1980：54。
〔註85〕楊伯峻，論語譯注〔M〕，北京：中華書局，1980：71。
〔註86〕王國維，紅樓夢評論〔M〕，杭州：浙江古籍出版社，2012：54。

他們所深信的道德、制度等方面去尋找原因，再加之敏感多情的天性，「樂感文化」又影響著他們放棄抗爭的痛苦，而多選擇以靜觀、忍耐的態度對待生命中的悲劇，可以說中國人很少真正徹底的悲觀主義，他們總願意樂觀地眺望未來。

　　唐代充滿著積極進取的時代風氣，它將中國傳統的樂感文化發展到了一個新的高度。首先，唐人對生活充滿著很大的熱情，無論是追求理想功名的堅定決心、還是文學藝術上極高的造詣都表現出了他們對現世生活的熱愛。無論是對宏大崇高的政治軍事、細瑣精緻的家庭生活、還是唯美典雅的藝術創造，唐人總是保持著一種極高的熱情和敏感。這種熱情和漢代時粗獷豪邁、以大為美、以鴻篇巨製為文學導向的審美情調不一樣，唐人的熱情是一種更加精緻化、更充滿人性情懷的熱情，是對現實生活的熱情。其次，唐人對生命有著強烈的渴望，這不僅僅表現在求仙訪道延續生命，更是在於唐人試圖將個人價值在有限的一生中最大化，當然也包含有對生命的享受。此外，唐人還洋溢著一股非凡的樂觀精神，無論是對自己的人生走向還是國家的發展，每個時期的唐人都有著一種強烈的樂觀精神，哪怕是中晚唐國家運勢和個人前途都不甚樂觀的情況下，唐人都還抱有著一絲不滅的信心。國家衰亡就歸隱山林縱酒當歌，愛情失落便將其化為一種殘缺的審美，對歷史陷入迷思就用溝通天人宇宙的目光去化解，任何生命的不幸與悲劇，唐人都在積極的尋求一個解脫的方式，沒有執迷於其中不可自拔。由此可見，唐朝的時代風氣和人文精神將「樂感文化」發揚到了一個新的境界。在這樣的文化影響下，唐詩盛衰主題所體現出的悲劇意識並不是一種和命運血淋淋的決鬥，也非徹底絕望的袖手旁觀，而是一種以感傷為情感底色的悲劇之美。

　　何謂感傷？郁達夫說：「把古今藝術總體加起來，從中間刪去了感傷主義，那麼所餘的還有點什麼？」〔註87〕「就中國文學而言，

<hr>

〔註87〕郁達夫，文學概說〔M〕，北京：商務印書館，1927，見魏學寶，義
　　　　山詩歌傷感美分析〔D〕，北京：北京語言大學，2004：18。

以殉情主義的文學爲最多，像古代詞臣的黍離麥秀之歌，三閭大夫的香草美人之作，無非是追憶往事，哀感今朝。至若杜工部的詩多愁苦，庾蘭成的賦主悲，更是柔情一脈，傷人心脾，舉其例來，眞怕要汗牛充棟了。」〔註88〕以唐盛衰主題詩作爲例，無論是對生命產生的悲劇感，還是因現實生活而起的愁思，詩歌中的意象和表現感情的方式始終是內斂典雅的，即使是詩風十分灑脫狂放的詩人，在表達個人的悲劇意識時，也都顯得感傷而深沉。在這種感傷底色下，盛衰主題中的意象選取多是唯美而悲涼的，沒有進一步的激烈情緒；詩人和悲劇性的命運也並不是你死我亡的關係，而是在一種感傷的情調中試圖和命運達成和解，悲劇的境遇是可以改變的，它是可解的；生命與生活中的悲劇不是恐怖的，而是具有一種柔和的審美情調，悲劇意識是文藝與唯美的。下面筆者將從盛衰主題詩作中意象的感傷情調、悲劇的審美化以及悲劇的可解性來探索「樂感文化」下唐人悲劇意識的表現方式。

（一）意象的感傷情調

　　從盛衰主題的意象選擇上看，這些意象大都唯美典雅，很少有著強烈的情感衝突。具體來看在表現生命的衰亡、歷史家國的破敗、理想與愛情的失落等悲劇主題時，詩人沒有使用醜陋、可怖的意象，也沒有流露出倉皇困窘的情緒，而是在一個個精緻優雅的意象中，流露出深沉的感傷。如詩人在描繪自然的衰敗時，大都用落花、殘花、枯荷、秋蓬等意象，如王勃的《落花落》云：「落花落，落花紛漠漠……落花春已繁，春人春不顧。」〔註89〕如李白的《前有一樽酒行二首》云；「落花紛紛稍覺多，美人慾醉朱顏酡。」〔註90〕如李

〔註88〕郁達夫，文學概說〔M〕，北京：商務印書館，1927，見魏學寶，義山詩歌傷感美分析〔D〕，北京：北京語言大學，2004：18。

〔註89〕〔唐〕王勃，落花落，見〔清〕彭定求等編，全唐詩（卷五六）〔M〕，北京：中華書局，1999：685。

〔註90〕〔唐〕李白，前有一尊酒行二首其一，見〔清〕彭定求等編，全唐詩（卷二四）〔M〕，北京：中華書局，1999：321。

白的《古風・青春流驚湍》云：「青春流驚湍，朱明驟回薄。不忍看秋蓬，飄揚竟何拖。」〔註91〕這些意象帶給人們的感受是「迴腸九回後，擾有剎迴腸」的綿密感傷以及「年年歲歲花相似，歲歲年年人不同」充滿時間意識的淡淡失落。描寫自身衰老的模樣，也集中在白髮、落齒等意象，包括衰鬢、白頭、齒牙等等。在表現愛情的失落時，李商隱等詩人選取的意象更是優雅精緻，「春蠶到死絲方盡，蠟炬成灰淚始乾」，用春蠶吐絲到死，蠟燭滴淚成灰表現愛情的纏綿悱惻、由濃情到失落卻始終至死不渝的精神。春蠶體態柔軟，潔白溫和；蠟燭溫暖明亮，燃燒時又會滴下如淚珠般的燭油，兩者從造型到色彩都充滿柔弱哀婉的特質，好像溫柔多情的女子，又暗示了愛情的堅貞不移。在表現歷史家國的興亡時，詩人將目光集中在宮殿建築和亭臺樓閣上，試看李白的《月夜金陵懷古》：「蒼蒼金陵月，空懸帝王州。天文列宿在，霸業大江流。綠水絕馳道，青松摧古丘。臺傾鳲鵲觀，宮沒鳳凰樓。別殿悲清暑，芳園罷樂遊。一聞歌玉樹，簫瑟後庭秋。」〔註92〕這首詩充滿著密集的建築群：馳道、古丘、樓觀、鳳凰樓、別殿、芳園、後庭，詩人沒有直接描繪這些建築的殘破衰敗，而是從側面通過自然景觀的繁茂永恆，昔日娛樂活動的消歇表現金陵如今的頹廢衰敗。往日的馳道已經被綠水所淹沒，青松長滿了古丘，樓觀已經傾頹，鳳凰樓的宮殿也變得荒蕪，往日尋歡作樂的宮殿和芳園如今迴蕩著凄清的氛圍。詩歌中傾壞的樓臺，廢棄的宮殿沒有陰森沉悶的感覺，並不消沉絕望，而是伴隨著明麗的自然景觀展現了一種物是人非的蒼涼，引發人們對歷史興亡的思索。「臺城六代競豪華，結綺臨春事最奢」〔註93〕，「山

〔註91〕〔唐〕李白，古風——青春流驚湍，見〔清〕彭定求等編，全唐詩（卷一六一）〔M〕，北京：中華書局，1999：1680。

〔註92〕〔唐〕李白，月夜金陵懷古，見〔清〕彭定求等編，全唐詩（卷一八五）〔M〕，北京：中華書局，1999：1894。

〔註93〕〔唐〕劉禹錫，臺城，見〔清〕彭定求等編，全唐詩（卷三六五）〔M〕，北京：中華書局，1999：4127。

圍故國周遭在，潮打空城寂寞回。淮水東邊舊時月，夜深還過女牆來」〔註94〕，「朱雀橋邊野草花，烏衣巷口夕陽斜。舊時王謝堂前燕，飛入尋常百姓家」〔註95〕，「南登碣石阪，遙望黃金臺。丘陵盡喬木，昭王安在哉。霸圖悵已久，驅馬復歸來」〔註96〕。被月光籠罩的女牆、落日餘暉傾瀉的烏衣巷、夕陽照射的黃金臺等等，都充滿了一種蒼涼之美，永恆與瞬間驚心對比，體現著一種無言的智慧。它們都是歷史盛衰的見證，和人類的一段歷史相比，它們是永恆，然而相對於天地自然，這些建築便也只是盛衰運行軌道上的一部分，滄海之一粟。建築沒有生命，不能開口論說，詩人用這種無言的靜默展現歷史家國盛衰變化的悲劇感，比悲愴的吶喊多了一份莊重肅穆，發人深省。下面筆者將對最具代表性的幾類盛衰意象進行分析，進而體味唐詩盛衰主題中含蓄內斂的感傷氣質。

1. 落花

在唐詩盛衰主題中，表現生命與愛情盛衰的詩作最愛以落花寄託詩人的心緒情感。花卉有著極其美麗的外觀，與青草、樹木等其他自然之物相比，生命週期又較為短促，因此自古以來花朵便是青春美麗的代表，同時又象徵著生命美好的短促。如「枝上花，花下人，可憐顏色俱青春。昨日看花花灼灼，今朝看花花欲落」〔註97〕，昨日還是那樣閃耀著生命光華的花朵，今日便垂垂將死；「命酒樹下飲，停杯拾餘葩。因桃忽自感，悲吒成狂歌」〔註98〕，桃花的零落讓詩人聯想

〔註94〕　〔唐〕劉禹錫，石頭城，見〔清〕彭定求等編，全唐詩（卷三六五）〔M〕，北京：中華書局，1999：4127。

〔註95〕　〔唐〕劉禹錫，烏衣巷，見〔清〕彭定求等編，全唐詩（卷三六五）〔M〕，北京：中華書局，1999：4127。

〔註96〕　〔唐〕陳子昂，燕昭王，見〔清〕彭定求等編，全唐詩（卷八三）〔M〕，北京：中華書局，1999：893。

〔註97〕　〔唐〕鮑氏君徽，惜花吟，見〔清〕彭定求等編，全唐詩（卷七）〔M〕，北京：中華書局，1999：72。

〔註98〕　〔唐〕白居易，種桃歌，見〔清〕彭定求等編，全唐詩（卷四六一）〔M〕，北京：中華書局，1999：4780。

到個人的生命的短促，只有悲慟狂歌；「草色青青柳色黃，桃花歷亂李花香。東風不爲吹愁去，春日偏能惹恨長」〔註99〕，桃花被東風吹散揚落，李花又開始散發著芳香，生命之美就在盛衰間迴圈，但終歸擺脫不了零落的命運。當然這首詩也有比喻桃李爭寵，以桃花比喻女子感情失落之意。落花不僅僅象徵著生命的消歇，還代表著女子所承恩寵與情愛的失落，試看嚴武的《班婕妤》：「賤妾如桃李，君王若歲時。秋風一已勁，搖落不勝悲。」〔註100〕女子如花，而君王就如自然界的物候，秋風吹起，花朵零落，象徵著君王恩寵的消歇。「不分君恩斷，新妝視鏡中。容華尚春日，嬌愛已秋風。枕席臨窗曉，幃屏向月空。年年後庭樹，榮落在深宮。」〔註101〕美麗的臉龐如春日般明媚，而愛情卻已如秋風般涼薄，散發著頹敗的氣息，女子的生命和愛情就這樣在深宮中悄然綻放，又孤獨地走向寂滅。前文中也提到過，這類表現恩寵盛衰的詩作大多出於男性文人之手，但其所傳達的女子因男性變心而產生的悲涼意緒卻是十分眞實的。花是繁盛而美好的，而落花卻象徵著美好衰亡的殘忍，又預示著生命的短促與衰敗。落花之美就在於它雖然揭示了生命和情感由繁盛走向衰亡的結局，但依舊有著典雅感傷的氣質，並不是醜陋可怖的。在盛衰主題的詩作中，詩人從未展現過落花殘敗的醜態，或是沾滿泥濘散佈在地面的狼藉。在詩中，落花或是飄零在秋風之中，或是和失意的美人相映照，充滿著柔性唯美的氣質。

總之，唐人以落花表現生命和愛情的盛衰，既沒有展現生命衰敗的枯槁狼藉，也沒有體現愛情失意的掙扎怨憤，而是通過落花展示了生命和女性柔弱哀傷的特質，讓人在悲劇的情感中產生深深的憐惜，

〔註99〕 〔唐〕賈至，春思二首其一，見〔清〕彭定求等編，全唐詩（卷二三五）〔M〕，北京：中華書局，1999：2593。

〔註100〕 〔唐〕嚴武，班婕妤，見〔清〕彭定求等編，全唐詩（卷二六一）〔M〕，北京：中華書局，1999：2900。

〔註101〕 〔唐〕崔湜，婕妤怨，見〔清〕彭定求等編，全唐詩（卷五四）〔M〕，北京：中華書局，1999：664。

而不是憤怒的抗爭。

2. 白日

在原始神話中，太陽東升西落的運動過程象徵生命的生和死，日出意味著生命的誕生，日落則象徵著生命的消亡。《易傳・繫辭》有云：「懸象著明莫大乎日月。」〔註102〕《說文》曰：「魂，陽氣也。」〔註103〕太陽的運行被賦予了生命的行跡，它從清晨到黃昏的運行和生命的誕生、興盛、衰亡相關聯，被不斷給予生命的象徵。

《全唐詩》收錄詩人兩千三百餘家，詩歌四萬八千餘首，卻僅有八處寫到「紅日」。《禮記・檀弓上》：「殷人尚白，大事斂用日中，戎事乘翰，牲用白；周人尚赤，大事斂用日出，戎事乘馬原，牲用馬辛。」鄭玄注：「日中時亦白；日出時亦赤。」在此，紅白應指太陽出現的光線顏色。爲何唐人習慣用「白日」而非「紅日」，已經有很多人對此有著深入的分析，在此筆者就不贅述了。現對各家觀點總結如下：1. 白日從本身來看，代表太陽或隱喻君主。2. 白日有著色彩的意義，即指白色的太陽。3. 除了顏色意義，白色還有著純潔、蒼涼、晶瑩等情感上的含義。白日被唐人融入了情感因素而形成了一種情感表達上的習慣，體現了唐詩意象個性化、浪漫化以及抒情化的特點。

魏晉時期，阮籍的《詠懷詩》也多次出現白日這一意象，如「灼灼西頹日，餘光照我衣。回風吹四壁，寒鳥相因依」〔註104〕。陶淵明也有詩云：「白日淪西阿，素月出東嶺。日月擲人去，有志不獲騁。」〔註105〕在唐盛衰主題詩作中，白日代表著時光的流逝，給人一種無情的緊迫感。白日表達出光陰如白駒過隙之感，又往往和黃昏相聯繫，體現詩人內心深處理想未達、身已老去的深重焦慮，清晨是生命

〔註102〕　〔明〕來知德譯注，周易集注〔M〕，北京：九州出版社，2004：702。
〔註103〕　〔漢〕許慎，說文解字〔M〕，鄭州：中州古籍出版社，2006：435。
〔註104〕　〔三國〕阮籍，詠懷其八，見魏耕原等編，先秦兩漢魏晉南北朝詩歌鑒賞辭典〔M〕，北京：商務印書館，2012：804。
〔註105〕　〔東晉〕陶淵明，雜詩其二，見魏耕原等編，先秦兩漢魏晉南北朝詩歌鑒賞辭典〔M〕，北京：商務印書館，2012：968。

最繁盛的時段，那麼白日慘慘的黃昏則意味著生命的頹敗。正如傅道彬先生在《晚唐鐘聲》裏說的：「在黃昏的時間憂懼裏，一方面人們回味著依戀著以往之『生』，一方面又恐懼著悲哀著未來之『死』。這樣就使人類情感世界的依戀與悲傷、壯烈與沉靜、此在與彼在、未來與往昔都興會於白日西傾夜色漸濃的黃昏時刻，顯示出黃昏時間意義的悲涼。」〔註 106〕「首先夕陽從東至西的歷程完成從熱烈向虛清沉靜的轉化，這與人從充滿熱烈的青春年華走向靜穆的晚年的生命結構相吻合。其次，是心靈的感悟昇華，即黃昏在文化的象徵形式裏曾引起生命短暫的感喟，而夕陽的審美又淡化了生命的悲涼。」〔註 107〕慘慘白日、暗暗黃昏，白日下的黃昏象徵著時間的流逝、生命的遲暮、理想的傾頹，「日暮天晚，象徵著歲月時日的匆迫；路遠天闊，象徵著理想的難以達成，這日暮與路遠的象徵，從先秦屈原《離騷》已成爲中國詩中的一種象徵原型。」〔註 108〕

白日伴隨著黃昏，白日黃昏的意象搭配帶有著不可言說的美感，雖然它們會引發詩人生命盛衰的感慨，但終究沒有走向絕望悲涼，而是生發出一種靜謐之美。試看陳子昂的《感遇・其二》詩：

蘭若生春夏，芊蔚何青青。幽獨空林色，朱蕤冒紫莖。

遲遲白日晚，嫋嫋秋風生。歲華盡搖落，芳意竟何成。〔註 109〕

詩歌在自然生命的盛衰間，寄託著個人理想的失落。蘭草在春夏時茂盛生長，然而好景不長，白日西馳、秋風嫋嫋，在物候的變換下，蘭草也由昔日的繁茂轉向如今的零落，隨之而凋零的還有詩人曾經的理想與抱負。詩中的白日蒼涼而殘酷，它不動聲色地到來，改變了青春的盛景，辜負了詩人的一腔才華，凋零了詩人曾經高昂的理想。但

〔註106〕 傅道彬，晚唐鐘聲〔M〕，北京：北京大學出版社，2007：61。

〔註107〕 傅道彬，晚唐鐘聲〔M〕，北京：北京大學出版社，2007：77。

〔註108〕 黃永武，中國詩學・思想篇〔M〕，臺北：臺灣巨流圖書公司，1979：82。

〔註109〕 〔唐〕陳子昂，感遇其二，見〔清〕彭定求等編，全唐詩（卷八三）〔M〕，北京：中華書局，1999：888。

這樣的情緒沒有走向絕望荒涼，而是在白日秋風、芳華搖落的情境中
產生出一種靜謐之美。再看兩首陳子昂的《感遇》詩：

　　　　蒼蒼丁零塞，今古緬荒途。亭堠何摧兀，暴骨無全軀。
黃沙幕南起，白日隱西隅。漢甲三十萬，曾以事匈奴。但
見沙場死，誰憐塞上孤。〔註110〕（陳子昂《感遇・其三》）

　　　　白日每不歸，青陽時暮矣。茫茫吾何思，林臥觀無始。
眾芳委時晦，鶗鴂鳴悲耳。鴻荒古已頹，誰識巢居子。〔註
111〕（《感遇・其七》）

　　第一首詩中的白日蒼涼中透著一股蕭颯，是一種無情時間和命
運的象徵，黃沙四起，白日漸隱，戰士激昂的士氣早已煙消雲散，
只留下堆堆白骨和尚且存活著的塞上孤軍。第二首詩開篇便提到「白
日每不歸」，本應該回家的時刻，自己仍爲了理想漂泊在外，在我國
農耕社會中，「日出而作，日入而息」是最基本的生活規律，在黃昏
時分人們會本能地生發出一種歸鄉、回家的情緒。白日已晚、眾芳
蕪穢、鴻荒衰退，無法回歸的不僅僅是詩人自身，還有失落的理想，
曾經的青春，詩歌表現了一種在時間流逝、時代衰退局面下個人理
想失落的創痛。

　　除了陳子昂，李白也偏好用白日這一意象傳達個人在時光流轉下
理想的失落之情，試看他的《留別王司馬嵩》：

　　　　魯連賣談笑，豈是顧千金。陶朱雖相越，本有五湖心。
余亦南陽子，時爲梁甫吟。蒼山容偃蹇，白日惜頹侵。願
一佐明主，功成還舊林。西來何所爲，孤劍託知音。鳥愛
碧山遠，魚游滄海深。呼鷹過上蔡，賣畚向嵩岑。他日閒
相訪，丘中有素琴。〔註112〕

〔註110〕　〔唐〕陳子昂，感遇其三，見〔清〕彭定求等編，全唐詩（卷八三）
　　　　　〔M〕，北京：中華書局，1999：888。
〔註111〕　〔唐〕陳子昂，感遇其七，見〔清〕彭定求等編，全唐詩（卷八三）
　　　　　〔M〕，北京：中華書局，1999：888。
〔註112〕　〔唐〕李白，留別王司馬嵩，見〔清〕彭定求等編，全唐詩（卷一
　　　　　七四）〔M〕，北京：中華書局，1999：1786。

　　詩人本有輔佐明主，然後功成身退之志，無奈時光飛逝，壯志難酬，只有在故作散淡的隱居生活中消磨自己曾經的熱血。此外還有李白《古風・黃河走東溟》：「黃河走東溟，白日落西海。逝川與流光，飄忽不相待。春容捨我去，秋髮已衰改。人生非寒松，年貌豈長在。」〔註113〕詩歌體現了在時光流走下，個人生命由盛而衰的變化，表達出生命的蒼涼和一種時不我待的緊迫感。

　　總之，白日這一意象在唐詩盛衰主題中，代表著線性時間的流動，往往以白日西馳，白日西頹等形式出現。它表現了時間從不以人的意志而停止的客觀性，並對詩人造成了巨大的壓迫感和無奈感，詩人在光景的流逝下，眼睜睜地看著自己的樣貌從「春容」化爲「秋髮」，個人的理想從青春的昂揚變得消沉無奈。此外，白日往往伴隨著黃昏，清人許瑤光在讀過《詩經・君子于役》之後作詩一首：「雞棲于桀下牛羊，饑渴縈懷對夕陽。已啓唐人閨怨句，最難消遣是黃昏。」〔註114〕錢鍾書也曾說過：「蓋死別生離，傷逝懷遠，皆於黃昏時分，觸緒紛來，所謂最難消遣。」〔註115〕黃昏中的白日照射的，是詩人生命和理想的盛衰變化，是生理和心理的雙重衰老，它象徵著曾經青春的生命走向衰老，美好的理想變得沉淪。因而，在詩作中白日帶著一種無法言說的蒼涼意味，它好像時光的眼睛一般無情地注視著蒼生，沒有絕望但卻冷酷殘忍，毫不留情得進行光陰的推移，留下的只是詩人衰敗的生命和失落的理想。

3. 松柏

　　自然的盛衰變化，讓詩人產生對自身生命與情感的觀照，然而自然的永恆又提醒著詩人個人生命的短暫和注定消亡的命運。因此，自然的變與不變都注定造成人們對個人生命悲劇性的觀照。在自然界帶

〔註113〕　〔唐〕李白，古風——黃河走東溟，見〔清〕彭定求等編，全唐詩（卷一六一）〔M〕，北京：中華書局，1999：1675。
〔註114〕　見傅道彬，晚唐鐘聲〔M〕，北京：北京大學出版社，2007：60。
〔註115〕　錢鍾書，管錐編（一冊）〔M〕，北京：中華書局，1979：101。

有永恆性質的事物中，松柏是古人十分推崇的。由於松樹的自然屬性，在先秦時期就被賦予了永恆和長壽的象徵，如《詩經・小雅・天保》中，松柏被用以祝壽：「如月之恆，如日之昇。如南山之壽，不騫不崩。如松柏之茂，無不爾或承。」〔註116〕到漢代，松與南山兩個意象組合起來，有了「南山松」之說。在唐盛衰主題的詩中，松這一意象延續了生命永恆這一內在含義，如「多花必早落，桃李不如松」〔註117〕，「為草當作蘭，為木當作松。蘭秋香風遠，松寒不改容」〔註118〕，「日落西山陰，眾草起寒色。中有喬松樹，使我長歎息。百尺無寸枝，一生自孤直」〔註119〕。和桃李等其他花草相比，松樹有著更長久的生命力，詩人們又進一步將這種生命力昇華成一種孤傲的品格，試看李白的《贈韋侍御黃裳二首其一》：

> 太華生長松，亭亭凌霜雪。天與百尺高，豈為微飆折。
> 桃李賣陽豔，路人行且迷。春光掃地盡，碧葉成黃泥。願
> 君學長松，慎勿作桃李。受屈不改心，然後知君子。〔註120〕

桃李的嬌豔令人著迷，但不過是浮華一瞬，春天一旦結束，它們立刻衰敗死亡，成為滿地黃泥。而松樹孤直於世，雖不被世人所重視，但卻有著一種生命的堅持，永恆而堅毅。與桃李為代表的世俗小人相比，松樹是有著永恆生命力和堅毅品格的君子。詩人往往以松樹自比，感慨光陰蹉跎、青春不再、理想失落，又以松樹的堅持安慰自己，消解個人生命中的焦慮。如張說的《巡邊在河北作》抒發了生命老去、壯志未酬、後繼無人的悲劇，又借松的品格自我安慰：「撫劍空餘勇，

〔註116〕　陳戍國譯注，詩經〔M〕，長沙：嶽麓書社，2006：130。
〔註117〕　〔唐〕李白，箜篌謠，見〔清〕彭定求等編，全唐詩（卷二九）〔M〕，北京：中華書局，1999：425。
〔註118〕　〔唐〕李白，於五松山贈南陵常贊府，見〔清〕彭定求等編，全唐詩（卷一七一）〔M〕，北京：中華書局，1999：1764。
〔註119〕　〔唐〕宋之問，題張老松樹，見〔清〕彭定求等編，全唐詩（卷五一）〔M〕，北京：中華書局，1999：622。
〔註120〕　〔唐〕李白，贈韋侍御黃裳二首其一，見〔清〕彭定求等編，全唐詩（卷一六八）〔M〕，北京：中華書局，1999：1736。

彎弧遂無力。老去事如何，據鞍長歎息。故交索將盡，後進稀相識。
獨憐半死心，尚有寒松直。〔註121〕再看一首李白的《贈易秀才》：

少年解長劍，投贈即分離。何不斷犀象，精光暗往時。
蹉跎君自惜，竄逐我因誰。地遠虞翻老，秋深宋玉悲。空
摧芳桂色，不屈古松姿。感激平生意，勞歌寄此辭。〔註122〕

時光流逝、政治理想受阻，詩人感到了生命的衰逝，深切體會到
宋玉在秋日裏的悲淒。然而和松樹相比，被時光摧毀的只是像芳桂那
樣浮華而軟弱的事物，松樹不屈的精神永遠不會被命運左右、被時光
蹉跎。因此詩人一方面在松樹的永恆面前感到個體生命衰敗的自卑，
另一方面也用松樹堅毅的品性來勉勵自己，不要讓時光和命運消磨了
自己的意志。

在唐盛衰主題詩作中，松這一意象所代表的強大生命力，總是和
早衰的事物作對比，除了前文提到過的「桃李」、「芳桂」等花卉，元稹、
白居易等也用「槐樹」的易衰襯托著松樹生命的永恆。「華山高幢幢，
上有高高松。株株遙各各，葉葉相重重。槐樹夾道植，枝葉俱冥蒙。既
無貞直幹，復有冒掛蟲」〔註123〕（元稹《松樹》），松樹高大綿密，且
有著繁茂的枝葉，而槐樹卻枝葉頹敗，掛滿了樹蟲。詩人並不是對槐樹
有多麼深的厭惡，而是從樹種自然生命的特徵中抽象出內在的精神品
格，再看白居易的《和松樹》：「八月白露降，槐葉次第黃。歲暮滿山雪，
松色鬱青蒼。彼如君子心，秉操貫冰霜。此如小人面，變態隨炎涼。共
知松勝槐，誠欲栽道旁。糞土種瑤草，瑤草終不芳。」〔註124〕槐樹隨
著物候變化，詩人用它來象徵趨炎附勢、隨時世變化的小人，而松樹卻

〔註121〕 〔唐〕張說，巡邊在河北作，見〔清〕彭定求等編，全唐詩（卷八
六）〔M〕，北京：中華書局，1999：927。

〔註122〕 〔唐〕李白，贈易秀才，見〔清〕彭定求等編，全唐詩（卷一七零）
〔M〕，北京：中華書局，1999：1754。

〔註123〕 〔唐〕元稹，松樹，見〔清〕彭定求等編，全唐詩（卷三九六）
〔M〕，北京：中華書局，1999：4464。

〔註124〕 〔唐〕白居易，和松樹，見〔清〕彭定求等編，全唐詩（卷四二五）
〔M〕，北京：中華書局，1999：4696。

始終蒼翠，保持著自己的孤高品性，這是耿直君子的代表。

在我國傳統的文化與習俗中，松樹和墓地有著密切的聯繫。古人在墓地上種植松樹有著許多因素，涉及到古人的精神特質、民俗習慣等諸多方面，概括起來有以下幾點：1. 松樹的多寡是墓主身份的象徵。2. 先民認爲松樹乃「社稷之樹」，可以保祐逝者的亡靈。3. 松樹長青的特質是人們對逝者良好的祝願，希冀他們在地下可以享受永恆的生命與快樂。因此在唐代追念逝者，表現人類生命盛衰變化的詩作中，松樹往往和墓地相聯繫，體現出生死兩隔，世事無常的蒼涼。如沈佺期的《邙山》：

> 北邙山上列墳塋，萬古千秋對洛城。城中日夕歌鍾起，
> 山上唯聞松柏聲。〔註125〕

蒼涼的墳塋代表著生命的消亡，這是不以人類意志爲轉移的永恆定律。而山上的松柏卻在日暮時分沙沙作響，以永恆的不變靜觀著人類生命的滄海一粟。除了用松樹意象觀照人類整體生命的盛衰，唐人還以此追悼歷史上的古人、懷念生活中逝去的親人。試看李賀的《蘇小小墓》：

> 幽蘭露，如啼眼。無物結同心，煙花不堪剪。草如茵，
> 松如蓋，風爲裳，水爲佩。油壁車，夕相待。冷翠燭，勞
> 光彩，西陵下，風吹雨。〔註126〕

在冷寂淒迷的氛圍裏，詩人描寫了一位用情極深的亡靈，在冷風苦雨下追尋著曾經的愛戀，如蓋的松柏，守護著逝去的生命與愛情。在李賀筆下，松這一意象雖然和生命的衰亡相關，卻不再象徵著冷眼旁觀的永恆之力，而是散發出一種哀豔淒迷的特質。再看張籍的《哭胡十八遇》：

> 早得聲名年尚少，尋常志氣出風塵。文場繼續成三代，

〔註125〕　〔唐〕沈佺期，邙山，見〔清〕彭定求等編，全唐詩（卷九七）〔M〕，北京：中華書局，1999：1050。

〔註126〕　〔唐〕李賀，蘇小小墓，見〔清〕彭定求等編，全唐詩（卷三九零）〔M〕，北京：中華書局，1999：4409。

家族輝華在一身。幼子見生才滿月，選書知寫未呈人。送君帳下衣裳白，數尺墳頭柏樹新。〔註127〕名甚早，才華異常的胡十八，擁有唐代文人特有的飛揚意氣，是家族的驕傲。然而幼子才滿月，他卻溘然長逝，怎能不令人悲傷。墳頭新栽的松柏已長了數尺，他卻穿著詩人贈送的白衣與世長辭了。

除此之外，在一些表現歷史盛衰變化的詩作中，松樹作為自然永恆的象徵，默默見證著國家的興亡、歷史的變遷，以不變的姿態對比著不斷改變的歷史現實。如李白的《月夜金陵懷古》：「蒼蒼金陵月，空懸帝王州。天文列宿在，霸業大江流。綠水絕馳道，青松摧古丘。臺傾鳲鵲觀，宮沒鳳凰樓。別殿悲清暑，芳園罷樂遊。一聞歌玉樹，簫瑟後庭秋。」〔註128〕就以月亮、青松對比襯托已經荒蕪的宮殿、馳道，讓人在回憶歷史的繁華盛景中感到一絲悲涼，卻又產生了一種深邃的宇宙意識。

總之，松樹作為唐詩盛衰主題最為常見的意象之一，包含著豐富的情感內容。首先，對比人類轉瞬即逝的生命，松樹強大的生命力會讓人產生一種個人生命由盛而衰的悲劇感、時不我待的緊迫感。在百木凋零，萬花齊衰的季節，松樹蒼勁翠綠的生命力又讓詩人從中感悟出堅強、孤傲的精神品性。其次，由於中國傳統風俗，松樹常常和墓地相聯繫，在唐表現追憶逝者的詩作之中，松樹常常含有一種靜觀生命衰逝的蒼涼意味，表現了詩人對逝者的懷念。最後，在表現歷史國家盛衰變化的詩作中，松樹象徵著宇宙自然的生生不息，對比著人類歷史的滄桑變換，使人在國家的興亡之間生發出一種宇宙意識。松樹的常青讓人產生個人生命太過短暫的悲涼意緒，它的清高又有著一種不為世俗所容的偉大孤獨感；墳墓上的松樹表現了人們對逝者永恆的

〔註127〕　〔唐〕張籍，哭胡十八遇，見〔清〕彭定求等編，全唐詩（卷三八五）〔M〕，北京：中華書局，1999：4345。

〔註128〕　〔唐〕李白，月夜金陵懷古，見〔清〕彭定求等編，全唐詩（卷一八五）〔M〕，北京：中華書局，1999：1894。

追念；對比歷史變換，松樹的生生不息又讓人產生了一絲物是人非的悲涼。總之，松意象在唐盛衰主題詩作中有著極爲豐富的情感內涵，但無一例外地充滿著一種孤寂蒼涼的感傷意味。

4. 月

我國古人很早就用月亮來記錄時間，月亮的變化一直是古人確認時間變化的重要方法，人們按照月亮的陰晴變化將每月分爲朔、朏、望、魄、晦五個部分，以此來規劃時間。王國維先生曾說過：「古者蓋分一月之日爲四分自：一曰初吉，謂自一日至七八日也；二曰既生霸，謂自八九日以降至十四五日也；三曰既望，謂十五六日以後至二十二三日；四曰既死霸，謂自二十三日以後至晦也。」〔註129〕古人對月亮有著很深的感情，月亮的圓缺變換不僅傳達著古人的時間意識，也寄託著他們對事物盛衰變換的理解。月亮的陰晴圓缺正如世間的一切事物那樣有生有死、有輝煌有低潮、有興盛有衰敗，然而月亮卻又不僅僅代表著生命的盛衰，它陰晴圓缺的迴圈變化從不停止，象徵著一種自然界神秘的永恆力量。如詩人里爾克寫到：「就像月亮一樣，生命也一定具有不斷從我們轉身而去的一面，但這一面並不是生命的對立面，而是它向光滿的完成，向豐盈的完成，向眞實、全部、完整的存在之域的完成。」〔註130〕艾烈德在《永恆復現的神話》中指出：

> 月亮是最先死去，但也是最先重生的。在談到死亡與復活、生育、再生、發端等等相關理論時，我們隨處可見月的神話佔有相當重要的地位。在這裡我們只要能想到，事實上月是用來「度量」時間的，就知道月亮同時也正說明了「永恆性的周而復始」。月的陰晴圓缺──於初現，由盈轉虧，然後在經過三天的黑暗時候重現，在研究週期上至爲重要……月的規律變化不僅可以定出短的時距（如一

〔註129〕 王國維，王國維遺書（卷一）上海：上海書店出版社，1983：35。
〔註130〕 〔德〕海德格爾著，成窮等譯，海德格爾詩學文集〔M〕，武漢：華中師範大學出版社，1992：114。

周、一月），也可據以推演出更長的時距來；事實上，人的出生、成長、衰老及消逝，也近似月的一週期。而這相似性之重要，不僅在於使我們瞭解宇宙依「月」的構造形式是很適切的，而且也在於能因此有一個習慣性的推論：就像月的消逝因爲會再有新月隨之出現，所以不會是絕對的終極一樣，人的消逝也不是最後的結局。〔註131〕西方人從月亮由盛而衰，但又重生的變化中得出了一個樂觀的結論──「人的消逝也不是最後的結局」。中國古人則不同，他們雖然認識到了月亮作爲一種永恆力量的存在，但在詩歌中月亮的永恆性是人類生命、家國歷史、愛情理想等各類事物盛衰變化的見證，和人類世界的短暫脆弱形成了一種強烈的對比。

月意象是唐人最偏愛的意象之一，幾乎出現在唐詩中的每一種題材中。根據電子版《先秦漢魏晉南北朝詩》和《全唐詩》索引，月在前者出現了 1833 次，在後者出現了 12126 次。鄧國光、曲奉先所編的《中國歷代詠月詩詞全集》中記錄唐朝的詠月詩有 493 首。唐詩盛衰主題也十分喜愛月這一意象，在表現不同的盛衰之思時，月常常被當做傳達不同情緒的載體，和詩人的情感相交融。

首先，在唐人對生命和宇宙盛衰代序的思索中，月意象代表著宇宙的永恆。提到與月亮有關且表現宇宙意識的唐詩，最爲經典的莫過於張若虛的《春江花月夜》，這首詩筆者在上一章已經詳細分析過，在此便不再贅述。值得一提的是月意象在詩中的作用，詩人因純淨的明月而生發出了無窮的哲思，陷入了對宇宙生命代謝的疑問，他將問題對準了天上的明月：「江天一色無纖塵，皎皎空中孤月輪。江畔何人初見月，江月何年初照人。人生代代無窮已，江月年年只相似。不知江月待何人，但見長江送流水。」在這裡，月代表著宇宙生命的源頭，也見證了其盛衰代序的變化，它既是永恆的象徵，也是這宇宙世界的一部分。再看李白的《把酒問月》：

〔註131〕 潘知常，眾妙之門─中國美感的深層結構〔M〕，鄭州：黃河文藝出版社，1989：267～268。

青天有月來幾時，我今停杯一問之。人攀明月不可得，
月行卻與人相隨。皎如飛鏡臨丹闕，綠煙滅盡清輝發。但
見宵從海上來，寧知曉向雲間沒。白兔搗藥秋復春，嫦娥
孤棲與誰鄰。今人不見古時月，今月曾經照古人。古人今
人若流水，共看明月皆如此。唯願當歌對酒時，月光長照
金樽裏。〔註132〕

這首詩作中的「今人不見古時月，今月曾經照古人。古人今人若
流水，共看明月皆如此」之句明顯受到了張若虛《春江花月夜》的影
響，在情感和句式上都與之十分相似。但李白詩中的明月少了幾許少
年明淨的清愁，多了一些無奈的疏狂。詩人把酒高歌，用現實的歡樂
消解著心頭的焦慮，企望著美好的月光能夠永照大地，盛景常駐。除
了李白，韋應物也通過個人生命的盛衰變化和月光下永恆美景的對
照，表現了一種生命的焦慮，如他的《月夜》：「皓月流春城，華露積
芳草。坐念綺窗空，翻傷清景好。清景終若斯，傷多人自老。」〔註133〕

此外和松意象一樣，在表現歷史盛衰的詩作中，月亮也被當做是
永恆的象徵，冷靜地觀照著歷史的起伏變換、世間的紛紛擾擾。外國
學者邁克兒‧卡茨曾說過：「月亮懸掛在中國舊詩壇的上空……是人
間喜劇美麗而蒼白的觀眾，而她所知道的一切隱秘激情和歡樂，迅速
的崩潰，或是慢慢的腐爛。」〔註134〕試看李白的《金陵三首其二》：

地擁金陵勢，城回江水流。當時百萬戶，夾道起朱樓。

亡國生春草，離宮沒古丘。空餘後湖月，波上對瀛州。〔註135〕

詩人用高懸在天空的明月和衰敗的古蹟作對比，殘破的宮殿覆蓋
著離離春草和荒寂的古丘，曾經的朱門大樓早已煙消雲散，只有當時

〔註132〕　〔唐〕李白，把酒問月，見〔清〕彭定求等編，全唐詩（卷一七九）
〔M〕，北京：中華書局，1999：1832。

〔註133〕　〔唐〕韋應物，月夜，見〔清〕彭定求等編，全唐詩（卷一九一）
〔M〕，北京：中華書局，1999：1970。

〔註134〕　張隆，艾米‧洛威爾與東方，比較文學譯文集〔M〕，北京：北京
大學出版社，1982：184。

〔註135〕　〔唐〕李白，金陵三首其二，見〔清〕彭定求等編，全唐詩（卷一
八一）〔M〕，北京：中華書局，1999：1853。

的月亮還在湖面投射著自己的倒影，映照著江州。「山圍故國周遭在，
潮打空城寂寞回。淮水東邊舊時月，夜深還過女牆來。」〔註 136〕舊
苑荒臺楊柳新，菱歌清唱不勝春。只今惟有西江月，曾照吳王宮裏人。」
〔註 137〕在這些詩作中的月亮都是孤寂冷清的，它見證了歷史曾經的
繁華，卻也映照著現如今的衰頹破敗。本應是無情的月，面對著歷史
的流轉變換，也流露出一絲永恆者的孤寂。

　　最後，在中國傳統文化中，月亮一直帶有明顯的女性特徵，它攜
帶著女子的孤獨憂鬱以及女性世界的浪漫溫馨出現在中國文學之
中。《呂氏春秋・精通》有云：「月也者，群陰之本也。」〔註 138〕《淮
南子・天文訓》云：「月夜者，群陰之本也。」〔註 139〕《說文》釋月：
「闕也，太陰之精。」〔註 140〕在中國哲學中，陰陽是男女最顯著的
性別符號，由此可見在古人眼中月亮帶有著濃重的女性色彩。於是在
唐代表現愛情盛衰的詩作中，女子因君王恩寵的轉移、愛情的消歇而
產生孤寂、冷清之感時，月亮便成爲了她們悲情的寄託。

　　　月皎風泠泠，長門次掖庭。玉階聞墜葉，羅幌見飛螢。
清露凝珠綴，流塵下翠屏。妾心君未察，愁歎劇繁星。〔註
141〕（沈佺期《相和歌辭・長門怨》）

　　　長門落景盡，洞房秋月明。玉階草露積，金屋網塵生。
妾妒今應改，君恩昔未平。寄語臨邛客，何時作賦成。〔註
142〕（張修之《長門怨》）

〔註136〕　〔唐〕劉禹錫，石頭城，見〔清〕彭定求等編，全唐詩（卷三六五）
〔M〕，北京：中華書局，1999：4127。

〔註137〕　〔唐〕李白，蘇台覽古，見〔清〕彭定求等編，全唐詩（卷一八一）
〔M〕，北京：中華書局，1999：1852。

〔註138〕　張雙棣等譯注，呂氏春秋〔M〕，北京：中華書局：210。

〔註139〕　陳廣忠譯注，淮南子〔M〕，北京：中華書局，2012：106。

〔註140〕　〔漢〕許慎，說文解字〔M〕，鄭州：中州古籍出版社，2006：313。

〔註141〕　〔唐〕沈佺期，長門怨，見〔清〕彭定求等編，全唐詩（卷二〇）
〔M〕，北京：中華書局，1999：253。

〔註142〕　〔唐〕張修之，長門怨，見〔清〕彭定求等編，全唐詩（卷二〇）
〔M〕，北京：中華書局，1999：253。

　　天回北斗掛西樓，金屋無人螢火流。月光欲到長門殿，
別作深宮一段愁。〔註143〕（李白《長門怨其一》）

　　桂殿長愁不記春，黃金四屋起秋塵。夜懸明鏡青天上，
獨照長門宮裏人。〔註144〕（李白《長門怨其二》）

　　在這些詩作中，月亮意象是一種情境的渲染。首先，月亮的圓滿
對比著女性愛情的殘缺，月有陰晴圓缺，然而君王的恩寵卻覆水難
收，一去無回。其次，月亮純淨無瑕的特質本身和女性的柔美相契合，
它的孤寂高遠襯托出女子淒涼的心境，「獨照長門宮裏人」是月光對
失寵女子的安慰，寄託著她們悲涼的情思。在這些詩作中，女子們的
愁思，愛情的變換、孤獨的心境都籠罩在一片迷蒙的月華之下，似乎
所有的悲情苦痛都得到月亮的撫慰，而那因愛情盛衰而產生的蒼涼心
境也因皎潔的明月、溫柔的月光而變得典雅深沉。

　　綜上所述，落花、白日、松、月意象是唐盛衰主題詩作常見的四
種意象，它們都是自然界的事物，都是詩歌中的自然物象。唐詩盛衰
主題中的意象除了純自然的事物，還有人們在日常生活、日常文明中
創造出來的事物，以及人類的身體髮膚，比如前文提到過的白髮、牙
齒等等。榮格說：原始意象即原型──無論是神怪，是人，還是一個
過程──都總是在歷史進程中反覆出現的一個形象，我們再仔細審
視，就會發現這類意象賦予我們祖先的無數典型經驗已形式化。因
此，我們可以說，它們是許許多多同類經驗在心理上留下的痕跡。」
〔註145〕從文化發展的角度來看，自然物象要比文明物象更加久遠，
沉澱著古人更爲深沉的哲學思考和時間意識。落花、白日、松、月這
四種意象有一個共同的特徵，那就是它們一方面以自己的變換記錄著
時間的流走和事物盛衰的變化；另一方面卻又以不變的姿態來象徵永

〔註143〕〔唐〕李白，長門怨二首其一，見〔清〕彭定求等編，全唐詩（卷
　　　　二零）〔M〕，北京：中華書局，1999：254。
〔註144〕〔唐〕李白，長門怨二首其二，見〔清〕彭定求等編，全唐詩（卷
　　　　二零）〔M〕，北京：中華書局，1999：254。
〔註145〕樂黛雲，比較文學簡明教程〔M〕，北京北：京大學出版社，2003：93。

恆，以此來對比和見證世間的盛衰變化、白雲蒼狗。除此之外，這四種意象所帶來的意境大都清新明朗或是淒婉唯美，儘管傳達出的是盛衰變換的悲劇感，但卻沒有走入黑暗的絕望之境，而是將思想上的悲劇意識轉化成了藝術上感傷的審美體驗和一種淒婉的審美形式。詩人無法掌控事物的盛衰變化，無法拯救衰老的生命，無法改變衰頹的理想，無法挽回失去的愛情。《淮南子・原道訓》有云：「時之反側，間不容息，先之則太過，後之則不逮，夫日回而月周，時不與人遊。」〔註146〕在古人看來，線性的時間變化是人們無法把握的，事物的盛衰之變也是如此，但這種悲劇感沒有走入絕境，只是發展到了悲涼感傷，沒有進一步走向無解的深淵。落花的唯美，月亮的靜謐空靈，白日的迷蒙蒼茫，青松的堅挺秀拔，這些意象的美化解了盛衰之變所帶來的悲劇之感，沖淡了無解的悲涼，讓原本思想上的焦慮變成一種悲情體驗和藝術上的審美，當然這種審美不是激情和狂熱，而是悲涼感傷中的靜默。

（二）悲劇意識的審美化

唐詩盛衰主題中的意象精緻典雅、唯美感傷，在淡淡的蒼涼中昇華出一種感傷的情調。和西方人與命運激烈的抗爭不同，唐詩沒有激動人心的情節，沒有在和悲劇的對峙中昇華出崇高感。但在唐詩的盛衰主題裏，詩人將悲劇審美化，在悲劇的情思中生發出一種美感，悲劇意識的傳達不是靠起伏跌宕的情節，不是靠和命運的針鋒相對，而是在一種含蓄蘊藉、欲說還休的傷感之美中侵潤著人們的心靈。

在唐詩盛衰主題中，唐人偏愛用藝術化的行爲將生命的悲劇變得充滿詩意，在此以李商隱的詩作爲例。「秋陰不散霜飛晚，留得枯荷聽雨聲」。〔註147〕在秋日氣息彌漫的夜晚，詩人從衰敗的枯荷之上聆

〔註146〕 陳廣忠譯注，淮南子〔M〕，北京：中華書局，2012：36。
〔註147〕 〔唐〕李商隱，宿駱氏亭寄懷崔雍崔袞，見〔清〕彭定求等編，全

聽著雨水的蹦落，詩人沒有懷戀夏日嫋娜多姿的荷花，也沒有直接抒發因秋日蕭颯氛圍而產生的傷感，而是選擇枯荷聽雨，沉浸在衰敗的寂寞裏，在生命衰敗的悲劇裏迸發出一股美麗的情調。紀昀說：「分明自己無聊，卻就枯荷聽雨渲出，極有餘味；若說破雨夜不眠，輾轉於言下矣。」〔註 148〕由此可見，詩人將生命衰敗的悲劇和自身苦悶的情思相結合，沒有任何激烈的情緒，而是用藝術化的行爲靜觀生命的悲劇，沉吟著個人的苦悶。「客散酒醒深夜後，更持紅燭賞殘花。」〔註 149〕詩人秉燭夜遊，把握生命的每一寸光陰，但並不迴避悲劇，而是欣賞著殘花之美。「我爲傷春心自醉，不勞君勸石榴花。」〔註 150〕在一派傷春的悲情之中，詩人卻因此而自醉。李商隱將春日生命衰敗的悲劇化作一種審美體驗，且陶醉其中，痛並快樂著。他深知花朵的凋零是無可避免的，因此「不勞君勸石榴花」，任由自然代謝，花開花落。「春心莫共花爭發，一寸相思一寸灰。」〔註 151〕詩人將愛戀的心情比作綻放的春花，卻又將相思與愛情失落的苦痛，用「一寸」量化，一寸愛情的甜蜜後，就要承受一寸相思的執著與失落的苦楚。古人有「心如死灰」之句，表達了個人絕望的心情，李商隱將愛情的寂滅比作「灰」，相愛的過程就好像燃燒的蠟燭或是燃燒的香料一樣，每一寸燃燒的熱情帶來的都是一寸心如死灰的絕望。這些意象柔弱多情，表現了相愛時的眞摯熱烈，又傳達出愛情失落後的寂滅苦楚。愛情由盛而衰的悲劇雖然刻骨銘心，但卻不是歇斯底里的吶喊，而是感傷情懷下哀莫大於心死的無望。

　　　　唐詩（卷五三九）〔M〕，北京：中華書局，1999：6204。

〔註 148〕　〔清〕紀昀，玉谿生詩說〔M〕，見魏學寶，義山詩歌傷感美分析〔D〕，北京：北京語言大學，2004：18。

〔註 149〕　〔唐〕李商隱，花下醉，見〔清〕彭定求等編，全唐詩（卷五四零）〔M〕，北京：中華書局，1999：6273。

〔註 150〕　〔唐〕李商隱，寄惱韓同年二首其二，見〔清〕彭定求等編，全唐詩（卷五四零）〔M〕，北京：中華書局，1999：6262。

〔註 151〕　〔唐〕李商隱，無題四首其二，見〔清〕彭定求等編，全唐詩（卷五三九）〔M〕，北京：中華書局，1999：6214。

（三）悲劇的可解性

　　唐詩盛衰主題中，所有生命的焦慮都可以找到一個排遣的方式，這些方式不論是生命中低層次的享樂，還是充滿哲思的求索，都是柔性而平和的，沒有憤怒與陰鬱，更沒有衝突與抗爭。從思想意識來看，在本文第二章，筆者詳細地分析了在不同宗教心態的影響下，唐人用不同的方式試圖排遣盛衰之變所帶來的焦慮。唐代儒釋道三教合一，無論是哪種思想意識，它們都認定生命中的悲劇是可以解脫的。從宗教心態來看，道教宣揚的神仙世界與神奇的仙藥，在生活境界與生命長度上為士人在精神上營造了一個歸宿；儒家主張積極入世，科舉制下努力考取功名的文人、在邊塞衝鋒陷陣的將士以及表面上隱居山林，實則伺機博得朝廷好感的居士，他們都以增加自身價值的方式排遣著生命中的悲哀；在禪宗的影響下，唐人越來越與自然山水相親近，將個人的生命化解在自然山水之中，將個人看作是自然山水中的一部分，從而在宇宙天地間不悲不喜、委運於自然；中唐以白居易為代表的詩人以個人生命經驗為基礎發展出了一種自適的哲學，在生活中自得其樂，彌補生命的缺憾。從生活情趣來看，詩、酒、茶一直被看作是文人精神以及生活情趣的象徵。唐代有「詩聖」、「詩仙」、「酒仙」、「茶聖」等等，這些文人意趣已經發展成了一種精神境界。從文人行跡來看，唐代很多詩人終其一生都保持著樂生的態度。信仰道教的李白一生都對政治抱有著強烈的興趣和希望。他被唐玄宗封為翰林學士，但因耿直的個性和天真的性格最終被「賜金放還」，安史之亂後李白還參加了永王李璘的幕府，差點丟掉性命；杜甫沒有李白富裕的家境，浪漫的天性，還常常在貧困中掙扎，但這絲毫不妨礙杜甫對生活的興趣、對理想的堅持。在李林甫執政時期，杜甫曾為玄宗皇帝呈獻了「兩大禮賦」，安史之亂後又因在顛沛流離中投奔肅宗而被冊封為「左拾遺」；王維晚年雖然對政事毫不關心，但他一心向佛的態度，也證明了他對生命的執著，還堅信著世間的不圓滿是可解的；高適有著深沉的仁者

情懷，曾寫下「拜迎官長心欲碎，鞭撻黎庶令人悲」〔註152〕之句，
然而卻也汲汲於功名，對哥舒翰用平民生命換取封賞的行爲進行歌
頌。即便在晚唐時期，像李商隱這樣內斂含蓄的詩人，也都對政治
有著高度的關注，一直都沒有放棄仕宦人生。唐人對生活和理想總
是保持著很高的熱情，他們正視生命中的悲劇，用傾注心血的文字
將其書寫而出。但在他們的詩作中，生命中的各類悲劇都是可解的，
沒有像西方人那樣與悲劇的力量進行你死我活的鬥爭，而是在不同
的人生態度和宗教心態下去化解生命中的沉重。

　　本文的第二章已經詳細分析過了在不同宗教心態下，唐人試圖排
解生命各種悲劇的不同方式。下面筆者將結合盛衰主題詩作，分析一
下唐人在娛樂遊戲中對盛衰焦慮感的排遣。樂感文化是一種對生命充
滿敬意的文化，正如李澤厚先生所說：

>　　在中國哲學中，天不大而人不小，「體」不高於「用」，
> 「道」即在「倫常日用」、「工商耕稼」之中，「體」、「道」
> 即是「倫理日用」、「工商耕稼」本身。這就是說，不捨棄、
> 不離開倫常日用的人際有生和經驗生活去追求超越、先
> 驗、無限和本體。本體、道、無限、超越即在此當下的現
> 實生活和人際關係之中。〔註153〕

　　由於傳統的樂感文化和唐強代大的國力，唐人對生活有著了濃
厚的興趣與熱情。唐詩中有許多表現唐人娛樂生活的詩作，有表現
夜間宴飲的「秦樓宴喜月裴回，妓筵銀燭滿庭開。坐中香氣排花出，
扇後歌聲逐酒來」〔註154〕，「銀燭金屏坐碧堂，只言河漢動神光。
主家盛時歡不極，才子能歌夜未央」〔註155〕；有描寫一些娛樂小遊

〔註152〕　〔唐〕高適，封丘作，見〔清〕彭定求等編，全唐詩（卷二一三）
　　　　　〔M〕，北京：中華書局，1999：2220。
〔註153〕　李澤厚，中國古代思想史論〔M〕，上海：三聯書店，2008：326。
〔註154〕　〔唐〕薛稷，夜宴安樂公主新宅，見〔清〕彭定求等編，全唐詩（卷
　　　　　九三）〔M〕，北京：中華書局，1999：1003。
〔註155〕　〔唐〕崔日用，夜宴安樂公主宅，見〔清〕彭定求等編，全唐詩（卷
　　　　　四六）〔M〕，北京：中華書局，1999：563。

戲的，如「管絃聲急滿龍池，宮女藏鉤夜宴時」〔註 156〕，「香球趁拍迴環匝，花醆拋巡取次飛。自入春來未同醉，那能夜去獨先歸」〔註 157〕；還有一些表現節日裏人們相聚遊樂的，如「接漢疑星落，依樓似月懸」〔註 158〕，「玉漏銀壺且莫催，鐵關金鎖徹明開。誰家見月能閒坐，何處聞燈不看來」〔註 159〕。在盛衰主題詩作中，遊戲與享樂已經不僅僅是生活的消遣，而是詩人排遣內心苦悶的一種方式，詩人們希望利用賞花行樂、飲酒宴樂等娛樂活動所帶來的歡樂，掩蓋盛衰之感所帶來的悲劇，在故作曠達的行為背後，是生命焦慮下不安的靈魂。

首先，唐人十分喜愛在春日宴遊賞花，《開元天寶遺事載》：「長安春時，盛於遊賞，園林樹木無閒地」「御苑新有千葉桃花，帝（唐玄宗）親折一支插於妃子寶冠上，曰：『此花尤能助嬌態也』。」〔註 160〕唐人還多舉行野宴，有所謂探春宴、看花宴、花酒宴等諸多名目，《開元天寶遺事》又載：「都人士女，每至正月半後，各乘車跨馬，供帳於園圃，或郊野中，為探春之宴。」〔註 161〕賞花已成為唐人文化生活的重要組成部分。春日賞花本是一件樂事，但敏感多情的唐人，在這良辰美景中會陡然生出一種生命遷逝、時間流走的悲涼，面對青春和美好的衰敗，唐人選擇用更加珍惜的態度去度過每一寸好韶光，欣賞每一處生命的美麗。

〔註156〕 〔唐〕花蕊夫人，宮詞，見〔清〕彭定求等編，全唐詩（卷七九八）〔M〕，北京：中華書局，1999：9068。

〔註157〕 〔唐〕白居易，醉後贈人，見〔清〕彭定求等編，全唐詩（卷四四一）〔M〕，北京：中華書局，1999：4944。

〔註158〕 〔唐〕盧照鄰，十五夜觀燈，見〔清〕彭定求等編，全唐詩（卷四二）〔M〕，北京：中華書局，1999：526。

〔註159〕 〔唐〕崔液，上元夜六首其一，見〔清〕彭定求等編，全唐詩（卷五四）〔M〕，北京：中華書局，1999：669。

〔註160〕 〔五代〕王仁裕，開元天寶遺事〔M〕，上海：上海古籍出版社，1985：7。

〔註161〕 〔五代〕王仁裕，開元天寶遺事〔M〕，上海：上海古籍出版社，1985：28。

不如盡此花下歡，莫待春風總吹卻。鶯歌蝶舞韶光長，

紅爐煮茗松花香。妝成罷吟恣遊後，獨把芳枝歸洞房。〔註

162〕（鮑氏君徽《惜花吟》）

在落花紛飛，韶光易逝的情境之下，詩人將落花和美好青春的逝去變成了一場狂歡的盛宴，紅爐煮茶，盛妝吟詩，手把花枝，盡情享受生命的歡愛。「落花一度無再春，人生作樂須及辰」〔註163〕（王翰《春女行》），春花凋零，春日已遠，何不在人生最美的年華中尋找生命的快樂。從春花易逝，好景不長中，唐人進一步流露出對青春、愛情的及時把握：

勸君莫惜金縷衣，勸君惜取少年時。花開堪折直須折，

莫待無花空折枝。〔註164〕（《金縷衣》）

詩人以花爲喻，希望人們不要汲汲於功名富貴，而應珍視生命中眞正美好的事物，那便是年少的愛情與不羈的青春。東漢末的文人有感於時光飛逝，生命易老，突發奇想到「晝短苦夜長，何不秉燭遊」，唐人也有「寒夜邀歡須秉燭，豈得空思花柳年」〔註165〕之句，希望盡最大可能得把握生命中所有的時間，用無盡的歡愉沖淡衰亡的悲劇：

因書今日意，遍寄諸親故。壯歲不歡娛，長年當悔悟。

〔註166〕（白居易《歎老三首》）

詩人有感於生命中青春時光的短暫，於是不斷地鼓勵人們不要去悲傷還未到來的衰老，而是應盡情享受青春的歡樂。

〔註162〕　〔唐〕鮑氏君徽，惜花吟，見〔清〕彭定求等編，全唐詩（卷七）〔M〕，北京：中華書局，1999：72。

〔註163〕　〔唐〕王翰，春女行，見〔清〕彭定求等編，全唐詩（卷一五六）〔M〕，北京：中華書局，1999：1607。

〔註164〕　〔唐〕無名氏，金縷衣，見〔清〕彭定求等編，全唐詩（卷二八）〔M〕，北京：中華書局，1999：407。

〔註165〕　〔唐〕賀蘭進明，行路難五首其一，見〔清〕彭定求等編，全唐詩（卷二五）〔M〕，北京：中華書局，1999：342。

〔註166〕　〔唐〕白居易，歎老三首其三，見〔清〕彭定求等編，全唐詩（卷四三三）〔M〕，北京：中華書局，1999：4792。

其次，唐人在美食美酒等放曠的享樂中，獲取精神的安慰與休憩。酒對於唐人來說有著豐富的文化意蘊，在盛衰主題詩作中，酒是一種自由精神的象徵，是一種放曠豁達的生活方式，是擺脫現實悲劇折磨的一個良方。正如王瑤在《文人與酒》中分析漢末飲酒之風大行的原因時指出：「時人縱酒，是認識到與其徒勞增加生命的長度，不如飲酒享樂以增加生命的密度。」〔註167〕試看李白《悲歌行》：

> 君有數斗酒，我有三尺琴。琴鳴酒樂兩相得，一杯不營千鈞金。悲來乎，悲來乎。天雖長，地雖久，金玉滿堂應不守。富貴百年能幾何，死生一度人皆有。孤猿坐啼墳上月，且須一盡杯中酒。〔註168〕歌開篇充盈著狂放和歡樂的氛圍，詩人彈琴飲酒悠然自得，然而一句「悲來乎」卻引發了他排山倒海般的千愁萬緒，富貴不常在，生死皆天命，於是只有在孤墳之上，聆聽著孤猿的哀鳴，以手中之酒揮灑內心的愁緒。

唐人飲酒是對個體生命的關注和對生命價值的思考。人活於世百年間，悠悠天地自長存，人非金石，卻似飄蓬。有人求仙服藥，期望增加生命的長度，然而昔人今何在？死後的世界長久以來處於黑暗的未知的狀態，因此現實生活的每一刻都顯得如此珍貴，卻又總是稍縱即逝，何不痛飲狂歌把握生命的每一寸光陰。

> 人生百年夜將半，對酒長歌莫長歎。情知白日不可私，一死一生何足算。〔註169〕（王翰《古娥眉怨》）

> 親故半爲鬼，僮僕多見孫。念此聊自解，逢酒且歡欣。〔註170〕（白居易《南亭對酒送春》）

〔註167〕 王瑤，文人與酒，轉引自馮友蘭等著；駱玉明選編，魏晉風度二十講〔M〕，北京：華夏出版社，2009：201。
〔註168〕 〔唐〕李白，悲歌行，見〔清〕彭定求等編，全唐詩（卷一八一）〔M〕，北京：中華書局，1999：1852。
〔註169〕 〔唐〕王翰，古娥眉怨，見〔清〕彭定求等編，全唐詩（卷一五六）〔M〕，北京：中華書局，1999：1608。
〔註170〕 〔唐〕白居易，南亭對酒送春，見〔清〕彭定求等編，全唐詩（卷四三一）〔M〕，北京：中華書局，1999：4772。

　　　　勸君且強笑一面，勸君且強飲一杯。人生不得常歡樂，
　　年少須臾老到來。〔註171〕（白居易《短歌行》）

　　　　勸君兩醆君莫疑，勸君三醆君始知。面上今日老昨日，
　　心中醉時勝醒時。天地迢遙自長久，白兔赤烏相趁走。身
　　後堆金挂北斗，不如生前一樽酒。〔註172〕（白居易《勸酒》）

　　面對時間如白駒過隙，身邊親友零落殆盡，衰老漸漸逼近的人生
悲劇，詩人或小酌自飲以開懷，或呼朋引伴共醉遣愁，酒入愁腸，揮
發的是愁緒，升騰的是亢奮，壓抑的是感情與苦悶。

　　由此可見，酒對於唐人來說是肉體和精神的雙重慰藉，在恍惚迷
離的醉意中，詩人會暫時忘卻人世間的生命衰老，富貴變換等種種盛
衰遷逝；而在精神上，詩人借助酒來達成心與神的自由，超越身的不
自由。身的束縛與壓抑，在酒的燃燒與放縱中，被一一打破，心從現
實枷鎖中掙脫出來，自由超然，優游物外，不驚榮辱，不慕浮名，心
輕萬物自逍遙。試看李白的《將進酒》：

　　　　君不見黃河之水天上來，奔流到海不復回。君不見
　　高堂明鏡悲白髮，朝成青思暮成雪……烹羊宰牛且爲
　　樂，會須一飲三百杯……鐘鼓饌玉不足貴，但願長醉不
　　復醒。〔註173〕

　　這首詩的具體寫作時間，學界有多種說法，但普遍認爲這是李
白天寶年間離京後，漫遊梁、宋，與友人岑勳、元丹丘相會時所作。
李白懷抱著遠大的理想，卻被唐玄宗「賜金放還」，內心鬱悶的他又
重新踏上了漫遊之路。此時的李白面臨的是理想失落與生命衰敗的
雙重悲劇，因此詩歌曠達的基調裏有一絲悲苦，但對酒當歌，視錢
財富貴如糞土，盡情享受美食美景的豪放態度還是詩歌最主要的基

〔註171〕　〔唐〕白居易，短歌行，見〔清〕彭定求等編，全唐詩（卷四三五）
　　　　　　〔M〕，北京：中華書局，1999：4820。
〔註172〕　〔唐〕白居易，勸酒，見〔清〕彭定求等編，全唐詩（卷四四四）
　　　　　　〔M〕，北京：中華書局，1999：5000。
〔註173〕　〔唐〕李白，將進酒，見〔清〕彭定求等編，全唐詩（卷一六二）
　　　　　　〔M〕，北京：中華書局，1999：1685。

調。李賀也有一首《將進酒》:「琉璃鍾,琥珀濃,小槽酒滴珍珠紅……況是青春日將暮,桃花亂落如紅雨。勸君終日酩酊醉,酒不到劉伶墳上土。」〔註174〕這首詩同樣是用酒消解青春流逝、理想衰敗之苦,但卻傳達出一派亂紅飛雨的淒迷意境,少了傳統同題詩中的曠達,多了幾許淒惻。

除了遊樂飲酒,唐人在下棋對弈中將人生的盛衰遷逝看做棋盤上的勝敗,從而利用棋局中的起伏波蕩,勝敗流轉將人生中的盛衰之變看做是一場遊戲,從而緩解、排遣了這份緊張與焦慮,試看白居易的《放言五首其二》:

> 世途倚伏都無定,塵網牽纏卒未休。禍福回還車轉轂,榮枯反覆手藏鉤。龜靈未免刳腸患,馬失應無折足憂。不信君看弈棋者,輸贏須待局終頭。〔註175〕此詩是作者被貶謫放逐時所作,以車輪迴轉,喻禍福輪轉,以藏鉤之戲的不確定比喻人生盛衰窮達變化無常,以棋須到終局才能判定輸贏比喻世事到最後關頭才能看清結果。再看杜甫《存歿口號二首》其一:

> 席謙不見近彈棋,畢曜仍傳舊小詩。玉局他年無限笑,白楊今日幾人悲。〔註176〕

席謙、畢曜,是杜甫的朋友,他們曾經一起彈琴、作詩,然而無限歡樂的笑聲都是陳年往事,如今只剩下白楊蕭蕭下詩人獨自一人追憶、緬懷。小詩尚傳,友人已亡,在今非昔比的對比之中,往日的歡笑與今日的蒼涼光景甚是慘澹,詩中充滿對已亡故友的追念。詩歌雖然沒有縱情享樂的曠達,但卻一個小遊戲為視角,凝聚起詩人與友人過往的歡樂,並寄託著詩人深沉的哀思。

〔註174〕 〔唐〕李賀,將進酒,見〔清〕彭定求等編,全唐詩(卷三九三)〔M〕,北京:中華書局,1999:4446。

〔註175〕 〔唐〕白居易,放言五首其二,見〔清〕彭定求等編,全唐詩(卷四三八)〔M〕,北京:中華書局,1999:4889。

〔註176〕 〔唐〕杜甫,春望,見〔清〕彭定求等編,全唐詩(卷二二四)〔M〕,北京:中華書局,1999:2408。

　　在唐盛衰主題的詩作中，這類玩世享樂的生命態度消解了詩歌中的悲劇情調。詩人用美景、美酒、美食、美人等充滿感官刺激的事物填補心靈的創痛，與其歎息著生命中無法改變的悲劇，不如忘情地去享受，將痛苦的心緒化作當下感官的享受，精神的愉悅，這一切湧動著唐人濃濃的樂生意識。儘管看似淺薄，但與其他宗教心態相比卻最具有實在的可操作性。但與單純的感官享受相比，唐人還從中昇華出了一種曠達樂觀的精神，一種玩世的態度，與其悲悲戚戚地等待死亡，沉淪於理想失落的苦痛，不如開懷地生活、放縱個人獨立的精神，這是唐人面對悲劇時的樂生態度，它包含著肉體的享樂，但也是一種精神上的自足和超越。

　　從中我們可以看到，唐人雖然在盛衰主題的詩作中流露出了對生命各個層次的悲劇性感慨，但他們進行著排遣此種悲劇感的各種嘗試，這些嘗試有精神上的求索，有宗教的慰藉，有現實生活中的情趣寄託。總之，唐人以一種沉靜、優雅甚至是悠然自得的方式面對著盛衰之變這一沉重的生命課題，不論現實如何，在詩歌中他們堅信這種生命的不圓滿是可解的。

結　語

　　唐代是中國古代詩歌發展的巔峰時期，它的出現前無古人後無來者，這一時期詩歌的各種形式發展成熟，內容也是豐富多彩、包羅萬象，因此唐詩主題的分類就顯得異常複雜而艱巨。由於唐詩獨特的藝術魅力和超凡成就，古今許多學者都對唐詩的主題分類做出了卓越的貢獻，然而隨著主題學研究在中國的興起，傳統的主題分類已經不能滿足現代意義上的主題學研究，因此筆者大膽地提出了唐詩盛衰主題這一命題，以詩歌所傳達出的哲學思想爲主題分類的依據，一方面這是對唐詩主題分類方式的一次創新，另一方面也是對唐詩主題學研究的一次推進。正如陳鵬翔先生在《主題學研究與中國文學》中指出：「主題學是比較文學中的一個部門（a field of study），而普通一般的主題研究則是任何文學作品多層面中一個層面的研究。」主題學研究並不是單純地研究某一類文體，而是一種跨時代、跨學科、跨視域的綜合性研究。

　　首先，事物由盛而衰的定律是唐人對世界悲劇性的認知，如果說生命和歷史的盛衰是抽象且形而上的，那麼理想和愛情的盛衰則是關係到唐文人最切實的生活，可以說唐人對事物盛衰的思考涉及到了抽象生命和現實生活的各個層面。唐人通過詩歌，將事物盛衰之變所引發的沉重焦慮用藝術化的形式傳達而出，展現出唐人悲劇意識感傷

化、審美化等諸多特點，通過對唐詩盛衰主題的研究，我們可以深入窺探到唐人內心的悲劇世界以及他們試圖排遣這些悲劇情思所做的種種嘗試，從而進一步瞭解到唐人面對生命焦慮時的宗教心態。

其次，對事物盛衰之變的認知並不是始於唐人，早在先秦時諸多古代先哲就對這一定律生發出不同的感慨，唐詩之前的文學作品也不乏對盛衰主題的表現，然而唐詩盛衰主題卻從內容和表現技巧上將這一主題發展到了一個新的高度。從內容上看，唐詩盛衰主題將詩人對事物盛衰之變的認知滲入到了生命、歷史、理想、愛情等各個層面。從表現技巧上看，私人視角的運用也使得唐詩盛衰主題在意象選取、情緒表達、人性關懷等方面呈現出親歷感、私人化和非同尋常的人性真實。此外，唐詩盛衰主題在唐代各個階段也呈現出了不同的特徵，時代印記十分明顯，因此對唐詩盛衰主題的研究涉及到時代思想特徵、審美風尚、文人心理等許多問題。

最後，唐人的悲劇意識並不是憑空而來，它的產生有著深刻的社會根源，比如當時的文人生命觀、倫理道德制度以及傳統的「樂感文化」等等。因此對唐詩盛衰主題中悲劇意識的研究可以擴展到社會、政治、文化等更廣闊的視域，從而對更加符合現代主題學研究的新要求。

參考文獻

一、古籍文獻：

1. 〔宋〕歐陽修，宋祁撰，新唐書〔M〕，北京：中華書局，1975。
2. 〔清〕彭定求等編，全唐詩，〔M〕，北京：中華書局，1999。
3. 〔清〕董誥等編，全唐文〔M〕北京：中華書局，1982。
4. 楊伯峻譯注，論語譯注〔M〕，北京：中華書局，1980。
5. 雷仲康譯注，莊子，太原：山西古籍出版社，1999。
6. 陳明等譯注，韓非子全譯（卷下）〔M〕，成都：巴蜀書社，2008。
7. 陳戍國譯注，詩經〔M〕，長沙：嶽麓書社，2006。
8. 〔清〕吳喬，圍爐詩話，清詩話續編〔M〕，上海：上海古籍出版社，1983。
9. 〔宋〕司馬光，資治通鑒（卷二）〔M〕，嶽麓書社，2009。
10. 〔唐〕劉肅，大唐新語〔M〕，北京：中華書局，1984。
11. 〔唐〕慧能著，尚榮譯注，壇經校釋〔M〕北京：中華書局，1983。
12. 〔明〕胡應麟，詩藪（卷三）上海：上海古籍出版社1979。
13. 〔唐〕李肇，趙璘，唐國史補因話錄，上海：上海古籍出版社，1979。
14. 〔宋〕王溥，唐會要（卷四一）〔M〕，上海：上海古籍出版社，2006。
15. 〔明〕來知德譯注，周易集注〔M〕，北京：九州出版社，2004。
16. 〔唐〕杜佑，通典〔M〕，中華書局，1988。
17. 〔唐〕王定保，唐摭言（卷一）〔M〕上海：上海古籍出版社，1978。
18. 〔漢〕許慎，說文解字〔M〕，鄭州：中州古籍出版社，2006。

19. 〔唐〕孫棨，北里志〔M〕，北京：中華書局，1985。

20. 禮記・十三經注疏〔M〕，北京：國際文化出版公司，1996。

21. 張雙棣等譯注，呂氏春秋〔M〕，北京：中華書局，2007。

22. 陳廣忠譯注，淮南子〔M〕，北京：中華書局，2012。

23. 〔五代〕王仁裕，開元天寶遺事〔M〕，上海：上海古籍出版社，1985。

二、今人專著：

1. 馮友蘭，中國哲學史（上）〔M〕，重慶：重慶出版社，2009。

2. 成中英，中國文化的現代化和世界化〔M〕，北京：中國和平出版社，1998。

3. 朱良志，中國藝術的生命精神〔M〕，合肥：安徽教育出版社，2006。

4. 陶東風、徐莉萍，死亡・愛情・隱逸・思鄉—中國文學四大主題〔M〕，杭州：杭州大學出版社，1993。

5. 陳鵬翔，中國文學主題學〔M〕，臺北：臺灣東大圖書公司，1983。

6. 王立，關於文學主題學研究的一些思考〔J〕，中國比較文學，1999。

7. 王立，中國古代文學主題思想研究〔M〕，天津：天津教育出版社，2008。

8. 陳向春，中國古典詩歌主題研究〔M〕，北京：高等教育出版社，2008。

9. 容振華譯，費爾巴哈哲學著作選集上卷〔M〕，北京：生活・讀書・新知三聯書店，1959。

10. 楊義，李杜詩學〔M〕，北京：北京出版社，2001。

11. 李澤厚，美的歷程〔M〕，天津：天津社會科學院，2001。

12. 蕭馳，中國詩歌美學〔M〕，北京：北京大學出版社，1986。

13. 張高評，宋詩特色研究〔M〕，吉林：長春出版社，2002。

14. 吳功正，中國文學美學（上卷）〔M〕，江蘇：江蘇教育出版社，2001。

15. 黃世中，論〈長恨歌〉的創作動因及深層意蘊〔M〕，浙江：浙江大學出版社，1990。

16. 胡曉明，中國詩學之精神〔M〕，江西：江西人民出版社，2001。

17. 何方形，唐詩審美藝術論〔M〕，浙江：浙江大學出版社，2007。

18. 〔日〕吉川幸次郎，中國詩史〔M〕，上海：復旦大學出版社，2001。

19. 李從軍，唐代文學演變史〔M〕，北京：人民文學出版社，1993。

20. 黃世中，論〈長恨歌〉的創作動因及深層意蘊〔M〕，浙江：浙江大學出版社，1990。

21. 許總，唐詩史〔M〕，江蘇：江蘇教育出版社，1994。

22. 沈祖棻，唐人七絕詩淺釋〔M〕，上海：上海古籍出版社，1981。

23. 朱良志，中國藝術的生命精神〔M〕，安徽：安徽教育出版社，2006。

24. 徐復觀，中國藝術精神〔M〕北京：商務印書館，2010。

25. 葉維廉，中國詩學〔M〕，北京：人民文學出版社，2006。

26. 葉維廉，飲之太和〔M〕，臺北：時報文化出版公司，1980。

27. 任文京，唐代邊塞詩的文化闡釋〔M〕，北京：人民文學出版社，2005。

28. 陳寅恪，元白詩箋證稿〔M〕，上海：上海古籍出版社，1978。

29. 聞一多，唐詩雜論〔M〕，北京：中華書局，2003。

30. 葉萌，唐詩的解讀〔M〕，北京：國家圖書館出版社，2009。

31. 章太炎著，龐俊，郭誠永疏證，國故論衡疏證〔M〕，北京：中華書局，2008。

32. 柳詒徵，中國文化史〔M〕，上海：上海古籍出版社，2001。

33. 陳寅恪，金明館叢稿初編〔M〕，北京：生活‧讀書‧新知三聯書店，2001。

34. 陳寅恪，隋唐制度淵源略論稿‧唐代政治史述論稿〔M〕，北京：商務印書館，2011。

35. 衣俊卿，現代化與日常生活批判〔M〕，北京：人民文學出版社，2005。

36. 彭梅芳，中唐文人日常生活與創作關係研究〔M〕，北京：人民出版社，2011。

37. 葛兆光，道教與中國文化〔M〕，上海：上海人民出版社，1987。

38. 錢穆，中國歷代政治得失〔M〕，北京：生活‧讀書‧新知三聯書店，2012。

39. 王國維，紅樓夢評論〔M〕，杭州：浙江古籍出版社，2012。

40. 郁達夫，文學概說〔M〕，北京：商務印書館，1927。

41. 傅道彬，晚唐鐘聲〔M〕，北京：北京大學出版社，2007。

42. 黃永武，中國詩學‧思想篇〔M〕，臺北：臺灣巨流圖書公司，1979。

43. 錢鍾書，管錐編（一冊）〔M〕，北京：中華書局，1979。

44. 王國維，王國維遺書（卷一）上海：上海書店出版社，1983。

45. 〔德〕海德格爾著，成窮等譯，海德格爾詩學文集〔M〕，武漢：華中師範大學出版社，1992。

46. 潘知常，眾妙之門—中國美感的深層結構〔M〕，鄭州：黃河文藝出版社，1989。

47. 張隆，艾米‧洛威爾與東方，比較文學譯文集〔M〕，北京：北京大學出版社，1982。

48. 樂黛雲，比較文學簡明教程〔M〕，北京：北京大學出版社，2003。

49. 李澤厚，中國古代思想史論〔M〕，上海：三聯書店，2008。

三、論文：

1. 陳向春，中國古典詩歌「主題研究」述評與省思——以歷史、政治主題及理論建構爲中心〔J〕，文史哲，2010（5）。

2. 王立，關於文學主題學研究的一些思考〔J〕，中國比較文學，1999（4）。

3. 鄭臨川，聞一多先生說唐詩（上）—紀念——多師誕生八十週年〔J〕，社會科學輯刊，1979（4）。

4. 蔣愛花，唐人壽命水準及及死亡原因試探——以墓誌資料爲中心〔J〕，中國史研究，2006（4）。

5. 黃世中，論〈長恨歌〉的創作動因及深層意蘊〔J〕溫州：溫州師範學院學報，1989（2）。

6. 張三夕，論惜時道德的詩意表達〔J〕，浙江大學學報，2002（4）。

7. 王立，景存人去 感舊傷懷——傳統悼祭模式中的感物傷情模式〔J〕，古典文學知識，1996（1）。

8. 劉強，從〈晉書〉看唐代的〈世說新語〉的接受，〔J〕，上海：上海師範大學學報，2006（2）。

9. 常延聚、戴秋思、程豔，中國古代建築與文學的相關性研究綜述〔J〕，廣角鏡，2013（6）。

10. 范能船，談柳宗元的本體論山水審美觀〔J〕，學術論壇，1989（6）。

11. 宗白華，藝術與中國社會〔J〕，學識，1947，1（12）：15～18。

12. 郭紹林，說唐代牡丹〔J〕，洛陽工學院學報，2001（1）。

13. 任爽，科舉制度與盛唐知識階層的命運〔J〕，歷史研究，1989（4）。

14. 蔡鋒，春秋戰國時的秦晉河西之爭〔J〕，青海師範大學學報，1988（2）。

15. 毛漢光，唐代統治群體的社會變動〔D〕，臺北：臺灣政治大學研究所，1968：12。

16. 應曉琴，唐代邊塞詩綜論〔D〕，華東師範大學，2007。

17. 劉偉強，唐代進士的婚姻與郊遊〔D〕，曲阜師範大學，2008。

18. 一粟，樂感文化和中國文學〔J〕，雲夢學刊，1990（1）。

19. 魏學寶，義山詩歌傷感美分析〔D〕，北京：北京語言大學，2004。

致　謝

　　一眨眼博士生活就要結束了，望著窗外已經冒出嫩芽的柳樹，回想起入學的場景，一切都好似昨天。三年的博士生活很辛苦，但也很值得。

　　首先，要感謝的是我的導師劉鋒燾先生。在我人生中至關重要的兩個階段——高考和考博，劉鋒燾先生都給予了我無私的幫助和指引，可以說他是我學業上的貴人。這篇論文選題時出現了一些波折，劉鋒燾先生在百忙之中抽出寶貴的時間對我的論文提綱進行細心批閱，最終定好了選題。我是一個不善言辭的人，見到劉老師總是特別緊張，因此總是選擇 QQ，手機短信等方式向他請教問題，劉老師總是第一時間回覆，他的耐心和親切一直讓我很感動。唐詩是中國學術界研究的熱門問題，在這方面專家輩出，所出的學術成果也是汗牛充棟，正是因爲有劉老師的鼓勵和悉心指導，我才有勇氣踏足這片學術領域、才能完成這篇論文的寫作。

　　其次，我要感謝文學院裏的眾多老師，在本科期間我就就讀於陝西師範大學文學院，因此許多老師的課我都有幸聆聽，比如魏耕原教授、傅紹良教授、霍有明教授和劉生良教授等，正是因爲有他們「潤物細無聲」的教化，才培養起了我對古代文學的熱愛，從而走上了這條艱辛卻意義非凡的古代文學研究之路。在此我要鄭重地向這些老師

道一聲「謝謝！」

　　最後，要感謝的是我的家人，正是有他們的理解和支持，我才能毫無後顧之憂地完成學業、實現我的理想。現代社會對女博士還是抱有一定的誤解，周圍的很多朋友都會打趣說我是「第三種」人類，雖然是玩笑話，但也透露出女博士在如今社會上的尷尬地位。但是我的家人對我讀博的想法一直很贊同，並且在我攻讀博士學位期間一直對我給予精神和物質上的無私幫助，他們始終相信知識不一定改變命運，但一定可以讓我成為一個更加智慧、開明的女性。

　　太多的感謝要表達，反而讓人無所適從，不知從何說起。那麼就千言萬語匯作一句話：謝謝你們！我的老師、同學、家人，你們是我一生中最寶貴的財富！

陳　思

2015 年 3 月寫於師大長安校區